U0423069

新时代外国语言文学
新发展研究丛书

总主编 罗选民 庄智象

西方科幻小说新发展研究

Western Science Fiction: New Perspectives and Development

代晓丽 / 著

清华大学出版社
北 京

内 容 简 介

本书概述了20世纪至21世纪西方科幻小说发展的重点阶段，集中讨论了2000—2019年欧美科幻小说研究的主要成果。全书分为6章。第1章简述了西方科幻小说的发展概况，包括科幻小说的定义、起源、标志性阶段及代表作家和作品。第2章介绍了科幻小说在马克思文艺批评理论框架下的意识形态批评、经济学批评、乌托邦/敌托邦批评的研究近况。第3章探讨了后人类和后人文主义研究在科幻小说解读中的价值与意义。第4章根据时间、空间批评理论在科幻小说研究中的应用，讨论了该文类叙事的区别性特征。第5章主要介绍了在科幻小说叙事修辞、语言学研究、叙事轨迹和美学研究方面取得的研究成果。第6章总结与展望了西方科幻小说研究中一些值得注意的新动向，介绍了中国科幻小说在西方科幻小说批评中的研究现状。

版权所有，侵权必究。举报：010-62782989，beiqinquan@tup.tsinghua.edu.cn。

图书在版编目（CIP）数据

西方科幻小说新发展研究/代晓丽著. —北京：清华大学出版社，2021.12(2023.6重印)
（新时代外国语言文学新发展研究丛书）
ISBN 978-7-302-57384-5

Ⅰ.①西… Ⅱ.①代… Ⅲ.①幻想小说—小说研究—西方国家 Ⅳ.①I106.4

中国版本图书馆CIP数据核字（2021）第018745号

策划编辑：郝建华
责任编辑：郝建华　白周兵
封面设计：黄华斌
责任校对：王凤芝
责任印制：丛怀宇

出版发行：清华大学出版社
网　　址：http://www.tup.com.cn, http://www.wqbook.com
地　　址：北京清华大学学研大厦A座　邮　编：100084
社 总 机：010-83470000　邮　购：010-62786544
投稿与读者服务：010-62776969, c-service@tup.tsinghua.edu.cn
质量反馈：010-62772015, zhiliang@tup.tsinghua.edu.cn

印 装 者：大厂回族自治县彩虹印刷有限公司
经　　销：全国新华书店
开　　本：155mm×230mm　印　张：16.25　字　数：249千字
版　　次：2021年12月第1版　印　次：2023年6月第2次印刷
定　　价：108.00元

产品编号：088055-02

中国英汉语比较研究会
"新时代外国语言文学新发展研究丛书"
编委会名单

总主编

罗选民　庄智象

编　委

（按姓氏拼音排序）

蔡基刚	陈　桦	陈　琳	邓联健	董洪川
董燕萍	顾曰国	韩子满	何　伟	胡开宝
黄国文	黄忠廉	李清平	李正栓	梁茂成
林克难	刘建达	刘正光	卢卫中	穆　雷
牛保义	彭宣维	冉永平	尚　新	沈　园
束定芳	司显柱	孙有中	屠国元	王东风
王俊菊	王克非	王　蔷	王文斌	王　寅
文秋芳	文卫平	文　旭	辛　斌	严辰松
杨连瑞	杨文地	杨晓荣	俞理明	袁传有
查明建	张春柏	张　旭	张跃军	周领顺

总　　序

　　外国语言文学是我国人文社会科学的一个重要组成部分。自1862年同文馆始建，我国的外国语言文学学科已历经一百五十余年。一百多年来，外国语言文学学科一直伴随着国家的发展、社会的变迁而发展壮大，推动了社会的进步，促进了政治、经济、文化、教育、科技、外交等各项事业的发展，增强了与国际社会的交流、沟通与合作，每个发展阶段无不体现出时代的要求和特征。

　　20世纪之前，中国语言研究的关注点主要在语文学和训诂学层面，由于"字"研究是核心，缺乏区分词类的语法标准，语法分析经常是拿孤立词的意义作为基本标准。1898年诞生了中国第一部语法著作《马氏文通》，尽管"字"研究仍然占据主导地位，但该书宣告了语法作为独立学科的存在，预示着语言学这块待开垦的土地即将迎来生机盎然的新纪元。1919年，反帝反封建的"五四运动"掀起了中国新文化运动的浪潮，语言文学研究（包括外国语言文学研究）得到蓬勃发展。中华人民共和国成立后，尤其是改革开放以来，外国语言文学学科的发展势头持续迅猛。至20世纪末，学术体系日臻完善，研究理念、方法、手段等日趋科学、先进，几乎达到与国际研究领先水平同频共振的程度，取得了令人瞩目的成绩，有力地推动和促进了人文社会科学的建设，并支持和服务于改革开放和各项事业的发展。

　　无独有偶，在处于转型时期的"五四运动"前后，翻译成为显学，成为了解外国文化、思想、教育、科技、政治和社会的重要途径和窗口，成为改造旧中国的利器。在那个时期，翻译家由边缘走向中国的学术中心，一批著名思想家、翻译家，通过对外国语言文学的文献和作品的译介塑造了中国现代性，其学术贡献彪炳史册，为中国学术培育做出了重大贡献。许多西方学术理论、学科都是经过翻译才得以为中国高校所熟悉和接受，如王国维翻译教育学和农学的基础读本、吴宓翻译哈佛大学白璧德的新人文主义美学作品等。这些翻译文本从一个侧面促成了中国高等教育学科体系的发展和完善，社会学、人类学、民俗学、美学、教育学等，几乎都是在这一时期得以创建和发展的。翻译服务对于文化交流交融和促进文明互鉴,功不可没,而翻译学也在经历了语文学、语言学、文化学等转向之后,日趋成熟,如今在让中国了解世界、让世界了解中国,尤其是"一带一路"建设、人类命运共同体构建,讲好中国故事、传递好中国声音等方面承担着重要使命与责任,任重而道远。

20世纪初,外国文学深刻地影响了中国现代文学的形成,犹如鲁迅所言,要学普罗米修斯,为中国的旧文学窃来"天国之火",发出中国文学革命的呐喊,在直面人生、救治心灵、改造社会方面起到不可替代的作用。大量的外国先进文化也因此传入中国,为塑造中国现代性发挥了重大作用。从清末开始特别是"五四运动"以来,外国文学的引进和译介蔚然成风。经过几代翻译家和学者的持续努力,在翻译、评论、研究、教学等诸多方面成果累累。改革开放之后,外国文学研究更是进入繁荣时代,对外国作家及其作品的研究逐渐深化,在外国文学史的研究和著述方面越来越成熟,在文学理论与文学批评的译介和研究方面、在不断创新国外文学思想潮流中,基本上与欧美学术界同步进展。

外国文学翻译与研究的重大意义,在于展示了世界各国文学的优秀传统,在文学主题深化、表现形式多样化、题材类型丰富化、批评方法论的借鉴等方面显示出生机与活力,显著地启发了中国文学界不断形成新的文学观,使中国现当代文学创作获得了丰富的艺术资源,同时也有力地推动了高校相关领域学术研究的开展。

进入21世纪,中国的外国语言学研究得到了空前的发展,不仅及时引进了西方语言学研究的最新成果,还将这些理论运用到汉语研究的实践;不仅有介绍、评价,也有批评,更有审辨性的借鉴和吸收。英语、汉语比较研究得到空前重视,成绩卓著,"两张皮"现象得到很大改善。此外,在心理语言学、神经语言学和认知语言学等与当代科学技术联系紧密的学科领域,外国语言学学者充当了排头兵,与世界分享语言学研究的新成果和新发现。一些外语教学的先进理念和语言政策的研究成果为国家制定外语教育政策和发展战略也做出了积极的贡献。

习近平总书记指出:"要着力推进国际传播能力的建设,创新对外宣传方式,加强话语体系建设,着力打造融通中外的新概念新范畴新表述,讲好中国故事,传播好中国声音,增强在国际上的话语权。"为贯彻这一要求,教育部近期提出要全面推进新工科、新医科、新农科、新文科等建设。新文科概念正式得到国家教育部门的认可,并被赋予新的内涵和定位，即以全球新技术革命、新经济发展、中国特色社会主义新时代为背景，突破传统的文科思维模式与文科建构体系，创建与新时代、新思想、新科技、新文化相呼应的新文科理论框架和研究范式。新文科具备传统文科和跨学科的特点，注重科学技术、战略创新和融合发展，立足中国，面向世界。

新文科建设理念对外国语言文学学科建设提出了新目标、新任务、新要求、新格局。具体而言，新文科旗帜下的外国语言文学学科的发展目标是：服务国家教育发展战略的知识体系框架，兼备迎接新科技革命的挑战能力，彰显人文学科与交叉学科的深度交融特点，夯实中外政治、文化、社会、历史等通识课程的建设，打通跨专业、跨领域的学习机制，确立多维立体互动教学模式。这些新文科要素将助推新文科精神、内涵、理念得以彻底贯彻落实到教育实践中，为国家培养出更多具有融合创新的专业能力，具有国际化视野，理解和通晓对象国人文、历史、地理、语言的人文社科领域外语人才。

进入新时代，我国外国语言文学的教育、教学和研究发生了巨大变化，无论是理论的探索和创新，方法的探讨和应用，还是具体的实验和实践，都成绩斐然。回顾、总结、梳理和提炼一个年代的学术发展，尤其是从理论、方法和实践等几个层面展开研究，更有其学科和学术价值及现实和深远意义。

鉴于上述理念和思考，我们策划、组织、编写了这套"新时代外国语言文学新发展研究丛书"，旨在分析和归纳近十年来我国外国语言文学学科重大理论的构建、研究领域的探索、核心议题的研讨、研究方法的探讨，以及各领域成果在我国的应用与实践，发现目前研究中存在的主要不足，为外国语言文学学科发展提出可资借鉴的建议。我们希望本丛书的出版，能够帮助该领域的研究者、学习者和爱好者了解和掌握学科前沿的最新发展成果，熟悉并了解现状，知晓存在的问题，探索发展趋势和路径，从而助力中国学者构建融通中外的话语体系，用学术成果来阐述中国故事，最终产生能屹立于世界学术之林的中国学派！

本丛书由中国英汉语比较研究会联合上海时代教育出版研究中心组织研发，由研究会下属29个二级分支机构协同创新、共同打造而成。罗选民和庄智象审阅了全部书稿提纲；研究会秘书处聘请了二十余位专家对书稿提纲逐一复审和批改；黄国文终审并批改了大部分书稿提纲。本丛书的作者大都是知名学者或中青年骨干，接受过严格的学术训练，有很好的学术造诣，并在各自的研究领域有丰硕的科研成果，他们所承担的著作也分别都是迄今该领域动员资源最多的科研项目之一。本丛书主要包括"外国语言学""外国文学""翻译学""比较文学与跨文化研究"和"国别和区域研究"五个领域，集中反映和展示各自领域的最新理论、方法和实践的研究成果，每部著作内容涵盖理论界定、研究范畴、研究视角、研究方法、研究范式，同时也提出存在的问题，指明发展的前景。总之，本丛书基于外国语言文学学科的五个主要方向，借助基础研究与应用研究的有机契合、共时研究与历时研究的相辅相成、定量研究与定性研究的有效融合，科学系统地概括、总结、梳理、提炼近十年外国语言文学学科的发展历程、研究现状以及未来的发展趋势，为我国外国语言文学学科高质量建设与发展呈现可视性极强的研究成果，以期在提升国家软实力、构建人类命运共同体过程中承担起更重要的使命和责任。

感谢清华大学出版社和上海时代教育出版研究中心的大力支持。我们希望在研究会与出版社及研究中心的共同努力下，打造一套外国语言文学研究学术精品，向伟大的中国共产党建党一百周年献上一份诚挚的厚礼！

罗选民　庄智象
2021 年 6 月

前　　言

　　20世纪中期，西方科幻小说已经从备受轻视和饱受争议的边缘文学逐渐成为独树一帜的重要文学体裁。在各种专项奖的推动下，科幻小说的创作质量逐步提高，1953年至2020年，雨果奖和星云奖已经分别颁发了75届和55届。随着作品数量的迅速增长，其研究规模也在日益壮大，各学术出版社和大学出版社相继出版了科幻小说百科全书和各种系列学术专著。2003年《剑桥科幻小说指南》（The Cambridge Companion to Science Fiction）问世；2005年，布莱克威尔出版公司出版了《科幻小说指南》（A Companion to Science Fiction）；2009年，《劳特里奇科幻小说指南》（The Routledge Companion to Science Fiction）和威利-布莱克威尔出版公司的《科幻小说手册》（The Science Fiction Handbook）。出版。利物浦大学出版社于1994—2020年陆续出版了55种科幻小说研究系列丛书。剑桥大学出版社和牛津大学出版社分别出版了《科幻小说》（Science Fiction，2014）、《剑桥科幻文学史》（The Cambridge History of Science Fiction，2019）等10余种学术专著。普林斯顿大学出版社、耶鲁大学出版社等也出版了相关研究著作。同时，科幻小说出版与研究形成了专门的学术团体，如世界科幻小说协会、美国科幻和奇幻作家协会等，创建了《科幻小说研究》（Science Fiction Studies）等学术刊物。与学术研究同步发展的还有科幻小说教学，美国大多数高校把科幻小说作为创新写作和创造思维能力培养的手段，纷纷开设了与科幻小说相关的课程（如科幻小说、推想小说、科幻小说写作等）。

　　半个多世纪以来，西方科幻小说的创作与研究自觉地参与了20世纪以来社会、政治运动和文化思潮，产生了多种流派。此外，受20世纪西方文学批评理论流派迭出的影响，科幻小说研究也呈现出多元化的态势。这些研究与传统文学批评的范围一致，主要集中在集中在内容与形式两个方面。关注内容的研究主要采用政治学和社会学原理及其研究方法，探讨科幻小说有关社会发展阶段、政治经济制度、阶层、种族、性别等人类学主题，具体的批评理论包括马克思主义文学批评、乌托邦/敌托邦批评、后人文主义批评、性别与种族批评、时间与空间批评等。第二类研究主要采用修辞学、语言学和美学原理和方法探讨科幻小说的修辞策略、语言艺术和美学价值。对于主题研究，本书选择性地介绍了马克思主义、后人文主义、批判性乌托邦等批评流派，以期展现西方科幻小说意识形态研究的最新发展动态，预测可能的研究走向。与内容研究相比，科幻小说形式研究成果相对较少，但是 21 世纪以来也不乏视角独特、见解新颖的专著出版。少数重要学者在修订先前的著述时也增加了新内容，如达科·苏文（Darko Suvin）的《科幻小说变形记》（*Metamorphoses of Science Fiction*，1979）和《科幻小说的定位与预设》（*Positions and Suppositions in Science Fiction*，1988）[1]、塞缪尔·德拉尼（Samuel Delany）[2]的《珠宝链接的下颌：关于科幻小说语言的注释》（*The Jewel-hinged Jaw: Notes on the Language of Science Fiction*，2009）、伊斯特万·西塞基-罗尼（Istvan Csicsery-Ronay Jr.）的《科幻小说美学七要素》（*The Seven Beauties of Science Fiction*，2008）[3]等。这些研究成果极大地提高了科幻小说的学术地位，展现了该体裁作为一种社会意识的存在意义和作为一种文学艺术的独特性，为了解西方科幻小说及其发展状态提供了阅读线索和研究参考。

以马克思主义批评为主的意识形态研究，关注时间、空间、地理叙事的物质研究，重点讨论科幻小说叙事艺术的形式研究，这三个方面形成了对科幻小说体裁文学形式与内容概貌式的考察，本书的第 2、第 3、第 4、第 5 章重点介绍了上述内容的研究进展。第 1 章简述了西方科幻小说的发展概况，包括科幻小说的定义、起源、标志性阶段及其代表作家和作品。第 2 章介绍了科幻小说在马克思文艺批评理论框架下的意识

1　此处是原著书名的直译，已出版的中文版译为《科幻小说面面观》。

2　塞缪尔·德拉尼是美国著名科幻作家和评论家，他的作品包括小说（特别是科幻小说）、回忆录、评论和散文。2013 年，他被美国科幻奇幻作家协会授予年度达蒙·奈特大师奖（终身成就奖）。

3　西塞基-罗尼自述该书标题暗含了 12 世纪阿塞拜疆诗人尼扎米（Nizami）创作的神秘史诗《七巧阁》（*Haft Paykar*）(《七美女》)的意蕴。这首诗讲述了传说中的国王巴赫拉姆·古尔（Bahram Gur）在自己的宫殿中发现了一个秘密房间，他在那里找到了七个美丽公主的画像，并爱上了她们。古尔努力四处寻找，最终在地球的七个主要已知区域找到了她们，并将她们一一娶回。古尔为七个美人建造了带有七个圆顶的宫殿，把他们分别安顿在自己的宫殿里。这里的每个公主代表一个不同的宇宙原理。古尔每天晚上拜访一个美人，在与她们的相处期间，每个美人都会讲述一个关于神秘之爱和道德启蒙的寓言故事。（Csicsery-Ronay，2008：X）

形态批评、经济学批评、乌托邦/敌托邦研究等方面的最新进展。第3章探讨了后人类和后人文主义研究在科幻小说解读中的价值与意义，着重描述了后人类、赛博朋克、生物朋克、技术乌托邦、技术恐惧与焦虑等批评概念与视角在科幻小说研究中的阐释力。第4章根据时间、空间和地理批评理论在科幻小说研究中的应用，讨论了该文类叙事的区别性特征。第5章主要介绍了在科幻小说叙事修辞、语言学研究和美学研究方面取得的成果，重点讨论了达科·苏文、塞缪尔·德拉尼、伊斯特万·西塞基-罗尼等人的重要理论思想。第6章简要介绍了西方科幻小说研究中一些值得注意的新方向，包括对以《三体》为代表的中国科幻小说的研究情况。

本书的研究范围是2000—2020年出版的著作、论文集或发表的论文，重点讨论和评述了近十年（2010—2020）出版的重要学术著作。由于时间与资源有限，笔者对许多作品的阅读只能是囫囵吞枣、浅尝辄止，所选择的内容难免挂一漏万，敬请广大读者批评指正。

代晓丽
2021年5月

目　　录

第1章　西方科幻小说发展综述 …………………………………… 1

1.1　定义 …………………………………………………………… 1
1.1.1　科幻小说的定义 …………………………………… 2
1.1.2　科学话语与小说叙事 ……………………………… 7

1.2　起源与幻想故事 ……………………………………………… 11
1.2.1　起源之争 …………………………………………… 11
1.2.2　中世纪的幻想故事 ………………………………… 14

1.3　乌托邦小说 …………………………………………………… 16
1.3.1　《乌托邦》与《太阳城》 ………………………… 17
1.3.2　《格列佛游记》 …………………………………… 18

1.4　科学浪漫故事 ………………………………………………… 19
1.4.1　《弗兰肯斯坦》 …………………………………… 19
1.4.2　《汉斯·普法尔无与伦比的冒险》 ……………… 22
1.4.3　《海底两万里》 …………………………………… 23
1.4.4　《时间机器》 ……………………………………… 24
1.4.5　未来主义小说及其他 ……………………………… 26

1.5　黄金时代与硬科幻小说 ……………………………………… 28
1.5.1　约翰·坎贝尔 ……………………………………… 29
1.5.2　艾萨克·阿西莫夫、罗伯特·海因莱因、
亚瑟·克拉克 ……………………………………… 31
1.5.3　弗兰克·赫伯特与其他 …………………………… 33

1.6　新浪潮与软科幻小说 ………………………………………… 34
1.6.1　英国"新浪潮"与反文化运动 …………………… 34

　　　　1.6.2　美国"新浪潮"与人文主义 ·· 36
　1.7　信息技术革命与赛博朋克 ·· 37
　　　　1.7.1　控制论与人机关系 ·· 38
　　　　1.7.2　威廉·吉布森与尼尔·史蒂芬森 ···························· 39
　　　　1.7.3　生物朋克 ·· 40
　1.8　未来发展趋势 ·· 42
　　　　1.8.1　科幻原型创作 ·· 42
　　　　1.8.2　机构式科幻小说 ·· 43

第2章　马克思主义批评 ·· 45
　2.1　理论建构 ·· 46
　　　　2.1.1　批评的政治立场 ·· 47
　　　　2.1.2　批评的阅读模式 ·· 50
　　　　2.1.3　批评的文化辩证法及其他 ···································· 51
　2.2　政治学批评 ·· 55
　　　　2.2.1　欧美左派科幻小说 ·· 56
　　　　2.2.2　作为政治寓言的《铁蹄》 ·································· 57
　2.3　经济学批评 ·· 60
　　　　2.3.1　小说中的经济问题 ·· 60
　　　　2.3.2　新经济模式与科幻小说 ······································ 62
　　　　2.3.3　经济制度的真实与虚构 ······································ 64
　2.4　社会学批评 ·· 68
　　　　2.4.1　乌托邦主义 ·· 69
　　　　2.4.2　批判性乌托邦与敌托邦 ······································ 71
　　　　2.4.3　未来社会的批判 ·· 77
　　　　2.4.4　乌托邦研究进展 ·· 81

第 3 章　后人文主义批评 ………………………………… 85

3.1　后人类、后人文主义 ………………………………… 85
- 3.1.1　后人类及相关概念 ……………………………… 86
- 3.1.2　批判后人文主义 ………………………………… 90
- 3.1.3　科幻小说中的后人类主题 ……………………… 94
- 3.1.4　后人类文学研究的跨学科趋势 ………………… 97

3.2　赛博朋克批评 ………………………………………… 100
- 3.2.1　赛博格与街头朋克 ……………………………… 100
- 3.2.2　赛博朋克与后现代主义 ………………………… 101
- 3.2.3　赛博朋克与女性主义 …………………………… 104

3.3　生物朋克批评 ………………………………………… 107
- 3.3.1　生物朋克的定义与特征 ………………………… 107
- 3.3.2　生物朋克与医学伦理悖论 ……………………… 111

3.4　技术乌托邦和技术恐惧与焦虑 ……………………… 113
- 3.4.1　技术发展与技术恐惧症 ………………………… 114
- 3.4.2　人工智能与技术焦虑 …………………………… 119

第 4 章　时间、空间与地理批评 ………………………… 125

4.1　叙事时空体 …………………………………………… 126
- 4.1.1　艺术时空体 ……………………………………… 126
- 4.1.2　时间形态的文化批评 …………………………… 130
- 4.1.3　时间旅行的可能性 ……………………………… 135

4.2　空间批评 ……………………………………………… 139
- 4.2.1　空间诗学与空间生产实践 ……………………… 140
- 4.2.2　科幻小说的空间结构 …………………………… 143
- 4.2.3　空间研究的新进展 ……………………………… 150

4.3 地球化叙事 ··· 156
4.3.1 地球化的三种模式 ································· 156
4.3.2 乌托邦小说与环境主义 ····························· 159
4.3.3 城市基础设施的叙事意义 ··························· 161

第5章 叙事修辞美学批评 ····································· 165

5.1 叙事修辞批评 ·· 166
5.1.1 认知陌生化与新奇性 ································ 166
5.1.2 形式、内容与互文性 ································ 170

5.2 词汇隐喻与阅读协议 ····································· 174
5.2.1 词汇与虚拟语气的叙事功能 ························· 175
5.2.2 差异叙事与阅读协议 ································ 178

5.3 叙事轨迹 ·· 183
5.3.1 情节公式 ··· 183
5.3.2 叙事抛物线 ·· 185

5.4 科幻之美 ·· 188
5.4.1 新语与新知 ·· 189
5.4.2 虚构与猜想 ·· 193
5.4.3 崇高与怪诞 ·· 199
5.4.4 技术史诗 ··· 206

第6章 结语 ··· 211

6.1 发展趋势 ·· 211
6.1.1 跨学科与多元化 ····································· 212
6.1.2 科幻影视研究 ·· 216

6.2 西方中国科幻小说研究·················· 219
　　6.2.1 中国科幻小说史研究················ 219
　　6.2.2 "三体"研究及其他·················· 220

参考文献·························· 223
术语表··························· 235
后记···························· 239

第 1 章
西方科幻小说发展综述

现代科幻小说脱胎于集结了人类奇思妙想的神话与传说，与奇幻小说一脉相承。直至现代科学的诞生，科幻小说才从奇幻故事中分离出来，自成一体。与文学的其他类别相比，科幻小说作为一种体裁出现的历史要短暂得多。起初，这种完全基于幻想，充满魔幻、荒谬色彩的小说被看作幼稚的娱乐读物，毫无文学价值可言，主流文学界对其视而不见。20 世纪中期，随着科学研究的突破和改变人类日常生活的大量应用技术的普及，某些曾经在科幻小说中出现过的技术或生活情景逐步成为现实，人们才开始意识到这种文学体裁所特有的超前意识及其在人类生活中的特殊作用。特别是 20 世纪 50 年代以来，随着受众（audience）规模与研究群体的壮大，科幻小说出版物与影视作品的数量激增，其质量也得到了极大提高，其文学价值与学术意义日益凸显，不同领域的学者开始关注这类小说和影视作品的社会、政治和文化意义。

1.1 定义

文学体裁的定义一般会规定一些核心构成要素和惯例（如作家应该写什么，他们的动机、目的和理念是什么）。科幻小说作为一个正式的文学概念，最初由雨果·根斯贝克（Hugo Gernsback）提出。他在自己主编的《惊奇故事》（*Amazing Stories*）[1] 1926 年 4 月第 1 期中，将"科

---

[1] 《惊奇故事》在约翰·坎贝尔担任编辑之后被更名为《惊奇科幻小说》（*Astounding Science Fiction*），坎贝尔逝世后又被更名为《类似物》（*Analog*）并沿用至今。

学"(science)和"小说"(fiction)两个英文单词拼接起来,称之为"科学的小说"(scientifiction, SF),将其描述为"一种崭新的、全然不同的小说类型,是儒勒·凡尔纳、赫伯特·威尔斯和埃德加·艾伦·坡所写的那种故事,是一种融合了科学事实和预言的、迷人的浪漫故事"(Gernsback, 2017: 13–14)。随后的10年左右,根斯贝克的术语逐渐被"科幻小说"(science fiction)[1]所代替,并沿用至今。

1.1.1 科幻小说的定义

科幻小说以展现科学技术与人类生活的关系为主题,具有强大的社会批评功能,其叙事修辞特征是科学逼真性。尽管根斯贝克没有明确说明,但是他选择的三位作家的作品恰好代表了科幻小说的主题范围、文学价值与修辞原则等重要特性。儒勒·凡尔纳(Jules Verne)对科学技术的发展持乐观态度,其小说主要展现了科学技术给人类生活带来的巨大变化,说明某项技术可以在哪些方面拓展人类的能力或者在哪种层面实现人类的梦想,如更快的速度、更广阔的生活空间等。赫伯特·威尔斯(Herbert Wells)的小说多从社会批评的角度预测人类演化的悲观前景、科学技术发展带来的社会伦理困境以及异族入侵的可怕后果等问题。埃德加·爱伦·坡(Edgar Allan Poe)则发展了如何让科学浪漫故事看起来具有科学真实性的叙事技巧。此外,根斯贝克还提出了科幻小说需要具备一定的教育(instructive)功能,即以令人愉悦、有趣的方式传播科学知识。

关于科幻小说的定义众说纷纭。原因之一可能是科学和小说在表面上似乎属于毫不相干的两个领域,一个基于事实,一个基于虚构,从而导致定义者无法确定二者的关系。另一个原因也许是科幻小说与其近亲奇幻小说在主题和叙事技巧方面有所交叉,甚至界限模糊,导致部分定义在二者之间摇摆。实际上,科学与小说的认知基础都是幻想,两者共享同一个知识体系;而基于科学的幻想小说和基于魔力的奇幻小说之间的差异则比较明显。对科学、魔力和小说三者关系或在叙事中各自发

---

[1] 直译为"科学小说",本书则沿用汉译"科幻小说"。

挥作用的程度的不同认识，形成了侧重点不同的科幻小说定义。第一版《科幻小说百科全书》(The Encyclopedia of Science Fiction, 1993) 没有直接定义这个术语，而是明智地引用了几种重要的解释，意图说明该体裁的某些通用原则和共享代码。

科幻小说的早期定义试图阐明"科学"与"小说"这两个词汇在这个术语中的关系，如坎贝尔提出科幻小说应该被视为一种类似于科学本身的文学媒介："科学方法论涉及这样一个命题：一个建构良好的理论不仅能解释已知的现象，而且还能预测新的和尚未发现的现象。科幻小说所做的事情类似于此，它以故事的形式，详细记载某种理论应用于人类社会和机器时会产生怎样的结果。"(Clute, Nicholls, Stableford & Grant, 1993: 311) 杰欧·贝利 (J. O. Bailey) 在《时空中的朝圣者》(Pilgrims Through Space and Time, 1947) 中明确指出："科幻小说是对自然科学中虚构的发明或发现以及随之而来的冒险和经历的叙述……它必须是一种科学发现，作者至少要尽可能使之符合科学。"(同上: 312) 这两个定义具有一定的代表性，但是并不能穷尽科幻小说的所有特征，如关于未来的推想。另一种定义将科幻小说视为一种启示录，大卫·凯特勒 (David Ketterer) 关注科幻小说的启示性质，"科幻小说以哲学为导向，根据我们所知的现实，推测某种陌生的背景，获得某种令人惊奇的假设或者某种基本原理，提供一种全新的视角"(同上)。这种文学体裁通过"其他世界的创造"，破坏了"读者头脑中'真实'世界的隐喻性"(同上: 313)。

此外，该百科全书还描绘了科幻小说这种体裁 (genre sf) 的风格特征，认为该类别是被贴上科幻标签的小说，或者读者在阅读的过程中能够通过一些特征立即意识到属于科幻这一类别的小说，或者（通常）两者兼有。(Anon, 2015) 该词条没有清晰地回答什么是科幻小说，仅含混地表示任何科幻小说作者在写作中都意识到自己应该遵守某种特定的思维习惯、特定的"惯例"，甚至是讲故事的"规则"，但是并没有说明这些"惯例"和"规则"的具体内容。除了关于科幻小说体裁的简短描述，该百科全书还收录了"科学奇幻"(science fantasy)、"科学小说"(scientifiction)、"科学浪漫故事"(science romance) 和推想小说 (speculative fiction) 四个词条。这几个条目可以视为科幻小说的四种前身或变体，其中"科学奇幻"曾经是英国于1950—1966年间发行的著名杂志的名称，后来基本上成为"剑与巫术"和"英雄幻想"的代名词。"科学奇幻"混合了科幻小说和奇幻小说的元素，主要表现替换世界、其他时空维度、怪物、平行世界（parallel world）、超能力和超人等主题，内容丰富多彩，但是有些故事难免怪异、恐怖。（Clute, Nicholls, Stableford & Grant, 1993：1061）"科学浪漫故事"主要指第二次世界大战结束前几年英国流行的科幻小说，以及战后的美国式科幻小说。该类型最典型的代表是威尔斯的早期作品，他在自己出版的《科学浪漫故事集》(*The Scientific Romances of H. G. Wells*, 1933) 序言中谦逊地总结了自己对这种小说的贡献，"不过是巧妙地运用科学行话，取代了之前利用魔术引诱读者相信一些不可能的奇幻情节。而且，这种技巧并不新奇，不过是简单地将旧物翻新，并使其尽可能接近真实的科学理论"（Wells, 2017：13-14）。"推想小说"是部分作家，特别是罗伯特·海因莱因（Robert Heinlein）用以描述涉及科学和技术类小说的术语，表示"一种新情况、一种新的人类行动框架"（同上，1144）。"推想小说"强调科幻小说的科学成分和外推法（extrapolation）[1]；其英文单词的首字母缩写词（SF）与科幻小说相同。但是，该术语并没有取代科幻小说，多数作家和学者仍然使用后者。（同上：1144-1145）

《猛犸象科幻小说百科全书》(*The Mammoth Encyclopedia of Science Fiction*, 2001) 对科幻小说的定义比较偏向奇幻因素，强调该体裁对现实世界的关注是一种思想实验（thought experiment）。编者乔治·曼恩（George Mann）认为科幻小说是一种奇幻文学形式，该体裁试图以理性和现实的方式描绘与我们自己所处时代不同的未来和环境，其中包含对当代社会的含蓄评论，以及对任何新技术可能产生的物质和心理影响的探讨。他指出科幻小说奇特而富有想象力的环境通常是展示新思想的试验场，真正的科幻小说应该建构在合理、可识别的框架之中。（Mann, 2001：6）文献事实出版公司的《科幻小说百科全书》(*Encyclopedia of Science Fiction*, 2005) 主要侧重于作家和作品介绍，编者多恩·阿玛萨（Don D'Ammassa）将科幻小说划归于奇幻文学，没有定义科幻小说这个概念。他认为相对于奇幻文学的另外两种类型——"奇幻小说"和"超

---

1 外推法：数学中指在已知值范围之外计算的函数值，通常指基于已知事实和观察对未来（或假想情况）的推断。

自然恐怖小说",科幻小说出现的时间最晚。但是该类型后来居上,自20世纪40年代后期以来,其受欢迎的程度、出版物的总数均超过了前两种类别的总和。(Ammassa,2005:Ⅳ)

除了百科全书,不少研究者也对科幻小说的定义提出了自己的见解,亚当·罗伯茨(Adam Roberts)在《科幻小说史》(*The History of Science Fiction*,2016)中概述了三种具有代表性的定义。罗伯茨首先推出的是在科幻小说研究领域影响最大的达科·苏文的定义。苏文认为科幻小说是"一种文学体裁或言语构造,其必要和充分的条件是陌生化与认知的存在和相互作用,其主要手段是作者经验环境一种想象力的框架"(苏文,2011a:37)。实际上,苏文的定义主要描述了科幻小说的叙事特征和修辞功能,并没有明确回答"是什么"的问题。同样,达米安·布罗德里克(Damien Broderick)也没有直接回答这个问题。作为科幻小说作家和评论家,他关注的是科幻小说的文本特征。他将科幻小说与生产状态联系起来,认为科幻小说是在知识发生变化之后,在文化思潮中涌现出的一种讲故事的方式。这种知识变化一般与生产、分配、消费和处置等技术工业模式的兴起和衰落有关。布罗德里克指出科幻小说的修辞特点是隐喻和转喻策略,是集体构建的通用"超文本"中的图标(icon)和具有解释性的图示前景,是某些优选项。与普通文学模型相比,科学和后现代文本中更常见到这些特点。(Broderick,2005:157)作家和评论家塞缪尔·德拉尼在语言哲学的层面上讨论了科幻小说定义的有效性。他将科幻小说视为一种共享代码的意义游戏,读者可以将这种游戏应用于句子层面和文本层面,同时也可以将其应用于社会行为和符号约定。对于德拉尼而言,科幻小说首先是一种阅读策略,然后才能谈论其他。(Delany,1994:28-31)

罗伯茨认为科幻小说的核心本质与技术的理性运作相关,其根源来自有关虚构航行和自然发现的叙述。同时,他也将其视为一种特殊的奇幻文学,这种夸张叙事的诞生是为了反映现实世界中某些影响较大却得不到实证的特性。罗伯茨认为这种幻想文本的特殊性取决于该体裁诞生的文化和历史环境:新教改革以及存在于新教理性主义者、后哥白尼(post-Copernican)科学与天主教神学、魔术和神秘主义之间的文化辩证法。但是,罗伯茨并不赞同科幻小说体现的是宗教神话或世俗化的宗教主题这种观点。他认为这种体裁总体上带有文化危机的印记，是欧洲的宗教危机催生了这种文类。在他看来，科幻小说最初是一种明显的新教徒奇幻作品，它源于古老的天主教魔术和奇幻浪漫故事，是对新科学的回应，而新科学的进步则以复杂的方式与宗教改革文化纠结在一起。罗伯茨强调宗教改革在科幻小说发展中的促进作用，指出19世纪中叶前出现的哲学和神学思想对于理解科幻小说发生了什么至关重要。他的论述主要基于对下列问题的阐述：为什么现代科幻小说如此频繁地回到唯物主义的崇高模式，即所谓的"奇观"？为什么现代科幻小说常常沉迷于赎罪和救世主身份的问题？（Roberts，2016：4）

罗伯茨列举了许多优秀的科幻小说来支撑自己的观点，其中包括传统新教徒作家的代表奥拉夫·斯塔普尔顿（Olaf Stapledon）、罗伯特·海因莱因和金·罗宾逊（Kim Robinson）等著名作家的作品。他认为最有力的论据是人类生活已经从对宗教及对宇宙的理解转变为对世俗的理解，而且这种运动不是统一的文化演变，它在世界各地发生的速度和程度均有所不同，科幻小说则是这一变化的重要文化指标。他认为这种变化带来的一个结果是将宗教信仰的实质内容，从狭义的文字主义带入了一个更广泛且因此更有力量的神话或隐喻领域，一个让科幻小说更有发言权的领域。根据查尔斯·泰勒（Charles Taylor）的理论，罗伯茨考察了科幻小说的发展历程，明确宣称科幻小说是当代一种伟大的世俗文化。（同上：21）

将科幻小说定性之后，罗伯茨提议最好是将科幻小说更名为技术小说（technology fiction）。（同上：19）他的依据是马丁·海德格尔（Martin Heidegger）关于技术哲学的观点，即技术是重置世界格局（enframe the world）的一种方式。因此，作为一种体裁，科幻小说在文本上体现了这一架构。罗伯茨描述了"硬科幻"（hard science fiction）和"软科幻"（soft science fiction）的叙事特征，指出技术支持不应该是普通的机械工具驱动的叙述。硬科幻小说，无论是作为机械设备，还是宇宙学的功能，都是以航天器、武器、假肢或物理学为基础的宇宙故事。软科幻小说能够给予读者更多的思考空间，能够毫无束缚地探索人类思维想象的可能性。

与科幻小说百科全书对该类别定义语焉不详的态度大相径庭，各种词典和通识百科全书均对科幻小说进行了明确而全面地解释。《简明大英百科全书》(*Britannica Concise Encyclopedia*, 2006)将其定义为小说的一种形式,是富有想象力地利用科学知识或推想进行虚构的一种文学体裁或电影流派,其任务主要是处理现实科学或想象中的科学对社会或个人产生的影响,其情节发展或背景构建通常是基于科学推测的发现或发展、环境变化、太空旅行或其他星球上的生命幻想。(Anon, 2006: 1704)《学生大英百科全书》(*Britannica Student Encyclopedia*, 2010)的定义与《简明大英百科全书》大同小异,但是充分考虑了学生的认知水平和理解能力,其定义突出该类别的故事性,并且更加简明扼要、通俗易懂:

> 科幻小说是一种特殊的小说或故事。人们一直想知道另一个星球上的生活会是什么样,不同种类的技术如何影响地球上的生命,解决此类问题的虚构故事被称为科幻小说。这些故事可能讨论有关科学事实或真实技术的想法,但是它们也涉及很多想象力,如一个故事可能描述了人们第一次与外星人会面,另一个故事可能是想象如果机器人或计算机能够像人一样思考和感觉,会发生什么。许多科幻故事为人类社会呈现了不同的未来前景,想象人们可能会采取不同的行动方式并相互联系,以此帮助揭示有关人性与社会的重要事物。(Anon, 2010: 50)

上述定义主要从科幻小说的常用主题、文学价值、叙事修辞等方面探讨该类小说的基本内涵和区别性特征,但没有充分说明构成该类别的两个词汇"科学"与"小说"所代表的两个学科之间的关系。为了更好地理解科幻小说的本质及其适用范围,有必要根据其术语构成的词汇定义说明二者的关系。

1.1.2 科学话语与小说叙事

科幻小说定义的多种解释说明该体裁涉及问题的多样性和复杂性,其原因之一是关于科学与虚构故事之间的关系,以及科幻与奇幻故事之间的界线并不总是那么清晰。著名的科幻作家艾萨克·阿西莫夫（Isaac Asimov）试图通过科幻小说和奇幻小说之间的比较，说明科幻小说中科学成分的重要性：

> 科幻小说中的超现实故事背景，能够令人信服地由我们自己从现有科技阶段发生的适当变化中推演出来。这种变化可能代表一种进步，比如对火星的移民开发或对外星球生命信号的成功解读。这种变化也有可能代表一种倒退，比如对核灾难和生态灾难摧毁人类技术文明的研究。通过对我们所能取得的科学进步做出宽泛的解释，我们也可以把不太可能实现的东西囊括进去，比如时间旅行和超光速等。而奇幻小说所描述的超现实故事情节，却无法由现有科技阶段中发生的任何变化合理地推演出来。换句话说，如果奇幻小说的情节可以从现实中推演出来，那么就作者的智慧而言，这么做就太没必要了。（阿西莫夫，2012：4）

阿西莫夫明确了科幻小说与科学的密切关系，他要求科幻小说必须基于一定的科学原理，指出该小说类别的关注点是科学发展的未来前景，"其重点甚至是关键点在于对技术变革的觉察"（同上：5）。由此可见，科学原理和科学推想是该类小说的立足之本。但是，即使是基于理性事实的"科学"定义，在各种词典中的解释也存在较大的差异。

《新牛津英语词典》（The New Oxford Dictionary of English，2001）对科学的定义是"一种智力和实践活动，包括通过观察和实验系统地研究物理和自然世界的结构和行为；或者指基于可以证明的事实（如通过实验）获得的有关自然和物理世界的结构和行为的知识；一种有关特定主题知识的组织系统，尤其是与人类行为或社会各方面有关的知识"（Pearsall，2001：1664）。该词典对科幻小说的定义最为简洁：一种基于想象未来科学或技术进步以及重大社会或环境变化的小说，该体裁常以时空旅行和其他星球上的生活为主题。（同上）《科林斯英语词典》（Collins Cobuild English Dictionary，2001）的定义是"科学是对自然事物的性质和行为以及我们获得的有关自然知识的研究"（Sinclair，2000：1485）。该词典对科幻小说的定义比较有趣，"科幻小说包括书籍、漫画和电影中的故事，内容涉及未来或宇宙其他地区发生的事件"（Sinclair，2000：1485）。《学生大英百科全书》对科学的定义较全面，涉及科学的研究方法："科学是与物理世界及其现象有关的任何知识体系，需要通过公正的观察和系统的实验予以验证。通常，一门科学涉及对知识的追求，这些知识涵盖了一般真理或基本法的运作"（Anon，2010：49）。鉴于该定义没有包含人文社会科学知识与研究，《学生大英百科全书》还单独列出了"社会科学"条目，用以描述有关社会和文化以及人类行为的任何学科，包括文化（或社会）人类学、社会学、社会心理学、政治学和经济学；甚至还包括社会和经济地理以及涉及学习的社会环境、学校与社会秩序关系等领域。总体来看，科学意味着任何一门旨在以唯物主义而非精神或超自然的范畴去理解和解释宇宙和人类行为的学科。

多数科幻小说并非以故事的形式来讲述或传播科学知识。这类小说更关注科学知识或原理在生活中的实际表现形式——技术，即基于科学知识产生的工具或机械设施。罗伯茨也认为科幻小说使话语与技术得以紧密结合，尤其是与工业革命相关的巨大技术进步相结合。这就解释了19世纪和20世纪的科幻小说没有对科学话语应用较少的形式（数学、生物学、地理、化学、心理学、地质学等）产生兴趣，而是对技术项目着迷的原因。（Roberts，2016：5）与奇幻小说不同，科幻小说总是以某种真实的科学理论或科学精神作为叙事的基石和框架，验证或展示人类发展的某种可能性。

"小说"的概念比较单纯，该术语的英文是"虚构故事"（fiction），其原文是拉丁语"fictiō"，意为"制造、塑造或模制的行为"。在《新牛津英语词典》中，虚构故事是"一种描述虚构的人和事件而不是真实事件的文献"（Pearsall，2001：679）。《科林斯英语词典》的定义与《新牛津英语词典》一致，不过更强调其非真实性："小说是指有关虚构人物和事件的书籍和故事，而不是有关真实人物或事件的书籍"（Sinclair，2000：619）。《学生大英百科全书》认为"虚构故事"即小说，是从想象（imagination）中创造的文学作品，尽管可能是基于真实的故事或情景，但并未作为事实呈现。

事实上，科学话语与小说叙事具有相似的逻辑结构，故事的基础是想象，其形式在很大程度上等同于科学研究中发现（discover）这一环节的抽象形式。认知科学家杰罗姆·布鲁纳（Jerome Bruner）在其论文《现实的叙事结构》("The Narrative Construction of Reality"，1991）及其著述《现实的思想，可能的世界》(Actual Minds, Possible Worlds，1986）中对科学话语与叙事话语进行了比较分析，指出二者是人类在尝试获得知识时运用的两种认知方式。科学知识的特征是认识单位之间的逻辑关系，因而科学话语的要素是逻辑命题，所得推论来自于蕴含于事实中的因果关系，并据此制定关于该事实的定律来指定过程。这些抽象规律反映了人们对世界上物质过程的系统了解。因此，布鲁纳将科学的思想形式称为范式知识的基础。科学的任务是提出范例，叙事话语则通过更具体的信息补充抽象的科学思想形式。叙述的基石不是逻辑证明或经验观察，而是事物的连续动作和状态，其推理的核心是基于自发期望和相互关联的心理图像。(Keunen，2011：4–5）例如，人们会自觉地期望在家庭成员、恋人或朋友之间交换亲密关系。实际上，这两种话语的思维方式基本一致，根据一定的流程描述事实或想象事实，并确定这些流程将以何种方式或者目的发展。叙事想象力和科学抽象逻辑推理能使不断变化的现实变得可理解。想象叙事是现实在大脑中的烙印，且总会涉及某种信息的传递或复杂的思维过程，在某些方面甚至比抽象思维的表征更有效。

综上所述，科幻小说的基石是科学知识与技术应用，其产生的认知基础是人类意识中的想象与幻想。一般情况下，想象指人类大脑对新颖、有趣的事物，或从未经历过的事物，或现实生活中不一定存在的事物形成画面或想法。幻想指人们考虑并希望发生的令人愉快的情况或事件，尤其是不太可能发生的情况，或长时间想着、能反映人类有意识或无意识愿望的想象。科学与幻想，一个是对事物的客观认识，一个纯属个人的主观意识，在本体认知上存在较大差异。幻想承载着复杂的信息，具有明显的主观意识，更适用于叙事想象。小说能够创造性地改变人们从感知和记忆中获得的所有信息，它能通过一系列的叙事过程，吸收日常生活和自然知识及其代码或图示，为读者描绘一个动态世界，从而构成一种知识形式。据此，科幻小说这种体裁能够将科学与幻想完美地结合起来，使之成为展现人类梦想的独特表述机制与形式。

1.2 起源与幻想故事

不同学者对科学、幻想、虚构三者之间的关系及其在科幻小说中的作用理解迥异,对这种体裁的起源也莫衷一是。着重于幻想因素的研究者认为该文学体裁发端于数千年前,在神话般的奇妙作品,如古巴比伦的《吉尔伽美什史诗》(*Epic of Gilgamesh*)和古埃及的《亡灵之书》(*Book of the Dead*)中已初见端倪。(Mann,2001:7)将这些古代文献解释为科幻小说的萌芽比较勉强,但它们确实提供了奇异文学形式的起点。关注其文化渊源的学者认为古希腊的神话传说为现代科幻小说提供了两大主题。(Roberts,2016)虽然保罗·金凯德(Paul Kincaid)承认可以在古希腊时期的小说和叙事诗中找到科幻小说的主题和隐喻,例如,著名的萨摩萨塔的卢西安在其《真实历史》(*The True History*,2世纪)中叙述的登月之旅,但是他认为将其认定为科幻小说史的开端是错误的。金凯德认为科幻小说的历史实际上始于文艺复兴时期,更具体一点是始于对新世界的探索以及 16 世纪初欧洲各地人文主义的传播。(Kincaid,2011:22)

1.2.1 起源之争

即使是百科全书,面对不同类型的读者,对科幻小说起源的描述也有所不同。《简明大英百科全书》认为玛丽·雪莱(Mary Shelly)的《弗兰肯斯坦》(*Frankenstein*,1818)、罗伯特·史蒂文森(Robert Stevenson)的《化身博士》(*The Strange Case of Dr. Jekyll and Mr. Hyde*,1886)、乔纳森·斯威夫特(Jonathan Swift)的《格列佛游记》(*Gulliver's Travels*,1726)等作者及作品开创了科幻小说的先河。1926 年创办的纸浆杂志《惊奇故事》中刊登的凡尔纳和威尔斯的作品使该类小说成为一种重要流派。在 20 世纪 30 年代后期的《惊奇科幻小说》杂志的推动下,该体裁开始作为严肃小说出现,这一阶段的主要代表作家有艾萨克·阿西莫夫、亚瑟·克拉克(Arthur Clarke)、罗伯特·海因莱因等。第二次世界大战爆发后,该小说的读者和研究者规模大增,许多作家在作品中展示了对地球未来社会的预测、对星际旅行的分析以及对其他世界智慧生命富有想象力的探索。《学生大英百科全书》则将19世纪的作家凡尔纳和威尔斯视为这一题材的开创者，其关于科幻小说的发展简介则与《简明大英百科全书》一致。

科幻小说的历史演变与人类认知进程和科学技术的进步密切相关，人类与生俱来的探究精神与幻想天性让流传至今的古代小说或多或少包含了奇幻传奇的元素。世界上几乎所有民族的神话传说均涉及对自然现象的解释：天地形成、季节更替、气候变化、超能力的神或半人半神等。此外，早期人类已经观察到自身与其他物种的区别，严酷的生存竞争让他们幻想拥有其他物种的某种能力。这种渴望弥补自身能力的不足和对超越一切物种的向往，激发了人类开展仿真研究与实验的强烈兴趣与动力，同时也让像鸟类一样在空中飞行、像鱼类一样在水里游走等幻想成为科幻小说萌芽时期的永恒主题，而空中飞翔的主题更是成为科幻小说黄金时代的主要创作动机。以古希腊的荷马史诗《奥德赛》为例，三面环海的希腊文化产生了数百种奇幻航行的故事，包括对安息之地或天堂的幻想，甚至详细叙述了进入大气层或者到月球和太阳系的非凡旅程。

古希腊众多的奇幻旅行叙事与当时的天文学进步相关，亚里士多德（Aristotle）、托勒密（Claudius Ptolemaeus）等人建构的知识体系为富有想象力的古希腊作家提供了广阔的宇宙空间场景。亚里士多德的《物理学》《气象学》《论天》《论生灭》等著述讨论了物质世界的运动原理，探究了天气的各个方面，如雷电、雨水、风等，阐释了诸多天文学现象，如彗星、银河系等。他提出的"地心说"将宇宙视为一个有限的球体，分为天地两层，地球位于宇宙中心，日月围绕地球运行，物体总是落向地面等学说解释了物理世界的构成及其运动的各种现象和原理。托勒密发展了亚里士多德的理论，使其影响深远，直至哥白尼（Copernicus）的"日心说"出现后才开始瓦解。按照托勒密的设想，各行星都绕着一个较小的圆周运转，而每个圆的圆心则在以地球为中心的圆周上转动。托勒密的推论虽然没有反映宇宙实际结构的数学图景，却较为完满地解释了当时观测到的行星运动，这一成就为当时的航海提供了极大的帮助。

第 1 章　西方科幻小说发展综述

"奇异旅行"（voyages extraordinaires）的相关叙事历史悠久，欧里庇得斯（Euripides）的悲剧《贝勒罗丰》（Bellerophōn）中就有所呈现。这个故事大约写于公元前 430 年，讲述了传说中的贝勒罗丰（Bellerophōn）试图骑着长着翅膀的飞马（Pegasus），飞向天堂，可惜的是，他在空中跌下马，掉到地球表面，瘫痪了。较完整地描述了空中飞行梦想的最早文本是马库斯·西塞罗（Marcus Cicero）撰写的《西塞皮奥之梦》（Dream of Scipio，公元前 51 年），该书在描绘人类的空中飞行时，体现了当时的宇宙观和道德教育。故事讲述了年轻的西塞皮奥（Scipio）梦见自己已故祖父的情景，在天堂的祖父向孙子展示了自己位于星空中的住所——专门为那些遵循美德的人特别是为捍卫自己国家的爱国者设计的死后居住地。

另一位描述空中飞行的古典作家是被某些学者誉为"科幻小说之父"的卢西安（Lucian）。[1] 其《伊卡罗尼波斯》（Ikaromenippos）描述了罗尼波斯（Menippos）与一位友人的对话。罗尼波斯对地球上哲学家间存在的矛盾感到沮丧（他们每个人都有关于真理的想法，且固执己见，并为此争吵不休），于是决定向天上的宙斯询问事实的真相。该故事的特别之处是详细描述了罗尼波斯制作飞行工具的技术细节：将鹰的翅膀固定在右臂上，将秃鹰的翅膀固定在左臂上，然后飞向天堂找宙斯。首先，他飞到月球，在那里获得了一个绝佳位置，从中可以俯瞰地球。然后，他飞越太阳，直达天堂，与宙斯会面。抵达天堂后，叙事从飞行技术转向神学描写。卢西安在另一部讽刺作品《真实历史》中也描述了飞往月球的经过，不过这次的飞行工具是由海上旋风卷起的帆船。《真实历史》已经出现了性别幻想，其描述的月球居民仅有男性，现代科幻小说中的性别幻想可能来自于此。这两个故事最突出的特点是将科学话语和思辨性话语融为一体，这被视为科幻小说的语言特征，卢西安也因此被部分研究者视为第一位科幻小说作者。

对科学和神学都感兴趣的是古希腊维奥蒂亚地区（Boeotia）的散文家和历史学家普鲁塔克（Plutarch），其《月球表面的明显标记》（On the Face Apparent in the Circle of the Moon）可追溯至 80 年左右。该书对月球

---

[1] 卢西安的另一汉译为"琉善"。卢西安的出生地是萨摩斯（Samos），所以他也被称为卢西安·萨摩萨塔（Lucian Samosata）。

表面明显标记的解释反映了当时和月球有关的两种科学观点：一种认为月球是由炽热、透明的物质构成的，像镜子一样，其可见标记是陆地的反射；另一种认为月球是由地面物质或泥土构成的，那些痕迹是其中的杂质，或者是太阳光投射的阴影。此外，该书还讨论了月球是否有人居住的问题。书中一位对话者苏拉（Sulla）通过来自大西洋彼岸的一个陌生人揭示了天堂的本质，即天堂是人类灵魂的栖息之地。他说人类天生具有三个要素（身体、思想和灵魂），当地面死亡摧毁了身体之后，灵魂会迁移到月球，在那里的第二次死亡再释放出灵魂。普鲁塔克在书中进行了科学和神学探讨，体现了科幻小说萌芽时期的思想特征。

1.2.2 中世纪的幻想故事

从 4 世纪至 17 世纪初，漫长的一千多年涌现出许多幻想奇特的浪漫故事，其中不乏奇幻旅程的描述，包括脱离地球引力的太空之旅。不同于古希腊人幻想故事的思辨色彩，中世纪的星际航行没有摆脱政教合一集权制度的影响，具有较重的说教成分，缺乏科幻小说所需的技术想象。在自然哲学层面上则开始想象出替代世界这样的理性概念。此外，中世纪有关骑士的浪漫故事传统无意识地为科幻小说提供了叙事框架。骑士传奇题材广泛，众多英雄冒险的故事以及超越经验世界、具有异国情调的旅行使之成为科幻小说的重要叙事模式。瑞安·伍（Ryan Vu）（2019：13–34）认为如果想了解科学和小说在历史上是如何交互发展的，研究者不能忽略这个关键时代，但是他并没有提出足够的证据说明科幻小说在这一阶段取得了突破性进展。

不可否认的是，中世纪单一宗教的权威及其后期的剧烈变革，不自觉地给所有艺术染上了浓厚的宗教色彩。实际上，西方文学始终与宗教信仰有着千丝万缕的联系。尽管意大利诗人但丁（Dante）的《神曲》（*Divine Commedia*，1984）没有科幻小说的主要特征，但是它展现出的神学、伦理学、天文学等庞大的知识体系反映了当时的社会百态和科学发展水平。其篇章结构无论是形式还是数字均暗示了物质世界的运行机制和规律：《地狱篇》（"Inferno"）通过对地狱的描写，呈现了在地理上被视为（空心）地球的内部世界；《炼狱篇》（"Purgatorio"）讲述了沿着对角线追踪一个高不可及的山峰旅程；《天堂篇》（"Paradiso"）的结构完整地体现了托勒密的天文学知识体系。

中世纪的登月之旅出现在意大利诗人路德维柯·阿里奥斯托（Ludovico Ariosto）的史诗《疯狂的罗兰》（*Mad Roland*，1534）中。这首诗讲述了查理曼大帝罗兰的冒险历程。罗兰因为失恋而疯狂，之后他的王国受到撒拉逊人的威胁。为了让罗兰恢复神智，英国的骑士阿斯托尔夫（Astolfo）骑上长有翅膀的河马，飞往高山之巅的陆地天堂，在那里遇到了福音传教士约翰。在当时的传说中，地球上失去的所有物体（如罗兰的神智）都会前往月球，于是圣约翰与阿斯托尔夫一道飞向月球，寻找罗兰的神智。在圣约翰的帮助下，阿斯托尔夫找到并取回了罗兰的神智，回到了地球。这个故事几乎是对普鲁塔克月球幻想的回应，后者也将月球视为灵魂栖息地，但是这个故事的宗教救赎意味更明显。

17世纪，科学研究的突破促使科幻小说进入一种全新的写作模式，哥白尼、布鲁诺（Giordano Bruno）和开普勒（Johannes Kepler）在天文学方面的发现动摇了中世纪神权统治的核心教义。以哥白尼的天体理论为代表的新宇宙论，随同16世纪和17世纪晚期思想家有关无限世界的先进思想，成为科学飞跃式发展的巨大推动力。托勒密严密的天体模型被打破之后，新宇宙学揭示了更大的宇宙规模，其浩瀚的空间与无限的可能性激发了探索者丰富的想象力，从而彻底改变了科幻小说的推想话题。其中需要特别指出的是开普勒，作为一个颇有建树的天文学家，他不仅创立了至今仍以其名字命名的三个行星运动定律，还创作了一个幻想故事——《一个梦或月球天文学》（*A Dream, or Lunar Astronomy*，1634），展现了他对月球的科学推想。故事由一个无名的框架叙述者讲述了自己某天夜里观察星星和月亮之后做的一个梦，并通过嵌入式的叙述者（精灵）揭示了月食和日食现象。该书介绍了月球的自然历史，描述了月球的运转规律：月球绕其自身轴旋转，地球每月绕月运行，这就意味着月球的一个半球始终面向地球，而另一半球则始终远离地球。开普勒认为由此产生的月球温度存在极端变化，从两周夜晚的严寒到两周白天的炎热，以至月球上的居民都退到深深的山洞中躲避。这个故事不可避免地带有奇幻色彩，如当月影或某种圆锥形阴影同时触及地球和月球并充当其路径时，恶魔会在月食或日食期间向月球移动。故事还描述了往返不同世界间的艰苦旅程，包含一些接近科学事实的细节：外层空间极度寒冷、空气稀薄，会让普通人呼吸困难。

瑞安认为开普勒的《一个梦或月球天文学》具体展现了新教理性科学与塑造新兴流派的天主教魔术／魔幻想象之间的辩证法，所传递的信息充满两面性：荒谬而怪诞；清醒而科学。但是从上下文来看，更容易看出魔术（巫术和魔鬼及其伴随的异象）与科学之间的动态关系——一种早期的科幻小说无法回避的矛盾。《一个梦或月球天文学》里奇幻怪诞的想象力和扎实的科学基础交织并置，这种明显的对立恰好是该书的潜在美学原理。（Vu，2019：25）尽管《一个梦或月球天文学》的叙述模式既单一，又复杂，无法成为以后作品的模型，但其诠释[1]的复杂性却是早期科幻小说的典型表现。因此，它在科幻小说发展史上具有重要意义，是科幻小说开始借助科学知识、挣脱魔幻和宗教桎梏的早期表现。

1.3　乌托邦小说

16世纪，出现了一种富有想象力的外推小说模式，这就是后来成为科幻小说重要叙事主题之一的乌托邦想象。乌托邦文学历史悠久，柏拉图的《理想国》是这类想象的开山之作。后来的《乌托邦》（*Utopia*，1516）、《太阳城》（*The City of the Sun*，1623）或"火星"三部曲不过是以故事的方式阐述《理想国》的基本原则。"理想国"的本质是超越现实，具有较强的未来属性，因而成为科幻小说家寄托政治理想、展现远大抱负的广阔天地；同时，也是他们针砭时弊的有力手段。

1　开普勒的《一个梦或月球天文学》的正文仅3 800个词，主要描述新奇的幻想；其注释有15 000个词，负责介绍这个奇幻之梦涉及的科学知识，这些知识主要来自他通过望远镜对月球的观察结果和阐释。

1.3.1 《乌托邦》与《太阳城》

托马斯·莫尔爵士（Sir Thomas More）于 1516 年以拉丁文出版了《乌托邦》。小说名称意为"没有的地方"或者"好地方"，具有明显的虚幻性质。该词随后成为一切虚构国度的代名词。莫尔在书中描述了一个假想岛或不存在的地方，那里的社会组织是人类生存状态的理想模式：商品共有、教育普及、生活幸福、社会井然有序且有较高的生产力。实际上，莫尔创建乌托邦的意义不仅在于他想象了一个更美好的世界，而且借助"世界建设"来探讨"情况如何会更好"这个亘古不变的人类理想。他将人类向往了几千年的生活理想具体化：更好的世界、更丰裕的收获、更友好的生活环境、更便利的生活设施等，故而产生了较大的回应和共鸣，激发了无数追随者。

意大利牧师汤玛索·坎帕内拉（Tommaso Campanella）在 1602 年写下了自己的乌托邦——《太阳城》。坎帕内拉的太阳城是一个由七个同心圆墙建造的理想城市，其国王霍伊（Hoh）还是首席牧师和一位有良心的哲学家（即柏拉图倡导的"哲学王"）。与莫尔的乌托邦一样，太阳城里的财产为市民所共有。但是，坎帕内拉的愿景更具有技术上的创新性，他描述了风帆、自动航行的船只、飞行器驱动的陆地小汽车等。此外，城市建筑的墙壁上还有科学和文化知识的文字和图画，方便公众随时接受教育，整个城市洋溢着文明、美好的和谐氛围。

弗朗西斯·培根（Francis Bacon）的《新亚特兰蒂斯》（*New Atlantis: A Work Unfined*, 1627）在乌托邦主题小说中也占有重要地位。这部未完成的简短作品，因其描述了未来世界的具体技术而闻名。这部作品带有一定的科学推想性质，其中包括对潜艇和自动机械的预言。由于逝世，第二部分手稿被简化为一个清单，列举了培根对人类未来发生变化的 33 个预测，如寿命的延长、某种程度上恢复青春、当时无法医治的疾病得到治愈等。作为小说，该作品的叙事性不强，但其多数科学推想后来得以实现，充分展现了科幻小说预测科学和技术可能性进展的超前意识。

1.3.2 《格列佛游记》

18 世纪，科幻小说从立足于乌托邦社会推想的小规模亚文学扩展到更为宽广的领域。启蒙运动中的思想家、历史学家和科学家们推崇理性至上，极为难得地一致认可了实验科学和证据科学的重要性，并以此挑战古老的宗教神话和迷信。同时，作家们则采用大胆的幻想和推想性叙事表达对社会现实的不满和讽刺。这类作品的主要代表有乔纳森·斯威夫特的《格列佛游记》以及伏尔泰（Voltaire）的《乐观主义的天真汉》（Candide ou l'Optimisme，1759）和《外星巨人》（Micromégas，1750）。这三部作品所表达的内容至关重要，他们是促使幻想故事摆脱传统宗教思想束缚的重要助推器。[1]

斯威夫特的《格列佛游记》是 18 世纪最著名的小说之一，由于具有强烈的社会讽刺性，其科幻特征往往会被忽略。亚当·罗伯茨非常推崇这部小说，认为其四个部分都包含了科学元素，以致在阅读此书时很难不去思考关于科学，更具体地说是关于科学及其表征之间的关系，而后者则是科幻小说的本质特征。罗伯茨在《科幻小说史》中详细分析了该书的科幻小说特征，指出斯威夫特这部小说的前两部分不仅代表数学，而且体现数学，并通过这种特殊的科学表述方法让读者参与四则运算过程。例如，当六英寸的弓箭手出现在格列佛的胸口时，用数字描述的小人国与现实物质世界之间的反差就产生了惊奇的修辞效果。小人国的国民被认为是一系列科学领域的专家，而且所有这些学科都与当时发达的导航业务有关。同样，格列佛用来形容布罗布丁纳人（Brobdingnagians）的类比大多来自航运世界。他们除了掌握数学和"所有机械艺术"之外，还拥有出色的制作地图的能力。（Swift，2005：93，306）罗伯茨指出这是因为 18 世纪最发达的科学是航海学，出色的地图能使斯威夫特的同时代人到达更远的地方。

《格列佛游记》中的"前往勒皮他飞岛（Laputa）的旅程"明显涉及科学讽刺。格列佛被带到一个浮岛上，发现那里的科学家完全沉迷于

---

[1] 《格列佛游记》和《外星巨人》均展示了对火星的详细观察，其中火星拥有两颗卫星的猜想在后来得到证实。为了纪念两人了不起的推想，火星的第二颗卫星德莫斯（Deimos）上的两个陨石坑被分别命名为斯威夫特和伏尔泰。

天文学推想，这种痴迷甚至让他们脱离现实，过着一种与世隔绝的生活。这类针对某个知识分子群体的讽刺，真实地反映了某些知识分子在面对时代科学迅速发展以及在帝国主义扩张浪潮中无所适从的逃避态度。（Roberts，2016：5）此外，斯威夫特的小说更多地体现了启蒙运动时期的理性追求以及对盲目崇拜根源的剖析。可以说，启蒙运动对理性的尊崇和新知的渴求为科幻小说进入现代阶段做好了知识和精神准备。

1.4 科学浪漫故事

部分研究者认为，科幻小说作为一种可识别的文学传统始于工业革命期间，诞生于 19 世纪下半叶。也许只有在工业革命以及随之而来的社会变革的历史背景下，才能理解 19 世纪科幻小说数量上的增长。19 世纪是科幻小说演变过程中的重要转折点，此阶段开始挣脱宗教神学束缚的科学技术发展迅速，工业革命带来的社会变革及其成果已经明显改变了人们的日常生活和兴趣范围。人们对行星或神秘、浪漫的星际故事的兴趣不断增强，遥远的太空和未来似乎不再那么遥不可及。同时，欧洲帝国主义的侵略扩张带来了一系列社会和政治问题，承载希望或警告的未来世界成为科幻小说的主要叙事舞台。浪漫主义文学中常见的奇迹传说、哥特式的惊悚和异国情调为科学浪漫故事的登场做好了思想和叙事技巧方面的准备，玛丽·雪莱、爱伦·坡、儒勒·凡尔纳、赫伯特·威尔斯等作家从主题基调、叙事修辞策略等方面奠定了科学浪漫故事的文学价值和批评功能，他们的优秀作品让这一小说体裁成为不可忽视的文学力量。

1.4.1 《弗兰肯斯坦》

19 世纪初期是英国浪漫主义诗歌发展的鼎盛时期，以珀西·雪莱（Percy Shelley）、拜伦、济慈为代表的第二代浪漫主义诗人相继创作了他们一生中最重要的作品。同时，雪莱的妻子玛丽·雪莱也创作了被誉为现代科幻小说开山之作的《弗兰肯斯坦》。如果说爱伦·坡创建了一种以精细描写的方式让科幻小说获得逼真效果的修辞策略，那么凡尔纳和威尔斯则分别奠定了科幻小说两种变体（硬性/说服性与推想性/奇幻性）的基础，使之成为科幻小说后来发展的两种主要叙事模式，而玛丽·雪莱则率先反思了人类盲目追求技术的伦理问题。这四位作家通过超凡的想象，将科学技术可能带来的后果，在故事中以合理的逻辑推论展现给读者。诚如玛丽的丈夫雪莱在《弗兰肯斯坦》序言中所声明：

> 在达尔文博士和德国的一些生理学家看来，这本小说所依据的情节并非完全没有可能出现……但是，在我把它当作幻想作品的基础时，并没有认为自己纯粹是在编造一系列超自然的恐怖情节。故事的趣味所依靠的情节与鬼怪或邪术没有丝毫关系。我是以情节发展的离奇吸引读者的，尽管这并不是一个真实实践，它对描绘人类各种情绪的想象力倒是提供了一种能使之更加全面和动人的视角，而那是完全依靠现实实践的普通关系无法做到的。（玛丽，2016：10）

这段话涉及现代科幻小说的创作前提和结构模式，即科幻小说是展现人类想象与情绪宣泄的舞台，其情节结构要有一定的科学依据，并具备科学可能性。任何阶段的科幻小说都是当代科学研究水平的反映，某些技术突破能够激发人类的想象激情，促使作家推测基于科学假设可能发生的事件。《弗兰肯斯坦》就充分利用了所处时代在电和电流研究领域的最新发现。[1] 玛丽之所以被视为科幻小说之母，是因为她在序言中强

---

[1] 1791年，动物学家路易吉·阿洛伊西奥·伽伐尼（Luigi Aloisio Galvani）把静电机和青蛙肌肉相连，利用静电让死去的青蛙出现肌肉颤动，开创了生物电学领域。在19世纪早期，许多科学家对电有可能使人起死回生的想法着迷。1820年，汉斯·克里斯蒂安·奥斯特（Hans Christian Oersted）发表了有关电流对罗盘针产生影响的发现。在不到五年的时间里，安德烈－玛丽·安培（Andre-Marie Ampere）提出了关于电流和磁场相互作用数学定律的表述。乔治·西蒙·欧姆（Georg Simon Ohm）用数学方法分析了电导现象和不同物质所表现出的"电阻"。迈克尔·法拉第（Michael Faraday）在1834年列出了有关电现象的11个基本命题。他的电磁感应发现以及构成电场的"力线"概念的发展为电动机铺平了道路。但是，电气理论的第一个重要技术应用是塞缪尔·莫斯（Samuel Morse）在19世纪30年代开发的电报技术。詹姆斯·普雷斯科特·焦耳（James Prescott Joule）研究了电流和热量之间的关系，并于1841年发表了他的发现。法拉第开始的电磁理论由詹姆斯·克莱克·麦克斯韦（James Clerk Maxwell）在1864年发表的一组权威方程式中得以完成。约瑟夫·约翰·汤姆逊（Joseph John Thomson）在19世纪90年代中期对原始阴极射线管进行了实验证明，电的确包含了各个成分，这些成分很快被称为"电子"，该发现催生了新了原子模型。参见 Stableford, B. 2006. *Science Fact and Science Fiction: An Encyclopedia* (Vol. 1). New York: Routledge, p.151。

第 1 章　西方科幻小说发展综述

调故事所依托的科学原则,这种观点说明她已经意识到科幻小说是一种独立的体裁。玛丽在这部小说中抛弃了传统哥特式小说的神秘和惊悚秘诀,用科学、合理的方式讲述故事,采用理性、冷静的叙述腔调,营造出令人窒息的惊奇和恐惧效果。同样,爱伦·坡也主张在这类异想天开的主题范围内,要优先考虑科学原理的应用。但是,凡尔纳反对不负责任的科学推想,并在很大程度上限制自己从现有知识和技术进行推断,他在"奇异旅行"系列中追求的是符合科学原理的自然主义推想思路。

《弗兰肯斯坦》标志着科幻小说迈出了重要的一步,小说自首次发行之后从未停止过重印,并且自1910年第一个无声版电影以来多次被改编成电影和舞台剧。[1] 小说似乎打开了技术发展给人类带来的一个潘多拉盒子,将恐怖的源头从超自然的事物转移到科学现实,使科学研究失控的故事成为科幻小说的原型母题之一。随后,多部小说展现了疯狂的科学家在对知识和技术极限的狂妄追求中,背叛了人类的基本价值观,从而导致一系列令人不寒而栗的恐怖后果。这些作品包括奥诺内·巴尔扎克(Honoréde Balzac)的《百岁老人》(The Centenarian, 1822)和《寻找绝对》(The Search for the Absolute, 1834)、纳撒尼尔·霍桑(Nathaniel Hawthorne)的《胎记》(The Birthmark, 1843)和《拉帕西尼的女儿》(Rappaccini's Daughter, 1846)、罗伯特·史蒂文森的《化身博士》、威尔斯的《莫罗医生岛》(The Island of Dr. Moreau, 1896)等。进入21世纪,小说人物弗兰肯斯坦拼接的怪物仍然是一个有力的隐喻,暗示人与技术之间紧张莫测的关系以及人类在追求技术突破时所面临的伦理悖论。

玛丽·雪莱还写了另外两部科幻小说:《最后一个人》(The Last Man, 1826)和《不朽的人》(The Mortal Immortal, 1833)。前者同样是一个具有开创性的主题,讲述了一场灭世大瘟疫之后,人类最后一个幸存者的故事,这是首次将瘟疫描绘成一个行星事件的小说。后者的主题比较平淡,讨论了人类试图通过药物获得永生的愿望。2004年,玛丽被推举列入科幻小说名人堂(Science Fiction Hall of Fame)。

---

[1] 《弗兰肯斯坦》被改编的电影有1910、1931、1935、1957、1974、1992、1994、2013、2015年版本以及2011年版的英国舞台剧。

1.4.2 《汉斯·普法尔无与伦比的冒险》

根斯贝克在其《惊奇故事》的第一期将爱伦·坡称为科学题材小说的三位核心创始人之一，其原因是他率先使用科学细节来增强奇妙故事的真实性。他在《汉斯·普法尔无与伦比的冒险》(The Unparalleled Adventure of One Hans Pfaall, 1835)中所描述的登月航程，几乎可以视为硬科幻小说遵循科学合理性原则的第一个宣言，小说随处可见能够增强登月过程细节合理性的科学原理阐释。他的推想故事还包括讲述气球飞行原理的《气球骗局》(The Balloon-Hoax, 1844)，关于催眠术的《瓦尔德马先生病例之真相》(The Facts in the Case of M. Valdemar, 1845)、《催眠启示录》(Mesmeric Revelation, 1844)、《凹凸山的故事》(A Tale of the Ragged Mountains, 1844)，关于地球探索的《瓶中发现的女士》(MS. Found in a Bottle, 1833)、《莫斯肯漩涡沉浮记》(A Descent into the Maelstrom, 1841)，关于迷失世界的《亚瑟·戈登·皮姆的叙述》(The Narrative of Arthur Gordon Pym of Nantucket, 1838)，以及关于未来主义乌托邦的《梅隆塔·陶塔》(Mellonta Tauta, 1849)等。此外，爱伦·坡还通过《诗歌原理》("The Poetic Principle", 1848)和《尤里卡：一首散文诗》(Eureka: A Prose Poem, 1848)等文章和诗歌探讨了科幻小说的叙事原则，并阐述了平衡科学与魔术、理性主义与神秘幻想之间的辩证关系。

爱伦·坡对凡尔纳的写作生涯初期影响极大。凡尔纳在自己唯一的文学批评文章《爱伦·坡的天赋异禀》("The Bizarre Genius of Edgar Poe", 1978)中特别称赞爱伦·坡对细节的关注以及他让离奇的事物变得与众不同、运用科学原理让作品产生真实感等方面的能力。(Verne, 1978：26-30)凡尔纳从爱伦·坡的作品中汲取较多的灵感（气球、密码、漩涡、催眠术等），这些在他的"奇异旅行"系列作品中均有体现，其中《冰川上的斯芬克斯》(Le Sphinx des Glaces, 1897)被看作是对爱伦·坡的《亚瑟·戈登·皮姆的叙述》的续写。(阿尔迪斯，2011：125)

1.4.3 《海底两万里》

凡尔纳在 19 世纪 60 年代初普及了一种新型的混合小说类型，即增强科学教育功能的科幻小说。他的科幻小说充满科学教义，在 1866 年出版的凡尔纳"奇异旅行"系列丛书的序言中，出版商皮埃尔 - 儒勒·赫泽尔（Pierre-Jules Hetzel）明确指出这些书籍的出版目的是"概述现代科学积累的所有地理、地质、物理和天文知识，并以生动有趣的方式重述宇宙的历史"（Stableford，2006：549）。凡尔纳一生撰写的 60 多本科幻小说具有特定的教育目的，即弥补法国天主教学校缺乏科学教育的缺陷。

赫泽尔的序言阐明了凡尔纳科幻小说的一个明确目标：以富有想象力的航行为媒介，传授自然科学知识。因此，教育功能是凡尔纳开创的硬性/指导性科学话语的主要特点。为了让自己小说中的科学幻想更符合科学现实，凡尔纳利用一切机会广泛涉猎地理、数学、物理、化学、经济、植物以及航海方面的知识，积累了 20 000 多张摘抄卡。他博学深厚的知识体系和出色的语言能力使其能够在以浪漫主义情怀讲述现代科学幻想的时候驾轻就熟、游刃有余。凡尔纳的作品融入了他独特的科学见解，情节曲折离奇却合理紧凑，容易引导读者进入特定的幻想境界，使之身临其境，在紧张有趣的阅读过程中领会科学知识。他与赫泽尔合作的第一部小说《气球上的五星期》（Cinq Semaines en Ballon，1863）获得了极大成功，至此开始了两人延续一生的友情。

凡尔纳的作品使用一些简单的科技元素，特别是对各种交通工具的预测，体现了交通和征服之间的戏剧化结合。他的"奇异旅行"系列丛书展示了人类上天入地的各种交通工具，特别是《海底两万里》（Twenty Thousand Leagues Under the Seas，1872）中尼莫船长的超级电动潜艇。此外，《海底两万里》用很大篇幅描述海底世界的地貌和无数种鱼类，犹如一部海洋地质与生物的百科全书。尽管他对达尔文的进化论有所保留，但是猿类作为人类文化的特征在不止一个故事中出现。他在多部小说中采用漂浮的岛屿来揭示典型的幽闭恐怖症状，并以此展开对乌托邦及反乌托邦的审视。

凡尔纳对科学技术的进步持积极的态度，对当时的航海航天技术发展充满向往。相比之下，推想／奇幻性科幻小说中应用科学知识的主要目的是促进剧情发展，帮助创造特殊效果和读者疏离，建立真实感，提高作品的可信度。在此类科幻小说的叙事过程中，"科学"从主要位置转移到了次要位置，从主题退化为背景。它不再寻求推导的智慧源泉，而是寻求创造性想象的动力。

1.4.4 《时间机器》

到了 19 世纪末，推想／奇幻性科幻小说的发展模式随着威尔斯的"科学浪漫故事"陆续出版而进入成熟期。威尔斯的写作生涯漫长，作品众多，但其富有启迪性的作品主要创作于 1895—1914 年。威尔斯的创造天才为科幻小说传统注入了新活力，他很快从早期的"科学浪漫故事"转向更"现实的"小说和国际世界政治。他关注科学技术发展在人类演变进化过程中的作用，与凡尔纳的乐观主义相反，他持保守和谨慎的态度，甚至对人类最终的演变结果比较悲观。威尔斯极大地拓展了科幻小说的主题范围，将这种娱乐或边缘文学形式转变为一种强大的科学推想和社会批判工具，让这种新型小说在 20 世纪初获得了很高的声誉。

威尔斯的小说几乎聚集了早期科幻小说的所有主题：关于时间旅行的《时间机器》(*The Time Machine*, 1895)；有先见之明的未来战争小说，如《世界大战》(*The War of the Worlds*, 1898)、《土地铁甲》(*The Land Ironclads*, 1903)、《空中战争》(*The War in the Air*, 1908)、《获得自由的世界》(*The World Set Free*, 1914)等；史前小说与失落种族的《盲人之乡》(*The Country of the Blind*, 1904)；讲述外星人旅程的《登月第一批人》(*The First Men in the Moon*, 1901)；讲述疯狂的科学家和科学实验失败的《莫罗医生岛》和《隐形人》(*The Invisible Man*, 1897)；乌托邦推想和世界末日的灾难小说《星》(*The Star*, 1897)、《现代乌托邦》(*A Modern Utopia*, 1905)和《彗星的日子》(*In the Days of the Comet*, 1906)。他在这些故事中进行了一些非凡创新，如《时间机器》讲述了一种新颖的时间旅行故事，描述了人类经过数十万年演变之后，在 802701 年出现的令人毛骨悚然的荒诞情景：在地面上生活的埃洛伊（Eloi）成为在地底

第 1 章　西方科幻小说发展综述

下生活的莫洛克（Morlocks）的食物；《隐形人》中的物理学家格里芬（Griffin）发现了隐形的秘密，这使他成为遭到捕杀的疯癫妄想狂；《世界大战》中的火星人是所有机械人（Cyborg）[1]的原型，也是未来科幻小说中拥有超级大脑的未来人类和外星人的原型。威尔斯对科幻主题的探索和改造影响深远。在《时间机器》的影响下，爱德华·贝拉米（Edward Bellamy）、威廉·莫里斯（William Morris）、马克·吐温（Mark Twain）创作了相关主题的小说。总体而言，代表威尔斯 10 年辉煌的特征不是其独特的新颖性，而是为已经蓬勃发展的早期科幻小说的平凡情节注入了新鲜的想象和活力。

与凡尔纳将小说作为传播科学知识的途径不同，威尔斯更多地将科学视为一种文学手段，用以增强作品的真实感和加深奇幻异象的情感影响，使其"思想实验"更加合理，使读者更充分地关注故事中的人为因素。确实如此，他的科学浪漫故事"是一个围绕一扇可能之窗展开的科学探索故事，并通过探索发现了瞥见事物的可能性"（Stableford，1985：8）。保罗·金凯德在《科幻小说简史》一文中总结了威尔斯对科幻小说的三大创新：《时间机器》首次提出了穿越时间的技术装置，将时间本身转化为可以考虑维度的时间旅行；将德国统一和法普战争后广为流传的德国入侵的偏执狂故事在《世界大战》中演变为异形（alien）入侵的恐怖情节；以《弗兰肯斯坦》为范本创作了两个变体——《莫罗医生岛》和《隐形人》。金凯德认为威尔斯这四部作品与他的第一部未来主义乌托邦作品《沉睡者醒来时》（*When the Sleeper Wakes*，1898）和《登月第一批人》共同构建了科幻小说的整体意象和常用词汇表（通用代码），为后来的英语科幻小说主题拓展定下了基调。（Kincaid，2011：26）

在《科幻小说之书》（*The Big Book of Science*，2016）的编者看来，

---

[1] 本书对机器人的几个译文用语全部依据丹尼尔·迪内罗的解释：机器人主要由机械和电子组件组成；仿生人（androids）是看起来可以像人类的机器人，如《星际迷航》（*Star Trek*，1966）的数据系统，也可以是经过基因工程改造后完全有机的类人动物（humanoids），如《银翼杀手》中的复制人（replicants），但是仿生人不能将有机和无机结合在一起；机械人是控制论生物，这种物体结合了生物和机械，可能与人类看起来相同或不同，如《终结者》（*Terminator*）中的"终结者"，表面上看起来像人类，直到他的皮肤被烧毁之后才看出来是机器人。迪内罗认为这些称谓之所以混乱，也许是因为小说虚构的人工制造人的构成并不总是很精确，所以这些术语有些含混并且可互换。（Dinello，2005：7–8）

玛丽·雪莱、儒勒·凡尔纳和威尔斯的作品分别代表了三种不同类型的科幻小说。玛丽·雪莱的《弗兰肯斯坦》以一种科幻小说早期的反思方式，将科学推想与恐怖结合起来，传递了技术和科学用途的现代矛盾。《弗兰肯斯坦》之后，"疯狂科学家"主题在科幻小说中比比皆是，甚至到今天，该典型形象的替代物仍然层出不穷。凡尔纳则提出了更为乐观和充满希望的探究路线，他的才华让自己的作品洋溢着科学浪漫主义色彩。凡尔纳喜欢为自己的发明创造描绘示意图和具体细节，如《海底两万里》中的潜水艇等。威尔斯的小说被称为"科学浪漫故事"，其作品风格可以说处于玛丽和凡尔纳之间。作为现代科幻小说之教父，他最大的特点是作品粒度（granularity）[1]的精密性。威尔斯的世界观体现了社会学、政治学和技术的交汇，因而能在最大限度上为其小说创造复杂的地缘政治和社会环境。他能够量化并完全实现对未来的推断，以小说的方式揭示现代工业化的弊端。威尔斯晚期的创作转向了社会现实主义小说，主要关注社会不公正等问题。（Vandermeer & Jeff，2016：12）不可否认的是，作为科幻小说第一个可识别的"现代"表现形式，"科学浪漫故事"代表了将科幻小说的中心思想和主题整合为一种主导形式的第一步。（Mann，2001：9）

1.4.5 未来主义小说及其他

工业革命之后的欧洲经济发展迅速，新技术的普及让人们看见了社会发生的变化，各行各业开始预测未来的各种可能性，因而出现了一个贯穿19世纪科幻小说的主题：未来主义。保罗·阿尔康（Paul Alkon）在《未来派小说的起源》（*Origins of Futuristic Fiction*，1987）中考察了最早描述未来的小说，如威尔斯的《时间机器》、阿道斯·赫胥黎（Aldous Huxley）的《美丽新世界》（*Brave New World*，1932）和乔治·奥威尔（George Orwell）的《一九八四》（*1984*，1949）等。这些作品展示了充满科学年代奇迹的叙事如何构成明天的史诗文学。19世纪的许多未

1　granularity：颗粒度。颗粒度是指细节的详细程度和清晰度。颗粒度越细，表示细节越详尽，越有助于了解事情的全貌；颗粒度越粗，表示细节越少，更多的是抽象概括。

来派小说都试图以正面或负面的方式描绘未来几年人类社会的"进步",阿尔康认为其中最突出的是费利克斯·博丁(Felix Bodin)的元小说《未来小说》(*The Novel of the Future*,2008)。博丁在自己未完成的小说导言中将未来派小说称为写实、道德教训和幻想的文学,该定义体现了文学与时间美学方面的重大转变,这种敏锐的尝试为未来派小说的诗学奠定了基础。(Alkon,1987:245-289)

19世纪末,乌托邦题材出现了泛滥现象,且多数是对科学技术在人类生活中的作用进行推测。科幻小说评论家布赖恩·阿尔迪斯(Brian Aldiss)(2011:111)认为塞缪尔·巴特勒(Samuel Butler)的《乌有之乡》(*Erewhon*,1872)[1]是19世纪最好的乌托邦小说之一,该小说形象地展现了一个反技术的天堂。在该天堂中,管理者禁止发明、制造机器,因为担心机器会自我进化,并取代人类。威廉·哈德森(William Hudson)的《水晶时代》(*A Crystal Age*,1887)则描绘了一个未来主义的生态乌托邦,其公民组织成一个母系社会,与自然和谐共处。此类小说最重要的代表是爱德华·贝拉米的《往后看:2000—1887》(*Looking Backward, 2000 to 1887*,1888),该小说想象了2000年的波士顿,一个基于理性和技术驱动的"社会主义"乌托邦。贝拉米的小说迅速成为国际畅销书,讨论贝拉米政治思想的"贝拉米俱乐部"开始在美国兴起,激发了1890—1900年许多未来主义乌托邦和反乌托邦著作的出版。

19世纪出现的另一个重要科幻主题是对过去"迷失"世界的探索。马克·吐温的《亚瑟王朝里的康涅狄格州人》(*A Connecticut Yankee in King Arthur's Court*,1889)让一个美国人回到了6世纪亚瑟王时代的英格兰。"失落世界"的小说通常按照公式化的情节展开:一小群白人发现了一个孤立的文明,在那里经历了寻找宝藏和爱(仁爱、博爱)等激动人心的冒险。探险者经常卷入内战,与一个善良的公主结盟来反对一个邪恶的祭司。进入迷失的世界是一种磨难或考验,通常涉及地下隧道或河流的曲折通道。这个入口通常在探险者走出之后就被密封或消失了,使他们旅程成为不可重复的个人行为。这些公式化的要素组合在一起,构成了一种扭曲的意识形态,将殖民探索和对当地人权利和财富的剥夺视为回归自然,重新发现失去的历史和财产,成为

---

[1] *Erewhon* 的另一个汉译是《埃瑞璜》。

好人的拯救者，与他们为敌的人则被消灭。迷失种族和迷失世界的叙事提供了关于社会和文化可能性的一系列想法。这类叙事常以人类学发展线索为导向，与进化论结合，具有一定的种族主义倾向，体现了白人至上的种族优越感。

纵观文学或其他学科领域的发展，可以发现没有一种流派或思潮是横空出世，任何一种流派都具有强烈的革新性质，其主张都是对前一种流派的改造。正如詹姆士·冈恩（James Gunn）（2002：6）所指出的那样："科幻小说是变革的文学"，非常适合反映技术进步带来的社会变革。因此，20世纪，科学与技术的大发展必定带来科幻小说的大繁荣。

1.5 黄金时代与硬科幻小说

20世纪，科学技术的发展和社会生产力的进步在人类历史上具有划时代的意义，信息与媒体技术的突飞猛进也为科幻小说带来丰富的创作素材，形成了科幻小说空前的繁荣时期，其中1940—1960年被誉为科幻小说的黄金时代。[1] 为了更好地展现科幻小说在各阶段的发展脉络，著名科幻小说家艾萨克·阿西莫夫将20世纪科幻小说的发展分为三个时期：冒险时期（1926—1938年）、技术时期（1938—1950年）和社会学时期（1950—1999年）。（阿西莫夫，2012：166）美国著名的马克思主义批评家和理论家弗雷德里克·詹姆逊（Fredric Jameson）（2014：127）不满意阿西莫夫的划分，尤其是后者对"社会学时期"的定义所流露出的狭隘，"是被冷战的恐惧和政策所限制的美国文化批判的一个有限形式"。詹姆逊将它分为六个阶段，并描述了每个阶段的特征及其代表作，特别纠正了阿西莫夫对社会学阶段的解释：

（1）历险阶段，或者说是"太空歌剧"阶段。它最直接源自儒勒·凡尔纳的作品，但其最显著的标志却是埃德加·巴勒斯的《火星公主》（1917）所代表的美国传统。

（2）科学阶段（或者至少是科学的拟态阶段）。从正统观点来

---

[1] 另一种比较常见的观点是科幻小说的原始黄金时代发生在1939—1943年的第二次世界大战期间。

第 1 章　西方科幻小说发展综述

讲，它被认为是起始于 1926 年的第一本科幻通俗杂志，即根斯贝克的《惊奇故事》。
（3）社会学阶段，最好被称为社会讽刺或"文化批评"阶段。它通常被认为是由波尔和科恩布鲁斯合著的《太空商人》（1953）的革新所引起的。
（4）主观性阶段，或 20 世纪 60 年代。例如，菲利普·迪克 10 部最伟大的小说都是集中写于 1961—1968 这段时间。
（5）美学阶段，或者说是"推理小说"阶段。它通常被认为与麦克·穆考克在 1964—1977 年发行的《新世界》(New Worlds) 杂志有关；但在美国，它与塞缪尔·德拉尼（1942— ）的作品联系在一起。
（6）数字（赛博）朋克阶段。它开始于威廉·吉布森的《神经漫游者》（1984）；这是一个全新的历史阶段，它不仅与新保守主义革命和全球化一致，还和商业幻想小说的兴起一致。后者是以另类的竞争者出现的，并最终在大众文化领域内取得了胜利。（詹姆逊，2014：128-129）

詹姆逊认为"主观性"阶段的作品比较注重心理分析。除了菲利普·迪克（Philip Dick）之外，厄休拉·勒奎恩（Ursula le Guin）《黑暗的左手》(The Left Hand of Darkness, 1969)、《失去一切的人》(The Dispossessed, 1974) 和斯坦尼斯拉夫·莱姆（Stanisław Lem）的《索拉里斯星》(Solaris, 1961) 等作品均属于这一类。"美学阶段"实际上就是通常的"新浪潮"时期，詹姆逊解释这样命名并不意味着这一阶段的作品回归了唯美主义或艺术至上的风格，而是表现出了一种描述困境的向心性，从而突出了语言的地位。（同上：128）他对前面三个阶段的解释与阿西莫夫相同，其中包含了科幻小说的黄金时代。

1.5.1　约翰·坎贝尔

科幻小说的黄金时代造就了让该类型小说成为引人注目的文学力量的一代巨匠：艾萨克·阿西莫夫、亚瑟·克拉克（Arthur Clarke）、罗伯特·海因莱因和弗兰克·赫伯特（Frank Herbert）。除了这四位巨擘之外，布赖恩·阿尔迪斯还推举了罗恩·哈巴德（Ron Hubbard）、范·沃格特（Van Vogt）和弗雷德里克·波尔（Frederik Pohl）三位作家，肯定了他们在构建科幻小说传统中的作用。"他们七个人合力代表了一个黄金时代——坎贝尔的科幻小说复兴。"（阿尔迪斯，2011：556）这些作家的作品为该小说类型确立了更清晰的范围和更严格的写作原则，而这一切在很大限度上归功于约翰·坎贝尔（John Campbell）的不懈努力。

坎贝尔在接任《惊奇故事》编辑之后便着手改变杂志的出版导向，他用一年多的时间将杂志更名为《惊奇科幻小说》，名称的变化带来了内容上的显著改变。坎贝尔希望杂志发表的故事具有科学合理性和严密的逻辑。他认为利用合理的科学元素创作文学故事的目的不仅在于普及科学，或者以轻松的方式传播科学知识，还在于为科学进步和思想实验作出贡献。优秀的科幻小说或电影往往使用精确的科学术语，让科学数据和研究结果更方便展示和传播。在坎贝尔的努力下，《惊奇科幻小说》成为美国科幻小说杂志中最有影响力（几乎是主导性）的声音。该杂志刊登了许多著名科幻作家的作品，包括阿西莫夫、范·沃格特、阿尔弗雷德·贝斯特（Alfred Bester）、西奥多·斯特金（Theodore Sturgeon）等，坎贝尔本人也成为科幻小说史上不可忽略的人物。

黄金时代见证了科幻小说许多关键概念的形成，这些概念后来成为该文学体裁的区别性特征。坎贝尔倡导的写作原则实际上是科幻小说的一种新类型——"硬科幻"。"硬"是指诸如物理学之类的硬核科学，与人文、社会学科等"软"科学相对应。科学原理在这一阶段成为许多故事展开的基础，促成这种趋势的一个重要原因是当时的一些科幻小说作家本身就是科学家，他们的作品不可避免地带有较强的科学性。自20世纪40年代以来，"硬科幻"一直是小说类别的中流砥柱，在各个时期均有代表作家，如黄金时代的罗伯特·海因莱因、亚瑟·克拉克、迈克尔·克里顿（Michael Crichton）、斯蒂芬·巴克斯特（Stephen Baxter），"新浪潮"时期的格雷格·伊根（Greg Egan），赛博朋克（cyberpunk）时期的尼尔·史蒂芬森（Neal Stephenson）和未来乌托邦叙事的金·罗宾逊。硬科幻小说复兴了一种科学主义形式，建立了一种相信可以从理性的观点和科学方法解决所有社会问题的信念。

1.5.2 艾萨克·阿西莫夫、罗伯特·海因莱因、亚瑟·克拉克

艾萨克·阿西莫夫是俄罗斯裔美国作家，在哥伦比亚大学主修化学，曾在美国海军空间试验站工作，并于 1949 年成为波士顿大学医学院生物化学副教授。1987 年，他被美国科幻奇幻作家协会授予特级大师奖；1997 年，被列入科幻名人堂。根据坎贝尔的建议，阿西莫夫创作了他广受赞誉的故事《夜幕降临》(*Nightfall*，1941)。然而，他对科幻小说最持久的贡献是其"银河帝国"三部曲 ("Galactic Empire"，1950—1952) 中的机器人故事系列，他在故事中提出的机器人三守则 (Three Laws of Robotics)[1] 引起了人们对机器人技术伦理维度的关注。实际上，机器人这个词汇并不是阿西莫夫的首创，其词源[2] 暗示了人类与机器人之间的不平等关系，这点为后来的文学批评提供了大量线索。阿西莫夫在随后的创作中，如《百年纪念的人》(*Bicentennial Man*，1976) 和《机器人梦想》(*Robot Dreams*，1986) 追踪了机器人从机械生物到人类的转化过程。在其写作生涯的后期，阿西莫夫开始重新审视早期作品，包括机器人故事和他关于未来历史的"基地"三部曲 ("Foundation"，1951—1953)。

罗伯特·海因莱因是美国科幻小说史上最重要的作家之一，他与威尔斯一起，常常被认为是科幻浪漫故事叙事模式的缔造者，两人建构了许多常用的科幻核心比喻形式。海因莱因在创作上更加多元化，他对叙事策略的把握在该领域无人能及，他把未来作为人们实际生活场所的描述具有创新性和权威性，其"早期作品融合了俚语、民间格言、技术行话、巧妙的内敛、明显的随意性、关注人物而非琐事，以及将所描绘的世界视为真实存在"(Clute, Nicholls, Stableford & Grant, 1993:

---

[1] 阿西莫夫在《机器人与帝国》(*Robots and Empire*，1941) 中提出了机器人必须遵守的三大原则：(1) 机器人不得伤害人类，或坐视人类受到伤害；(2) 除非违背第一法则，机器人必须服从人类的命令；(3) 在不违背第一及第二法则下，机器人必须保护自己。

[2] 卡洛尔·卡普克 (Karel Capek) 在其作品《R.U.R.》(又被译为《罗素姆万能机器人》)(*Rossums Universal Robots*，1921) 中将捷克语的"强迫劳动"或"奴隶"一词 robota 作为人造人的名字，意味着机器人在与人类的关系中处于从属地位。

554-557）等多种修辞特征。同时，他在海军学院接受的教育和后来的服役经历让他的作品不免带有军事科幻的风格，如其饱受诟病的《星河舰队》(Starship Troopers, 1959)，其中激进的政治观点和美国式的语言特征几乎构成了他所有作品的基调。他的作品展现了硬科幻人物的定义特征，特别是《月亮是一个严厉的情妇》(The Moon Is a Harsh Mistress, 1966) 和《陌生土地上的陌生人》(Stranger in a Strange Land, 1961)。海因莱因的人物总是能战斗的强者，是那些能够单枪匹马去超现实新世界寻找机会的角色，而"弱者和无能者活该走投无路"（阿尔迪斯，2011：560）。海因莱因崇尚的格言是"TANSTAAFL"(There ain't no such thing as a free lunch)，即"天下没有免费午餐"这句英文的首字母缩写。海因莱因后期的作品似乎没有了早期的激情，以至阿尔迪斯（同上：564）不无遗憾地感叹他"早期作品里的辉煌品质、他的推理能力和对社会怪现象的犀利目光，现在已经很难见到了"。但是，他的作品在大学里受到了追捧，而且对新浪潮作家产生了较大影响。

  黄金时代的另一位代表作家是英国的亚瑟·克拉克。1941—1946年，他在英国皇家空军（RAF）担任雷达指导员，并晋升为空军中尉。战后，他于1948年进入伦敦国王学院攻读物理和数学学士学位，服役的经历让他对浩瀚的太空产生了浓厚的兴趣。在使用未来机器和展现"他世界"异国情调方面，他与阿西莫夫、海因莱因旗鼓相当。但是，他将"硬科幻"模式与巨变叙事美学相结合，为作品增添了更多哲学思考，这些特征在他最著名的《2001：太空漫游》(2001: A Space Odyssey, 1968) 及其系列作品中最为突出。这部太空浪漫史深入探讨了人类社会学、人类起源以及人类与技术的关系等重要问题，并引发了广泛的争论。他的《童年时代的终结》(Childhood's End, 1953) 见证了人类加入先进太空文明的转变，《城市与星辰》(The City and the Stars, 1956) 讲述了地球上最后一个城市的消亡，《与拉玛相会》(Rendezvous with Rama, 1973) 则充分展现了他描述未来科技细节的卓越能力。克拉克一方面是注重技术的"硬科幻"倡导者，在小说中不遗余力地展现渊博的科技知识，同时也被形而上学，甚至是神秘主义所吸引，这种矛盾在其《哨兵》(The Sentinel, 1948) 中尤为明显。

1.5.3 弗兰克·赫伯特与其他

黄金时代后期的重要作家是弗兰克·赫伯特，他的"沙丘"（"Dune"，1965）系列描述了充斥着深刻生态意识和复杂社会政治的行星冒险。赫伯特在这个涵盖了 6 000 多年历史、600 多万字的英雄传奇系列中精心组建了不同的派系、背景和几百个角色。小说错综复杂的故事情节和人物关系以及丰富的主题意义不仅让普通读者犯难，甚至连买下其电影版权的派拉蒙公司几易导演之后仍然无法拍摄。赫伯特也凭借该作品成为与阿西莫夫比肩的科幻小说大师，在科幻文学中的地位如同托尔金在奇幻文学中的地位一样，无人可以动摇。此外，他是首位普及"生态学"和"系统思想"的科幻作家，并且用深思熟虑的叙事策略展现了如何让科幻小说拥有深刻思想的超凡能力。

除了上述几个重要作家，20 世纪 50 年代大量发行的科幻小说新杂志，如《幻想与科幻小说》（The Magazine of Fantasy and Science Fiction，1949— ）、《银河》（Galaxy，1950）、《如果》（If，1952）等极大地鼓励了新一代作家。这些作家既保持了硬科幻小说的审美观，同时又赋予了作品更高的文学敏感性。其中，雷·布拉德伯里（Ray Bradbury）在《火星纪事》（The Martian Chronicles，1950）的故事集中描绘了火星的严峻景观，将其作为美国小镇的延伸，以探索前沿神话。弗雷德里克·波尔和柯恩布鲁斯（Kornbluth）的《太空商人》（The Space Merchants，1953）是现代科幻小说中关于消费主义的最佳讽刺作品之一。沃尔特·米勒（Walter Miller）的最后挽歌《莱博维兹的颂歌》（A Canticle for Leibowitz，1959）和詹姆斯·布利什（James Blish）的《良心问题》（A Case of Conscience，1953）追溯了世界末日后宗教信仰的荒野生存。其间出现的其他著名作家还包括波尔·安德森（Poul Anderson）、库尔特·冯内古特（Kurt Vonnegut）以及菲利普·迪克。

黄金时代的作家整体上代表了一种对待科学技术发展的乐观主义和积极的态度，但是这种乐观随着两次世界大战和核武器的恐怖后果而消失，"冷战"的开始让人们的关注点逐渐从外太空转向了内部空间。20 世纪中期兴起的反文化嬉皮运动、美国的反战和民权运动更是让科幻作家开始关注种族、性别、人权等在人类自身居住的星球上的许多问题。

1.6　新浪潮与软科幻小说

　　新浪潮这个术语最早出现在电影批评,主要指20世纪60年代早期的法国实验电影。1977年前后,该词作为朋克的同义词也用于流行音乐。在1961年11月《类似物》的定期书评专栏"参考图书馆",评论家斯凯勒·米勒(Schuyler Miller)首次用该词指代英国科幻作家。作为一种思潮,科幻小说新浪潮得益于英国科幻期刊《新世界》的办刊宗旨,该杂志的批评导向和发布的艺术作品很快使该词成为一种实际运动。(Anon, 2021b)

　　新浪潮的出现与1960年前后航空航天技术方面的突破性进展有关。1957年,苏联和美国先后发射了人造卫星;1961年,苏联成功实现了载人太空首航;1969年,美国实现了人类首次登月。科学技术的进步似乎让人相信征服太空指日可待,然而第二次世界大战期间在广岛扔下的原子弹也让大众看到了核武器的杀伤力,感受到了人类被自己毁灭的威胁。同时,"冷战"的壁垒禁锢了文化的多元化发展,征服故事成为证明帝国主义合理化的文化叙事。欧美太空探索被构想为"冷战"的新前沿,科学技术似乎又成了另一种军事工具。当人类梦寐以求的太空飞行幻想逐步成为现实,科幻小说家将对太空的向往转向人类生存本质的哲学探索,开始质疑现实本身的意义、思考人类与技术的关系。这种转向促成了科幻小说产生了与同期跨国反文化运动互相呼应的新浪潮流派。

1.6.1　英国"新浪潮"与反文化运动

　　科幻小说关注点转向的一大特征是小说的叙事基础不再局限于物理学和地理学、航空航天和交通技术等硬科技知识和原理,20世纪中后期的科幻小说吸收了大量的人文、社会学科的研究成果。随着人类学、心理学、语言学等"软"科学的兴起,以前禁忌的话题,如性与性别、暴力和种族关系等逐渐获得大众的接纳。同时,传统的科幻冒险故事之外的文学创新和叙事探索都开始影响科幻小说叙事模式和风格,拓宽了该文学体裁的界限，增添了叙事的复杂性。1962 年，詹姆斯·巴拉德（James Ballard）在《新世界》上发表了一篇文章，呼吁转变科幻小说的创作范式。巴拉德的呼吁预示着一种后来被称为"新浪潮"的前卫风格开始兴起，而《新世界》最终成为新模式的旗舰刊物。

新浪潮的叙事风格具有显著的反文化运动特征：反叛，善于应用意象和隐喻；依托心理学研究成果；大量挖掘人类潜意识，揭示心理学现象。香农·曼库斯（Shannon Mancus）在《剑桥科幻小说史》（*The Cambridge History of Science Fiction*，2019）的"新浪潮科幻小说与反文化"一节中评述了科幻小说新浪潮的代表作家与反文化运动的关系。与其他文学形式一样，科幻小说受到反文化艺术运动的影响，表现出了对传统叙事模式的强烈反叛。幸运的是，这股反叛潮流得到了出版商和倡导者的庇护，他们对新形式的科幻小说倾注了时间、金钱和精力。1964 年 5 月，英国历史悠久的文学杂志《新世界》迎来了年轻的编辑迈克尔·穆考克（Michael Moorcock）。穆考克虽然年轻，却经验丰富，同时也是个多产作家。尽管不断受到破产和审查制度的威胁，穆考克坚持让《新世界》充当那些有争议的叙事形式和思想实验的展示平台。通过《新世界》，穆考克催生了一种新型的科幻小说叙事模式，使之成为反文化运动的一部分，而且更具有革命性。在其任期内，《新世界》刊登的科幻小说打破了形式和流派的界限，形成了富于表现力的新浪潮，培养了一批杰出的科幻小说作家。新浪潮的作者以一种愤世嫉俗的态度对待主题，他们放弃"外层空间"，使用所谓的"内层空间"进行创作。

《新世界》成为实验小说的家园，新浪潮科幻小说的文学品质和叙事复杂性不断提高，许多作家对该杂志营造的自由氛围作出了积极回应，其中包括布赖恩·阿尔迪斯和詹姆斯·巴拉德。穆考克一直希望作家更多地采用主流叙事所关注的非常规叙事结构和人物形象（Mann，2001：18），关注人物思想的社会学影响或者可能产生的心理影响。他鼓励巴拉德、阿尔迪斯等作家解构短篇科幻小说的典型形式，重新构建新的叙事模式。随着科幻小说开始处理与文化相关的话题，传统的硬科幻叙事模式已经无法胜任任务，进入内部空间的旅程需要新的传输媒介。早在新浪潮兴起之前，巴拉德就断言传统的叙事模式不足以揭开新的现实。他敦促科幻小说作者放弃传统的叙事结构，寻求新的表达方式。巴拉德本人深受超现实主义者的影响，声称麦克思·恩斯特（Max Ernst）和萨尔瓦多·达利（Salvador Dali）奇幻诡谲的表现形式描绘了他所崇尚的艺术轨迹和虚幻的内部空间。（Mann，2001：18）在表示生理和心理灾难的系列小说之《水晶世界》(*The Crystal World*，1966)和《暴行展览》(*The Atrocity Exhibition*，1969)中，巴拉德用一种破碎的叙事说明面对媒体主导世界的个人崩溃，破碎的语言映射了破碎的现实。他关于精神分裂、疏离和自我毁灭的复杂论述揭示了现代主义的内在性，这在随后的科幻小说中比较罕见。阿尔迪斯则通过一本冷酷的小说《灰胡子》(*Greybeard*，1964)，描述了一个背景苍茫、没有孩子的未来。他在《头脑里的赤足》(*Barefoot in the Head*，1969)中通过使用致幻剂的战争营造了一个超现实、造型新颖的叙事背景。

1.6.2 美国"新浪潮"与人文主义

美国的新浪潮与英国明显不同，具有更多的人文主义特点。尽管仍然有文学实验的倾向，但是主题似乎打破了自 1926 年以来在美国科幻小说中一直无意识地存在的主题禁忌，尤其是关于性、政治和宗教。美国影响最大的新浪潮作家包括塞缪尔·德拉尼（Samuel Delany）、厄休拉·勒奎恩和乔安娜·鲁斯（Joanna Russ）。勒奎恩在《黑暗的左手》中塑造了一种双性人（ambisexual），通过任意更换性别的方式，强迫读者以从未想过的方式考虑性别差异。在《失去一切的人》中，她以同样毫不妥协的方式审问了乌托邦的观念。鲁斯的《女性男人》(*The Female Man*，1975)研究了四个平行世界对待性别的态度以及女性的角色。小詹姆斯·提普特里（James Tiptree Jr.）或者爱丽丝·谢尔顿（Alice Sheldon）[1]完全推翻了科幻小说男性默认性别角色的观念。源于这些主题的女性主义科幻小说发掘了科幻小说在社会、性、政治隔离和歧视等方面的表达潜力，并形成了持久影响。

有色族群作家和女性作家的影响扩大了新浪潮社会批评的范围，他

---

1 小詹姆斯·提普特里曾以爱丽丝·谢尔顿的名字发表了多部作品。

们在新殖民主义框架下对种族主义和阶级剥削的批评丰富了叙事主题，并成为当代科幻小说的主要特征之一。尽管自 1960 年以来，科幻小说越来越多地涉及种族和阶级问题，但许多科幻叙事仍然坚持使用非西方文化代表最终的"他者"，以便实现达科·苏文定义的"认知陌生化"。认知上的隔离使新浪潮作家不仅拥有进行渐进式批评的机会，而且也有足够的余力来质疑主流叙事。在小说中开创性地破坏性别二元性或探索同性恋，将新浪潮作品对主流意识形态的质疑推向极致，同时也为赛博朋克的作家们做好了思想铺垫。

1.7　信息技术革命与赛博朋克

20 世纪中叶出现的电脑在不到 20 年的时间里迅速成为人类生活和工作的必备工具，随之而来的网络和人工智能技术不断拓展人类的认知领域和生存空间，并渗透人类生活的方方面面。信息技术革命从根本上改变了人类信息加工的手段，突破了人类大脑及感觉器官的局限性，极大地增强了人类处理和利用信息的能力。同时，由控制论（cybernetics）技术激发的想象力与朋克艺术运动的结合催生了赛博朋克科幻小说叙事模式。赛博朋克这个词源于布鲁斯·贝思克（Bruce Bethke）的短篇小说《赛博朋克》(*Cyberpunk*, 1983)。科幻小说年度选集的编辑兼科幻小说作者加德纳·多佐斯（Gardner Dozois）引用了这个词，用以概括发生在 1980—1990 年的一种新文学运动。随后，布鲁斯·斯特林（Bruce Sterling）、威廉·吉布森、鲁迪·拉克（Rudy Rucker）、刘易斯·希纳（Lewis Shiner）、约翰·雪莉（John Shirley）等人被划入这个作家阵营。这些作家将控制论中的网络学与盛行于 20 世纪 70 年代的反文化朋克精神[1]结合在一起，形成了一种风格独特的小说叙事。

1　布鲁斯·斯特林被称为赛博朋克的代言人，他在该思潮运动的早期就编辑了被誉为"赛博朋克"的杂志《廉价真相》(*Cheap Truth*)，并在其编辑的赛博朋克文集《镜影：赛博朋克选集》(*Mirrorshades: The Cyberpunk Anthology*, 1986) 的序言中明确了赛博朋克的反文化态度。

1.7.1 控制论与人机关系

赛博朋克主要用于描述20世纪80年代兴起并流行起来的科幻小说流派。由于"赛博"(cyber)这个词的原意是"控制",其派生词控制论主要是指通过信息网络控制某种系统或事物,具体可以是采用机械装置增强人体及其能力,如同通过药物和生物工程控制人类的身体。"朋克"(punk)一词来源于20世纪70年代的摇滚术语,代表年轻、街头风、好斗、与正统派格格不入且具有攻击性的一种文化倾向。赛博朋克小说的核心是虚拟现实,涉及人机关系或人机融合等主题。

人类与自己创造的机器之间的关系并不是科幻小说探索的新领域,但是随着科技在日常生活应用中的日益普及,特别是计算机科学技术以及随之而来的人工智能领域所取得的令人难以置信的进步,让人机关系再次成为科幻小说作者的关注点。赛博朋克预见了人类与机器之间将会发生的地位争夺之战,以及技术开发失控给人类生活造成的各种后果。基于计算机联网技术的"网络空间"是一种虚拟现实互联网,人们可以通过外接或植入技术直接与计算机互动,甚至完全融入一个虚拟世界,从而产生了一个崭新的时空维度。人工智能一直是赛博朋克的关注点,这种基于电子结构的新型智能让乐观主义者认为人与机器可以共同构建自己的超现实世界。然而并非所有的人都有信心控制这些机器,21世纪伊始,机器学习技术的迅速发展让人工智能获得自主学习能力。对技术发展持悲观态度的人们认为,如果人工智能掌握了编程技术,他们将不受物理形式的束缚,能够以他们想要的任何形式存在。那么,这些电子实体将拥有无限的可能性,成为超越人类的强大力量,从而对人类构成潜在的未知威胁。

赛博朋克的基因在20世纪中期的科幻作品中已初见端倪。1968年,电影《2001:太空漫游》就展现了早期人工智能计算机霍尔(Hal)超越人类的计算能力及其与人无异的出错和为掩盖失误谋杀人类的黑化过程。到赛博朋克阶段,人与机器的关系开始引发更多的忧虑。信息技术会导致某些虚拟新物种的诞生,这些物种可以与人类分庭抗礼,甚至可以灭杀人类。这种担忧在许多作品里都有所反映,如塞缪尔·德拉尼的《新星》(*Nova*,1968)、菲利普·迪克的《仿生人可以梦见电子羊吗?》

(*Can Androids Dream of Electric Sheep?*，1968)、乔安娜·鲁斯的《当改变之时》(*When It Changed*，1972) 和《女性男人》、托马斯·品钦 (Thomas Pynchon) 的《地心引力的彩虹》(*Gravity's Rainbow*，1973)、布鲁纳 (Brunner) 的《冲击波骑士》(*The Shockwave Rider*，1975) 等。

1.7.2 威廉·吉布森与尼尔·史蒂芬森

真正成为赛博朋克象征的作品是美国作家威廉·吉布森的《神经漫游者》(*Neuromancer*，1984)[1]。该小说赢得了 1985 年星云最佳小说奖、1985 年雨果奖和 1984 年菲利普·迪克奖，是唯一一部赢得了科幻小说三大奖项的作品。小说甚至在信息技术 (information technology，IT) 领域引起了共鸣。随着个人计算机的出现和互联网的普及，小说涉及的主题越来越具有时代性。吉布森在小说中提出的网络空间概念在 90 年代才在世界范围内成为工作和生活的日常用语。在科幻小说研究领域，该小说也成为最受关注的作品之一。

之后，尼尔·史蒂芬森的《雪崩》(*Snow Crash*，1992) 继承了赛博朋克的衣钵，获得了可以与《神经漫游者》媲美的地位。《雪崩》延续了赛博朋克关注的人与机器之间的矛盾和紧张关系与走投无路的悲观主义。同时，赛博朋克叙事正在经历蜕变，吉布森和布鲁斯·斯特林共同撰写了《红星，冬季轨道》(*Red Star, Winter Orbit*，1983) 和《差分机》(*The Difference Engine*，1990)，后者讲述了一个替换历史 (alternate history) 的故事。故事假设真实历史人物查尔斯·巴贝奇 (Charles Babbage) 设计的差分机和分析机[2]获得了成功，让信息技术革命比现实提早了一百多年。小说的设想是工业革命和信息技术革命合二为一，依靠蒸汽动力的计算机从根本上改变了工业革命、大英帝国和世界发展的大方向，掀起了改变世界的技术浪潮，彻底颠覆了全世界的政治、经济

---

1 《神经漫游者》是吉布森"蔓生都会"三部曲的第一部，其余两部是《零计算》(*Count Zero*，1986) 和《过载的蒙娜丽莎》(《过载的蒙娜丽莎》是直译，另有汉译本《重启蒙娜丽莎》)(*Mona Lisa Overdrive*，1988)。

2 现代超级计算机的前身。

和军事格局。

赛博朋克题材在电影方面也有卓越表现。雷德利·斯科特（Ridley Scott）执导的动作科幻影片《银翼杀手》（*Blade Runner*，1987）、沃卓夫斯基（Andy Wachowski）导演的《黑客帝国》（*The Matrix*，1999）、史蒂文·斯皮尔伯格（Steven Spielberg）的《少数派报告》（*Minority Report*，2002）等电影极富远见地展现了数字革命给人类生活带来的颠覆性变化。这些电影的成功在于它们不仅为学者和影迷提供了大量参考资料，还通过叙事的复杂性和直观性，吸引了大量的观众和文化理论家，为科幻小说和影片培养了更多的观众。赛博朋克小说及其影视作品充分记录了民众以及科学界的理论和幻想。也许现实空间的信息和通信技术以及纳米技术（nanotechnology）、生物技术和认知科学仍处于试探的过程中，但是赛博朋克早已创建和展示了这些技术应用的未来场景。

1.7.3 生物朋克

在科学发展史上，囿于条件限制，生物科学知识的发展落后于物理科学。20世纪60年代，生物科学开始逐步破解自然生物产生过程的遗传密码（基因）。随后，少数推想小说作者开启了生物假说幻想写作计划。但是直到20世纪后期，科幻小说作者才开始认真思考生物技术。当作家们意识到基因工程所蕴含的惊人可能性时，生态、生物圈等概念陆续成为激发写作灵感的源泉，而进化幻想一直是生物科幻小说的主要题材。随着科幻小说体裁的成熟，生物学类比的复杂性也逐渐增加。人类和其他智能生物之间的关系、人类和环境之间的关系等表述被转化为隐喻，而共生（coexistence）则成为一种理想的生物关系。

西方科幻小说对生物概念的处理在第二次世界大战后得到了极大的改进。20世纪40年代的几位作家都接受过生物学方面的培训，其中最著名的是担任生物化学学术职位的阿西莫夫、在大学里学习动物学并做过一段时间医学技术员的詹姆斯·布利什。布利什是第一个大规模引进生物概念并巧妙加以应用的科幻小说家，其《黑暗将不复存在》（*There Shall Be No Darkness*，1950）讲述了狼人的故事。该故事借助于生物学概念，让超自然想象的故事情节发展合理化，传递出一种对人工基因改造技术的同情态度。

20世纪的最后10年，由于遗传学的发现，逐渐兴起的生物朋克（biopunk）的影响越来越大，似乎形成了取代赛博朋克的趋势。与赛博朋克一样，生物朋克充当了反文化的一种形式，显示出技术科学的过剩、过度和越界开发所带来的恶果。拉斯·斯梅因克（Lars Schmeink）（2016：32）将生物朋克归为赛博朋克的一个子类，列举了部分相关主题小说，包括玛格丽特·阿特伍德（Margaret Atwood）的"疯狂的亚当"（"MaddAddam"，2003—2013）三部曲、巴奇加卢皮（Bacigalupi）的获奖作品《发条女孩》（*The Windup Girl*，2009）、奥克塔维亚·巴特勒（Octavia Butler）的"异种"（"Xenogenesis"，1987—1989）三部曲[1]、尼尔·史蒂芬森的《佐迪亚克》（*Zodiac*，1998）、布鲁斯·斯特林的《圣火》（*Holy Fire*，1996）等。这些小说反映了生物学的最新发展趋势，展现了对生物隐喻和象征体系的不断探索。尽管科幻小说中的机器人、克隆人、机械人、基因工程、永生、性等概念有时难免偏离或歪曲了生物科学发展的可能性，但是许多涉及生物科学的外推小说以合理严谨的方式探索了相关技术的可能性。

实际上，生物朋克或生物题材的科幻小说是该体裁的创作主旨从外太空转向人类自身的一个标志。作为一种文化形式，生物朋克和赛博朋克一直试图推导技术介入人体、侵入自然的可能性及其生态后果，新闻报道中不断增加的危险产品或失控的技术灾难似乎印证了科幻小说的推断。一方面，科学技术显著地延长了人类的寿命、极大地提高了人类生活的质量；同时已将某些人造设备与人类的命运绑在一起，如当前一个不可忽视的现实是人类的某些重要活动（商业）完全依赖于网络，一旦断网，就会造成不可估量的经济损失。鉴于此，赛博朋克小说对人类与技术关系的思考更值得引起重视。

---

[1] "异种"三部曲分别是《破晓》（*Dawn*，1987）、《成年礼》（*Adulthood Rites*，1988）和《成熟》（*Imago*，1989）。

1.8 未来发展趋势

在《创新：科学与科幻小说之间》(*Innovation: Between Science and Science Fiction*，2017)中，托马斯·米肖描述了科幻小说未来发展的趋势之一——设计小说（design fiction）。"设计小说"一词由科幻小说作家布鲁斯·斯特林于 2005 年提出，指一种视情况而定的新型写作方法。这种写作通过创建故事来增强现实，包括对现实的批评，以促进创造力的发展。设计写作借鉴讲故事和科幻小说的技巧，通过各种可能的媒介，利用简短的故事来构想未来，以帮助公司或机构开展未来活动，确定市场兴趣和趋势。设计小说正逐渐得到企业家和管理者的青睐，他们认为虚构小说是在企业内部与客户和市场进行沟通的有效工具。设计小说是未来主义表达的有力媒介，它越来越类似于技术小说而不是科幻小说。电影、文学作品、视频游戏和书籍确保了这种潜在的、多产的、新型想象力的传播。这种小说可以利用虚构超越日常概念的界限，突破机构或企业在研发过程中遇到的僵局。通过创作或制作代表未来的短视频或虚构故事，机构管理部门可以扩大抉择可能性的范围，获得对自己最有利的目标。

1.8.1 科幻原型创作

设计小说中的一种是"科幻原型创作"，这是与创新活动密切相关的科幻小说原型化（science fiction prototyping，SFP）。SFP 是未来学家布赖恩·约翰逊（Brian Johnson）在 2011 年开发的一种富有想象力的创新方法，一些公司已经开始采用这种方法来提高企业的创新能力。科学未来创意公司（SciFutures）[1] 是一家专门利用科幻小说进行创新的公司，其创始人兼首席执行官阿里·波普尔（Ari Popper）认为 SFP 是一种创新工具，管理层可以使用它进行大胆地想象创新。他认为故事是功能强大的工具，可以为信息社会提供大量的数据，并描绘了 SFP 具有

---

[1] 这是美国加州的一家咨询和原型设计公司，它与百余位科幻小说作家合作，帮助其客户将他们害怕或向往的未来形象化，然后将产品或业务模型的创意变成现实。

的三个竞争优势：

(1) 清晰（clarity）：科幻小说使首席信息官（CIO）可以厘清复杂的概念和想法，以便组织成员了解其性质和潜力。
(2) 创造力（creativity）：SFP可以催生创新和颠覆性的创新思想和观念。
(3) 连接（connection）：SFP确保所产生的创意和思想的基础是与更重要的发明相关的思想和现实。（Michaud, 2017: 24）

科幻小说可以超越不可能的表象，可以构想颠覆性的创意。作为代表未来和发展技术想象力的一种手段，科幻小说在技术科学知识社会中开始彰显自己的实用价值。一个虚构的故事，即使是很短的故事，也可以揭示一个组织许多研究与开发（R&D）的程序。因此，很有必要在企业集体话语中引入梦想元素和一些想象力。米肖认为设计故事和科幻小说原型写作具有战略价值，可以成为开发创造力的两个新程序。在方法论专家的帮助下，一个群体的所有成员都可以为创建虚构原型或设计小说献计献策。

1.8.2 **机构式科幻小说**

"机构式科幻小说"（institutional science fiction）是某机构或组织以科幻小说的方式预测未来，以便确立战略目标并管理相关研发项目，这种未来派的叙述被称为"机构科幻小说"。提供未来视野是科幻小说的优势，合理的想象力则有助于决策、创新和预测过程，并制定合适的策略。

美国的微软公司于2015年发布了一部科幻小说选集，选集里的所有短篇小说均与公司研发中心正在进行的项目有关。（同上: 30）其中，作家和科学家共享并公开他们的技能，共同预测客户以及公司员工的未来愿景。这种方法容易让员工了解微软公司的未来，而管理人员也可以利用这些故事与相关雇员就公司新项目的开发达成共识。讲故事和预测可以增强组织内部的凝聚力，大家共同创建未来故事能够形成交流平台并吸引大量观众。这类选集的发布不仅体现了组织机构对科幻小说及其想象力的重视，而且可以让员工在构建未来的过程中反思现存技术或管理制度，形成协同创新的良好局面。

《创新：科学与科幻小说之间》一书最大的特色不仅是描述了科幻小说在现实世界中的创新价值，而且还通过介绍近几年国内外几家知名IT公司（中国的华为、百度，美国的微软、谷歌等）以及中国政府推行的科幻小说促进创新等措施与计划来说明科幻小说在促进现实创新和创造力中的重要作用。

科幻小说的兴起与繁荣与社会生产力的发展密切相关，各阶段的标志性作品或多或少地反映了相应的历史进程、科学上的重大成就和当代涌现的文化思潮。黄金时代、新浪潮、赛博朋克等主题与写作风格无一不是同期的物质生产水平和社会精神风貌的体现。科幻小说载体物质形态的变化说明科幻小说的被接受与传播历程：廉价（纸浆）杂志、平装书、精装本等。随着影视科幻作品、电子游戏等现代媒体技术的发展，科幻俨然已经发展成为产业并呈现出巨大的经济效益，各种科幻元素越来越多地出现在人类的日常生活之中，成为一种全方位渗透的文化现象。

第 2 章
马克思主义批评

马克思主义文艺批评理论是科幻小说主题研究应用最多的方法论。该体系涵盖了社会、文化、哲学等意识形态领域，其核心内容是马克思和恩格斯关于政治、经济、文化的三点认识。首先，生产方式决定上层建筑，人类及其社会群体和相互关系、其制度及思维方式等不断演变的历史，在很大限度上取决于"物质生产"模式的变化以及负责物质材料生产和分配的总体经济组织的变化。其次，生产力决定生产关系，生产关系对生产力有反作用力。物质生产基本方式的变化会影响社会阶级结构的改变，导致每个时代都存在统治阶级和从属阶级以及为争取经济、政治和社会利益而进行的阶级斗争。最后，意识是社会的产物，是物质世界的主观现象，物质决定意识，意识具有主观能动性。人类意识是由信仰、价值观念以及思考和感觉的方式构成。人类通过这些意识形态感知并借此解释自己所认为的现实。意识形态比较复杂，是特定阶级的立场和利益产物。在任何历史时代，主导意识形态都体现了在经济和社会方面占统治地位阶级的利益，并使之合法化和永久化。（Abrams & Harpham, 2010: 181）

意识形态属于上层建筑，产生于经济结构，是阶级关系（资产阶级和无产阶级）和阶级利益的结果。西方资产阶级的意识形态包括宗教、道德、哲学、政治、司法体系、文学和艺术等生产和传播的社会和文化组织的产品。据此，马克思主义文艺批评理论认为一切文学作品都是一定历史条件下社会关系的产物，是建立在一定经济基础之上的社会意识形态。虚构作品是真实世界的经济、阶级冲突和社会矛盾在某种程度上的反映。因此，只有将文学文本置于历史语境之中进行解读，在美学和历史的宏观视野下加以审视和评价，才能发现其内涵意义和构成要素，文学评论才能发挥批评应有的效能。

自20世纪60年代以来，科幻小说意识形态批评以马克思主义为基础，运用政治学、经济学、社会学、文学等相关理论知识和研究范式，系统地分析了科幻小说的思想内容，充分展示了科幻小说的社会功能和文学价值，极大地提高了该体裁的学术地位。

2.1　理论建构

科幻小说通过非凡的假设或推想另类的社会制度模式，反思、批判现实的社会弊端，其丰富的内容和强有力的表达方式吸引了众多马克思主义批评者的注意。20世纪50年代后期，马克思主义科幻批评与有关科幻小说的教学和学术著作同期出现。作为政治意识形态阐释力最强的研究方法，马克思主义文艺批评理论是洞察乌托邦类科幻小说的捷径（Wegner，2010：XXIII），也是促进科幻小说研究从通俗化[1]走向学术化的批评手段。1956年，著名的马克思主义学者雷蒙德·威廉姆斯（Raymond Williams）发表的《科幻小说》（"Science Fiction"）[2]一文引发了人们对科幻小说政治价值的关注。这是一篇基于马克思主义立场研究科幻小说的简短论文，其开创的意识形态批评为如何从马克思主义的角度有效地解释科幻小说提供了先例。文章出现了一些影响较大的概念和观点，如科幻小说的任意不连贯性（arbitrary discontinuity）和反科幻的科幻小说（Much SF is really anti-SF）等。威廉姆斯还将值得一读

---

[1] 格雷·韦斯特夫（Gary Westfahl）将20世纪50年代以前的科幻小说批评称为"通俗传统"，以便与"学院科幻批评"区别开来。通俗批评的主体主要是杂志编辑、作者和读者。他们通过社评、封面推介语、书评和读者来信等方式，讨论科幻小说的构成要素和艺术功能，表达自己对科幻小说创作的想法或诠释。参见罗伯特·斯科尔斯、弗雷德里克·詹姆逊、阿瑟·艾文斯. 2011. 科幻文学的批评与建构. 王逢振，苏湛，李广益，译. 合肥：安徽文艺出版社，第204页。

[2] 根据时任《科幻小说研究》编辑的帕特里克·帕林德（Patrick Parrinder）的编者按：雷蒙德·威廉姆斯的这篇鲜为人知的短文于1956年由工人教育协会的期刊《高速公路》（*The Highway*）首次发表，从未再版。《科幻小说研究》（1988，Vol.15）将其作为这种批评的开创性例子予以推广。文章结合了对科幻小说的意识形态批判和一些简洁的个人观察，展现了几十年前一位英国观察者对科幻小说的强烈好奇心。

的科幻小说分为三类主题：堕托邦（Putropia）[1]、世界末日（Doomsday）和太空人类学（Space Anthropology）。这个分类比较粗略，但是大致概括了科幻小说在社会学、生态学和人类学方面的探索。随着 20 世纪 60 年代新浪潮科幻小说的兴起，科幻小说批评有了显著提升。1973 年，《科幻小说研究》创刊，创办者之一的达科·苏文是马克思主义批评家，他的政治态度在很大限度上影响了刊物的政治倾向。目前，尽管该期刊发表的科幻小说研究论文包含了各种批评视角，但它仍然是马克思主义批评的重要平台。21 世纪以来，科幻小说的马克思主义批评得到了长足的进步，卡尔·弗雷德曼、达科·苏文、弗雷德里克·詹姆逊等马克思主义批评家均有新作问世。此外，托马斯·莫伊伦（Thomas Moylan）[2] 提出了"批判性乌托邦"的重要理论，菲利普·韦格纳（Phillip Wegner）的《虚构的社区》（*Imaginary Communities*，2002）也从马克思主义视角展开了针对乌托邦科幻小说的批评。

2.1.1 批评的政治立场

达科·苏文在科幻小说研究领域最重要的成果是《科幻小说变形

---

1 Putropia 推测是由英文 putrid（腐烂的、变质的）和 utopia（乌托邦）两个词分别取前后几个字母拼接而成。根据威廉姆斯在文中的解释，张振发表在 2017 年 9 月刊的《文艺批评》上的文章将其译为"堕托邦"比较准确。

2 托马斯·莫伊伦是美裔爱尔兰学者、文化文学评论家，曾在多所大学任教，2003 年被任命为拉拉辛乌托邦研究中心的创始董事。自 2005 年以来，他一直担任彼得·朗出版社拉拉辛"乌托邦研究系列"丛书编辑，其中几卷以乌托邦和科幻小说为特色。2008 年，他被北美乌托邦研究学会授予莱曼·萨金特杰出学者奖，并于 2017 年获得科幻小说"朝圣奖"。莫伊兰曾在《科幻小说研究》《乌托邦研究》《外推法》（*Extrapolation*）等 10 余种学术期刊上发表了关于威廉·吉布森、金·斯坦利·罗宾逊和柴纳·米耶维尔的评论以及有关科幻小说的学术论文。他还编辑了《恩斯特·布洛赫的乌托邦研究》《弗雷德里克·詹姆逊》《爱尔兰乌托邦》《乌托邦与音乐》等特刊。但最为人熟知的是他在《异想天开：科幻小说与乌托邦想象力》（*Demand the Impossible: Science Fiction and the Utopian Imagination*，2014）中提出的广受引用的"批判性乌托邦"理论及其在《未被污染的天空残隅：科幻小说、乌托邦、敌托邦》中提出的"敌托邦"。2014 年，《异想天开：科幻小说与乌托邦想象力》再版，收录了其他 11 位科幻学者对第一版重要性的评论，还有一章是关于阿道斯·赫胥黎的《岛》（*Island*，1962）的研究。莫伊伦在青年时期是美国左派活动积极分子，20 世纪 60 年代开始积极参加各种左派组织与运动（反战、反资本主义文化）；经常在麦迪逊举行的科幻年度女权主义者大会以及夏季文化与社会研究所就乌托邦主题进行演讲。夏季文化与社会研究所是由弗雷德里克·詹姆逊和斯坦利·阿罗诺维茨（Stanley Aronowitz）领导下的马克思主义文学研究会组织的。

记》，其中的科幻小说定义[1]引起了广泛的讨论。从马克思主义立场出发，苏文（Suvin, 1979: 61）认为乌托邦和科幻小说之间是从属关系，即前者是后者的"社会政治亚体"。苏文的研究不仅标志着科幻小说研究开始进入系统的学术化阶段，还意味着这类体裁研究的重点从科学硬件朝着政治学和社会学问题的转向。早期的科幻作者常常忽略社会环境对科学发明创造及其应用的决定性作用。20世纪以来，科幻作者开始在作品中更多地描述社会变革的可能性以及对普遍社会价值的持续挑战；研究者则更深入地认识到社会学思想实验想象力的效用。

2010年，彼得－朗出版社出版了苏文的论文集《空洞定义：关于乌托邦、科幻小说和政治认识论的论文》（Defined by a Hollow: Essays on Utopia, Science Fiction and Politcal Epistemology, 2010），收集了他于1973—2007年发表的系列论文，其中包括形成他批评思想的重要论文以及一篇介绍20世纪和21世纪第一个10年出现的各种科幻实验小说。菲利普·韦格纳在文集序言中描述了20世纪最后10年的思想文化背景，这些变化有助于理解苏文后期研究成果的重要性。他认为最重要的是20世纪90年代后期爆炸性出现的反全球化"运动之运动"（movement of movements）[2]。该运动的意图不仅是在"冷战"后重塑左翼政治，而且要改变世界本身，实现深刻而彻底的乌托邦理想。另外一个值得注意的倾向是新一代科幻小说家开始关注政治和乌托邦，这个团体的成员包括伊恩·班克斯（Iain Banks）、奥克塔维亚·巴特勒、纳洛·霍普金森（Nalo Hopkinson）、格温妮丝·琼斯（Gwyneth Jones）、肯·麦克劳德（Ken MacLeod）、柴纳·米耶维（China Miéville）、艾伦·莫尔（Alan Moore）、菲利普·普尔曼（Philip Pullman）、金·罗宾逊、乔斯·惠顿（Joss Whedon）等。同时，在文化研究领域也出现了一个真正全球化的学者团体，成员包括朱迪思·巴特勒（Judith Butler）、雅克·德里达（Jacques Derrida）、戴维·哈维（David Harvey）、弗雷德里克·詹姆逊和斯拉沃伊·齐泽克（Slavoj Žižek）等。这些现象标志着一种真正的"否定之否定"思潮，至少在理论上是后－后现代主义（post postmodernism）或超越

---

[1] 苏文（Suvin, 1979: 6-8）的定义属于形式结构剖析，他认为科幻小说是一种文学体裁，其主要条件是疏离与认知的存在和相互作用，其主要形式是一种富有想象力的构架。

[2] "运动之运动"指对新自由主义全球化运动发起挑战的战略思想。

第 2 章　马克思主义批评

后现代的运动，预示着新现代主义激进变革的复兴。苏文后期的论文也为这种重新思考和复兴提供了理论支撑。(Wegner，2010：XXVI-XXVII)

苏文后期深刻认识到了知识分子在全球信息经济中的地位岌岌可危，他不仅在自己的工作中关注这一问题，而且还建议挑战这一局势，努力为新世界重塑乌托邦。但是，要做到这一点，需要彻底地重新考虑知识分子的工作形式和内容。为此，苏文整合了过去和现在的大量资源，以便对古典哲学、科学、艺术、政治和宗教领域进行布莱希特式地重塑，并在每种情况下都强调他所谓的"拯救"维度。他在这些文章中展示了乌托邦文学在这些努力中的重要地位，即"只有天堂或乌托邦才能打败地狱或法西斯主义"(Suvin，2010：259)。

《空洞定义》的许多论证都集中在书中的第 15 章至第 18 章的系列论文中。第 13 章与第 15 章的"反乌托邦运动"对马克思的政治认识论重新进行了详细解读，其辩证思考集中在"认知、自由和愉悦"这几个相互关联的领域。在结语中，苏文全面论述了马克思的《政治经济学批判大纲》(*Grundrisse*，1973)，认为"马克思的主要创新是将人们的身体变成劳动的生命体"(同上：444)。他在第 16 章毫不掩饰地肯定了共产主义的乌托邦是"一个完全世俗、肉体和物质"的信仰体系，"如果公开地利用救世主义的力量，那么正如本雅明所说，没有人能与之抗衡"(同上：476，488–489)。苏文表达了对勒奎恩的敬意，高度赞扬其小说《失去一切的人》所拥有的持久生命力："这实际上是一件非常罕见的事情，一部真正的科幻小说，一部小说，它认真地探索科学以求系统的认知——既是人类的认知方式，又是人类的社会活动。"(同上：524)他特别认同小说主人公谢维克(Shevek)的思考，认为这样的生活模式意味着自由和知识的高度结合，并由此说明自由作为批判性认知的条件如下：第一，与志同道合的人团结一致，捍卫公民社会；第二，反对扼杀霸权主义的激进取向。苏文总结道："《失去一切的人》不顾一切地建立了以人及其知识为中心的世俗正义之境界。"(同上：548)最后，他借鉴了各种批评声音和传统，仔细聆听和领悟，并将它们置于令人震惊的并置语境中，创建了真正的对话和集体文本。苏文的工作表明了一种坚定不移的保真态度，让科幻小说的马克思主义批评重回正轨，为其再次复兴创造了条件。

2.1.2　批评的阅读模式

马克思主义文学研究主张历史的特殊性，注重形式分析，关注乌托邦主旨，这些观点对科幻小说批评产生了直接而长期的影响。卡尔·弗雷德曼（Carl Freedman）的研究范围主要是乌托邦和敌托邦小说，关注迪克、德拉尼、海因莱因、勒奎恩、柴纳·米耶维、罗宾逊等人的作品。在《批评理论与科幻小说》（*Critical Theory and Science Fiction*，2000）中，弗雷德曼表明了自己的马克思主义立场，即文学理论如果不直接面对并在认知上超越过去两个多世纪统治西方文明的假设和信仰，那么它实际上就不是文学理论，或者是没有价值的理论。（Anon，2018）在此基础上，他探讨了科幻小说的类型、理论和经典构成，剖析了科幻小说的风格及其与历史小说和乌托邦主旨的关系，分析了斯坦尼斯拉夫·莱姆的《索拉里斯星》中的认知结构、勒奎恩的《失去一切的人》中的隐晦乌托邦、鲁斯的《他们中的两人》（*The Two of Them*，1978）中的性暴力、德拉尼的《我口袋里的星星像沙粒》（*Stars in My Pocket like Grains of Sand*，1984）的差异辩证法、迪克的《高堡奇人》（*The Man in the High Castle*，1962）对于真实的建构。弗雷德曼（Freedman，2000：23）基本上接受了苏文的观点，但是他更"强调体裁的辩证性和认知作用的中心性"。他认为辩证性的疏离不仅是科幻小说的局限性条件，而且是"构成虚构性的前提，甚至是表现本身的前提"（同上：21）。

弗雷德曼的科幻小说研究主要是基于马克思主义的辩证法，他认为科幻小说的各种形式与辩证思维的严谨性之间存在最深层的联系。他将批评理论视为一种阅读方式，科幻小说阅读需要坚持历史可变性、物质还原性和乌托邦可能性这样的立场。他认为在所有的小说体裁中，科幻小说是最关注批评理论的历史具体性和严格自我反思性的小说。（同上：XVI）基于此，他利用米哈伊尔·巴赫金（Mikhail Bakhtin）、雅克·拉康（Jacques Lacan）、恩斯特·布洛赫（Ernst Bloch）、西奥多·阿多诺（Theodore Adorno）、格奥尔格·卢卡奇（Georg Lukacs）、达科·苏文等人的研究成果，阐释了科幻小说和乌托邦叙事之间的关系；比较了莱姆的《索拉里斯星》中的"异类"与拉康精神分析中的"异类"特征，进一步阐明"异类"的关键类别；重新审视了科幻小说和历史小说之间的关系；探讨了赛博朋克小说的后现代性，指出了吉布森对认知合理近距离的遥远预测是最好的科幻小说传统，具有相当大的否定乌托邦式价值（negative-utopian value）。（Freedman，2000：196）他在结语中强调科幻小说与后现代形势的适配性，宣称科幻小说的主要方向是面向未来。（同上：199）

2.1.3 批评的文化辩证法及其他

弗雷德里克·詹姆逊被誉为自 20 世纪 70 年代以来对科幻小说的马克思主义批评贡献最大的研究者。他在《政治无意识》（*The Political Unconscious*，1981）中明确了自己的批评观点以及对其他批评思想的应用，如《圣经》寓言阐释所包含的中世纪的四层含义理论、诺斯罗普·弗莱（Northrop Frye）的原型批评、结构主义批评、拉康对弗洛伊德的重新诠释、符号学、解构主义等。詹姆逊断言，这些批评方式适用于文学作品批判性解释的各个阶段。但是，他认为马克思主义的批评通过在"文学文本的政治解释"中保持上述所有模式的积极发现，进而"归并"了其他"解释模式"，使其文学解释被视为所有阅读和所有解释的"最终"或"绝对"视野。对文学文本最后的"政治解释"分析能够揭示"政治无意识"的隐藏作用。詹姆逊解释"政治无意识"这一概念是他对弗洛伊德概念的"集体"或"政治"改编，因为弗洛伊德的原意是指个人的无意识是被压抑的欲望的库存。詹姆逊肯定了在晚期资本主义时代的任何文学作品中，文本中的"裂痕和间断性"，尤其是那些未能言说的内容是政治潜意识的深处，是占主导地位的意识形态对历史矛盾压制的表现。他声称这段被压抑的历史内容是"为争取自由之境与必要之境而奋斗的集体斗争"（Abrams & Harpham，2010：209）的革命过程，倡导在文本解释的最后阶段或最后的分析中，马克思主义批评家应该以寓言的方式重写文学文本，使之看起来是先前历史或意识形态的潜台词重构。

2009 年，马克·博尔德（Mark Bould）和柴纳·米耶维编辑出版了《红色星球：马克思主义与科幻小说》（*Red Planets: Marxism and Science Fiction*，

2009），该论文集的立足点是将马克思主义视为一种理解科幻小说的文化方法、一种探索和解释的方式。同时，作为一种历史形态，马克思主义随着时间的流逝也会产生不同的调整和共鸣，这本身也需要探究和解释。该论文集将对马克思主义美学作出贡献的许多关键人物的思想纳入研究范围，揭示了马克思主义理论与艺术世界各方面的相关性，如艺术的实质性，艺术市场和关于价值的奇思遐想，作为意识形态发起的艺术品，作为阶层存在的艺术家、艺术史学家和艺术评论家，以及艺术与经济、作为商品的艺术、形式和历史发展的类比等。（Wayne & Leslie, 2009: X）

该论文集属于卫斯理大学出版社出版的"马克思主义与文化"研究系列，在丛书序言中，迈克·韦恩（Mike Wayne）和埃丝特·莱斯利（Esther Leslie）将科幻小说归类为大众文化，认为这类小说具有可识别的社会主义小说传统，其历史至少可以追溯到威廉·莫里斯的《来自乌有乡的消息》（*News from Nowhere*，2010）。他们认为学术界之所以在过去的40年左右出现并发展了非常强大的科幻小说（包括电影）马克思主义批评传统，是因为科幻小说的探索和试验技术展现了在资本和人类之间所产生的社会关系的动态体系。该论文集的作者借鉴了这一传统中发生过的论辩，对当前马克思主义批评方法进行了批判性评估，为马克思主义科幻批评开辟了崭新的研究领域。

该论文集全面考察了科幻小说描述的社会现象，将其作为验证马克思主义观点的论据。博尔德在导言中分析了凡尔纳的《海底两万里》和"黑客帝国"三部曲所体现的资本结构和全球化真相，指出"鹦鹉螺号"船上各阶层及其成员之间的矛盾冲突实际上体现了人类的发展节奏与资本全球化时空之间的紧张关系。这种故事结构与马克思对资本逻辑的相关描述很相似，并且在凡尔纳的小说中多次重复。"黑客帝国"三部曲则提供了类似的资本结构快照，即詹姆逊所指的全球化"真相"：在不确定的未来，机器会将人类作为能源来进行耕种。这些人永远处于不了解实际情况的无意识状态，被插入类似于人类现实世界的虚拟现实世界的"矩阵"（matrix）之中。（Bould, 2009: 1–26）

实际上，该论文集是向达科·苏文致敬的作品，博尔德在导言中强调了苏文思想对科幻小说研究的深远影响。也许有人会指出苏文的定义存在许多问题，但是该定义（及其阐述）本身就像一个新生事物，对科

第 2 章　马克思主义批评

幻小说理论及其相关批评进行了重新组织，让科幻小说与马克思主义结合起来，从而形成一种具有强大阐释力的批评体系。论文集收录了11位科幻小说批评家的研究成果，包括著名的马克思主义科幻小说批评家威廉·博林（William Burling）、卡尔·弗雷德曼、约翰·里德（John Rieder）、谢里尔·温特（Sherryl Vint）、罗伯·莱瑟姆（Rob Latham）等，他们分别讨论了科幻小说认知陌生化的性质、乌托邦艺术、马克思主义与科幻小说的辩证法、科幻电影中的奇观和技术与殖民主义、异化的主观性和动物的商品化、革命性的科幻小说等主题，极大地丰富了科幻小说的马克思主义批评理论。

柴纳·米耶维在该论文集的后记"作为意识形态的认知：科幻理论辩证法"中以几个关键概念总结了马克思主义批评中的辩证思想。"否定之否定或其他""认知与可能性""以言行事"等讨论了科幻小说是否该与奇幻小说分离、苏文的认知陌生化概念是否合理以及认知逻辑的范式等问题。"科学的堕落"和"特异性反对特异性"阐述了认知效应、科学与幻想的关系和内在重塑的方向性等问题。最后，他希望理论研究的重点可以进行一些基本变更，讨论一些诸如它做了什么，它是如何做到的，以及我们可能会怎么做等问题。为此，马克思主义理论需要继续与奇幻融合。（Miéville，2009：244）

21世纪以来，随着科幻小说研究影响力的扩大，各大学术出版社先后出版了科幻小说指南或者研究系列丛书，这些出版物几乎无一例外地将马克思主义批评作为必备章节。著名的科幻小说评论家小伊斯特万·西塞基-罗尼[1]在《剑桥科幻小说指南》的第7章"马克思主义理论与科幻"中，简要概述了马克思主义批评理论在科幻小说研究中的发展历程，阐述了马克思主义、科幻小说和乌托邦三者之间的关系，评述了苏文、弗雷德曼、詹姆逊、唐娜·哈洛威（Donna Haraway）等人的重要思想。他认为："科幻小说及与其密切相关的乌托邦小说都受到了马克思主义的影响。"（詹姆斯、门德尔松，2018：221）马克思主义的技术观点和科幻小说中关于社会和技术解放的基本故事模式密切

---

[1] 伊斯特万·西塞基-罗尼是美国迪堡大学教授、《科幻小说研究》的合作主编，发表了数篇有关技术文化理论和科幻小说的论文。此外，他开设了多门课程，包括"世界文学""莎士比亚的喜剧""科幻小说""伟大的小说""电影理论""科幻电影"和"科幻电视剧"等。

相关:"马克思也认为技术是人类解放的重要工具,他认为在一个公正合理的社会中,技术创新是人类摆脱繁重劳动的保障,而在剥削制度下它却是奴役大众的手段。"(詹姆斯、门德尔松,2018:222)在"美国新马克思主义批评"一节,西塞基-罗尼发现在20世纪70年代中期,科幻小说马克思主义批评进入了两难境地,因为一些作家为了迎合大众娱乐趣味,减弱了作品的社会批判力度,展示出一种资产阶级主流意识中的个人主义倾向,科幻小说似乎已经成为资产阶级利益的表达工具。个别批评家,如布鲁斯·富兰克林(Bruce Franklin)[1]甚至"令人信服地论证了科幻是大规模杀伤性武器产生和发展的主要推动力和想象动力"(同上:228)。实际上,这是西方科幻小说意识形态批评的尴尬,因为科幻小说的主题思想不可能脱离作者所在社会的主流意识形态的影响,而且科幻小说自诞生之日起就具有明确的大众娱乐性和教育目的,艺术追求从来不是这类小说的主要目标。

在《劳特里奇科幻小说指南》的"马克思主义"中,威廉·博林总结了马克思主义对文化生产批评的几个关键概念,重点阐述了物质生产和消费历史的理论,说明生产方式是指不同的经济体系所产生的特定社会关系形式,并由此产生了独特的文化生产形式。博林指出在马克思确定的几种模式中,根据19世纪初期到现在的科学、技术和经济学的特定发展,有关资本主义的讨论与科幻小说批评的关系最密切。资本主义的特征是生产资料的所有者截获剩余劳动价值作为利润,从而导致物质资产分配不均。工人阶级通常无法负担他们创造的商品和服务,也没有拥有生产所需的资源。资本家与无产阶级之间存在着无法解决的物质对抗导致了阶级斗争,阶级斗争在文化实践的过程和形式上,尤其是内容中得以复制,如"大众文化"和"高级艺术"的区分等。(Burling,2009:236-245)

博林在文章中讨论了马克思主义文化理论的两个主要方面:特定生

---

[1] 布鲁斯·富兰克林是美国科幻小说批评家和选集编辑,著有《未来完美:19世纪美国科幻小说》(*Future Perfect: American Science Fiction of the Nineteenth Century*,1966)、《罗伯特·海因莱因:科幻小说中的美国》(*Robert A. Heinlein: America as Science Fiction*,1980)、《战争之星:超级武器与美国人的想象》(*War Stars: The Superweapon and the American Imagination*,1988)等,于1983年获得科幻小说学术研究"朝圣奖"。

产形式的出现和发展；意识形态批判，即特定的文化作品如何表达或抵抗现状的意识形态机制和假设。他认为马克思主义批评将这些概念结合在一起，形成了实践的两种基本方法论——历史化和批判性思维。坚持历史的观点意即只有通过对特定时刻的文化实践进行分析，才能把握其意义。马克思主义挑战了资产阶级理想主义的阐释理论，该理论将"真实艺术"与"大众文化"分开，并将前者表征为具有超验的普遍价值。批判性思维主张以文化辩证的方式反思自己的前提，充分认识生产方式的特定社会关系所产生的意识形态的复杂性。

2.2 政治学批评

多数以乌托邦幻想为主题的科幻小说在本质上是政治幻想，它们传递了作者的政治理想，表达了他们探索理想的社会体制、改变社会现状的潜在意识。19世纪中期和20世纪上半叶，在技术进步和资本主义经济的推动下，无产阶级日益壮大，阶级矛盾和社会问题逐渐凸显。同时，资本主义经济的掠夺性本质以及随之而来的侵略扩张和殖民化倾向也引发了世界范围内的文化和民族冲突。马克思和恩格斯于1848年发表的《共产党宣言》(*Manifesto of the Communist Party*)标志着无产阶级作为新兴的政治力量正式走上人类历史舞台，社会阶级结构发生了巨大变化，阶级斗争的问题更加严重。1917年，第一个社会主义国家"俄罗斯苏维埃联邦社会主义共和国"的建立让资本主义社会制度面临前所未有的威胁，同时也极大地鼓舞了长期遭受精神和物质压榨的广大无产者。随着时间的推移，法西斯主义的崛起和极权主义的专制让激进的政治变革思想进入反思阶段，反乌托邦想象也开始走入极端，传统的政治体制受到挑战。这些现象引起了科幻小说作者的浓厚兴趣，激发了他们探索社会、政治、经济制度的各种可能性，寻求社会矛盾的解决方式，并将社会变革的希望寄托于另类、可替代的社会制度。

2.2.1 欧美左派科幻小说

20世纪早期的部分科幻小说反映了社会主义国家兴起对世界政治格局的冲击。对科学技术和社会变革极为敏感的科幻小说作者及时地捕捉到了社会变革引发的意识形态改变，在作品中构建了未来社会主义乌托邦和社会革命者的形象。19世纪晚期，塞缪尔·巴特勒的《乌有之乡》、爱德华·贝拉米的《往后看：2000—1887》等具有社会主义思想的小说，为乌托邦小说和"科学浪漫主义"传统的融合创造了先例。从《时间机器》到《沉睡者醒来时》，威尔斯探索了社会主义制度的可能性。正如达科·苏文（Suvin，1979：217）所言："威尔斯的科幻小说显然是意识形态的寓言。他对资产阶级虚假田园诗的毁灭感到满意，与此同时，他对将其毁灭的外星人也感到恐惧。"威尔斯的《现代乌托邦》清晰地表达了社会主义观点。叶夫根尼·扎米亚金（Yevgeny Zamyatin）的《我们》（We）[1]则审视了无意识的科学社会主义可能产生的有害影响。除了这些作品之外，还有一些及时反映了社会动荡，更直接表达了无产者渴望社会变革的作品。

在过去的40年中，部分英国科幻小说探索了社会主义甚至是马克思主义的主题，这与《新世界》的编辑迈克尔·穆考克相关。他鼓励科幻小说进行实验性和激进的社会批判，并在适当的时候发表了布赖恩·阿尔迪斯和其他左派科幻小说家及其追随者的作品。同期的其他英国作家，如伊恩·班克斯的文化系列小说、肯·麦克劳德的《星际碎片》（The Star Fraction，1995）、柴纳·米耶维的非凡创新的"巴斯‐拉格"（"Bas-Lag"）系列作品[特别是《钢铁议会》（Iron Council，2004）]等，均体现了以马克思主义视角对当前社会问题的广泛思考，探讨了资本主义现状的崩溃，以及由此产生的革命可能性和随之出现的性别、政治、经济、社会和环境问题。

20世纪80年代后期至90年代中期，罗宾逊陆续发表的"加州"三部曲表现了对资本主义社会的关注，从而引发了对资本主义未来以及后资本主义社会的广泛思考。之后的"火星"三部曲由《红火星》（Red

---

[1] 写于1920年，英文发表于1924年。

第 2 章　马克思主义批评

Mars，1992）、《绿火星》（Green Mars，1993）和《蓝火星》（Blue Mars，1996）组成，苏文认为这个系列几乎终结了乌托邦潮流。"火星"三部曲生动地描绘了社会变革中各阶层缓慢而痛苦的认识过程，展现了外星反殖民斗争的各种形式，验证了马克思关于阶级斗争的理论，《蓝火星》中移民成功的独立结局反映了人类要将社会主义带到其他星球的愿景。同时，在美国还出现了由女性作家发起的左派思潮。奥克塔维亚·巴特勒的"异种"三部曲和她后来的"寓言"（"Parable"，1993—1998）[1]系列几乎都在与种族主义、仇外心理、性别歧视和宗教狂热作斗争。加拿大作家玛格丽特·阿特伍德的《使女故事》（The Handmaid's Tale，1985）探索了相似的主题。巴特勒描绘了以资本主义为代表的后资本主义重建社会秩序的过程，其完整的左翼幻想与唯物主义和社会主义观点遥相呼应。

2.2.2　作为政治寓言的《铁蹄》

杰克·伦敦（Jack London）是美国的一位重要作家，其冷硬简洁却又细腻准确的叙事风格主要讲述人类和自然界的生存故事，为其赢得了极高的赞誉，也得到了较多的关注。遗憾的是，他在科幻小说方面的成就却长期被忽略。他的第一个科幻故事《一千个死亡》（A Thousand Deaths，1899）结合了 19 世纪科幻小说的一些关键主题：一个冷酷孤独的科学家用自己的儿子做复活实验，然后被儿子发明的超级武器所物化；《返老还童的拉斯伯恩少校》（The Rejuvenation of Major Rathbone，1899）展示了一种从"淋巴化合物"中提取"回春剂"的过程；《影子与闪光》（The Shadow and the Flash，1903）讲述了两个相互竞争的科学天才如何实现隐形的故事：一个是通过完全吸收光线的所有颜色，而另一个是通过透明化。在《全世界的敌人》（The Enemy of All the World，1908）中，一个孤独的天才发明了一种超级武器，使世界陷入

---

[1] 巴特勒的"寓言"系列有两部小说，分别是《播种者的寓言》（Parable of the Sower，1993）和《人才寓言》（Parable of the Talents，1998），该系列被评为 2000 年星云奖最佳小说。

恐慌。但是，种族主义也是杰克·伦敦科幻小说中不可回避的问题，其中特别令人震惊的是关于中国"侵入"白人世界的《无法抗衡的入侵》（*Unparalleled Invasion*，1910），透露出欧洲帝国主义和文化沙文主义对陌生文化的单向恐惧以及因此产生灭绝异族的谵妄狂想。此外，伦敦还创作了一些史前故事，如《亚当之前》（*Before Adam*，1906）等。

杰克·伦敦自身的社会底层经历让他非常关注社会的不公正、阶级矛盾等问题。他的几部科幻作品描述了试图建立法西斯寡头统治的资产阶级和争取社会主义的无产阶级之间的斗争，直接表达了他对社会主义理论的理解。《一个奇怪的片段》（*A Curious Fragment*，1908）的背景设定在28世纪，讲述的是一位统治寡头遇到一只被砍下的手臂，手臂上展现的是其奴隶的请愿书。《歌利亚：一篇乌托邦文章》（*Goliah: A Utopia Essay*，1910）讲述了一位"科学超人"掌握了终极能源"能子"（Energon），成为世界命运的主宰，因此开启了国际社会主义新千年的故事。但是，伦敦最出色的科幻小说是反乌托邦主题的《铁蹄》（*The Iron Heel*，1907）。该书以史诗般的结构，通过未来27世纪的社会主义学者发现的一份手稿，回望了在20世纪早期发生的一场无产阶级革命斗争。小说以乌托邦小说常用的嵌套叙事结构，以手稿发现者和手稿作者的双重视角，讲述了主人公欧内斯特·埃弗哈德（Ernest Everhard）的革命故事及其妻子艾维斯·埃弗哈德（Avis Everhard）成长为革命者的历程，再现了20世纪必然产生的无产阶级和资产阶级之间的武装斗争史。《铁蹄》的书名是埃弗哈德对资本主义寡头统治的统称，小说对芝加哥罢工斗争、游行示威甚至是枪林弹雨、腥风血雨等进行宏观描写，与一个被机器割断手臂的工人的悲惨境遇的微观描写相结合，表现了无产阶级与垄断资产阶级的殊死斗争，反映了资本主义社会的经济和社会变动，批判了资本主义社会制度以及维护资本主义经济生产的上层建筑，指出美国统治者们的侵略行为与寡头专政的本质。作者通过埃弗哈德的言行告诫美国社会党内部的政治家们，不能完全相信选票的力量。无产阶级如果放弃武装革命斗争，那么他们必然会沦为被资产阶级剥削与压榨的奴隶，同时也会丧失以前所取得的一切权利。

《铁蹄》是"政治幻想小说，是杰克·伦敦对社会主义主题最集中、最有影响的艺术表达，也是对资本主义最持久、最猛烈的批判"（虞建华，2009：219-220）。弗朗西斯·肖尔（Francis Shor）认为该小说主要由马克思主义的政治话语构成。（Shor，1996：82）的确如此，埃弗哈德的言行与《共产党宣言》的主张完全一致，并在一定程度上与马克思的经济理论和共产主义思想相呼应。《铁蹄》在一定程度上是政治寓言，杰克·伦敦在小说中预言资本主义将走向极端，走向罪恶，主张以暴力手段将其推翻。20世纪中期，中华人民共和国、越南、朝鲜和东欧社会主义国家的相继成立印证了伦敦的预言。

两次世界大战期间，西方左派科幻小说的出版数量较少。原子弹爆炸的骇人场景取代了社会主义国家兴起所带来的冲击，美国麦卡锡（McCarthy）时期强硬的反共产主义环境让美国左翼（美国无产阶级）文学思潮逐渐偃旗息鼓。经济大萧条之后，随着刺激生产的消费主义泛滥，物质生产力的提高加大了社会各阶层的差距。菲利普·迪克早期的短篇小说也对消费主义提出了批评，如《薪水》（Paycheck，1954）[1]。80年代，计算机和互联网开始显露出技术优势及其影响，生物医学技术的重要性日益提高，跨国公司名下金融交易的合并日益增多。威廉·吉布森的《神经漫游者》、布鲁斯·斯特林的《网络中的岛屿》（Islands in the Net，1988）和帕特·卡迪根（Pat Cadigan）的《合成人》（Synners，1991）对资本主义的势力范围不断扩大以及人类与技术之间的险恶关系进行了激烈而无情地批判。

科幻小说对社会制度、技术生产和消费的表述与马克思以及后来的左派思想家所提出的结论之间存在着本质联系。尽管只有少数科幻作品涉及替代世界中固有的且不可抑制的社会、政治和经济问题，但每部科幻小说、电影或电视节目都承载着潜在的意识形态探索。这些探索成为验证马克思主义理论实践价值的重要途径，同时也让科幻小说成为马克思主义批评的研究对象。

---

1 英文同名电影 Paycheck 由好莱坞华人导演吴宇森指导，于2003年上映，汉译为《记忆裂痕》。

2.3 经济学批评

政治经济学是马克思主义的重要组成部分，同时也是人类生活中必不可少的自然因素。经济学在希腊语中意为管理家务的艺术，现代社会主要用于国家工业和金融管理。科幻小说中不乏关于社会制度的想象，许多乌托邦文学都关注经济理论与政治权力和社会正义之间的关系。马克思主义出现之前，西方主要的经济体制基础是功利主义，即最大限度地为多数人谋利益。马克思主义学说诞生之后，其政治主张在兴起的社会主义国家得到广泛应用，其经济学理论已经成为与资本主义经济抗衡的应用模式，形成社会经济体制的市场经济模式和计划经济模式。两者的对抗与冲突在 19 世纪的乌托邦小说和 20 世纪的反乌托邦小说中表现明显。

2.3.1 小说中的经济问题

科幻小说不仅可以反映社会主义和资本主义两种经济模式之间的冲突，还涉及社会经济的方方面面，如生产、消费、金融、利润等问题。《铁蹄》揭示了阶级矛盾的根本是经济问题；厄普顿·辛克莱（Upton Sinclair）的《千禧年》（*The Millennium*，1924）着重阐释了马克思主义的经济学理论；里昂·斯托佛（Leon Stover）的《卡尔·马克思剃须》（*The Shaving of Karl Marx*，1982）则暗示了威尔斯小说中的经济思想与马克思经济学之间的共性。海因莱因的《月亮是一个严厉的情妇》对一场革命的资金筹措行为进行了详细调查，让"天下没有免费的午餐"的英文缩写 tanstaafl（There ain't no such thing as a free lunch）得以普及。海因莱因的不妥协自由主义与社会达尔文主义产生了共鸣，其作品成为这一类型小说的重要典范。

曾担任《银河科幻小说》（*Galaxy Science Fiction*）杂志编辑的弗雷德里克·波尔比较关注消费的问题。他与科恩布鲁斯共同创作的《太空商人》描绘了为保持增长而走向消费极端的美国经济，发展广告行业甚至成为政府刺激经济的关键措施。这种情况在波尔的《迈达斯瘟疫》（*The*

第 2 章　马克思主义批评

Midas Plague，1954）中被进一步夸大：当国家努力应对大量机器生产的商品时，每个公民都必须负担一份沉重的消费配额。波尔与科恩布鲁斯合作的另一部小说《合法的角斗士》（*Gladiator-at-Law*，1954）探索了金融制度的极端形式，小说中的股票市场拥有至高无上的地位，而且该市场极为荒谬地由隐遁的超级老年病学（super-geriatrics）操控。另一个值得注意的讽刺作品是罗伯特·谢克利（Robert Sheckley）的《生活成本》（*Cost of Living*，1952），小说讲述了中产阶级只能通过抵押子女未来的收入才可以维持生活的故事。这些故事探讨了社会物质生产过剩与操纵消费者以追求经济稳定的经济后果，讽刺了现实社会中不合理、反人性的经济政策。

除了科幻小说本身涉及的社会经济问题，部分科幻小说作者在虚构一个与现实截然不同的世界或社区时，设想了一些先进的社会经济机制。这种现象引起了一些经济学家的注意，他们从专业理论的角度探讨了虚构经济模式的可行性。伦敦大学的威廉·戴维斯（William Davies）和毛·莫洛纳（Mao Mollona）以及马克·费舍尔（Mark Fisher）等人就科幻小说所体现的一些经济学现象进行了一系列对话，特别讨论了当代资本主义社会中"经济科幻小说"的不足。随后，在伦敦大学新成立的政治经济学研究中心（PERC）的启动仪式上，戴维斯邀请了一个科幻迷的经济学家——张夏准（Ha-Joon Chang）[1]作题为"经济学可以从科幻小说中学到什么？"的演讲。演讲的稿子后来成为《经济科幻小说》（*Economic Science Fictions*，2018）[2]论文集的开篇论文。由威廉·戴维斯编辑的这本论文集汇聚了 20 余位身份迥异的作者（经济学家、政治理论研究者、诗人和小说家、人类学家、建筑学家和建筑设计师、艺术家、记者等）撰写的论文、调查报告、科幻剧本、科幻小说和诗歌，展现了科幻小说与经济学之间跨学科研究的卓著成效。

1　张夏准，英国剑桥大学经济学教授，韩国发展经济学泰斗。2003 年获缪达尔奖，2005 年获列昂季耶夫奖，被誉为"最近十五年经济学界最令人兴奋的思想家"。著有《经济学：用户指南》（*Economics: The User Guide*，2014）、《他们不会告诉你的关于资本主义的 23 件事情》（*23 Things They Don't Tell You About Capitalism*，2011）等。

2　科幻小说的经济学批评具有很强的专业性，《经济科幻小说》收集的论文主要由经济学家和相关人员撰写，目的是更好地展示他们的批评视角和独特见解。

2.3.2 新经济模式与科幻小说

《经济科幻小说》的出版意味着科幻小说的功能不仅是娱乐、教育和启发[1]（斯科尔斯、詹姆逊、艾文斯，2011：208），而且可以成为启迪跨学科研究的丰沃资源。该书探讨了经济科幻小说、资本主义反乌托邦、不同的未来、乌托邦探索等内容，指出了目前科幻小说对经济问题探索的局限及其突破途径。马克·费舍尔在前言中呼吁：当务之急是撰写新的经济科幻小说。他认为在面对科幻小说中的资本主义经济问题时，不能简单地予以反对，而是需要创作能与之抗衡的新经济科幻小说，即能够对当前资本主义存在的现实垄断施加压力的小说。他预测小说可能是未来政策发展的引擎或者是可以设计未来的机器，是关于新型住房、医疗保健或交通运输系统的假想。这些假想能够促进思维，让人不由自主地想象一下什么样的社会可以容纳并促进这些发展。换言之，小说可以促使诞生资本主义的替代方案，从而成为资本主义实用主义的对抗力量。此外，通过小说模拟还可以了解后资本主义社会的生活模态。费舍尔认为编辑这部论文集的目的是创作可以将虚拟转化为现实的小说，这些小说不仅可以预见未来，而且可以将未来变为现实。（Davies，2018b：10）

威廉·戴维斯在序言中提到了经济学中的一些核心问题——能否设想一种替代货币的可行手段，作为对商品进行估价和分配的工具？是否可以集体计划另一种经济体？计算（calculation）手段[2]的进步如何促进经济转型？社会主义和资本主义的乌托邦能否最终融为单一的后资本主义反乌托邦？他认为这些主题和问题恰好是"经济学科幻小说"的中心议题。（同上：13）戴维斯分析了当时的经济形式，指出随着计算机在20世纪下半叶的发展，人们对使用控制论反馈系统协调工业

---

1 根斯巴克认为科幻小说应具备的三种功能：叙事供人娱乐（entertainment），科学信息能提供科学教育（education），对新发明的说明能为发明家带来启发（enlightenment）。

2 科学计算指利用计算机再现、预测和发现客观世界运动规律和演化特性的全过程。科学计算流程包括建立物理模型、研究计算方法、设计并行算法、研制应用程序、开展模拟计算和分析计算结果等过程。利用计算机进行科学计算具有巨大的经济效益，同时也使科学技术本身发生了根本变化：传统的科学技术只包括理论和试验两个组成部分，使用计算机后，计算已成为同等重要的第三个组成部分。

第 2 章 马克思主义批评

生产重新燃起希望。在"大数据"时代,数十亿人通过智能手机搜索、在线购物、刷卡、社交媒体等方式不断提供数字反馈,信息技术似乎能够提供迄今为止最有希望的技术基础,使市场获得计算问题的解决方案。但是,如果计算方式是市场的操控手段,那么它的设计或转换也是一个开放性问题。在保证"经济合理性"的市场经济和任何形式的计划经济之间进行简单的二元选择,就低估了围绕不同政治制度设计市场和计算工具的可能性。然而,在 21 世纪的资本主义经济体系中,大多数货币都是通过私人银行系统凭空制造再向客户提供信贷的。因此,重新构想经济的一种途径就是重新构想货币的生产方式。地方货币、交换的替代单位、时间银行、信贷系统的国有化、对等的认证系统(现已通过数字技术提高了效率)、区块链技术(如比特币)——所有这些都为资本主义现状提供了替代方案,同时也引起了对科学计算手段的重视。(Davies, 2018b: 15)

戴维斯借用詹姆逊关于后现代的评述为自己的观点提供佐证,解释了科学幻想与经济学幻想之间的关系。对于詹姆逊而言,科幻小说和其他乌托邦式的写作使我们能够以批判的眼光想象自己在回望当下。因此,它是一种政治资源,它使批评家和激进主义者有能力将当前视为有意识的变革。科幻小说的"多重未来模拟发挥了……将我们自己的当下变成未来确定过去的功能"(Jameson, 1982: 147–158)。詹姆逊将 20 世纪 70 年代初出现的后现代主义视为现代主义乌托邦计划经济的终结。后现代性代替了集体的历史意识,其概念仅提供了空间上的异质性,没有从历史意义上理解集体进步或激进的解放计划。詹姆逊甚至声称"所有政治都与房地产有关"(Jameson, 2016: 13)。他认为物质差异取代了时间的变化,使身体成为政治行动的中心空间。正如在后现代建筑中所展示的那样,历史文物经过拼贴、重新混合、混搭,是为了在理想情况下获得最大的利润,因为不同的成分已经遍布了整个空间。詹姆逊以包豪斯(Bauhaus)[1] 风格和花园城市运动为例,宣称这些独立的机构和

---

[1] 德国魏玛包豪斯大学(Bauhaus-Universität Weimar)的简称,是世界上第一所完全为发展现代设计教育而建立的学院。它的成立标志着现代设计教育的诞生,对世界现代设计的发展产生了深远的影响。包豪斯或包豪斯风格成为现代主义风格的代名词。包豪斯由德国建筑师瓦尔特·格罗皮乌斯(另译为格罗佩斯)(Walter Gropius)创造,是德语 Hausbau 一词的倒置。

空间是梦想或尝试不同未来的基础。因此，戴维斯认为如果要撰写关于经济的科幻小说，就要坚持这样一种可能性，即想象力会以一种不可计算或负责任的、擅自闯入的方式侵入经济生活。想象完全不同的计算系统和前提本身就是要抵制华尔街和硅谷承诺的反乌托邦理想，因为没有什么可以逃避软件算法、风险和财务的逻辑。（Davies，2018b：22）

戴维斯解释了选择"经济学的科幻小说"为研究对象的理据，认为科幻小说的想象力在经济意义上的虚构与"经济学"在体制中的部分虚构重合，想象和幻想是计算空间的内核。的确，正是人们有能力思考或相信根本不存在的东西，才使经济发展成为可能，并激起了风险管理和计算技术及其体系的爆炸式增长，成为偏执的新自由主义对策。戴维斯引用了经济社会学家廷斯·贝克特（Jens Beckert）[1]关于资本主义制度中"虚构期望"（fictional expectations）重要性的论述，来说明人们缺乏对那些自认为真实可靠的事物的经验。因此，他们只能依靠集体认可的虚构，如货币的价值在于它是一种被大众认可的"虚构期望"。同样，企业家制作的商业计划书、作为投资者可以信赖的推销叙述或广告、对产品或服务将如何增强购买者内心存在的准乌托邦式承诺等均属于"虚构期望"。事实上，经济学家、精算师和物理学家生成的风险模型都是科幻小说，因为它们代表了尚未出现的现实。

2.3.3 经济制度的真实与虚构

根据贝克特的理论，在资本主义经济制度中，"真实"和"虚构"价值之间的分界不是绝对或固定的，它随着时间而变化。资本主义建立在虚与实之间的交互通道上，这一点不仅是"所有固体都融化成空气"（同上：23），而且空气也在不断地变为固体。虚构的未来和经验事实的结合使资本主义成为可能，但也使资本主义变得不可靠和存在危险。正如贝克特所言：

---

[1] 廷斯·贝克特是德国科隆马克斯·普朗克社会研究所主任、社会学教授，著有《想象中的未来：虚构预期与资本主义动态》（*Imagined Futures: Fictional Expectations and Capitalist Dynamics*，2016）。该著作的核心概念"虚构期望"让戴维斯找到经济与科幻小说的共性。

> 在不确定的情况下,对未来前景的评估与文学小说有着重要的共同点。最重要的是,他们通过提出超越经验事实报告的断言来创造自己的现实。小说被伪装成一个现实,作者和读者的行为就好像所描述的现实是真实的。(Beckert, 2016: 61)

贝克特认为构成资本主义的"虚构期望"与"文学虚构"之间的主要区别在于,前者是"设计幻想",需要审视的不仅是其吸引力,更是其合理性。此外,这些"设计幻想"旨在激励人们朝某个方向发展:吸引投资、诱导购买、接受付款。这与文学小说不同,文学小说的存在是为了产生愉悦感或参与感,或引起反省,但很少尝试改变或强加行为。然而,了解"真实"的经济制度如何渗入"虚构"的小说产生了如何利用和扩大这种歧义的问题。这样做的一种结果也许是在模糊"专家"角色与"艺术家"或"业余爱好者"角色之间的界限,挑战关于谁真正影响政治经济以及如何影响这一假设。

《经济学科幻小说》的第一部分"经济学的科幻小说"解释了书名的由来和关键词。书中的"经济"指经验事实、期望、幻想和共同叙述的混合体。它既是"科学"(主要是经济学和管理学)的研究对象,也是虚构的事物。作者提出了一些值得思考的问题:如何将社会科学和科幻小说作为重叠的领域一起阅读?相对于经济生活,这种重叠可能揭示什么?作为开篇,经济学家张夏准反思了经济学和科幻小说之间的交叉点。他认为新古典经济学本身就是一组小说,其核心思想意图说明经济是一种自然文物,需要针对可以发现的规律进行持久、稳定地研究。同时,科幻小说本身可以被认为是对经济的一种解释,除了在批评和乌托邦式想象中的作用外,它还具有自己的现实价值。政治经济学家劳拉·霍恩(Laura Horn)在第二篇文章中质疑为什么科幻小说中关于公司权力的虚构往往倾向于反乌托邦。他担心如果将科幻小说的乌托邦力量带给公司,描述制度解放的替代方案,但同时实验性的"理想乌托邦"(如工人合作社)也在探索这种替代方案,那该怎么办?谢里尔·温特通过科幻小说批评质疑了现代资本主义的另一种基本工具——金钱。温特展示了货币科幻小说如何反映人类学历史上的某些方面,论证了重新思考和重组金融资本主义最具控制力、令人沮丧的机制的可能性。布赖恩·威勒姆斯（Brian Willems）探讨了自动化在后资本主义乌托邦中的作用，分析了罗伯特·海因莱因的小说《月亮是一个严厉的情妇》。这本小说的主角试图通过控制论来引发革命，并提供了一种方法，用以探索有关自动化和计算在设计美好世界中的作用以及算法和自动化在当代资本主义约束条件下的作用等问题。

该文集的第二部分"资本主义反乌托邦"论述了反乌托邦幻想对于资本主义的适用性，提供了科幻小说家和艺术家绘制遥远未来的案例。卡琳娜·布兰德（Carina Brand）的文章探讨了资本主义的反乌托邦式扩张动力与马克思主义的关键概念"提取"（extraction）之间的关联。作为从事电影工作的艺术家，布兰德将自己的作品与各种科幻电影阅读结合起来，认为"提取"（包括马克思最喜欢的吸血鬼比喻）那种常常令人害怕的文化表现形式是恐惧资本猖獗的表现。该部分还收集了艺术家团体（AUDINT）创作的作品。该作品讲述了发生于2056年的敌托邦故事，那时由于企业和国家合并，围绕稀缺资源出现了新的全球冲突。这场全球战争的关键资源是人的痛苦，这似乎暗示着公司可能会变成商品的前沿终端。该部分收录的敌托邦故事可以被理解为对紧缩政策带来的英国惩罚性福利改革的一种暗黑讽刺。另一故事则虚构了全球政府正在实施"生物多样性信贷"计划，该计划以非人道的方式管理残疾人福利。诺拉·默丘（Nora Murchú）在第八章的敌托邦批评中指出了后福特主义工作的一种极端表现形式：那个世界没有疆界，只有任务和意识在流动，资本主义的管理制度控制了人们的时间经验。该部分最后一章是一份未来咨询报告，该报告由英国著名的品牌设计公司沃尔夫·奥林斯（Wolff Olins）的设计师撰写。根据该报告的设想，未来的伦敦脱离了已经城市化的英国（或英格兰联合地区），成为一个经济独立体。

在题为"设计一个不同的未来"的第三部分，《经济学科幻小说》收录了有关经济学主题科幻小说发展走向的设想，即如何通过发明和计划积极地引导另一种形式的经济生活。在设计上，科幻小说的乌托邦冲动符合实际的经济政策。欧文·赫瑟利（Owen Hatherley）的文章探讨了城市设计的政治经济潜力，研究了1958年使用预制材料建造的莫斯科郊区，目的是将其大规模复制。这个设想具有大量廉价生产的工业特性，可以为人类提供良好的社会住房。马克·约翰逊（Mark Johnson）

第 2 章 马克思主义批评

通过一种不寻常的虚构类型——计算机游戏所代表的巨型结构，描绘了虚构的建筑环境。游戏玩家可以在这个环境里积极探索一些事实，了解乌托邦主义或敌托邦主义的不同形式。然而由于是技术制造，这些环境既是"虚构"，又是"科学"。该部分的最后两章均由相关行业的设计人员撰写，他们探讨了可能用于批判性和创造性地思考经济的设计方法。巴斯蒂安·克斯珀恩（Bastien Kerspern）探索了如何将"设计小说"的方法应用于培育替代经济范式的批判性研究。托比亚斯·雷维尔（Tobias Revell）、贾斯汀·皮卡德（Justin Pickard）和乔治娜·沃斯（Georgina Voss）研究了批判性、推想性设计，思考如何将其作为重塑经济生活和实现乌托邦计划的工具。

《经济学科幻小说》的第四部分"探索乌托邦"讨论了经济学和经济学小说的交集，以及如何把握主流经济"现实"与其他现实相遇的时机。该部分讨论的主要内容是如何通过虚构和重新想象经济常态，将其转移到更有希望的其他事情上面。环境经济学家蒂姆·杰克逊（Tim Jackson）描述了在诺福克山脉（Norfolk Broads）旅行的经历，思考如何应对过渡时期的挑战以及随之而来的所有风险，这些挑战已经对人类的自然生活条件造成了经济威胁。人类学家朱迪·索恩（Judy Thorne）在进修学院进行了采访，在年轻受访者中发现了乌托邦式的向往，尽管他们在日常生活和社会经济现实中挣扎抱怨，却向往另一个更好的世界。法学学者米里亚姆·切里（Miriam Cherry）展示了另类经济、工业历史以及未来，突出表现了路德主义者与异化技术之间的斗争。他详细介绍了实现路德主义愿景的路径，提出了"可持续经济学"（Sustainomics）这一概念，证明了技术的目的是服务人类和自然生活。该部分还收录了乔·沃尔顿（Jo Walton）创作的一个关于货币供应量的科幻小说。在沃尔顿的构想中，政府正寻求将货币供应国有化，以实现其军事和安全目的，而围绕货币控制民主化的另一种模式对此进行了艰苦斗争。

《经济学科幻小说》不同于普通的文学批评论文集，它展现了科幻小说在学术研究和启迪思考方面的无限可能。文集的编者戴维斯是经济学家，但他并没有按照常规的学术规范遴选某种类型的学术论文，而是集思广益，最大范围地展示科幻小说涉及的经济问题给相关领域和行业带来的启示。文集中的各种文类（学术论文、文学作品、调查报告、设计方案）体现了编辑试图跨越学科界限，探讨经济学领域虚构与现实之间的模糊地带，寻求某种连接。这种努力无疑为科幻小说的创作与研究开创了多元化发展的先例。

2.4 社会学批评

科幻小说的社会学批评主要针对乌托邦小说，社会学关于社会和社会关系的系统理论是构建乌托邦假想社会制度的基石。社会学和科幻小说都有一个共同的表现形式，即乌托邦哲学。乌托邦哲学最常用的文学形式是通过想象的航行，建构理想的社会模型。在这些假想的社会中，人物和人际关系的模型成为评估生活质量的一种指标。因此，社会制度是科幻小说，特别是乌托邦小说探索的重要领域。关于乌托邦主题的写作历史悠久，但是作为一个学术研究领域却始于20世纪中后期，其学术化的标志是乌托邦研究协会[1]的成立，该协会创建了期刊《乌托邦研究》（*Utopian Studies*）[2]，该刊物发表的研究文章通常以科幻小说为研究对象。同时，《科幻小说研究》也经常发表关于乌托邦小说的研究论文，两个期刊的撰稿人常常彼此交叉。乌托邦研究范围较宽，涵盖小说、哲学、神学、认识论、实践、政治哲学、批判理论等领域。较早的马克思主义批评借鉴了《共产党宣言》对乌托邦社会主义的历史分析模式，将乌托邦主义描述为政治上的理想主义，达科·苏文、莱曼·萨金特（Lyman Sargent）、弗雷德里克·詹姆逊、卡尔·弗雷德曼、托马斯·莫伊伦等学者都在这一领域展开了深入系统的研究，共同建构了乌托邦社会学研究范式和传统。

---

[1] 该协会成立于1975年，是一个学术研究团体，自称为致力于研究各种形式乌托邦主义的国际跨学科协会，特别强调文学和实验乌托邦。

[2] 《乌托邦研究》发表有关乌托邦、乌托邦主义，乌托邦文学、乌托邦理论、虚拟社会等主题广泛的学术文章。其撰稿人来自不同领域，包括美国研究、建筑、艺术、经典、文化研究、经济学、工程学、环境研究、性别研究、历史、语言和文学、哲学、政治学、心理学、社会学和城市学规划等领域。此外，每期杂志还包括数十篇书评。

2.4.1　乌托邦主义

乌托邦主义是一种希望哲学，其特征是将广义的希望转化为对一个不存在的社会的描述。尽管希望通常只是一种相当天真的愿望，但是希望是任何试图让社会变得更好的必要条件。（Sargent，2010：20）作为乌托邦研究的先驱，莱曼·萨金特不仅为该领域奠定了理论基础，还作为"乌托邦学会"的领导者和《乌托邦研究》期刊的创办人和编辑、相关会议的组织者、论文集主编等多重身份极大地促进了乌托邦研究的学术化发展。他的两篇文章《乌托邦主义的三个方面》[1]（"The Three Faces of Utopianism Revisited"，1994）和《乌托邦——定义问题》（"Utopia: The Problem of Definition"，1975）确定了该领域的研究目标与范围，为其他研究者指明了方向。这两篇论文主要讨论了乌托邦的定义及其内容，提出了乌托邦主义研究应该关注的三个广泛领域：乌托邦思想或理念、乌托邦文学和社群运动（communitarian movements）。莫伊伦认为萨金特最突出的贡献是关于乌托邦社会的讨论，即乌托邦思想并不像理性那样起作用，它是在想象的领域中起作用，就像一个"自我活动的农场"，这点似乎预测了詹姆逊后来关于认知图绘（cognitive mapping）的论述。（Moylan，2000：71）此外，萨金特厘清并定义了关于乌托邦及其衍生的一些基本概念，并对其文本形式进行了区分：

　　乌托邦主义[2]（utopianism）——社会梦想。

　　乌托邦（utopia）——对一个不存在的社会进行了相当详细地描述，通常包括时间和空间位置。

　　乌托邦或正常乌托邦（eutopia or positive utopia）——对一个不存在的社会进行了相当详细地描述，通常包括时间和空间位置，作者希望同时代的读者看到这个社会比他们所生活的社会好得多。

　　敌托邦[3]或否定乌托邦（dystopia or negative utopia）——对

1　该文于1967年首次发表在《明尼苏达评论》（*Minnesota Review*）上，其修订版于1994年发表在《乌托邦研究》上，此处引用的是后者。

2　本节关于乌托邦的术语以此处译文和解释为准。

3　另有汉译为"歹托邦"（虞建华，2020：41–50）。

一个不存在的社会进行了相当详细地描述,通常包括时间和空间位置,旨在让同时代的读者认为那个社会比自己所处的社会糟糕得多。

乌托邦式讽刺(utopian satire)——对一个不存在的社会进行了相当详细地描述,通常包括时间和空间位置,作者想让同时代的读者将其视为对当代社会的批判。

反乌托邦(anti-utopia)——对一个不存在的社会进行了相当详细地描述,通常包括时间和空间位置,作者想让同时代的读者将其视为对乌托邦主义或某些特定乌托邦的批判。

批判性乌托邦(critical utopia)——对一个不存在的社会进行了相当详细地描述,通常包括时间和空间位置,作者希望同时代的读者认为它比当代社会更好,但所描述的社会存在可能解决或可能无法解决的难题,以此保持对乌托邦体裁的批判性。(Sargent,1994:9)

萨金特的定义和范围几乎仅针对乌托邦概念的字面意义,没有涉及其他衍生或变体乌托邦想象,尤其是技术乌托邦(technological utopia)。科学想象产生于17世纪的乌托邦思想,培根的《新亚特兰蒂斯》和坎帕内拉的《太阳城》已经出现了明显的科学知识及其在社会变革中的作用。这两部作品对科学技术的推崇预示着田园牧歌式的乌托邦将进入一个截然不同的技术乌托邦领域。贝拉米在《往后看:2000—1887》中对技术的描述被视为机械化乌托邦学派的原型,随后出现了不少强调技术在促进社会进步、维护人类和平富足生活方面的作品,如威尔斯的《现代乌托邦》《像神一样的人》(Men like Gods,1923)和《未来事物的形态》(The Shape of Things to Come,1933)等。但是,工业革命改变了传统的社会结构,这种巨大的冲击让技术革命的负面作用开始显现,从而产生了反乌托邦和批判性乌托邦思潮。现代乌托邦小说呈现出了更广阔的范围,勒奎恩和罗宾逊将乌托邦幻想带到其他星球,试图以物种基因的改变获得更公正、更理想的社会制度和生态环境,而乌托邦批评也开始讨论种族、性别、基因改造、生态系统等话题。

2.4.2 批判性乌托邦与敌托邦

萨金特对乌托邦的开拓性研究影响深远，托马斯·莫伊伦在《未被污染的天空残隅：科幻小说、乌托邦、敌托邦》(*Scraps of the Untainted Sky: Science Fiction, Utopia, Dystopia*，2000)中用较大的篇幅阐述了其贡献。作为左派政治活动参与者与组织者、教师、学者，莫伊伦的成长经历和他的马克思主义立场，使他对乌托邦写作产生了极大的兴趣。他不认为乌托邦是确定新世界的蓝图，而是旨在引发改革过程的梦想。(Moylan，2000：XIV)因此，他希望突出乌托邦文学的发展历程，以便更好地理解、欣赏和接受乌托邦思想。他在《异想天开：科幻小说与乌托邦想象力》一书中提出了"批判性乌托邦"概念，该思想在引发较大争议的同时，也被广泛采纳。莫伊伦认为批判性乌托邦文本是一个强调自我批评的开放过程：

> 批判性乌托邦的一个核心关注点是意识到乌托邦传统的局限性，因此这些文本拒绝将乌托邦作为蓝图，而是将其作为一个梦想保存下来。此外，小说对原始世界和与之对立的乌托邦社会之间的冲突进行了细致描写，从而更直接地表达了社会变迁的过程。最后，小说关注乌托邦社会自身持续存在的差异和不完美，从而呈现出更具辨识度和活力的替代社会。(Moylan，2014：10-11)

实际上，莫伊伦希望更多的研究者能够继续梳理这一过程的发展方式，以期说明在一场全面的社会政治变革（即革命）的服务过程中，批判性乌托邦的这种参与行动主义的行为已经达到了一个新高度。（同上：XV）莫伊伦认为乌托邦写作转向批判性乌托邦意义非凡，指出这种从认识论和政治到自我反省的批评和激进主义的转变是迈向有效的、持久转变的必要步骤：

> 因此，20世纪70年代的乌托邦写作之所以得以拯救，是因为它自身的毁灭和朝着"批判性乌托邦"的转型。在启蒙意义上针对"批评"（critique）的"批判"（critical）——是对立思想的表达，它揭示、揭穿了这一流派本身及其历史状况以及

在核心意义上的"临界"点,即发生必要的爆炸反应所需的临界质量。(Moylan, 2014: 10)

莫伊伦在该书的再版序言中介绍了批判性乌托邦提出的过程以及该类故事的发展模式。他发现自己考察的几部乌托邦主题小说都追踪了社会的变迁历程,无论是在一个主流或主导社会,还是在一个已经存在的乌托邦社会中,这些作品都着重于一个或几个主人公从被动到能动的个人旅程。"在我看来,这些觉醒和行动的故事是更大的政治进程和个人意识的提高,以及推动激进的社会变革所需要的主体之间的有效调解。"(同上:XV)他提出可以从三个方面观察乌托邦文本:替代社会、世界、乌托邦特有的主人公,即乌托邦社会的访客。(同上:36)以这三方面为主线,他解释了一些特殊的科幻作品如何以一种符合他们所处时代条件的方式,重新构造传统乌托邦模型的过程。他认为作者虚构的替换世界是乌托邦小说的中心,这个在现实主义小说中仅被视为"背景"的因素在乌托邦小说中的作用非同小可。作者会不遗余力地描述这个虚构世界中的政治经济结构、日常生活惯例和仪式,让这个替代社会以一种完整的方式呈现出来。这一切均通过小说的主要人物——乌托邦的访问者,以一种勘察、困惑、愤世嫉俗或者激动的问询方式展示出来。读者更像是一个调查员或探索者,而不是一个战胜坏人、获得奖赏的英雄。读者在文本中展现了另一种社会相对于读者自身所处的社会具有的引人注目的优势,通常与作者和当代读者所生活的社会紧密相连。(同上:37)

> 读者再次发现一个人类主体在行动,只是现在不再是一个被困于社会系统中的孤立个体单位存在,而是人类集体的一部分处于正在经历深刻历史变化的一个时空。这一复活的、活跃的主题所关注的焦点是在微观/个人和宏观/社会层面上的革命变革战略和策略的意识形态素。此外,在这个具有批判意义的乌托邦中,更多的社会变革集体英雄被呈现得偏离中心(off-center)。他们通常不是占主导地位的白人、异性恋者、沙文主义男性,而是女性、同性恋者、非白人,而且通常是集体行动。(同上:45)

莫伊伦将批判性乌托邦定义为一种对乌托邦文学形式的探索,一种思想实验，在本体论上属于启发式和目标式认识。（Moylan，2014：XIX）他认为批判性乌托邦诞生于 20 世纪中期，尤其得益于 60 年代的反资本主义主流文化浪潮的推动，批判性乌托邦作家承担了一个充满风险的任务，他们在复兴解放乌托邦想象的同时，也摧毁了传统的乌托邦幻想，使之以一种转换和解放了的形式得以保留，这种形式对乌托邦式的写作本身及其流行形式的形成均持一种批评态度。由此可见，乌托邦这种文学形式的一般规范会沦为市场体系和变化的渗透和合作的牺牲品，并借此维持该体裁多维象征行为的活力。莫伊伦认为批判性乌托邦的价值体现在抵制现代社会将乌托邦写作扁平化过程中，它摧毁、保存并改造了乌托邦写作，使之成为 19 世纪以来乌托邦话语的重要标志。他分析了在形式和内容上具有批判性乌托邦特征的四部小说，包括乔安娜·鲁斯的《女性男人》、勒奎恩的《失去一切的人》、玛杰·皮尔西（Marge Piercy）的《时间边缘的女人》（*Woman on the Edge of Time*，1976）和塞缪尔·德拉尼的《特里顿》（*Triton*，1976）。这些作品均表现出一种倾向，即霸权社会受到严重挑战时，人们尽可能想象自己生活在另一个世界。莫伊伦对这四位作家的评价极高：鲁斯的乌托邦、激进主义者视野和彻底开放的文学实践让她的作品成为女性主义写作和政治发展的重要文本；勒奎恩激发了人们对乌托邦话语以及生态学和无政府主义产生新兴趣；皮尔西用一部大众市场上的畅销小说，将新左派、女权主义、生态学和解放运动的经历具体化；德拉尼涉猎乌托邦体裁是为了超越它。（同上：188）

莫伊伦最后肯定了批判性乌托邦作品的文学价值和社会实践意义。以批判性乌托邦的文本形式，这些小说所共有的开放和自我反省的运作机制打破了乌托邦话语的僵硬系统，否定了当代市场和国家结构，因为它们限制了乌托邦对肯定文化的渴望。因此，这些文本传递的主要信息是批判性乌托邦的固有特质，而乌托邦想象力则是一种煽动性实践，有助于解放计划、超越极限地达到目的。（同上：189）

莫伊伦的重要著述《异想天开：科幻小说与乌托邦想象力》自 1986 年首次出版以来，引起了极大反响，至今仍然是乌托邦研究领域必不可少的参考书目之一。和萨金特一样，莫伊伦清晰、简洁地区分了乌托邦写作及其思想和政治的一些核心概念，如形式与内容、意识形态与乌托邦、手段与目的、个体与社会、结构和主体、分析和行动主义、个人和政治以及各组概念之间的关系。莫伊伦的研究并没有停留在批判性乌托邦这个领域，随着不断涌现的新技术及其对意识形态的影响，乌托邦写作无论在内容还是在形式上都发生了较大变化，他在《未被污染的天空残隅：科幻小说、乌托邦、敌托邦》中发展了萨金特的敌托邦概念，用同样清晰的逻辑结构对该现象展开了充分论述，建立了敌托邦的批评框架。

在《未被污染的天空残隅：科幻小说、乌托邦、敌托邦》中，莫伊伦指出敌托邦叙事是20世纪社会弊端发酵的产物。"一个世纪以来，剥削、镇压、国家暴力、战争、种族灭绝、疾病、饥荒、生态灭绝、衰退、债务以及通过日常买卖来稳定人类的生活，为乌托邦想象力提供了足够丰沃的土壤。"（Moylan，2000：XI）反讽、现实主义和19世纪的敌托邦小说应运而生。莫伊伦分析了爱德华·福斯特（Edward Forster）、扎米亚金、赫胥黎、奥威尔、玛格丽特·阿特伍德等作家的经典作品和第二次世界大战后科幻小说呈现出的地狱新地图以及20世纪80年代和90年代的敌托邦转向，认为这种叙事机器已经产生了通过虚构社会挑战特定历史情况的认知图绘，这些虚构社会的糟糕状态甚至超出了作者和读者的想象范围。

莫伊伦通过《未被污染的天空残隅：科幻小说、乌托邦、敌托邦》建立了科幻小说研究和乌托邦研究融合发展的方法论，全面介绍了敌托邦小说的文本结构和形式运作机制。他从科幻小说与乌托邦、敌托邦和敌托邦策略三个方面对敌托邦的历史和美学进行了深入研究，重点讨论了敌托邦诗学和政治学。他特别关注在20世纪80年代和90年代的经济、政治和文化动荡中出现的科幻小说式新型敌托邦，详细研究了作为批判性乌托邦变体的三个样本——罗宾逊的《黄金海岸》（*The Gold Coast*，1988）、奥克塔维亚·巴特勒的《播种者的寓言》和玛杰·皮尔西的《他、她与它》（*He, She and It*，1991）。

莫伊伦的批评立场是马克思主义，其主要论点是敌托邦最重要的意义在于它能够以系统的方式反思社会和生态罪恶的根源。这类作品的文本机制能够产生替代世界，在这个世界中，作者的历史时空能够以再现的方式将其经济、政治和文化的结合前景化。因此，敌托邦文本在形式和政治上都拒绝功能主义者或改良主义者的观点。在其视界范围内，不能将任何单一政策或做法作为根本问题孤立起来，也不能将任何单一异常行为作为要解决的特例，以便可以轻松地恢复封闭状态下的生活。的确，敌托邦批评凭借其不合时宜的总体审视能力，有时可能是对立和超越，让作者和读者对自身所处的残酷现实根源视而不见，从而找到自己的出路。(Moylan, 2000: XII)

敌托邦表现出对现代社会的不满。莫伊伦分析了福斯特的前卫故事《机器停工》(*The Machine Stops*, 1909)，批评这部作品仅表示了对新型技术世界（标准化、理性化、虚弱化）的拒绝，认为作者的人文主义挑战了社会新逻辑并着手为异议和抵制寻找基础。但是，福斯特的抽象分析只能提供统治和对立面的最小二元性，并不能描述即将到来的矛盾特征。随着现代国家机构成为疏离和痛苦的主要来源，一些敌托邦小说家，如赫胥黎、扎米亚金、奥威尔、阿特伍德等，在他们的经典作品中开始了越来越尖锐的敌托邦审视。在一些流行科幻小说的书页里，敌托邦的想象力渗入日常生活的每个角落和缝隙，以揭露社会强权和经济主导者对他人生存权物质和精神两方面的掠夺行为。

莫伊伦对敌托邦和反乌托邦文本进行了比较和区分。敌托邦文本并不能保证创造性和批判性的立场，作为一种开放形式，它总是在乌托邦与反乌托邦之间进行妥协。由于早已埋没在一个已经充满压迫的社会中，敌托邦叙事轨迹散见于历史上某些表示政治对立倾向的文本之中。相比之下，那些拒绝适应现状的渐进式文本则通过消极地参与勇敢的新世界而探索了乌托邦的可能性。在反乌托邦式的敌乌托邦中，可能发生的最好情况是，即使霸权在意识形态上被强制性地关闭了，也要承认个体的完整性。而在乌托邦式的敌托邦中，至少可以肯定会出现集体抵抗，有时甚至可以在与某种缜密体制的对抗中取得全面胜利。这类敌托邦作品主要指20世纪80年代中期的赛博朋克和女性主义科幻小说，其中的罗宾逊、巴特勒、皮尔西等作家都采用了敌托邦的叙事方式。他们的作品不仅敏锐地批评了现有的事物秩序，还探索了同位空间的可能性，启发和设想了后来的政治行动主义。

《未被污染的天空残隅：科幻小说、乌托邦、敌托邦》的第二部分讨论了敌托邦诗学和政治学，区分了乌托邦（反乌托邦）、敌托邦和反乌托邦的文学类型，阐述了 1980—1990 年出现的批判性敌托邦的产生条件和特性。莫伊伦在第三部分详细分析了 20 世纪末期敌托邦新形式的三个典型文本，讨论了其中及时出现的批判意识，指出该批判意识影射了社会政治风貌，反映了无政府表现的新动向：个人抵抗在罗宾逊的《黄金海岸》中形成，在巴特勒的《播种者的寓言》中集体努力转向与主流社会分离，最后在皮尔西的《他、她和它》中得到实践支持。

莫伊伦认为乌托邦与科幻小说之间已经不存在明显的区别，原因是敌托邦的情感以科幻小说的流行形式发现了更大、更分散的范围，而科幻小说则在生活的瞬间不断发展，即使反乌托邦故事和小说没有完全以经典敌乌托邦形式呈现，其敌托邦的意识也依然存在。雷·布拉德伯里的《华氏 451 度》(*Fahrenheit 451*，1951)、库尔特·冯内古特的《自动钢琴》(*Player Piano*，1952) 和安东尼·伯吉斯 (Anthony Burgess) 的《发条橙》(*A Clockwork Orange*，1962) 显然都是反乌托邦的科幻小说；詹姆斯·巴拉德、菲利普·迪克、约翰·布伦纳 (John Brunner) 等作家则"以反乌托邦精神为生，制作了无法将反乌托邦叙事严格参数化的社会噩梦"(Moylan，2000：168)。

到了 20 世纪末，这种共有的文学领域融合为批判性敌托邦科幻小说。莫伊伦描述了这类小说的特征："往往更少受到极端颂扬或绝望的驱使，更能兼容复杂性和模棱两可，并且更加鼓励个人手法和政治策略的即兴发挥。"(同上：182) 这些作家在使用敌托邦的传统比喻中持续探索改变现有系统的方法，为在文化和经济上被剥夺和被否定、处于边缘地位的群体代言，让他们不仅能够生存下来，而且还能朝着更能自觉、生态更健康的美好社会迈进，从而不再受制于那种基于某种狭隘逻辑的破坏性体制，这种体制仅服务于少数人获得更多利益。(同上：189)

莫伊伦的批判性敌托邦意义重大，詹姆逊 (2014：266) 认为"这个概念可能与罗伯特·埃利奥特的作为一种乌托邦对应物的讽刺概念相一致"。但是，他认为该概念的政治立场源于乌托邦理想，不能阐释奥威尔作品中对政治领域乌托邦计划的抨击和警告，因此他建议用反乌托邦这个指向更广泛的概念。在全面而深入地研究了乌托邦概念及其文学作品的基础上，詹姆逊对莫伊伦的概念进行了修正和拓展。

2.4.3 未来社会的批判

在以第一世界令人眼花缭乱的技术和第三世界社会瓦解为特征的全球化时代，乌托邦的概念仍有意义吗？带着这样的问题，詹姆逊的《未来考古学》（*Archaeologies of the Future*，2005）讨论了资本主义晚期的文化逻辑。该书是詹姆逊社会形式诗学的第三项研究成果，是他继《后现代主义：晚期资本主义的文化逻辑》（*Postmodernism, or the Cultural Logic of Late Capitalism*，1991）和《单一的现代性》（*A Singular Modernity*，2002）之后最重要的著作。这部著作梳理了托马斯·莫尔以来的乌托邦发展，审视了后共产主义时代乌托邦思想的功能，通过对他性（otherness）的表征（外来生命和外星世界）以及菲利普·迪克、勒奎恩、吉布森、阿尔迪斯、罗宾逊等人作品的研究，揭示了乌托邦与科幻小说之间的关系。此外，詹姆逊考察了乌托邦对立面的立场，评估了这类作品在现代社会的政治价值。

詹姆逊系统而深入地研究了科幻小说和乌托邦作品之间的关系，分析了构成这些体裁的诗学意识形态以及它们发挥的社会批判能力和起到的制约作用。与萨金特的定义研究不同，詹姆逊力图揭示乌托邦文学的政治价值，对科幻小说的乌托邦形式与内容进行了定性研究。《未来考古学》分为两部分——"乌托邦欲望"和"思维尽处"，汇集了作者1973—2003年关于科幻小说乌托邦主题的研究论文。第一部分探讨了乌托邦的各种变体、托马斯·莫尔的体裁、乌托邦意识形态及其二律背反等内容，主要涉及科幻小说中身体、身份和差异、时间概念、未来世界等与乌托邦主题相关的问题。第二部分主要以部分作家的作品为研究对象，讨论了布赖恩·阿尔迪斯的《星河战队》（*Starship*，1958）所体现的科幻小说中的一般间断性，勒奎恩作品中世界缩影的表现形式，冯达·麦金太尔（Vonda McIntyre）的《等待的流亡者》（*The Exile Waiting*，1975）中的空间建构，范·沃格特叙事中的时间、空间和他者，菲利普·迪克的历史与救赎，罗宾逊"火星"三部曲中的现实主义和乌托邦等问题。

詹姆逊在《未来考古学》的序言中开门见山地阐明了自己的观点：乌托邦一直是一个政治话题，这对于文学形式而言实在是不寻常。由于乌托邦文学自然介于政治与文学之间,其文学价值受到质疑,其政治地位不清不楚。(詹姆逊,2014:3)然而,正因为这种形式的文学价值长期受到质疑,所以其政治地位在结构上也是处于模糊不清的状态。(Jameson,2005:Ⅵ)詹姆逊认为在"冷战"期间,乌托邦背弃了追求统一和完美理想的纯洁意志,已成为斯大林主义的代名词。实际上,乌托邦与政治之间的关系、乌托邦思想的政治实用价值以及社会主义是否等于乌托邦等问题都需要进一步探讨。(詹姆逊,2014:4)詹姆逊认为振兴希望的第一步仅仅是重新确立乌托邦主义,这是一个必须且可行的计划。他认为:"乌托邦主义必须首先是对乌托邦或反乌托邦主义恐惧的诊断。"(Jameson,2016:54-55)鉴于乌托邦主义源于人类的深切需求,而非专业知识,因此乌托邦主义必然具有业余的性质以及回避专业知识的艺术层面。

詹姆逊(2014:5)分析了乌托邦小说的政治价值,认为乌托邦主义不仅构想出了替代资本主义的体系,其"形式本身更是对根本的差异、根本的他者,以及社会总体的系统本质的具象构想,以至于在我们现实的社会存在中,如果不首先摆脱种种如彗星火花般的乌托邦愿景,就几乎无法设想任何根本性的变革"。除了意识形态的批评之外,詹姆逊根据恩斯特·布洛赫关于乌托邦是一种在乌托邦文本内部以及之外的日常生活中存在的冲动,讨论了乌托邦的幻想机制。他特别指出,如果研究乌托邦幻想的心理机制,应该考虑幻想形成过程中的历史条件和集体意愿。在社会层面上,想象力受到生产方式的制约。正因如此,最好的乌托邦也不完美。如果考虑到这一点,就可以将乌托邦的讨论从内容转向表现形式,因为乌托邦文本被"频繁用来表达政治观点和意识形态"(同上:6)。因此在分析这些文本的叙事形式时,要注意那些在叙述结构中没有体现却能说明问题的东西。

詹姆逊认为有必要区分乌托邦形式和乌托邦愿望,明确二者的差异:"前者指形诸文字的书面文本或文学形式,后者指日常生活中所察觉到的乌托邦冲动及由特定的解释或说明的方式所实现的乌托邦实践"(同上:10)。他总结了前人的研究成果,认为达科·苏文的"认知陌生化"综合了俄国形式主义所倡导的"陌生化"和布莱希特提出的"间离效果"的审美原则,其目的是凸显科幻小说的认知功能,其缺陷是不能解释文本潜在的无意识。文本形式及其表述之间涉及政治问题，这种科幻小说的意义比单纯的"认知陌生化"更加复杂，他将《未来考古学》的第一部分命名为"乌托邦欲望"正是为了说明这个问题。詹姆逊详细研究了托马斯·莫尔的《乌托邦》，提出可以从两条脉络继承莫尔的乌托邦思想：一条是实现乌托邦计划；另一条是自由改革和商业幻想。

根据恩斯特·布洛赫关于乌托邦冲动的阐释，詹姆逊重新组织了乌托邦涉及的三个层次：身体、时间和集体性。这三者成为全书的关键词，詹姆逊对三者展开了充分讨论。人类的终极关怀是生命的意义，短暂的肉体生命在乌托邦的构想中获得了更大的价值。同时，乌托邦可以将时间的两个维度（过去和将来）统一起来，"存在性的时间被置入历史时间之中"（詹姆逊，2014：18）。集体性是指种族群体实践，乌托邦正是为了满足这种群体意识的一种构想。在"如何满足欲望"一节中，詹姆逊比较了科幻小说和幻想小说，认为二者在体裁和结构上都存在较大差别，其修辞目的也不同。科幻小说遵循的是真实合理原则，幻想小说遵循的是快乐原则，而乌托邦则"成为两种不可通约性的有效综合"（同上：103）。勒奎恩的《天堂的车床》(The Lathe of Heaven, 1971) 是这种综合的典型代表，说明了集体愿望的满足是乌托邦文本必须承载内在真实原则的修辞使命。

《未来考古学》中的"通向恐惧之旅"一章讨论并区分了敌托邦和反乌托邦等文学现象，指出无节制的乌托邦（utopia of excess）和乌托邦的丧失（utopia of privation）均能引发后现代乌托邦读者的焦虑，唤醒更深层次恐惧。（同上：249）在分析了《一九八四》中的独裁幻想，《月亮是一个严厉的情妇》和"火星"三部曲的反殖民主义等后现代的关注点之后，詹姆逊指出乌托邦反抗（revolt）针对的是国家社会主义，而不是社会主义本身。"反乌托邦恐惧和焦虑会随着这个或那个历史社会所面对的国家权力的不同形式而发生变化。"（同上：261）詹姆逊认为莫伊伦的批判性敌托邦明确了这种差异性。他解释敌托邦是正常乌托邦的否定表亲，"因为其结果产生于某种关于人类社会可能性的肯定概念，而它的政治立场则来自于乌托邦理想"（同上：266）。但是，詹姆逊认为"敌托邦"无法解释《一九八四》之类的作品，他建议用"反乌托邦"这个名词，因为这类作品产生于一种抨击和警告政治领域乌托邦计划的激情。此外，詹姆逊提议将"启示性"（apocalyptic）作为一个研究范畴，用以解释截然不同于批判性敌托邦作品中描述的各种灾难。启示性叙事否认奥威尔式的政治幻想，这类作品通过世界的终结预示历史，需要进行意识形态或形而上学方面的解读。詹姆逊分析了《一九八四》的主人公心路历程的三个层次（先是主人公建立在偶然性事件层面上的个体经验，接着是将人类本质上的恶意观点普遍化，最后是偏执、病态地将面临的危机转变成一种生活激情，作为生存的一个解决办法），称赞奥威尔"最真实、最原创地表达了深植于敌托邦的恐惧究竟在哪一个层次"（詹姆逊，2014：268），并指出这种恐惧不是个人问题，而是历史上一种非常有趣的集体现象，而扎米亚金的《我们》则表示另一种方式的不确定性。

詹姆逊认为科幻小说的优点是将对乌托邦的讨论从内容转向表征。这些文本经常被视为政治观点或意识形态的表达，以至要以一种坚决的形式主义方式来纠正这种平衡。从这个角度来看，不仅是建构乌托邦式的社会和历史原材料引人关注，它们之间建立的表征关系，如封闭、叙述和排斥或倒置等表述方式也值得深思。詹姆逊指出，研究乌托邦幻想机制必定能阐明其历史可能性条件，了解为什么乌托邦在一个时期内蓬勃发展但在另一个时期内却枯竭了。詹姆逊强调自己与达科·苏文的区别，认为科幻小说的乌托邦冲动远比苏文的"认知陌生化"更复杂。后者是一种美学原理，在本质上是认识论的功能，是一个通用类别的特定子集，专门致力于替代性社会和经济形式的想象研究。但是，他的讨论因为乌托邦冲动的存在、乌托邦风格或文字本身而变得复杂。就乌托邦文本而言，最可靠的政治考验不在于对单个作品作出任何判断，而在于其产生新作品，包括乌托邦过去的愿景以及修改或纠正这些愿景的能力。

《未来考古学》重点论述了乌托邦理论、全球化、后现代主义、阶级斗争、历史性等主题，延续了詹姆逊对科幻小说研究的一贯理论贡献。詹姆逊（Jameson，2005：384–385）解释了自己关注科幻小说的原因，因为科幻小说恰好是这一领域的表征工具，尤其是吉布森的《模式识别》（*Pattern Recognition*，2003）"提供了关于当代的可靠信息，而不是穷尽的现实主义"，因此影射了"新的地缘政治想象"。

2.4.4　乌托邦研究进展

乌托邦研究在很大程度上依托于科幻小说,阿尔塞纳·洛根(Alcena Rogan)在为《劳特里奇科幻小说指南》撰写的《乌托邦研究》一文中介绍了乌托邦批评的发展历程。(Madeline & Rogan,2009:308-316)洛根重点讨论了英语乌托邦文学,特别是小说所表达的乌托邦概念,以及近期出现的几本乌托邦批判和文学理论的主要著作。洛根分析了17世纪几部著名的乌托邦作品,包括培根的《新亚特兰蒂斯》、詹姆斯·哈灵顿(James Harrington)的政治文章《大洋洲联邦》("The Common-Wealth of Oceana",1656)和玛格丽特·卡文迪许(Margaret Cavendish)的《新世界的描述,被称为炽热的世界》(*The Description of a New World, Called the Blazing-World*,1668),指出它们都是通过提出修正现有宗教、财产、性别和/或政治关系来阐述一个理想世界。洛根认为18世纪的文学乌托邦和乌托邦政治文本倾向于关注理性的重要性,特别是理性在社会治理和社会健康方面的适用性。她比较了柏拉图的《理想国》和乔纳森·斯威夫特的《格列佛游记》,指出柏拉图着重于善治,其理想国是产生和维持"公正"臣民和社会条件的一种手段;斯威夫特则是对被统治的"美好生活"的极端讽刺性表述。19世纪中后期至20世纪初的乌托邦发生了重大变化,洛根以贝拉米的《往后看:2000—1887》和夏洛特·吉尔曼(Charlotte Gilman)的《她乡》(*Herland*,1915)等经典乌托邦文本为例,指出这种思想实验通常被认为缺乏写作技巧,具有高度说教性,同时也展示了技术的潜在变革性和解放性。这段时期的乌托邦强调了乌托邦居民与无知访客之间的对话,洛根认为这是一个重要区别,因为它预示着世界观的日益瓦解:这些乌托邦并不包含或构成世界,而是位于堕落的当代世界外围的一个时空区域。

洛根指出当代政治领域的主题化是文学乌托邦的主要特征,关于乌托邦生活方式可能性的社会政治和哲学是文学乌托邦历史的组成部分。实际上,威廉·莫里斯的《来自乌有乡的消息》之类的普通乌托邦文学作品模糊了文学和社会政治的区别,因为这是社会主义理论家和小说家对"向后看"所提出的政治问题的明确回应。贝拉米的技术功利主义乌托邦实质上规定了一种利用工业革命手段的方法,该方法可以最大限度地提高工人的工作效率,进而扩充闲暇时间以便享受资产阶级的陷阱和追求。但是,该小说重新刻画了阶级分层,并未解决工业化劳动力产生的疏远效应。与之形成鲜明对比的是,莫里斯的社会主义空想国家形成和维持了劳动者的愉悦作用。莫里斯视工作为娱乐形式,或者是他通过代表共享和未分配的劳动形式,打破了工作与休闲时间之间的区别。该书提出了关于乌托邦的社会政治问题,其新颖的社会主义幻想尽管让人存疑,仍然产生了较大影响力。

洛根分析了批判性乌托邦在19世纪60—70年代成为空想主义写作主要形式的原因。这种形式反映了那个时代的特点,即要求改变全球开发领域、性别不平等、种族不平等、阶级对抗等状况。这类作品包括勒奎恩和鲁斯的小说。洛根区分了批判性乌托邦和反乌托邦,反乌托邦拒绝规划蓝图和梦想,她将巴特勒的《播种者的寓言》和《人才寓言》归结为反乌托邦,因为它们呈现了最原始的法西斯主义、种族主义和性别歧视的未来情景——美国警察州和生态危机,并将其作为小说人物为生存而奋斗的背景。此外,尽管社会变革进展缓慢,并且要通过不同阶层且通常是非正常个人的努力来实现,但巴特勒的作品并不排斥它的可能性。典型的反乌托邦指那些既拒绝蓝图规划又拒绝梦想的乌托邦,其中包括奥威尔的《一九八四》和阿特伍德的《女仆的故事》。批判性乌托邦展示了一系列社会问题以及可以有效解决这些问题的时空环境,明确地拒绝了理想社会的总体规划。

洛根讨论了弗雷德里克·詹姆逊和卡尔·弗雷德曼关于乌托邦的著述,认为詹姆逊的《未来考古学》是近期将乌托邦和科幻小说相结合的重要理论著作。她采用了詹姆逊对乌托邦的定义,即乌托邦是对无法实现的渴望的表达或集体的向往,称赞弗雷德曼的《批评理论与科幻小说》提供了一种阅读科幻小说新意(novum)[1]或制造新空间的有效方法,包含批判性乌托邦,即不是自成体系的乌托邦理想,而是严谨地表达了我们如何想象乌托邦的潜在政治力量。洛根认为达科·苏文介绍了乌托邦小说和科幻小说之间的关系,明确了乌托邦小说是科幻小说的社会政治子类,它"是限于社会政治关系领域的科学小说,是对人类命运至关重

---

[1] 苏文的novum有多种汉译:新意、新知、新奇、新颖等,笔者将根据上下文选用不同的汉译。

要的社会政治构想"（Suvin，1988：38）。

在《劳特里奇科幻小说指南》的另一篇文章《敌托邦》中，格雷厄姆·墨菲（Graham Murphy）借用萨金特的定义，列出了属于敌托邦主题的重要作品，包括凡尔纳的《女王的数百万》(*The Begum's Millions*, 1879)、威尔斯的《未来的故事》(*A Story of Days to Come*, 1897) 和《沉睡者醒来时》、福斯特的《机器停工》等反乌托邦式噩梦故事，描述了早期的反乌托邦小说，特别是扎米亚金的《我们》对极权主义合理化的批评、赫胥黎的《美丽新世界》所体现的消费资本主义、奥威尔在《一九八四》中谴责噩梦般的政府权力等。墨菲认为尽管这些经典的政治焦点迥异，但具有一定的共性：战争促进了反乌托邦的崛起；主角忍受了一些新信仰的考验；女人、爱情和肉欲会激发抵抗力；语言既是压迫，又是解放的工具；突出的准宗教仪式等将乌托邦主义推到了黑暗的边缘。

墨菲对乌托邦和反乌托邦题材文学的发展比较乐观，他认为敌托邦写作在 20 世纪蓬勃发展，在 21 世纪会继续表现强劲，预测此类小说将继续发挥政治批评作用，将小说叙事作为抗争场所，让读者注意到作品所发出的警告。从莫尔的《乌托邦》诞生至今，尽管历经变化，存在多种变体，这个题材的受欢迎程度或许会随着社会变化和政治动态时而成为热点，时而又被忽视，但是人类对美好生活的向往或者对未知的恐惧从未消失。

迄今为止，马克思主义理论以其自身的科学性、革命性、先进性和探索性，已经成为科幻小说家进行思想实验的理论基础，某些具体理论或论断更是他们创作的灵感源泉。马克思主义对自然、社会和人类思维发展规律的精辟阐释、对事物发展规律的准确把握使之具有高度的科学性和严密的逻辑性，自然成为科幻小说作者观察当代世界变化的工具。几乎所有的科幻文化生产都代表科学和技术外推而自然产生的社会、经济和政治影响。作为被压迫与被剥削阶级争取解放斗争的理论体系，马克思主义为无产者、民族和弱势群体提供了反抗压迫的理论武器，其强大的实践性成为科幻小说乌托邦主题不可否认、不可忽视的概念模型。许多科幻小说假设了既定的或积极提倡的资本主义政治、经济扩张和殖民主义,展示了社会主导阶层的专制统治和被压迫阶级的觉醒及其反抗过程。诚然,从表面上的次要细节、人物和情节到各类科幻小说主题最突出的前景,马克思主义理论应用和理解的差别很大。但是从广义上讲,科幻小说特别是乌托邦主题,撇开马克思主义相关理论的思想内容研究是不完整的。进入21世纪,科学技术推动经济全球化成为一种不可阻挡的趋势,垄断与反垄断的经济博弈开始渗透文化领域,马克思主义关于资本主义经济由自由竞争到垄断论断显示出其先进性与预测性。罗宾逊的"火星"三部曲以及早期的太空歌剧均涉及殖民化、超级大公司垄断等主题。由此可见,西方科幻小说一直潜存着与社会主义或者马克思主义的持续对话。

第 3 章
后人文主义批评

后人类（posthuman）和后人文主义（posthumanism）是后现代文化批评的重要概念。20 世纪 80 年代至今，遗传科学、基因工程和电子产品大量侵入人类的日常生活，小型医疗器件甚至被植入人类机体以改变甚至替换某种病变或衰退的器官和机能。同时，穿戴式电子产品的出现极大地拓展了人类的感官功能和行动空间，人类的生活方式发生了翻天覆地的变化，形成了所谓的后人类时代。事实上，人类基因组计划、定制药理学、人工智能以及其他多种形式的科学技术进步已经重新配置了人类生存的物质参数。在自然科学和哲学讨论中，人类的定义变得越来越不稳定，导致了人文主义危机。在某种程度上，后人类现象的出现挑战了拥有多年历史的人文主义，促使相关学者不得不重新思考人文主义的含义。此外，与科技发展关系密切的科幻小说就像无数面镜子，提供了观望后人类世界的窗户。后人文主义批评也从最初的文化研究、哲学探讨和伦理批评议题，成为近十年科幻小说批评最有成效的视角之一，与此相关的赛博格、技术恐惧与焦虑、女性主义、环境与生态等主题研究也取得了大量成果。

3.1 后人类、后人文主义

后人文主义批评需要重新定义人类、人性等概念，需要探讨人的异化、与机器或技术等各种关系的变化等问题。后人类时代，后人文主义关注的核心问题依然是人性问题，特别是当人类的生理特征被技术改变时，其生物、心理属性是否会随之发生改变。这种担忧在瞬息万变的后人类时代，随着技术对人类日常生活产生的实质性和多样性影响而呈现出不同形式。

3.1.1 后人类及相关概念

后人类概念的形成反映了技术进步给人类生活、心理以及生理带来的影响，体现了人类在技术无处不在的生存环境中产生的一种集体焦虑。罗伯特·佩珀雷尔（Robert Pepperell）（2003：170）将后人类描述为"突破了人类进化过程中生物、神经和心理方面的限制，在身体、智力和心理方面拥有无与伦比的能力，能进行自我编程和自我定义、拥有不死的潜力、不受限制的个体"。布莱恩·斯坦伯福德（Brian Stableford）对后人类的解释比较具体，即人类可能会通过"机器人化和基因工程"等技术广泛改造自身的各种条件，以便让自己摆脱传统意义上公认的"人类条件"。斯坦伯福德（Stableford, 2006：401）认为后人文主义是后人类的衍生词，特指人文主义之后出现的哲学流派。该流派认同佩珀雷尔（Pepperell, 2003：177-187）在《后人类状况：大脑之外的意识》（*The Posthuman Condition: Consciousness Beyond the Brain*, 2003）中提出的"后人类宣言"，对人类进化的加速充满希望。

为了完整地描述后人类现象，斯坦伯福德将"超人类主义"[1]（transhumanism）和"外熵主义"（extropianism）[2] 作为后人文主义可能的替代词，并描述了这两个词的来源和意义。尽管后人类的概念与超人类主义的概念部分重合，但是后人类更重视计算机技术对人类机体的改造，并坚持人类演化的线索不是单一、线性的进化论思想。后人文主义者则认为人类未来演化的决定性因素会呈现出戏剧性的多样化，可能是为了适应辐射的自然进化，也可能是出于美学冲动的主观变形等。因此，

---

[1] "超人类主义"一词是朱利安·赫胥黎（Julian Huxley）于1957年创造的，但其现代用法源自美国超人类主义学者伊斯凡戴瑞（Fereidoun Esfandiary）的《你是超人类吗？》（*Are You a Transhuman?*, 1989）。

[2] "外熵主义"指为不断改善人类状况而演变的价值观系统和标准框架。

第 3 章　后人文主义批评

后人类的改变在本质上具有特异性、多产化、混杂性等特征，其中包括可能迅速而偶然出现的新类型。丹尼尔·迪内罗（Daniel Dinello）直接将 21 世纪称为后人类时代。"21 世纪的技术：机器人技术、人工智能、仿生学、互联网、虚拟现实、生物技术、纳米技术等，预示着人类进步的新时代，即后人类时代。"（Dinello，2005：5）由此可见，后人类现象研究的重点是技术对人类这个物种演化已经造成的或可能产生的影响。

现代技术（特别是生物医药和信息技术）的迅猛发展令人猝不及防，难免会产生恐慌，担心人类的未来并不是自然进化的结果，而是技术（基因工程、纳米技术等）干预的后果。卡罗尔·格斯（Carole Guesse）在《关于后人类/主义文学的可能性》["On the Possibility of a Posthuman/ist Literature(s)"，2020]一文中详细解释了后人类的含义。他认为后人类是时代忧虑的产物，因为某些人总是担心现代技术提供了修改、增强甚至消灭人类的方法。格斯认为后人类可以是通过生物技术（biotechnology）而增强的物种，但不是非人类的有机物种，如动植物等。同时，后人类不一定是诸如机械人、变种人（mutant）或机器人等未来派的推想人物。不少后人类研究者明确指出，某些已经存在的（生物）技术，如外科移植手术、假肢、神经药理学或者那些无处不在并将我们连接到互联网的各种设备，已经将人类变成了后人类。（Guesse，2020：24—25）凯瑟琳·海尔斯（Katherine Hayles）在其著名的《我们怎样变成了后人类：控制论、文学、信息学中的虚拟体》（*How We Became Posthuman: Virtual Bodies in Cybernetics, Literature, and Informatics*，1999）一书中以目前最常见的情景解释了何为"后人类"："当您注视着计算机屏幕上向下滚动闪烁的指示符时，无论您为看不见的隐形实体分配了什么标识，您都已经成为后人类。"（Hayles，1999：XIV）的确，后人类在某种程度上体现了人们对经济、社会、环境和技术的发展所引发的希望和恐惧，并在过去的几十年中引发了一系列针对人体技术的开发和应用持乐观/悲观或批评态度的论述。

对陌生的他者怀有恐惧、害怕变形（metamorphosis）是人类固有的一种文化心理。这种情况在世界各地的神话、寓言中均有体现，如罗马诗人奥维德（Ovide）大约创作于 1—8 年的《变形记》

(*Metamorphoses*)和现代作家弗兰兹·卡夫卡（Franz Kafka）的《变形记》(*The Metamorphoses*，1915）等。这些故事里的主人公因为各种原因经历了痛苦或欢乐的变形，成为一个非人类（nonhuman）他者。与可能成为现实的后人类情况不同，非人类他者完全是虚构人物，二者差别较大。西蒙娜·米卡利（Simona Micali）在《文学和媒体中怪物、突变体、外星人、人造生物的后人类想象力》（*Towards a Posthuman Imagination in Literature and Media Monsters, Mutants, Aliens, Artificial Beings*，2019）一书中对文学作品中出现的后人类和非人类他者进行了区分，比较全面地描述了非人类的四个特质：

（1）非人类并不是人，是先于人类、先于文化的存在（怪物、野兽），也可以指代不发达或退化的人类（变种人、野蛮人）构成，是人类演化的一个否定标准。

（2）对于我们和我们所认识的世界来说，非人类就是他者。根据定义，外星人是不可知和可能不可知的化身，是我们无法真正想象或期待的东西，它的存在违背了人类中心主义的想象。与陌生宇宙居民的相遇场景再次确认人类是唯一聪明、有知觉、有道德的生命可能。

（3）非人类往往是人类的模拟和仿造。由于科学和技术，现代人梦想与上帝竞争，从被造物变成创造者。这种梦想的结果是人工制造的生物（artificial being）：一个非天生的人造幻影（simulacrum），它是人类自身的一个影像（image），其最有价值的特质是真实性。因此，不管是机械的，还是有机物的，幻影总是一个令人不安的存在，该存在质疑了优于复制品原型（original）的形而上学和道德的优先权，挑战了引导我们的判断和行为的本质主义（essentialism）。

（4）我们抵达终点时将不再是人类，而是一个魅影般（phantasmal）的存在，它将在我们之后出现，取代我们成为地球的主人。乐观主义者认为后人类是我们自身的先进和增强版，充分体现了人类的潜能，甚至比人类还像人类，因此认为现在的人类能力有限、脆弱并受到了威胁。更有

第 3 章　后人文主义批评

> 批判性的观点认为，人类及其环境的现状证明，我们是进化失常、危险、有缺陷的生物。我们太傲慢，以至对世界和我们自身这个物种所做的坏事视而不见。这些批评观点希望我们这个物种进行"生态"（ecological）进化，使我们成为更智慧、更谦逊的人，与世界和我们自己和谐相处。（Micali，2019：26-27）

对于后人类，米卡利强调："在我看来，后人类并不是要定义一个全新的东西，而是一个新的聚焦，透过此概念，我们可以突出一直隐含在科幻小说中的潜力，因为这个想象模式让我们可以设想变化和突变（mutation），想象我们可能成为或可能已经变成了什么，如威尔斯《时间机器》中 80 000 年后人类的两种类别：掠食者和猎物。"（同上：31）

近两年，有关后人类研究的重要出版物是《后人类词汇表》（*Posthuman Glossary*，2018）和《后人类知识》（*Posthuman Knowledge*，2019）。罗西·布雷多蒂（Rosi Braidotti）[1]在自己独著的《后人类知识》中概述了新兴的后人类学科特征，探讨了后人类学科领域和跨学科领域产生的学术新动向。她认为后人类不是对未来的反乌托邦愿景，而是我们历史背景的决定性特征，因此后人类是一种正在前行的事业。（Braidotti，2019：7）她描述了人类目前所处的后人类时代及面临的挑战，认为后人类状况意味着"我们"——这个特定星球上的人类和非人类居民——目前处于第四次工业革命和第六次灭绝之间。被她形象地比喻成"算法恶魔"的第四次工业革命涉及先进技术的融合，意味着数字、物理和生物界限变得模糊，如机器人技术、人工智能、纳米技术、生物技术、物联网等。她将第六次灭绝比喻为"酸化的深蓝色海洋"，预示着人类活动造成当前生活环境的恶化，进而导致地质时代物种的灭绝。如何在这既并行又互相冲突的两股力量之间寻求平衡、展望人类更广阔的前景，是当前后人类面临的挑战。（同上：8）

后人类现象是文化、科技、政治、经济等方面的一次大融合，是技

---

[1] 目前，罗西·布雷多蒂是荷兰乌得勒支大学教授，她是专注于女性主义和后人文主义研究的哲学家和女性主义理论家。自 2006 年起，她开始陆续发表关于后人类和后人文主义研究的论文和专著，在振兴后人文学科方面做出了积极的贡献。她的研究兴趣包括"肯定伦理学"（affirmative ethics），她对后人类现象持乐观态度。

术应用与人文主义结合的必然阶段。与女性主义倡导者哈洛威和海尔斯一样，布雷多蒂也在这种融合中发现了机会。她认为这种融合并不是一场危机——甚至被视为灭绝危机——而是历史丰富且复杂的过渡标志。它充满了风险，同时也为人类和非人类行为者以及人文科学提供了重塑自我的大好时机。但是像所有过渡一样，它需要一定的远见卓识和尝试性的能量以及相当大的耐力。她认为在这种情况下，"人"的普遍概念和"人类"所代表的特殊主张都不足以指导我们应对这一挑战。那些过时的立场均无助于了解高科技介入和生态灾难（也称为人类世）时代的知识产生和分配。布雷多蒂倡导融合后人文主义和后人文中心主义的研究方法，这种融合目前正朝着新的方向发展并产生了质的飞跃：后人类知识的产生。她指出后人类发展过程不是单一的直线，而是一系列的曲折路径，其中包括一系列后人文主义立场以及对各种新人文主义主张的修正。

3.1.2 批判后人文主义

传统的人文主义把人看作世界的中心，自我意识是人类的自然标志，个人独立和选择自由被视为人类主体的核心价值。人的尊严、人权、关于人的状况等相关概念都建立在这些具有普适性的价值基础之上。在物种定义趋于含混的后人类时代，人类主体这个概念需要重新定义，人类与非人类、人类与机器之间的界限也需要重新界定。作为一种哲学、政治和文化的批评方法，后人文主义寻求对人与生命更为包容的定义，否定人类的特殊性和中心地位，力图解决技术变革时代的人类、杂交生命形式、动物社会性（和人性）的新发现以及对生命本身产生的新问题，并考虑对非人类生命形式承担更大的道德伦理和责任。（Nayar，2014：13-14）作为一种批评理论，后人文主义试图超越传统的人文主义对自主、拥有自我意志的个体的思考方式，解构经典人文主义的话语、表征、理论和批判，关注被边缘化的后人类身体或非人类，包括残障研究、动/植物研究、怪物研究、控制论、意识研究等。后人文主义是对经典人文主义的反思和修正，具有强烈的批判性质，有的学者直接称其为批判后人文主义（critical posthumanism）。

第 3 章 后人文主义批评

后人文主义是后人类时代的衍生物,其研究目标主要是针对控制论和人工智能发展对人类主体地位影响的理论探索,包括控制论网络分析、当代政治和经济状况、人类-动物研究等。(Canavan & Link, 2019: 751)后人文主义在科幻小说中最集中的体现是赛博朋克思潮,二者的相关研究在 20 世纪的最后 10 年开始兴起,并在 21 世纪保持其发展势头。部分原因是 21 世纪数字媒体技术的突飞猛进,而赛博朋克本身是当代数字媒体技术的先驱,这对关注技术的理性和实践意义的科幻小说影响极大。

20 世纪初,捷克剧作家卡雷尔·恰佩克(Karel Capek)在《罗素姆万能机器人》(Rossum's Universal Robots, 1920)中提出了机器人[1]概念,首次将生物学与技术融合在一起,表示人类的未来状态。20 世纪 40 年代,美国数学家诺伯特·维纳(Norbert Wiener)所启发的控制论运动成为后人类思潮的技术推动力。但是,针对后人文主义的起源却有不同的解释。布鲁斯·克拉克(Bruce Clarke)和曼努埃拉·罗西尼(Manuela Rossini)将著名的文学评论家伊哈布·哈桑(Ihab Hassan)的论文《作为表演者的普罗米修斯:走向后人文主义文化?五个场景中的大学面具》("Prometheus as Performer: Toward a Posthumanist Culture? A University Masque in Five Scenes", 1977)视为后人文主义文化到来的最初宣告[2]。著名的文化理论学者罗西·布雷多蒂将后人文主义的起源定位于 20 世纪 60 年代的法国反人文主义,认为这是由米歇尔·福柯(Michel Foucault)的"人类的死亡"(the dead of man)理念所倡导的一个思潮,福柯在其著述《事物的秩序》(The Order of Things, 1966)中对此进行了全面的理论阐述。

关注人文社会学科的软科幻小说和赛博朋克小说被称为后人文主义文学。20 世纪 80 年代以来,来自控制论、人工智能以及新技术的研究

---

[1] 在捷克语中,robota 意为"劳动法令(即农奴)",恰佩克剧中的 Robot 并不是指金属材料构成的机器人,而是指被迫害的工人阶级仿生人,恰佩克认为他们是生物和化学的人工合成物,但不是机械意义上的人造物,而是更新换代的人体模型(homunculi updated)。

[2] 《剑桥文学与后人类指南》概述了后人类和后人文主义的发展历程,列出了与两个术语相关的文学作品和理论著作,但是并没有清晰明确的定义。(Clarke & Rossini, 2017: XI)

开始侵蚀人类属性定义的边界,传统的人类概念开始出现偏差。将人类视为机器或将机器视为人类带来的不确定性和混乱开始引起研究者的关注。凯瑟琳·海尔斯(Hayles,1999:8)是率先研究这种现象的学者之一,她认为诞生于19世纪的控制论表明了"信息(information)、控制(control)和通信(communication)这三个强大的力量正在联合行动,以实现有机和机械空前的融合"。例如,我们使用信息科学来了解人脑,反之亦然。1980—1999年,除了海尔斯,雪莉·特克(Sherry Turkle)、唐娜·哈洛威(Donna Haraway)、凯文·凯利(Kevin Kelly)等人在这种不确定性中看到了巨大的可能性。对他们而言,后人文主义、机器人、人工智能和先进技术意味着消除关于性别、思想和身体的刻板印象以及破坏霸权的潜力。哈洛威更是将人与机器的融合视为人类摆脱压迫和冷漠的一种方式:"20世纪晚期,机器彻底模糊了自然与人造、思想与身体、自我发展和外部设计之间的区别,以及过去适用于有机体和机器的许多其他区别。我们的机器异常活跃,而我们自己却极度懒惰。"(Haraway,1991:152)

布雷多蒂为后人文主义理论的发展指出了两个方向:后人文主义和后人类中心主义。(Braidotti,2013:23)她认为在过去的30年中,人文学科理论创新的核心已经从跨学科的实践中脱颖而出,其中涉及的领域包括同性恋、性别、女性主义和酷儿研究、种族、后殖民和少数民族研究,以及文化、电影、电视和媒体等跨媒体研究。21世纪出现的第二代研究更直接地解决了人类中心主义的问题,出现了一些新的研究议题:动物、植物生态批评、环境、海洋、地球、食物和饮食、时尚、成功和关键管理等。同时,新媒体的激增也添加了许多研究元领域:软件、互联网、游戏、算法、关键代码研究等。涉及历史条件的非人文学科方面的研究领域同样多元化:冲突与和平研究、苏联解体的世界格局/共产主义研究、人权研究、移民、创伤、记忆与和解研究、安全与死亡、自杀研究、灭绝研究等。此外,技术中介的普遍性以及生物性的"湿件"(wetware)和非生物"硬件"之间新型的人与人之间的联系给人文科学以人类为中心的核心观念带来了极大的挑战。(Braidotti,2019:8)

布雷多蒂乐观地认为在后人类时代人文科学完全有能力重塑自我、设定独特的研究新对象、摆脱对人类及其派生的传统或制度的依赖,接

第 3 章　后人文主义批评

受后人类融合所提供的多种机会。她概述了可以应用于这个领域的多种方法和丰富的理论资源,认为研究者可以在后人类时代以及人类的统治地位弱化之后,与当今的科学技术和其他重大挑战展开原创性和必要的辩论。无论是在出版物层面,还是在课程和研究项目中,都可以找到诸如生态人文、环境人文,或者细分为研究海洋的蓝色人文以及关注地球的绿色人文等学科领域。这些领域也被称为可持续人文学科或能源人文科学和弹性人文科学。一些跨学科融合成功的实例包括:医学人文科学(也被称为生物人文科学)、神经人文科学、进化人文科学、社区人文科学、翻译人文科学、全球人文科学等。(Braidotti, 2019: 76)

后人类与后人文主义研究体现了较强的跨学科性质。在《后人类词汇表》中,卡洛琳·刘(Carolyn Lau)认为后人类文学批评是一种跨学科研究。其研究的主要思路是拒绝线性叙述,质疑文本中人类的真实性和中心性的存在。盲目尊重过去既定线性叙事的权威会阻止产生新概念人物形象,隔断这些新人物角色之间的关系和外向联系,特别是与非人类的他者,包括它物种(species-other)和自然景观之间的联系等。(Braidotti & Maria, 2018: 347)

出于对人类某些品质在技术时代能否得以延续的担忧,约瑟夫·卡瓦尔科(Joseph Carvalko Jr.)(2020: 13)在《后人类技术降临时请保护人类》(*Conserving Humanity at the Dawn of Posthuman Technology*, 2020)中主要探讨了两个问题:首先是基因工程和电子技术,如人工智能将如何提高认知能力并影响人类的潜力,特别是创造力;其次是人类将目前居住的社会转变为智人和未来人的新居所之前,应该提出和回答什么样的问题。卡瓦尔科研究了人类智力和创造力产生的机制,确定了人类品质取决于多种行为,其中一些行为主要涉及发明、音乐和讲故事,这些行为将以不同的方式描述即将来临的后人类。他研究了人类特有的三种创造力,发现除了表现出同情心或爱心的能力外,人类的发明、音乐和叙事隐喻了人类作为创造力物种的不可模仿性。他认为自然科学与人文科学的关系是相辅相成的,二者在人类大脑中的产生过程是相同的。科学展现了我们的潜力,人文科学则建议我们明智地迈出脚步。(同上:Ⅵ)

卡瓦尔科进一步指出,当代的遗传学、人工智能、人类智能和创造力研究成为我们可变智慧的一个窥镜。如果人类经过改良成为后人类，作为变异后的物种，后人类将不会全部聚集在分界线的一侧。至少在过渡阶段（即成为行星物种之前），他们在表达人文价值方面与现有的同时代人类重叠。卡瓦尔科强调人类最重要的两个区别性特征是智力与创造力，这两个特性也是人类文明进步的主要动力。面对遗传学在人类基因改造技术方面的进步，卡瓦尔科不无担忧地提出警告：如果在人类属性现有两端的任意一方增加两个或任意一个，就会破坏人类那些早已被认可的区别性特征的正态分布，这个结果将对人类造成灾难性后果。（Carvalko, 2020: Ⅵ）

海尔斯早在《我们怎样变成了后人类》中探讨了人体与技术关系的潜力和局限性。她研究了人体在物质体验和网络空间中存在的双重现实，批评人类存在的虚拟性，坚持身体的物质现实及其话语质量的重要性。在机械人的女权主义意识中，后人类的体现不是无躯体，而是授权的越界行为，使身体能够抵抗剥削的权力关系。实际上，后人类现象引发了多元的批判运动，在哲学和文化理论领域，后人类角色通常倾向于抽象和隐喻。唐娜·哈洛威的《赛博格宣言》（*A Manifesto for Cyborgs*, 1984）[1]就使用了后人类角色"机械人"隐喻来讨论女性主义在20世纪后期的发展情况。

3.1.3 科幻小说中的后人类主题

作为后现代文化符号，"后人类"概念应用广泛，文化学者和科幻小说研究者往往会不约而同地采用相同的文本作为例证，两者不可避免地互相渗透。许多后人类或后人文主义理论研究者在论证自己的观点时常引用科幻小说作为论据，专注于科幻小说的评论家则借用哲学和文化理论更深入地探讨小说的文学价值。海尔斯认为："将思想和人

---

[1] 该书的英文全称是 *A Manifesto for Cyborgs: Science, Technology, and Socialist Feminism in the 1980s*，一般译为《赛博格宣言》。Cyborg 的汉译有三种：机器人、机械人、电子人。这个单词较完整的释义是：（部分机能由各种电子或电机装置代替的）机械人、受控机体。为了统一，在提及该书的时候，采用比较通用的音译赛博格，其余一律译为机械人。

工制品（artifacts）嵌入叙事的特定情境中，文学文本通过对特定语篇产生影响的话语表达，使这些思想和人工制品获得局域性的依托和名称。"（Hayles，1999：22）根据后人类的定义和阐释，可以发现许多科幻小说的主题与后人类有关联，其主要人物都带有后人类特征。玛丽·雪莱的《弗兰肯斯坦》和威尔斯的《莫罗医生岛》里所描述的技术革命所带来的噩梦、菲利普·迪克在《仿生人可以梦见电子羊吗？》中所展现的精神分裂本体论、詹姆斯·提普特里在具有讽刺意味的女性主义童话中将"性别即技术"戏剧化、威廉·吉布森的赛博朋克经典《神经漫游者》对真实与虚构界限的哲学本体论探索等，无一不是对传统人类属性的质疑。到了20世纪末，后人文主义已成为一种显著的社会运动，在某些推想小说中可以发现其痕迹，而赛博朋克小说的兴起则让机器人和基因改造的思想得到了普及。通过这类小说，人与计算机在"现实空间"和"网络空间"之间建立了更紧密的共生关系。

科幻小说所涉及的后人类主题十分广泛。《剑桥科幻小说指南》的第12章"科幻与生命科学"概括性地介绍了与后人类文学相关的几个核心主题：智力和大脑、变异和演化、基因工程、性和生育、环境和生物圈等。同样，《劳特里奇科幻小说指南》的第27章"后人文主义和赛博格"讨论了科幻小说中的后人类主题和相关研究，如机器人、机械人和外星人、动物、蔬菜和矿物等。最近出版的《重塑文学、文化中的人类、非人类和后人类》（*Reconfiguring Human, Nonhuman and Posthuman in Literature and Culture*，2020）汇聚了科幻小说后人文主义研究的最新成果。该书编者在序言中倡导跨学科渗透和融合式研究。因此，该论文集囊括了后人类文学研究可以涉猎的所有领域，特别是第三部分"与动物共存"讨论了人类与非人类动物的关系以及残疾人的后人类观念等问题。此外，科幻小说对后人类时代的性与性别的描写也引起了研究者较大的兴趣，《性与后人类处境》（*Sex and the Posthuman Condition*，2014）讨论了性爱机器人对人类自然属性的冲击；《机器人和人工智能时代的欲望》（*Desire in the Age of Robots and AI*，2020）通过对电影《银翼杀手》的分析探讨了机器人与人类之间的性关系可能涉及的伦理问题。

实际上，机器人拥有人类的欲望是人类自己的一厢情愿，是基于人类情感心理的基本需求盲目地将机器人纳入自己的情感体系，将自己的意识强加于人工制品。针对人类意识在后人类环境中的困境，威廉·哈尼（William Haney）通过《网络文化、机器人与科幻小说：意识与后人类》（Cyberculture, Cyborgs and Science Fiction: Consciousness and the Posthuman, 2005）一书就后人类可能给人类造成的威胁提出了警告。

  第一人称的纯粹意识体验可能很快会受到后人类生物技术的威胁。后人类主义者在利用思维的工具行为能力时，试图通过思维、身体和物质世界的连续性将思维向外进行物理投射，从而扩展人类的经验。后人类主义设想了一种生物/机器共生关系，它将通过人为地增强我们的精神和身体力量来促进这种扩展，可以说这种行为是以牺牲人类意识的自然倾向换取纯意识为代价的。（Haney, 2006：Ⅶ）

  哈尼在该书中试图论证下列主张：后人类状况可能会强行过度扩张、损害意识的神经生理基础，从而破坏人类本性。哈尼声称，人性定义的依据不取决于道德、理性、感觉、行为的一般模式等特定素质，而是基于产生形而上学洞察力的神经生理学，这种基于意识基础状态的洞察力超越了任何文化属性。他主张在现代语境中，新型跨学科意识研究的成果将有益于对第一人称体验的任何讨论。后人文主义者倾向于根据意识内容来定义意识，认为无论意识本身是什么，它都不是人类生存的必要实体。（同上）哈尼分析了文学所呈现的后人类现象，指出在《弗兰肯斯坦》中，维克多（Victor）的怪物是"合成体"（composite body），即使它设法获得了社会建构的身份，也永远不会成为人类；吉布森的《神经漫游者》则对机械人世界给人类意识构成的明显威胁提出了警示；尼尔·史蒂芬森的《雪崩》暗示了人类始终容易受到病毒感染，现在更是将自身置于后人类生物技术和计算机病毒的感染范围内；皮尔西的《他、她和它》揭示了随着人们越来越着迷于将自己转变为激进的半机械人，纯粹的意识也许有一天会变成一种模糊的记忆。（同上：Ⅸ）

  哈尼指出："那些将意识等同于思想头脑，将其视为身体、自然和文化延伸的人，主张普及后人类技术，因为在不久的将来，这将成为人类文明的必然特征。"（同上：168）他同时也表示仿生技术虽然可以在某种程度上使人的身心复杂,但从长远来看,可能会破坏纯意识的可及性并危及人性。仿生技术无疑有潜力通过增强计算技能、记忆力、感觉敏锐度和体力而增强人类能力,但是却无法增强人类的意识能力,如《银翼杀手》中的仿生人只能通过记忆植入来建立身世经历。哈尼认为后人类环境一个诱人的特征是远程呈现(telepresence),特别是当思想和身体通过网络空间的扩展建立意识时,这种吸引力尤为强烈。但是,意识的扩展可能导致身心的衰落,进而超越常规身份的既定边界。(Haney,2006:171)

后人文主义文学批评常将科幻小说中与人类学相关的作品作为研究对象,以了解性别和种族不平等所带来的全球性挑战,以及生命科学、生物医学、能源科学和数字技术中有争议的发现和试验等生态批评实践与生态危机之间的相互关联。勒奎恩、阿特伍德、巴特勒、杰夫·范德米尔(Jeff VanderMeer)等人的小说在性别与种族、人类与非人类他者之间互动的伦理关系上有着深刻的理解和异乎寻常的展示,这些作品的人类学意义已经超出了传统批评理论的阐释范围。

3.1.4 后人类文学研究的跨学科趋势

后人类文学研究最显著的特点是跨学科倾向,并因此产生了许多新的研究方向,促使研究者不得不重新考虑文学研究的疆界问题。在《重塑文学、文化中的人类、非人类和后人类》一书的序言里,编辑卡伦·拉伯(Karen Raber)认为后人文主义、生态批评、批判动物研究、新唯物主义、新生命主义和其他相关的研究方法改变了批评环境,重启了对熟悉文本的思考历程,去发现一些新出现的或曾经被忽略的东西。大量非人类生物、事物和势力正逐渐凭借自己的力量成为展现自身重要性的代言人。桑娜·卡库莱霍(Sanna Karkulehto)等编者表明了该书的目的是在文学和文化框架和语境中重构人类、非人类、后人类等概念,其探究的重点是重构现实和虚构中非人类的各种方式。他们在序言中声称不同学科已经接受了这一挑战,因为各学科的学者必须适应围绕、渗透和影响其研究领域和方法的社会、经济、文化、环境、技术等方面空前的快速变化。这种努力适应变化的行为已经产生了许多研究问题、新概念和新方法，迫切需要寻找新途径，以便直面、讨论和思考非人类实体及其与人类共生的复杂环境。人类世（Anthropocene）便是适应这种变化而产生的关键性概念。（Raber，2020：1）这个概念指当代人类正在改变地球的地质条件，地质学家认为这个现象的严重程度足以导致一个新纪元的产生，这就是人类世（Crutzen & Stoermer，2000：17-18）。人类世的提出在一定程度上说明了当代人类活动对地质、水圈和生物圈的影响超过了所有自然发生的灾难带来的总和。

《重塑文学、文化中的人类、非人类和后人类》归纳了文学与文化中的非人类研究议题：进入新时代之后，世界文学、艺术和文化如何讨论与想象非人类或者怎样讲述与想象非人类故事，人类在与非人类或后人类的关系中采用了哪些叙事、表述、可视化、交流和表达意义的方式。该系列丛书编者发现，除了学者，作家和艺术家也对非人类现象产生了浓厚的兴趣。其中，对叙事、艺术和媒体中的非人类或后人类重构感兴趣的学者将目标转向了科幻小说，因为该文学体裁想象了各种可能的世界和另类未来，常常以新颖的方式建构人类与非人类之间的关系。因此在开发新方法时，无论文本构成要素是生物、空间，还是历史、自然、文本、认知或社会过程，叙事研究不仅要考虑文本、作者和读者这个传统的叙事交流三位一体，还要考虑构成特定文本的所有相关表述和要素。科幻小说的意义构成总是包括与人类的日常现实公然背道而驰的非人类的叙述者、不可能的时空和不可能发生的事件。越来越多的非自然叙事学家认为用"自然"交流和百科全书的认知结构来解释这种"奇怪"的小说会限制他们的解释，甚至可能限制小说的定义。总之，叙事、文化及其组成部分都可以用作"心理工具"，用以帮助人类不仅在彼此之间而且与非人类之间建立的更细微和更符合道德的关系。

该系列丛书编者呼吁世界各地的学者进行跨学科研究，希望从不同角度抓住这些持续的全球变化特征，《重塑文学、文化中的人类、非人类和后人类》中的论文作者集体展现了这种方向。他们通过对当代各种艺术作品和文化现象的具体案例研究，在人类世或世俗世中将它们进行语境化，从而将艺术表现形式重新配置为艺术、理论与世界之间的新型交流界面。这些研究及其目标文本触及越来越多的环境人文科学、多学科和多元化的后人文主义理论、物质生态批评、认知叙事学、新唯物主义以及其他新兴的思想。面对人类和非人类他者的深刻理解和不解之谜，该书的许多文章都以探究文学研究可以做什么或不能做什么的需求为驱动力。这种贯穿全书的跨学科研究探索了文学研究进入跨学科领域时必须面对的方法论挑战和可能性，这些问题促使研究者将不同的学科和方法融合在一起，将文学文本、作者和读者带到了文学研究的最前沿，甚至更远。

《重塑文学、文化中的人类、非人类和后人类》汇集了不同学者对非人类研究提出的各种研究问题、研究方法和概念，对于新时代的文学研究有着开拓疆界的意义。在处理非人类的文学文本、视觉和荒诞描述时，该书开辟了广阔的中间领域，提供了尽可能多的角度、文本和分析工具，以便对人类和非人类进行重新配置。因此，该论文集的第一个目的是将后人文主义的关注与当代文化的整个范围联系起来，并以此检验当前文学和文化研究理论和中介方法（和跨物种）的实用性。第二个目的是分析文学文本，文本的"文学性"和文学理论在不同的交际和审美环境中重新思考或重新考虑有关人类、非人类和后人类的伦理和政治问题的方式。《重塑文学、文化中的人类、非人类和后人类》的批评视角标志着后人文主义批评的一个新方向或新领域——非人类主体研究，其讨论和分析提供了新颖、全面、不以人类为中心的方式，用以阅读、解释、体验、经历人类、非人类思维和世界。这些方式包括各种故事、图像、文本和实践。非人类的存在和现象的多样性以各种形式不断地（重新）呈现、（重新）想象，甚至（重新）贯穿了当代文化的故事和人物，人类与这些故事和人物接触必须通过自己的解释和参与进行重新配置。

但是，什么才是批判性的后人文主义立场呢？重要的是，它不仅考虑了技术变革对人类存在本体论的影响，而且考虑了当代社会、政治和技术变革对人的概念化的全面影响。（Schmeink，2016：41）人类需要被理解为一个集合，与其他生命形式共同进化，融入环境和技术，与非人类主体共享社会、生态和文化空间。因此，批判后人文主义所定义的后人类需要超越人类中心主义的人生观。

3.2 赛博朋克批评

赛博朋克主要指20世纪80年代兴起并流行的一种科幻小说流派。《文学术语汇编》(*A Glossary of Literary Terms*,2012)将其定义为科幻小说的一种后现代形式。(Abrams & Harpham,2010:323)作为一种主题和叙事风格,赛博朋克所讲述的故事部分或全部发生在计算机或计算机网络形成的虚拟现实之中,小说中的人物可能是人类,也可能是外星人或人工智能合成人。该流派的代表作是威廉·吉布森的小说《神经漫游者》和电影"黑客帝国"(1999—2003)系列。

3.2.1 赛博格与街头朋克

赛博朋克小说的主题主要是人机共生、人工智能、生物工程改造等,这些内容让小说作者的想象力拥有更广阔的创作空间,也为研究者提供了更丰富的灵感资源。尽管赛博朋克与赛博格的侧重点不同,前者主要指小说流派,后者是一种文化概念,但是二者均是信息技术时代的产物,所关注的重点均是人类与技术的关系。率先将信息技术概念引入批评领域的是唐娜·哈洛威。她在《赛博格宣言》中将赛博格定义为机械人,并描述了这种产物的本质属性:由控制论生成的机器和生物的混合体,既是社会现实的生物,也是虚构的生物。(Haraway,2003:7)哈洛威此处所言的社会现实指的是生物存在的社会关系,是最重要的政治结构,是一部关于世界变化的"小说"。然而,哈洛威(同上:7)发布该宣言的目的并不是要进行现象研究,而是为《社会主义评论》(*Socialist Review*)撰写的社会主义女权主义声明。该声明的目的是思考如何进行批判,记住战争及其后果,使生态女性主义和技术科学融入肉体,并广泛尊重逃脱不友好起源的可能性"。哈洛威原本意图通过赛博格概念,在各种文化思潮泛滥、动荡不安的年代重新建构性、性别等概念及其关系,但是她的批评立场及其在文化批评中采用科学技术概念等有效方法在科幻小说创作与研究领域产生了深远影响。

赛博朋克的诞生呼应了当时的朋克潮流。1986年,布鲁斯·斯特林编辑出版了赛博朋克小说最重要的文集《镜影：赛博朋克文集》（*Mirrorshades: The Cyberpunk Anthology*，1986）。斯特林在前言简要描述了赛博朋克小说的发展历程和主要文学特征，明确了赛博朋克是20世纪80年代社会环境的产物，但是根植于60年代那场促使科幻小说现代化的新浪潮运动，继承了黄金时代硬科幻小说的宇宙观、科学政治和严格的外推法，同时又带有浓郁的70年代街头反文化的朋克审美风格。据他观察，赛博朋克不仅诞生于科幻小说的文学传统之中，而且还得益于在真正的科幻世界成长起来的第一代科幻人。对他们来说，古典硬科幻的技巧，如外推法、技术叙事等不仅是文学工具，而且是日常生活的辅助手段。它们是理解的一种手段，而且很受重视。（Sterling, 1988: XI）斯特林认为赛博朋克这个术语涵盖了这些作家作品中至关重要的东西，同时也是这十年文化的精髓，即高科技领域和地下现代流行音乐的一种新型整合。这种融合已经成为80年代文化能量的重要来源。赛博朋克小说与80年代的流行文化并驾齐驱，与地下黑客、震撼人心的街舞和刮擦音乐技术、伦敦和东京的电子合成器摇滚等艺术共同成为具有年代特征的文化标识。

　　源自摇滚音乐的朋克运动最突出特征是藐视传统规范，张扬个性，对主流文化和一些社会规范采取毫不妥协的叛逆态度。部分热衷于冷硬技术的科幻小说作者自然被这种流行文化的精神气质所吸引，在介于现实与虚构世界之间的计算机网络中找到了释放其丰富且奇特的想象力的空间，使之顺理成章地成为赛博朋克的最主要表现形式。诚然，赛博朋克小说中自由的性爱关系、滥用的药品、横行的暴力、混乱的社会秩序等元素也让其遭受猛烈批评。但是，作为时代精神的体现，赛博朋克小说展现了人类面对技术社会发展超越人类控制能力和范围之时的惶恐与无助。

3.2.2　赛博朋克与后现代主义

　　赛博朋克小说是西方后现代主义文学的重要组成部分，是后现代主义研究不可忽视的内容。在文学领域，后现代主义公认的诗学特征是嬉戏的文风、新颖的体裁、否定经典美学或道德包装等传统文学惯例，而且最重要的是坚持写作就是写作、不能依赖单纯描绘等原则。布赖恩·麦克海尔（Brian McHale）在《建构后现代主义》（Constructing Postmodernism，1992）一书的第10章"迈向赛博朋克的诗学"中讨论了后现代主义和赛博朋克小说之间的关系。麦克海尔发现科幻小说通过与后现代主义主流诗学的接触，在某种程度上已经"后现代化"了，而后现代主义文本也从部分科幻小说中吸收了某些素材。同样，科幻小说文本中也出现了从后现代主义小说中提取的模型，这些模型通过与科幻小说诗学的碰撞，在某种程度上被"科幻小说化"了。因此，某些元素显然从科幻小说过渡到主流后现代主义，然后又回到了科幻小说，或者以相反的方向，从主流小说转向科幻小说，再回到主流后现代主义。麦克海尔认为科幻小说和后现代小说之间的这种循环互动形成了一个新阶段，即赛博朋克科幻小说时期。（McHale，1992：228-229）

麦克海尔阐述了赛博朋克与后现代诗学之间的部分重合。首先，二者都提出和探索了本体论问题的策略和方案。与后现代主义小说一样，科幻小说也受本体论的支配。这是后现代小说诗学与科幻小说诗学，尤其是赛博朋克诗学整体重叠的最终依据。其次，后现代主义小说叙事结构的配置或语言模式常常作为赛博朋克小说的一个要素。赛博朋克倾向于文学化或实现后现代主义小说中的广义隐喻。其中的叙事策略或特定的语言使用方式可以理解为对思想或主题的象征性反映，科幻小说也通常采用日常话语或主流小说和诗歌中的隐喻化文字风格，使之成为产生另一世界的元素。（同上：237-239）

马克思主义批评家詹姆逊总是以科幻小说为依据，猛烈抨击资本主义社会的种种弊端。他认为赛博朋克小说传递的是全球化带来的一种政治信息和焦虑。詹姆逊的《后现代主义：晚期资本主义的文化逻辑》的主要内容基本上是赛博朋克小说的马克思主义批评。该书将菲利普·迪克的小说以及根据其小说改编的电影《银翼杀手》作为研究对象，用大量的篇幅讨论了科幻小说、电影及其音乐中的后现代特征。詹姆逊（Jameson，1991：218）认为赛博朋克展示了语言的狂欢和表征（representation），是一种过度的表征消费，这种叙事让同期的意识形态斗争从概念迁移到语言表征，展现了跨国企业的刺激和雅皮士奇特而富裕的生活世界。詹姆逊（Jameson，1991：283）称赞威廉·吉布森的《过载的蒙娜丽莎》"如果不是后现代主义的最高文学表达，那么就是晚期资本主义本身的最高文学表达"。

21世纪的赛博朋克批评主要集中讨论了以虚拟网络空间和机械人为主题的小说。丹尼·卡瓦拉罗（Dani Cavallaro）（2000：XI）在《赛博朋克和网络文化：科幻小说与威廉·吉布森的作品》（*Cyberpunk and Cyberculture: Science Fiction and the Work of William Gibson*，2000）中将网络文化描述为"一个充满电子技术的环境，它在赛博朋克中的虚构表现迫使我们重新评估时间、现实、物质、社区和空间的观念。当前和未来之间的差距越来越小，因为经典科幻小说中的未来主义幻想已成为当下和现在的组成部分"。卡瓦拉罗指出网络文化的建立更多是基于媒体图像和模拟产物，而不是有形的事态。这种虚拟现实模糊了人类记忆与电子记忆、物质空间与虚拟空间之间的区别。网络文化着眼于技术与神话之间的复杂关系。作为交替放大和实践最小化的对象，技术和神话主要根据它们对身体的共同态度而聚集。神话通过神、泰坦、巨人等赋予身体力量，同时通过无形的灵魂、矮小的妖精等使身体矮化。技术同样可以通过整容手术、基因工程和修复术来增强人体的能力，同时将其淹没在大量的抽象信息、表达形式和数据之中。赛博朋克借鉴神话和技术，强调人体的中心性。吉布森的作品是这种状况的最好阐释。（同上：XV）

卡瓦拉罗在该书中分析了众多作家的作品，探讨了七个主题：虚拟技术对身份、空间和社区的影响，技术和神话主题的相互作用，技术科学引发的身体重构，性别和性的问题，特大城市的建筑物四处蔓延的意义，赛博朋克怪诞、怪异和社会动荡的哥特性特征以及历史和记忆的编辑问题。卡瓦拉罗呼吁重新评估从根本上由技术引发的文化变革，因为赛博朋克不仅重新界定了对科幻小说的当前理解，还通过强调神话和幻想的持久存在塑造了一种新的语言和形象，并以此记录了当代文化中过去与未来的碰撞与融合。在重新评估表征的概念时，网络文化要求在一个永久性、无法解决的文化场景中重新考虑讲故事和说明科学的含义以及二者之间的关系。与詹姆逊一样，卡瓦拉罗非常推崇吉布森的小说，认为后者特别强调基于进化、解放、进步等目的论的失败，展望了计算机未来的复杂技术。他的小说使我们对与自己和无数其他人之间的关系有了新颖的理解，同时又破坏了传统形式的沟通和互动的稳定性。此外，吉布森的叙述还通过幽默地侵入剥削和衰败的紧张领域，刺穿了后资本主义时代的黑暗面。（Cavallaro，2000：XI）

3.2.3 赛博朋克与女性主义

科幻小说让人类可以重新构想这个世界，重新塑造诸如性别、身体等概念的基本形式以及种族和国家的基本要素。女性主义思想家和作家越来越认识到科幻小说打破父权制、异性恋等传统规范的潜力，而科幻小说作者则通过在作品中融入女性主义理论和政治诉求，为这一体裁带来新的深度和复杂性。赛博朋克小说是体现女性主义的重要媒介，是在以技术和体制为主导的后现代主义和后人文主义的背景下，理解女性主体性的重要渠道。帕特里夏·梅尔泽（Patricia Melzer）在《异形建构：科幻小说与女性主义思想》（*Alien Constructions: Science Fiction and Feminist Thought*，2006）中深入研究了巴特勒和梅丽莎·斯科特（Melissa Scott）的科幻小说，以及"黑客帝国"和"异形"（"Alien"，1979—2017）等电影系列，描述了女性主义与科幻小说的交集。她详述了这些作家和电影如何在女性主义思想的三个领域展开讨论，即同一性和差异性、女权主义对科学技术的批判以及性别认同、身体和欲望之间的关系（包括新的酷儿欲望性别政治、变性和两性的身体和身份）等。她论证了影响这些观点的主要政治因素，包括全球资本主义和不断发展的国际体系中的剥削阶级关系，计算机、工业和医疗技术对妇女生活和生殖权利的影响以及通过生物技术、身体/机器界面和欲望商品化所表达的后人类体现等。梅尔泽的调查清楚地表明，女性主义科幻小说的写作和阅读是现有权力关系中女性主义批评的一部分。此外，后现代科幻小说中异形的建构，包括机械人、克隆人、机器人、外星人、杂种混合等，在造成威胁的同时，也获得了潜在的性别表现主动性。

梅尔泽（Melzer，2006：26-27）指出："女性主义者的机械人意识只有在对性别、种族和阶级差异进行批判的情况下，才能具有穿越渗透性与对抗性。"她认同哈洛威在《赛博格宣言》中提出的"赛博格女性主义"(cyborg feminism)分析方法,强调机器人作为一个主题,抵消了文化女性主义中承认女性差异的焦虑。她进一步指出了女性主义主体可以发展的复杂方式,提出了女性的社会建构经历主要是基于她们的物质和历史关系,而不是她们作为"女性"的生物学本性等重要观点。梅尔泽发现,女性主义强调机械人的物质经验而不是生物学层面的发现并没有削弱将女性当成社会群体的政治影响。(Melzer,2006:27)在科幻小说中,女性主义总是通过雌雄同体和性别中立的人物探索性别角色和身份建构。梅尔泽分析了近年出版的科幻小说,指出了跨性别身份通常被概念化,类似于互联网虚拟社区,从而创造了"无性别(身体)"空间。但是,在网络空间中超越性别的乐观前景通常与围绕基于物质的非规范性别主体(变性和双性恋)的论述相冲突。(同上:29)梅尔泽着重分析了"异形"系列电影中机械人主观能动性的表现模式,揭示了女性主义机械人形象及其巨大潜力。她还以《黑客帝国》为例,探讨了计算机技术如何改变着重于主观性的后现代主义理论,其中的女性主义批评从叙事和表征两个方面反映了复杂的电影性别政治。

赛博朋克小说的表现形式可以重新思考性别政治主题的意义。赛博朋克与唐娜·哈洛威颇具影响力的《赛博格宣言》几乎同时出现,哈洛威在宣言中敦促女性主义重新思考技术对性别的影响,探究机械人的神话/隐喻,因为技术进步是促进性别政治解放的有效途径。卡伦·卡多拉(Karen Cadora)批评了"神经漫游者"三部曲是宣扬大男子主义(masculinist)的赛博朋克,赛博朋克的主人公几乎都是男性角色。在男性主导的计算机、科学和科幻领域,具有男子气概的赛博朋克适合同性恋。卡多拉在女性主义朋克电影中看到了分裂主观性以及与机器融合的赛博朋克比喻,认为这是逃脱生物学关于性别意识形态理想的机会。维罗妮卡·霍林格(Veronica Hollinger)提出了必须将后人文主义视为赛博朋克技术决定论和改变人类观念的继承者。赛博朋克是最适合帮助理解以信息为主导的技术文化生活的途径。

近年来,随着云端技术、大数据、智能社会等概念技术的陆续实现,赛博朋克小说中描绘的种种情景似乎正在从虚拟走向现实。曾经的虚拟技术现实化,让表现这类题材的小说和影视作品获得越来越多的关注。2010年,格雷厄姆·墨菲和谢里尔·温特编辑出版了《超越赛博朋克:

批评新视角》(Beyond Cyberpunk: New Critical Perspectives, 2010)，从历史、社会、政治、经济和哲学方面展示了赛博朋克文化形态的多元化和复杂性。该书反思了赛博朋克风格在21世纪持续的文化意义，探索了赛博朋克的现实表征，重新考虑了20世纪80年代的赛博朋克小说，同时还描述了当代赛博朋克的特点。该书收集的文章提供了关于赛博朋克多样性的各种讨论，揭示了该子类别从印刷品转变为更普遍的文化实践的过程中如何保持相关性，分析了文学、文化理论学术研究和技术文化环境的交叉点，特别对吉布森的开创性小说进行了重新评估和反思。该书的多篇论文分析了赛博朋克的影响和范围，预测了未来批评的新方向，论证了该流派在21世纪的持续意义。论文作者研究了科幻小说各种思潮的发展周期、后现代美学或潮流美学、吉布森与人类持续不断的交流以及后人文主义关于主体性表征的论述。该书编者强调赛博朋克主题与理解当前物质现实的持续相关性以及新自由主义全球化在人类日常生活中的主导地位。

书中的多篇论文证明了信息技术对社会存在的深远影响以及对理解全球资本主义所起的至关重要的作用。人类生活的世界由虚拟和物质的相互渗透所构成，而且这个世界超越了二元对立的模拟/真实的二元性。因此，编者在结语中希望该书的文章能够引发对21世纪技术文化的物质生活与赛博朋克叙事之间不可思议、相互构成关系的进一步思考。（Murphy & Vint, 2010: 179-181）赛博朋克独特的叙事创新和时代的技术话语推动了科幻小说的传播。科幻小说的主人公往往是主流文化之外孤独的局外人，他们的生活态度揭示了与共识现实的对抗关系。在赛博朋克的故事中，任何给定的时刻都可能令人激动、战栗或崩溃，其中的许多暗示实际上是在探索后人类的未来。人工智能、计算机/人机界面或人类基因组等技术让即将产生超越人类智慧的实体成为可能。

赛博朋克明显地透露出异种技术焦虑，体现了一种激烈的二元对立的断裂，如机器/人类、自然/文化、男/女、高/低文化、身体/精神等概念模糊的疆界。正因如此，赛博朋克被许多评论家认为是后现代、后工业、全球化以及20世纪晚期资本主义的体现。（Schmeink, 2016: 21-22）

第 3 章 后人文主义批评

3.3 生物朋克批评

21 世纪以来，随着生物医学技术的进步，关于人类本质及其演变和发展潜力引发了哲学层面的思考。1998 年出现的《超人类宣言》（Transhumanist Declaration）[1] 提出了改善人类的愿景：通过克服衰老、认知缺陷、自然痛苦以及地球的局限来扩大人类的潜力。但是，生物学对社会的影响并不仅限于学术研究，人类基因组计划（HGP）带来的可能性已促使遗传学被广泛接受，不少医药企业已经开发了基于遗传学和生物学的药品和设备。有的学者甚至声称转基因的后人类已经形成了跨越多种不同文化形式的生物朋克形态。生物朋克的形成与遗传学研究的进展、后人类话语、后现代晚期资本主义社会以及赛博朋克文学的兴起密切相关。尽管其美学和诗学均采用赛博朋克体系，但是二者在主题和叙事风格上均存在差异。

3.3.1 生物朋克的定义与特征

生物朋克是生物技术和朋克的合成词，原指一种起源于 20 世纪 90 年代末，提倡开放基因信息获取途径的技术进步运动。生物朋克的标志是在后人类科幻小说中出现的基因工程（Schmeink，2016：10），因 2002 年 4 月《滚石》（Rolling Stone）杂志中的一篇文章而得以普及。这篇预测时尚、音乐和文化最新趋势的文章宣称生物朋克是赛博朋克的继承者，并声称该题材的小说和研究主要是处理生物技术和基因库。（同上：26）经过一段时间的演变，生物朋克这个词在字面意义的基础上增加了两个含义：其一是指热衷于 DNA 实验或其他遗传学实验的业余爱好者；其二是指以描写生物技术及其对人类社会和生活造成影响的科幻小说。早期科幻小说中的生物学主题主要涉及医学和进化论。21 世纪以来，随着遗传学在文化领域无处不在的影响，科幻小说中的相关幻想发生了较大转变，有关后人类的类型已经从哈洛威的机械人或机械植入的内置增强技术转向菲利普·迪克的仿生人和威廉·吉布森虚拟的"共

---

[1] 该宣言由一个促进超人类主义思想的非营利教育性组织 Humanity 发布。

识性幻觉"。作为一种文化形态，生物朋克不仅包括文学，还包括电影、电视剧、电子游戏、艺术品以及文化实践和社会政治信仰。

生物朋克被视为赛博朋克的子类别（McHale，1992：257），但是二者的侧重点显著不同。赛博朋克的科学依据是信息技术，主要反映网络和软件对人类生活的影响；生物朋克小说的科学依据是合成生物学，主要反映基因操控技术对个体的修改或增强之后可能产生的后果。生物朋克小说的一个共同特征是失控的生物学实验或医学实验，其主要事件是不受管制的实验操纵者进行非法生物修改，所进行的生物工程研究及技术应用常常与社会伦理道德背道而驰。小说场景往往是在编制基因工程程序的实验室、医院、诊所或某个法外之地（偏僻岛屿）。面向机器的赛博朋克小说会塑造出人类的电子和机械替代物（机器人、人工智能），而生物朋克变种会在实验器皿中"生长"出新的人类个体或者克隆"相同"个体的相同倍数，从而使自我多元化。以机器为导向的品种通过机械手段，如假肢等增强和扩展了人类的能力，而生物朋克则通过生物技术改造重新配置人类参数来完成同一件事。当基于机器的变体利用电子网络扩散威胁个人的身体时，生物朋克用其他个体威胁身体融合，最终导致主体的物理扩散并失去差异性。麦克海尔认为生物朋克的主题是对人体侵入与破坏等经典哥特式恐怖动机的修改、更新和合理化。生物朋克角色的主要特征通常是实验和基因工程的受害者，这种情况在哥特式僵尸电影里比较常见。

拉斯·斯梅因克认为赛博朋克和生物朋克的精神气质不同。与朋克音乐关系密切的赛博朋克小说背景往往是朋克音乐、黑客代码和街头文化，体现的是反叛、无政府主义、毒品文化等政治价值。生物朋克更关注种族、性别和后人类问题，即生物技术进步对人类自然属性的影响所衍生的社会问题。斯梅因克的《生物朋克敌托邦：基因工程、社会与科幻小说》（*Biopunk Dystopias: Genetic Engineering, Society and Science Fiction*，2016）在宏观层面上阐述了生物朋克现象，考察了改变生命和威胁生命的科学文化以及从物理学到生物学的范式转变，梳理了20世纪初至21世纪在视觉、文学和荒诞文化实例中对生物科学不断变化的观点，并将其与物理科学和现代性概念联系起来。他分析了2000年以来不同媒体的敌托邦科幻小说，发现这些当代社会政治话语反映了后人类的影响，而这些话语的基础正是生物朋克文化形成的液态现代性（liquid modernity）。正如罗西·布雷多蒂所言："后人类达成了一项共识，即当代科学和生物技术会影响生命的组织纤维和结构，并极大地改变了我们对当今人类基本参考框架的理解。"（Braidotti，2013：40）生物朋克描绘了滥用生物技术的严重后果，警告当前社会正在走向敌托邦的趋势，警醒世人注意人工干预自然进化的行为，否则地球上的所有生命就会毁灭。

如果赛博朋克探讨的是通过物理手段改编人类的自然属性及其影响，生物朋克则试图通过基因工程或化学手段干预人类的自然进化过程。21世纪的遗传学已不再只是科幻小说的主题，而是一种超越文学体裁边界并在主流文化中立足的文化形态。关于基因工程作为一个话题的流行及其朝向更广泛类别的转变，就是作为一种文化形式起源的生物朋克或者经过基因工程改造的后人类科幻小说。（Schmeink，2016：10）斯梅因克相信生物学的兴起是科学进步的推动力，而人类基因组计划让基因工程获得大量关注，并因此产生了生物朋克的文化形态。这种形态随着文学模式到社会政治和科学运动形式发生了持续性变化。斯梅因克将生物朋克视为后人类话语中创造性的介入，阐述了该术语与后人类的历史渊源和当代用途，通过人文主义、反人文主义（antihumanism）、后人文主义和批判后人文主义的讨论，确立生物朋克产生的理论基础及文化地位。基于齐格蒙特·鲍曼（Zygmunt Bauman）的社会学理论，斯梅因克提出了一种与反乌托邦模式中人工文化制品相似的社会学思想，分析了玛格丽特·阿特伍德的"疯狂的亚当"三部曲和保罗·巴西加鲁皮（Paolo Bacigalupi）的《发条女孩》，这些文学典范涉及当代消费社会带来的后人类新物种创造。两个故事都讨论了建立在极端消费社会的当前趋势，正如鲍曼所描述的那样，随着液态现代性的弥漫性发展，生活的各个方面，包括人类在内的所有生命本身都商品化了。两个故事的背景世界都降低了生命机械和材料的质量，使之适合消费，这点在人类向失去人性（inhuman）、非人类和后人类的转变中表现得尤为明显。（Schmeink，2016：246）

基因工程、异种移植、病毒学等推想开始进入科幻小说，其中涉及基因工程的主题主要分为两种类型：一种是物种的失控和意外变化引起的遗传事故；另一种是论证遗传计划改变的可行性和可取性，即由人或由外来力量控制的变异。二者都强调了适应周围环境的重要性。科幻小说反映的异种繁殖、克隆人等问题将直接影响人类的未来。威尔斯的《莫罗医生岛》开创了生物朋克小说的先河，小说的主人公莫罗医生进行了社会禁止的系列实验，他利用器官移植和变形手术创造了动物和人类杂交的新物种。事实上，培根的《新亚特兰蒂斯》已经对生物医药工程可能达成的目标做出了预测，而著名的《弗兰肯斯坦》展示了医学和电学的结合可以引发的致命后果。霍桑的《胎记》和《拉帕西尼的女儿》以及罗伯特·史蒂文森的《化身博士》体现了将疯狂的医学实验用于人体的悲剧。赫胥黎的《美丽新世界》里的机构通过生育技术创造了分工严密、等级森严的大一统社会。20世纪80年代后期的生物主题中最著名的是布鲁斯·史特林的《分裂矩阵》(*Schismatrix*, 1985)和格雷格·贝尔(Greg Bear)的《血液音乐》(*Blood Music*, 1985)。巴西加鲁皮的《发条女孩》和阿特伍德的《疯狂的亚当》中的生物技术叙事对基因工程的社会后果进行了最深远地推断。这两部小说提供了最广泛和最本元级别的抽象，揭示了未来杂交物种可能引发的社会问题。重要的是，二者都描绘了后人类创造的基因工程实体，并在其中揭示了生命(Zoe)的混乱力量，即生物学的混乱。

科幻小说渲染的环境对遗传信息的影响和遗传信息所体现的现实力图说明：经过基因编码的生物（包括人类和非人类动物）表现出生物类别的不稳定性以及人文主义观念的不可靠性。改编后的生物尽管具有很强的环境适应性，但是最终会变得胡作非为，因而不适合商品化。21世纪，文森佐·纳塔利(Vincenzo Natali)的电影《拼接》(*Splice*, 2009)、视频游戏《生化奇兵》(*Bioshock*, 2007—2013)和电视连续剧《英雄》(*Heroes*, 2006—2010)探索了生命基因创造，警告了将生育权归于科学并将其从稳定、安全的社会关系中提取出来的危险。《拼接》是对经典故事《弗兰肯斯坦》的生物朋克改编，其中巧妙地利用了人兽基因混杂繁殖的怪物隐喻当代社会及个体之间的紧张关系。

3.3.2 生物朋克与医学伦理悖论

生物朋克科幻小说在展现未来技术的同时,也涉及一个微妙但至关重要的医学伦理问题。科幻小说往往描述一些特殊的医学技术,如克隆人类、基因工程和纳米技术,用以增强(augment)人类;或者将先进的干细胞技术、脑/神经植入术用于治疗疾病,甚至将思想意识存贮于计算机内。但是在现实世界,这些技术需要进行大量测试,必须在成熟之后才可能成为标准临床实践的一部分。科幻小说的作者决定了某种技术或治疗是否应该成功,这种描述不可避免地违反了真实医学研究的伦理原则。亨利·施特拉特曼(Henry Stratmann)(2016:524–527)提醒科幻小说作者和读者考虑这些问题,慎重思考选择某个情节及其潜在的真实含义。

医学研究与实践需要严格地遵照职业伦理原则。约公元前400年形成的《希波克拉底誓言》(The Hippocratic Oath)就规定了从医者的职业伦理要求。1964年,世界医学协会首次通过了《赫尔辛基宣言》(Wma Declaration of Helsinki),其中包含进行人类医学研究的核心伦理原则。在此之前,相关组织还发布了其他关于医患关系的国际法定条例,如《纽伦堡法典》(The Nuremberg Code,1947)和《日内瓦宣言》(Declaration of Geneva,1948),它们是针对第二次世界大战期间某些医生犯下的暴行而制定的约束性文件。这些文件包括有关医师职责和患者权利的重要声明,其中患者的福祉是首要考虑的因素,行医者在采取医疗行为前必须征得患者/研究参与者的自愿、知情和同意。如果年龄太小或精神上无行为能力而不能保证患者/研究参与者的相应权利,则必须由法定监护人同意,方可进行救治和研究,并尽一切努力使其风险降到最低。

作为医学博士、心脏病医生和科幻迷,施特拉特曼发现科幻小说、电影和电视中经常出现对人类生物学和医学简单问题的错误描述,他认为提供科幻小说写作需要的、全面的医学信息资源很有必要。因此,他撰写了《科幻小说中的医学:科幻作者的人类生物学指南》(*Using Medicine in Science Fiction: The SF Writer's Guide to Human Biology*,2016)一书,希望能为科幻从业者提供正确的医药知识。他在书中描述了人体的真实运行机制，说明了人体如何适应太空、假死、医学纳米技术等常见情节元素在现实生活中的可行性，以及通过技术改善健康状况、延长寿命、改善未来前景等主题背后的真实科学，指出了对人体进行修改和"改善"所面临的生物学挑战。

施特拉特曼以一种轻松有趣的风格，在每章重点讨论了与科幻小说相关的重要主题和最新观点，将简明的事实信息与所有媒体中科幻小说的示例结合在一起，为科幻小说作者提供了有关如何将医学信息纳入自己作品的实用建议。此外，他还提供了一些参考文献以便进一步阅读，为寻求提高作品真实感和可读性的作家提供了宝贵的参考资料。他要求科幻小说作者利用医学知识更准确、更合理地描述人类生物学。该书涉及的主题非常广泛且复杂，每一章都专注于介绍有关人类生物学和医疗保健的核心概念，总结单个主题的当前的研究状态（如干细胞和器官移植），指出纯粹的科幻小说的想法变成现实需要做些什么，让读者和作者更好地了解当前医学与科幻小说之间的差异。（Stratmann，2016：Ⅷ）

施特拉特曼主张科幻小说呈现的医学信息中"科学"和"虚构"的比例应该合理，太多的真实感实际上会破坏故事的发展。添加不必要的细节、描述医疗设备或特征等无助于推进情节。科幻小说作家可以选择性地使用他在书中介绍的任何事实、分析或其他信息来解决创作中的医学问题。他希望自己介绍的材料能够帮助作者和读者更好地理解人体的复杂性，包括医学科学和艺术。施特拉特曼认为没有人能对未来医学的实际情况做出明智的猜测。但是，科幻小说可以使医学界的视野远远超出纯粹现实的可见范围，预测某种崭新技术的可能性。同时，他的书还可以为读者提供背景和参照系，以便更好地欣赏、理解，甚至创造科幻小说中的医学。（同上：527）该书的出版和作者的身份体现了西方科幻小说发展的一种内在动力：科学家和专业人员参与科幻小说创作，他们撰写的小说和评论具有较高的科学可信度和逼真性，这种参与是推动科幻小说发展不可忽视的持久力量。

3.4 技术乌托邦和技术恐惧与焦虑

关于科学技术对人类生活的影响一直存在着积极的乐观主义和消极的悲观主义,两种态度决定了传统的田园乌托邦和技术乌托邦的不同走向。技术世界的喧嚣和紧张与田园世界的安宁和惬意形成了鲜明对比。一方面,乌托邦构建者幻想通过技术建立理想的国度,改变人类的生存状况;另一方面,技术的强大功能和破坏力违背了自然发展,让人类在自豪的同时,也感觉到震慑和威胁。那么,技术王国究竟是天堂的美梦,还是地狱的噩梦呢?亚当·罗伯茨(Roberts,2016:21)认为令人敬畏和恐惧的深空远景只是生存焦虑的一个方面,以技术组成的周围世界需要缓解某种潜在紧张情绪,从而感受到以技术为表现形式的现代性好处。丹尼尔·迪内罗(Daniel Dinello)(2005:2)在《技术恐惧症!后人类技术的科幻小说愿景》(*Technophobia! Science Fiction Visions of Posthuman Technology*,2005)一书中展现了现实世界科学家承诺的技术乌托邦与科幻小说所预测的反技术乌托邦之间的巨大冲突,指出科幻小说所体现的技术恐惧感可以被视为对人类未来的警告。

技术乌托邦的信奉者热切地希望技术进步将完善有缺陷的后人类机械人,让他们获得永生,从而与人类和谐共处。然而,这种无痛苦的后人类技术天堂在科幻小说中却是相反的图景。科幻小说经常描绘出一幅幅黑暗的技术乌托邦画面:技术化的科幻生物总是试图摧毁或奴役人类。某些科幻小说甚至表示人类已转变为后人类,并且已经进入漫长的黄昏和衰落的可怕阶段。某些科幻小说迷恋疯狂的科学家、狂暴的机器人、杀手级克隆人、残酷的机械人、撒旦式的超级计算机、食肉的病毒、遗传变异的怪物等后人类形象。这些形象传递了一种恐惧感,害怕机器会夺取人类身份,使之失去自由、情感、价值观、生命。技术像病毒一样,会自动融入人类生活,并确保其生存和主导地位,从而恶意地操纵人类的思想和行为。(同上:1-2)科幻小说和影视作品夸张的渲染让这种主要存在于幻想中的恐惧进入了现实世界,并形成了一定的影响力。

3.4.1 技术发展与技术恐惧症

技术恐惧症（technophobia）没有统一的定义，通常指在技术饱和的世界里，由于技术发展可能超出人类可控制的范围以及面对越来越频繁出现的生态灾难（ecocatastrophe）而产生的集体恐惧意识。实际上，技术恐惧或焦虑还涉及科学研究与实验的界限问题，即科学研究是否能够越界或突破其职业伦理尺度。科幻小说以触目惊心的方式警告科学研究者和技术发明者，铭记《弗兰肯斯坦》所展现的越界研究导致的系列严重后果。有的学者甚至提议科学家们决定实施实验方案时，脑海中应该浮现出那部小说中的情景。（Michaud，2017：1-2）如果科学家不具备正确的伦理价值观并为自己的实验设定极限，就可能产生一系列恶果。

部分科幻小说作者非常关注技术发展失控导致的潜在威胁，预测这种情况可能造成的恶果，其作品弥漫着一种强烈的技术恐惧意识。然而，技术恐惧不是非理性、不合逻辑或神经质的恐惧，它不仅指对技术发展持惧怕或敌意的态度，还包含对技术的厌恶、不喜欢或怀疑。（Dinello，2005：7-8）当代社会充斥着各种威胁人类自然进化的技术，如基因操控技术和人工智能，这些技术的神奇增强功能为技术空想主义者带来完美梦想，但却是技术恐惧主义者的噩梦。例如，基因工程可以直接改变人类以及其他生物的自然属性，从而搅乱自然演化进程；人工智能的电子意识可能会自动侵入人类大脑，从而恶意地控制人类。21世纪被广泛应用的纳米技术让曾经庞然大物的机器很可能缩小为分子般大小，可以进入人体，灵活地发挥增强身体各种机能或者治愈疾病的作用，也可以在巨大的容器中执行复杂的制造任务。尽管还没有出现直接以纳米机器为主题的科幻小说，但是心理入侵和意识占有的故事已经开始在某些科幻小说中出现。随着这些技术的普及，技术恐惧症将会获得越来越多的关注。

技术恐惧并不是现代技术社会的产物，人类与技术的紧张关系由来已久。工业革命后的大机器生产让劳动者首次感觉到技术的威胁，从而对机器充满了敌意，产生了捣毁机器（machine-wrecking）的路德（Luddite）运动。直至今日，对工业化、自动化、数字化或一切新科技

第 3 章 后人文主义批评

的反对者仍然被称为"新路德分子"(Neo-Luddite)。第一次世界大战机械化战争灾难性的后果振聋发聩,由此激发了一批反科学和传递技术恐惧意识的小说和影视作品,弗里茨·朗(Fritz Lang)的电影《大都会》(Metropolis,1926)、《弗兰肯斯坦》改编的电影以及《美丽新世界》生动地展现了技术的破坏力。这种疏离机械环境的焦虑在20世纪50年代达到了顶峰,60年代,随着机械人角色的出现开始显示出人机趋于妥协的新动向。例如,《仿生人可以梦见电子羊吗?》中的主人公对待复制人的态度就呈现了一些变化——从开始的冷酷到最后的同情。这一情节发展不仅展示了自然人和机械人之间的模糊区别,还隐喻了紧张敌对的人机关系开始趋于缓和甚至可能进一步发展的亲密关系。但是,技术是否失控是盲目沉迷于技术增强必然导致的问题。为了回答这个问题,迪内罗的《技术恐惧症!后人类技术的科幻小说愿景》考察了20世纪至21世纪初影响人类与人类生活的各项技术发展,包括网络技术、人工智能、生物技术、纳米技术等。他深入研究了机械发明史、人造人类、乌托邦式的幻想和敌托邦恐惧,揭示了人类进化与技术发展之间的悖论关系。

现代技术恐惧的诱因首先是控制论的兴起,控制技术的高度发展推动人机关系进入一个新阶段。这门研究信息传递和控制尤其专注于人和动物大脑与机器和电子装置进行比较研究的学科,将哲学、语言学、数学和电气工程学融为一体,展示了一种新的技术操作观念,宣告了机器人时代的来临。作为一门科学,控制论转变为具体的机器人技术和人工智能,为艾萨克·阿西莫夫哥特式科幻小说中的各类机器人提供了科学依据。阿西莫夫的机器人系列揭示了控制论技术可能产生的各种各样的漏洞,这些漏洞可能会被专业用户挖掘和利用,从而给人类社会带来困扰。因此,该系列的早期故事倾向于将机器人的历史视为一系列有待解决的谜题,而作为移民的阿西莫夫本人对陌生环境的恐惧影响其小说的氛围。作为应对策略,阿西莫夫在机器人系列的第三个故事《骗子!》(Liar!,1941)中制定了"机器人三守则",试图打破机器人是有害金属怪物的刻板印象,以确保控制论的安全应用。这些守则在今天仍然是保障技术安全的总体原则,随后产生的大量故事讲述了在机器人的运行程序中植入这些守则之后的各种效果,其终极目标是让它们永远处于服从和被奴役的状态，一劳永逸地解决机器对人类地位的威胁。

但是，人工智能的迅速发展让机器人获得自主意识的幻想成为可能，获得自主意识的机器人有能力争取与人平等的权利，人与机器的关系再次引起了关注。科幻小说对超级计算机和编程机器人的描述体现了这种担心。人工智能超级计算机变成了讨厌人类的怪兽，它们渴望奴役或杀死人类并统治世界。同时，随着芯片技术的普及，功能强大的计算机开始被置入移动机器人的体内，这种微小的芯片将机器人技术推向了无须人类操控的自主运行时代。计算机的体积越来越小，速度越来越快，功能越来越强大，是否终有一天会超过人类呢？科幻小说在使用机器人或将机器人作为隐喻来分析人类的本质和价值时回答了这个问题。目前，人类对智能终端设备的依赖似乎预示着人类与机器的主从关系存在着被倒置的可能性。

控制论设备和生物有机体的仿生融合会产生怎样的后果？机器人的故事生动地表达了人类的恐惧，同时预见了血肉之躯的消亡以及人类将逐渐灭绝的可怕前景。在布鲁斯·斯特林的小说《分裂矩阵+》（*Schismatrix Plus*，1996）设想的后人类未来世界里，人类已不复存在，被两个可怕的后继物种（人工智能）灭绝了，仅剩下机器增强的机械人和遗传改良的生物工程人彼此争夺统治地位。斯特林并不为人类的灭绝而哀悼，而是将其视为失控技术扩张的必然结果。迪内罗反对滥用控制论和仿生技术，因为这种融合可能会产生经过改良的新机器人体，但也可能会产生武器。用增强机械代替人体的血肉，虽然可以模糊人体构成的定义，甚至实现永生的梦想，但是当人类成为机器人武器的攻击目标时，人类的地位就岌岌可危了。

对技术乌托邦充满向往的网络理想主义者预测，互联网将与虚拟现实融合，人们可以通过数字技术将身体与网络联结，储存记忆。当身体消亡之后，记忆程序会模拟娱乐、愉悦和幸福的感官体验，进而获得永生。然而，科幻小说经常将网络空间视为危险的陷阱，迪内罗在《技术恐惧症！后人类技术的科幻小说愿景》的第 6 章讨论了作为人类自由对立面的互联网以及由此产生的虚拟现实，揭示这种网络技术实际上是用作监视和控制思想的武器。作为各种不同但相关的技术发展载体，网络空间包括互联网、虚拟现实、电脑游戏和数字化数据库，迪内罗用《神经漫游者》的故事阐述了网络虚化人体、蚕食人类意识的后果。在小说网络虚拟世界里，植入大脑的机器人可以直接进入海量数据网络，将抽象的虚拟替代世界可视化、实体化。故事涉及的主题至今仍然处于前沿地位，网络牛仔、武器化的机械人、地下外科医生的基因手术、邪恶的跨国公司等个人和企业正在逐步成为现实的影子。无处不在的网络让生活在其中的个体遭受本质的转移直至自我的完全丧失，传统的文明和价值观念正在逐步解体。网络世界虚化了个体的血肉存在，使之变成工具，为了一个个任务疲于奔命。《神经漫游者》故事的最终场景从地球转移到近太空，主人公凯斯（Case）接受了一个任务，将其大脑的数字版本与网络空间联接，他在那里发现了一个复杂的轨道生态系统，里面的人工智能可能正在秘密地控制着世界。但是，凯斯并没有取代他们统治世界的愿望，他所渴望的是超越自己的肉体象征——他那被损害的神经系统。至此，网络空间的崇高幸福被残破不堪的现实击溃，这种虚拟与现实的反差所造成的精神错乱正是网络技术的副作用。迪内罗赞扬吉布森敏锐地捕捉到网络技术给人类生活带来的巨大影响，生动地讲述了这个奇怪而又令人恐惧的故事。其他类似故事还包括尼尔·史蒂芬森《雪崩》中的监视极限，以及电影《黑客帝国》中的人工智能机器通过虚拟现实技术控制人的大脑，从而达到监禁人类的目的。这些作品说明了当身体成为界面，大脑成为计算机，人类便落入不可逃避的网络陷阱，沦为听命于程序的机器。

人体生物技术的应用是造成技术恐惧症的另一个主要源头，赫胥黎的《美丽新世界》成为讨论未来生物技术的主要议题和反技术论的有力证据。生物技术的信奉者并不希望通过机器代替肉身以增强体能，而是希望利用基因操纵来完善身体。20世纪90年代，随着1996年克隆羊多莉的诞生和1999年人类基因组计划的完成，公众对基因工程、优生学、克隆等技术的兴趣迅速增长。科幻电影《侏罗纪公园》（*Jurassic Park*，1993）凭借克隆恐龙，展现了克隆技术的威慑力。电影里的遗传学家全然不顾职业伦理，受雇于以盈利为首要任务的公司，任意修改恐龙的进化程序，从而导致灾难性的后果。迪内罗分析了部分科幻小说涉及的生物技术，质疑将生物技术武器化、控制进化以完善人类的优生化、人类克隆、转基因实验等技术的伦理界限。界限的突破势必带来意想不到的后果，对失控技术的担心自然会导致恐惧表现。

目前，科幻小说还没有充分展现纳米技术的威胁和希望。但是，在许多硬科幻作品中，纳米技术构成了未来技术整体背景的一部分。以操控物质原子为基础，纳米技术又被称为分子工程（molecular engineering），是融合了生物技术、人工智能和机器人技术的终极技术，其主要目标是创造人工智能、分子大小的微型机器。这种终极技术让所有其他事物，包括人类都面临被淘汰的可能。（Dinello，2005：223）纳米技术通过程序化的自我复制，几乎可以生产任何东西，如汽车、狗、药物、工具、桌子、计算机、汉堡、房屋等。此外，人工智能纳米机器人还可以注入人体血液，在疾病伤害人体之前对其进行检测和治愈。不过，科幻小说预见了该技术可能带来的威胁和风险。格雷格·贝尔的《血液音乐》戏剧化地展示了自我复制纳米机器对人体的破坏及其恶果。尼尔·史蒂芬森的《钻石年代》（*The Diamond Age*，1996）设想了一个完全受纳米控制的暴虐社会，那里的下层阶级可以免费享受纳米复制的食物、水等基本生活用品，却被剥夺了思想和智力的自由。

迪内罗的《技术恐惧症！后人类技术的科幻小说愿景》第9章的标题为"技术是病毒：机器瘟疫"。这一章的每一个二级标题都传递着令人毛骨悚然的威胁，如"病毒恐怖：技术恐惧和被压抑肉体的回归""细菌世界：新流行病时代的微生物狂热""细菌战：病毒的军事化""恐怖的军事细菌传播：科幻小说中病毒妄想狂的兴起""天启瘟疫：人类灭绝""丧失人性的病毒和寄生虫偏执狂""疯狂的科学：侵略性的技术攻击""眼镜蛇病毒：转基因恐怖主义工程""机械瘟疫：人工智能疾病""技术怪兽：变异生物的回归""技术病毒：电子感染"等。经过全面而深刻的分析之后，迪内罗认为技术恐惧症如同生物感染和电子病毒，虽然反映了现实世界对传染病的恐惧，但也可以被看作技术焦虑的有效隐喻。这种病毒既可以摧毁人类，也可以摧毁人类后代，它不仅是压迫性技术政治的象征，而且还对企业、军事和科学不负责任。病毒焦虑不仅反映出对有机生物和电子恐怖的畏惧，还反映出更多其他问题。悲观主义者认为后人类技术是一种自主力量，可以增强反人类、破坏性和压迫性的社会环境，加剧基因歧视、社会分裂、极权主义、监视、环境退化、成瘾、精神控制、感染和破坏。科幻小说和影视作品将这些可能的恶果展现出来，警告公众不要轻易越界技术控制，告诫社会不要在不充分了解技术传播后果的情况下接受技术传播。（Dinello，2005：273）

3.4.2 人工智能与技术焦虑

技术焦虑是技术恐惧的表现形式之一。来自人工智能的焦虑主要是担忧计算机可能会被赋予自发进化的能力，以至拥有自主意识。马克·布鲁斯南（Mark Brosnan）（1998：XII）从心理学的角度，认为技术恐惧症来自计算机焦虑，是一种由信息技术无休止地融入我们的日常生活所引发的恐惧，这种现象在面对日益增长的"计算机主义"时尤为突出。他发现多达一半的人口患有技术恐惧症，而且表现出了一定的性别差异，而这种差异凸显了技术恐惧症产生的社会过程。（同上：XI）布鲁斯南综合分析了技术心理反应的大量文献，确定了造成技术恐惧症的社会因素和认知心理因素，并将其组合成一个整体的心理模型。他分析了技术恐惧症对从小学生到青少年的每个人的影响，讨论了减少技术恐惧症的策略和技巧，并提出了有益的建议。

心理学研究表明，技术恐惧的结果会带来一种心理障碍——技术焦虑症（technology anxiety），克里斯托弗·西姆斯（Christopher Sims）研究了这种症状在科幻小说中的表现。在《技术焦虑：四部科幻小说中的人工智能与本体觉醒》（*Tech Anxiety: Artificial Intelligence and Ontological Awakening in Four Science Fiction Novels*，2013）中，西姆斯根据海德格尔在《有关技术的问题》（*The Question Concerning Technology*，1954）中提出的"技术本体论"，研究了以人工智能为主要特征的四部科幻作品所体现的技术焦虑。西姆斯希望通过电影《2001：太空漫游》、小说《仿生人可以梦见电子羊吗？》《神经漫游者》和《云图》（*Cloud Atlas*，2004）等，探索人类在面对 AI 时所表现出的焦虑，揭示生活在技术饱和社会中的人类生存状况。

《技术焦虑：四部科幻小说中的人工智能与本体觉醒》的第 1 章详细阐述了海德格尔关于技术的观点，说明了海德格尔技术论与技术焦虑的关系，解释了将如何使用这些理论来阐述人工智能的代表、人类与人工智能的关系以及科幻小说中表现出来的技术焦虑。西姆斯描述了海德格尔关于存在、作为本体的技术、构架、思想、思维等哲学关键术语的定义，并将这些理论用于处理关于人工智能、现代技术、技术焦虑和忧郁症的一系列问题。西姆斯认为之前的科幻小说研究由于专注于负面因素而错过了它们的真正意义。如果在研究中关注人类与技术和技术焦虑之间的关系，那么人工智能存在的真正危险是本体论，即人工智能是成为主体的对象，这就迫使我们重新思考对待和看待它们的方式。

《技术焦虑：四部科幻小说中的人工智能与本体觉醒》从一个全新的视角讨论了科幻小说所展现的人类与技术的悖论关系。在亚瑟·克拉克的《2001：太空漫游》中，人工智能霍尔（Hal）为掩盖自己的错误杀死了"发现号"的船员，两个宇航员对霍尔的怀疑体现了具体的技术焦虑行为。小说详细描述了人类进入太空的惊奇感，但是科学的崇高目标似乎是殖民，而不仅是发现或获得知识。小说多处线索暗示技术本身就是外星人的礼物，而人类还没有意识到这一点，这种情节安排破坏了人类能够控制技术的幻觉。失控的霍尔切断了太空飞船与地球的通信并谋杀了弗兰克·普尔（Frank Poole），霍尔的行为暴露了技术的危险性，即现代技术本体论的危险。实际上，人工智能并不能自主采取某种行动，是人类程序员让霍尔失控并隐瞒真相。通过仔细了解人类与奇观、技术、人工智能和空间的关系，可以看到《2001：太空漫游》强调了人工智能的哲学和政治意义。

与《2001：太空漫游》相比，《仿生人可以梦见电子羊吗？》更着重于人类与配备了人工智能的仿生人之间的交互关系。起初，主人公里克（Rick）认为退休的复制人存在道德错误，因而他在接受猎杀复制人的任务时，没有任何道德上的障碍。但是，在小说结尾，里克对复制人产生了与人类相同的尊重和同情心，这使他重新考虑了自己的整个本体论立场。最后，里克对女性复制人产生了爱意。这种突破界限、在人工智能机器人中寻找伴侣的行为传达了人类在现实生活中的失望与沮丧。小说和电影的风格一致，表现了未来社会阴暗、逼仄的场景，以及阴郁、压抑的氛围，高级人工智能的世界似乎是人类现实生活的复制品。复制人的生存抗争迫使观众透过复制人的命运反思人类自身的命运，重新思考人类与技术的关系。

《神经漫游者》所呈现的是生物身体与数字身体错综复杂的关系。小说的主人公凯斯起初是厌恶自己被毁坏的身体、自暴自弃的网络牛仔,最后转变为能控制自己肉身和数字身体的网络空间居民。在技术混合人莫莉(Molly)的帮助下,凯斯学会了尊重自己的身体和技术。小说中的人工智能角色是设备"神经漫游者",他可以通过体外接触操纵凯斯,通过技术代理指导凯斯摆脱犯罪和被奴役的危险,从而摆脱某种神秘的操纵力量。小说中网络虚拟世界的生活不断与现实生活交错出现,在结尾,凯斯出于对生命和身体的尊重而适度地使用毒品,从而模糊了小说与现实的疆界。这部小说的技术前景极不确定,充满了紧张和焦虑,让人不由自主地思考,以牺牲人类的某些特质为代价,让技术变成奴役人类的工具会发生怎样的后果。

西姆斯认为与其他三本小说相比,大卫·米切尔(David Mitchell)的《云图》深刻地展现了海德格尔的技术恐惧涵义。通过六个看似分散却潜在相关的故事,该小说描述了殖民主义、人类奴役、克隆以及对人工智能的奴役,展示了人类将同类视为剥削资源的后果。《云图》提供的教训是人类在发展新技术时应该守住道德底线,至少不要重蹈奴隶制的覆辙,技术上的进步不能以道德的后退为代价。因此,小说第一个故事的主人公亚当·尤因(Adam Ewing)渴望成为废奴主义者,迫切希望能够有效改变社会制度。总体来看,西姆斯的技术焦虑是指人类对技术日益依赖的后果,他认为人类与技术之间是一种悖论关系。他们可以享受更多、更先进的技术带来的好处;同时又担忧此类技术会造成污染(二氧化碳排放)、破坏(核战争、福岛、切尔诺贝利)、道德困境(克隆、基因修改、低温)等。(Sims, 2013: 2–3)这种悖论反映了人类与非人类世界之间的依赖关系,处于依赖关系中的人类容易陷入焦虑状态。西姆斯指出卡梅隆(Cameron)的电影《终结者2》(*Terminator* 2)表现了人类对具备意识的机器所引发的技术焦虑,并提出了解决技术问题的方法就是使用更多技术。(同上: 1–2)据此,西姆斯提出了一个问题:电影表现出如此令人信服的恐惧是怎么回事?

西姆斯强调他的研究重点是人类在遇到人工智能时面临的不确定性和焦虑感。这种焦虑主要是担心人工智能及其技术是否会失控。对身体丧失的懊悔和对威胁身体新技术的恐惧展现了技术焦虑的另一个方面。为了理解人类对人工智能技术的焦虑，西姆斯强调人工智能不是一种独特的现象，而是许多技术中的一种表达。他发现大多数思想家对人与技术有两极分化的看法。一些思想家对技术持欢迎的态度，如布鲁诺·拉图尔（Bruno Latour）、齐泽克等，他们认为人类对技术产生的任何焦虑都是虚幻的，都源于对自然的神化。生态批评家或自然主义者则对大多数技术持完全反对的态度，主张回归一种别具一格的生活方式。西姆斯认为20世纪的哲学家海德格尔对技术采取了更温和的方法，所以他将海德格尔的思想作为自己的论证基础。

海德格尔在1954年以德语首次发表的论文《有关技术的问题》中试图寻求技术的本质，提出了不应该将技术理解为本体，而是工具、仪器或机械等客体。对于海德格尔来说，技术是人类看待世界和体验存在的方式。在最好的情况下，技术本体论是一种艺术上或诗意的方法，可以滋养众生。在最坏的情况下，技术本体论是一个烦琐的过程，通过该过程，众生都成为生产和消费技术系统的原材料。海德格尔认为我们目前正在通过现代技术的本体来观察世界，这种本体将包括人类在内的所有生物都降格为等待开采和收获的资源。海德格尔在现代技术中看到的危险并不是失控或摧毁人类，而是让人类只会以一种方式看世界。海德格尔预言，一旦我们完全将世界视为仅作为人类消费的资源储备，我们就会失去人类的尊严和自由。

西姆斯利用海德格尔对技术本质的理解及对技术的焦虑观点，研究了人工智能技术所带来的忧虑，即人工智能将通过现代技术以人类看待世界的方式来对待人类，将人类当作要掌握和利用的资源，任何非人类事物都可能像人类对待它们一样对待人类。当面对文艺作品中的人工智能时，观众所经历的恐惧和焦虑并不是对实际奴役或破坏的恐惧，只有看到本体的真实本质时，人类才会害怕见到的东西。海德格尔认为这种哲学上的道德和伦理破灭是灾难性的，因为最终人类和非人类将通过同一视角看待人类。真正的危险是失去世界的美丽和神秘感，因为它只会以一种方式出现在人类眼前。甚至以人类为中心的自我崇拜也将被我们的同质化本体所吸收，最终人类将只显示为等待开发的资源储备。海德格尔对此提供的解决方案不是放弃技术，而是放弃技术化。

西姆斯的人工智能概念指涉广泛，可以是无形的计算机、内置的机器人或基因工程、克隆技术。他的研究目的不是否定技术或者凸显人类的自负，而是为了搞清楚人类和人工智能在文学层面的互动方式。他认为技术焦虑症的特征是不确定性，因为大众并不知道技术会破坏人类或者帮助人类免遭破坏。他选择这四本小说作为研究文本的主要原因之一是它们描述的技术焦虑保持了时代的不确定性和张力。小说中的主角无一能逃脱技术的威胁：在《2001：太空漫游》中，外星科技将主人公戴夫·鲍曼（Dave Bowman）转变为无体的星际少年；《仿生人可以梦见电子羊吗？》中的里克能否接受复制人也该拥有人性呢？《神经漫游者》中的凯斯无论如何也离不开网络空间；《云图》最后一个故事的主人公扎克里（Zachry）是否能够在麦克尼姆（Meronym）的指导下，让人类永远免受自己的祸害呢？（Sims, 2013: 3-4）

如果仅从故事来看，这四部小说中的人工智能体系结构和表现形式都大不相同，但它们都展现了人类被替换的焦虑，也暴露了发现自己像机器一样思考或者机器像人类一样思考的恐惧。人类在这些小说中创造人工智能以取代人体或思想，当现实中的机械化使工人边缘化，当发现被创造出来的机器仆人违反造物主的命令而将其变为无用之人，成为人工智能征服的目标时，这种焦虑便爆发了。这四本小说论证了海德格尔的技术理论对科幻小说人工智能主题的阐释力，展现了海德格尔对技术焦虑的新见解以及人工智能可能对人类生活造成的威胁。通过仔细分析人类与技术的关系、技术焦虑、人工智能以及海德格尔关于技术的著作，西姆斯认为人工智能不应被视为对人类至高无上的威胁，而应被视为对拯救我们本体论至上的催化剂。

科幻小说中的人工智能通常隐喻人类面对技术疏离时产生的焦虑，这种现象在小说、电影、实验室中都能被发现。通常情况下，人工智能主题叙述的恐惧往往来自人类的奴役、破坏或荒废（obsolescence）。但是，小说中的人工智能没有人类那样的"技术思维"，它们会将所有人无区别地视为开发资源，并进行奴役。正如西姆斯在书中所展示的那样，当人工智能具备了第二种天性，拥有了记忆和情感，才是引发当前的本体论困境以及在这个时代面临的真正危险。（同上：223）

人类和机器在当代社会中不可分割地共存于一个世界，人类对机器的依赖与日俱增，这让人类忽略了机器的潜在威胁。20世纪30年代的科幻小说洋溢着一种乐观主义精神，部分作者认为人类所有的问题都可以通过适当的技术创新予以解决，但是迅猛发展的技术对人类身体与生活的侵入让一种担心和忧虑逐渐盛行，即新的技术必将以有问题的方式重塑人类本性。人类在很大程度上已经失去了作为个人自由和权力象征的力量，而科幻小说无时不在将这种问题和警告呈现出来。或许，某些科学推想小说关注的是如何让机器适应人类的存在环境，但是部分科幻小说展现了超强人工智能（strong artificial intelligence）与人类交换处境的可能性。这种情况预示着人类后裔会在身体和精神上被迫适应他们所面临的后人类技术环境。或许，无法预测或掌控的未来才是真正的恐惧之源，而后人文主义所倡导的去人类中心、众生平等的思想不失为摆脱技术恐惧与焦虑的一种精神前提。

第4章
时间、空间与地理批评

时间、空间是构成小说叙事场景的基本要素，是展现主题、塑造人物、构建情节必不可少的背景。一般情况下，叙事场景分为整体场景和个体场景，前者是故事行为发生的综合地点、历史时间和社会环境，后者指情节发生的特定物理位置，二者都是营造作品氛围的重要元素。（Abrams & Harpham，2010：363）在科幻小说中，叙事场景的空间和时间与情节结构及其发展有着强烈的对应和相辅相成的关系。相对于其他小说体裁，科幻小说的叙事修辞目标是让作品产生"惊奇"的效果，除了故事情节的离奇性，人物在虚构的陌生环境中的体验更能让读者产生陌生化的直观感觉。因此，科幻小说作者更倾向于叙事场景构建，他们往往用更多的篇幅描写一个全然陌生的故事环境，以便形成阅读氛围，让读者了解该故事发生的背景与日常生活的差异，为故事前景[1]发生的事件做好心理准备。

场景构建是科幻小说获得疏离和新奇效果的修辞策略之一。部分科幻小说以时间为主题，通过时间旅行、时间倒置、预设或替换等方式探索历史可能性，如威尔斯的《时间机器》、马克·吐温的《康州美国佬在亚瑟王朝》（*A Connecticut Yankee in King Arthur's Court*，1889）、乔治·奥威尔的《一九八四》、菲利普·迪克的《高堡奇人》等。除了虚构

---

[1] 前景（foreground）是俄国形式主义批评理论的一个重要术语，表示前置/突出某物，让其在感知中占主导地位。与之相对的是背景（background），即通过后置语言的指称功能和逻辑联系，让语言本身成为可感知的声音符号。文学的首要任务在此即为前置其语言介质，正如维克多·什科洛夫斯基（Victor Shklovsky）所言，其主要目的是疏离（estrange）或陌生化（defamiliarize）。换言之，文学作品通过破坏普通的语言话语模式，使日常感知世界变得陌生，并重新唤起读者丧失的新鲜感知能力。（Abrams & Harpham，2010：363）

时间，科幻小说热衷的另一个场景要素是空间，如凡尔纳的《地心游记》（*Journey to the Center of the Earth*，1870）、赫伯特的《沙丘》、罗宾逊的"火星"三部曲、威廉·吉布森的《神经漫游者》、勒奎恩的《失去一切的人》等，就是通过虚构空间将读者带入一个完全陌生的世界。自《时间机器》出版以来，科学家、科幻小说作者与研究者对时间旅行的兴趣日益增长，开始探究时间的性质，试图论证时间旅行的可能性。同时，由于人文学科出现的空间研究转向，关于空间建构及其哲学、文化、历史意义的探索也逐渐成为科幻小说研究的热点。

4.1　叙事时空体

科幻小说时间与空间批评常用的概念是时空体（chronotope）。杰拉德·普林斯（Gerald Prince）将时空体定义为"被描述的时间和空间范畴的性质及其相互关系"，其作用是"不同体裁的文本根据不同的时空体（不同种类的时间-空间复合体）对世界图景进行模仿、展现，进而创造，并且据此进行界定"（普林斯，2011：30）。巴特·库嫩（Bart Keunen）认为时空体是讲故事的基本要素。"时空体是一种虚拟的构造或实体，代表在空间情况下发生的时间过程。正是基于这样一个事实，即每个动作、每个时间的发展都是通过空间变化来表达的，因此时空体应该被视为叙事的本质。"（Keunen，2011：13）时空体是重要的叙事框架和想象维度，多数研究者认同时空建构对于科幻小说的重要性。达科·苏文认为科幻小说的区别性特征是叙述时空体与叙事主体（narrative agent）形成的文本霸权（hegemony）。他声称小说必须是本体的，与小说的具体细节无关，而是与文本虚构世界的基本形状有关。换句话说，科幻小说的新意就是创建一个新的时空体。

4.1.1　艺术时空体

时空体的概念最早由巴赫金（1998：274）提出，他将其定义为文学中表达时间和空间关系及相互间重要联系的艺术。在《小说的时间形式和时空体形式——历史诗学概述》("Forms of Time and of the Chronotope in the Novel—Notes Toward a Historical Poetics", 1998) 一文中,巴赫金讨论了时空体的种类、特征、文学意义以及适用范围。他自述时空体这个概念来自数学科学,以爱因斯坦的相对论为基础,但是在文学理论中的应用近似于比喻,与科学的概念差别较大。巴赫金解释时空体这个术语是形式与内容结合的一个文学范畴,意味着叙事空间和时间的不可分割性。

> 在文学中的艺术时空体里,空间和时间标志融合在一个被认识了的具体整体中。时间在这里浓缩、凝聚,变成艺术上可见的东西;空间则趋向紧张,被卷入时间、情节、历史的运动之中。时间的标志要展现在空间里,而空间则要通过时间来理解和衡量。这种不同系列的交叉和不同标志的融合,正是艺术时空体的特征所在。(巴赫金,1998:274-275)

巴赫金特别强调时空体在文学中的重大体裁意义,认为体裁及其类别均由时空体决定,并明确指出时间在文学时空体中的主导作用。同时,时空体不仅是体裁的决定要素,而且还在很大程度上决定了文学中的人物形象,因而人物形象总是天生就具有时空性。(同上:275)巴赫金发现某些文学作品有几种不同时代共存的现象,为了说明这一点,他考察了欧洲小说从希腊至拉伯雷的各种体裁,全面研究了艺术和文学中的时间和空间形式,形成了在科幻小说研究领域影响极大的时空体批评理论。

巴赫金认为希腊和罗马文学创造了三种重要的小说类型,分别对应了三种艺术时空体。第一种是形成于2世纪至6世纪的"传奇教喻小说",他在这类小说中发现了一种运用得很巧妙的传奇时间,这种时间特点至今没有重要改变。他分析了这类小说的情节模式,总结出了一个情节结构公式,发现剔出所有可变异的杂质成分之后出现了一个全新的时空体——"传奇时间中的他人世界"。巴赫金指出这个传奇时间不具有任何自然界和日常生活的周期性,但是可以用"突然间"和"无巧不成书"加以说明,因而具有"纯粹的偶然性及其独特的逻辑。这种逻辑就是偶然的巧合,也就是偶然地同处一时和偶然地分离,即偶然地各处异时"（巴赫金，1998：282）。此外，偶然的同时性和偶然的异时性这两种情况的"之前"和"之后"对于情节结构同样具有决定性意义，否则整个叙事的情节结构将会发生彻底改变，甚至让事件完全不发生。无限传奇时间里的所有时间点均受"机遇"的支配，这种"机遇时间是非理性力量干预人类生活的一种特殊时间"（同上：285）。

巴赫金进一步阐述了"传奇教喻小说"的时空关系。他认为希腊小说世界时空体里的时间和空间关系属于技术（机械）联系。各种现象的偶然共时性和异时性都需要空间联系，并根据情节需要决定距离的远近。传奇的事件完全取决于机遇，地点没有任何实质性意义，希腊传奇故事都具有移易性，即同样的事件可以发生在任何地方。据此，传奇时空体的特点是指时间与空间二者之间只有机械性的抽象联系，时间序列可以移易，空间可以更换地点。巴赫金（同上：293）再次强调希腊小说描写的是"抽象的别人的世界，而且是彻头彻尾的他人世界"，但是在这个抽象的他人世界里，许多事物被视为孤立的、唯一的个别现象，而且极为罕见。作者详细地描写那些事物，使之产生惊奇的阅读效果，这点与苏文的科幻小说定义一致。值得注意的是，巴赫金认为在这样的时空体中人物仅作为行为的实物主体而存在，具有独自性和孤立性的特点。

在巴赫金看来，蕴含第二种时空体的希腊和罗马小说是"传奇世俗小说"。这类小说的突出之处是"传奇时间和世俗生活时间的结合"（同上：303）。他以《金驴记》（*The Golden Ass*，1988）和奥维德的《变形记》为例，阐述了"蜕变"（罪过的生活—危机—赎罪—圣洁）思想在文学中的发展过程和时间特点，即偶然的同时性和偶然的异时性。（同上：309）巴赫金发现希腊和罗马的传记小说形成了一种新型的传记时间和新人形象。他将这些小说分为两类——柏拉图型和雄辩体的传记，二者分别对应"寻求真知者的生活道路"（同上：324）的抽象时空体和广场这个现实时空体。他认为广场是一种"令人惊讶的时空体；在这里，从国家到真理的一切高级层次，全都得到具体的体现和表现"（同上：326）。广场是公共空间，面对全体民众开放，同时也容留一切。因而，这个时空体成为公民与民众接受公开检验和考察的场所。此外，巴赫金还专门讨论了"历史倒置"的时间"换位"问题，他将这种现象表

第 4 章　时间、空间与地理批评

述为"把实际上只在将来能够或应该实现的事,把绝非过去的现实而只是目的和应该实现的事,当作已经发生的事来加以描述"(巴赫金,1998:342)。这个定义同样可以用来解释现代科幻小说中的替换历史(alternative history)小说的修辞意义,因为

> 要借助未来以丰富现在,尤其是丰富过去。只是现在和过去,才具有实际的现实力量,才能证实现实。将来的实际则是另一种性质的实际,可以说是变幻无常的实际。"将来时"没有现在时、过去时所特有的那种物质性、坚实性、实在的份量。未来同现在、过去有着不同的性质,不论把未来想象得多么长,它不包含什么具体的内容,它是空泛的、零碎的。因为一切积极的、理想的、应有的、期望的东西都可以通过倒置法转向过去或部分地转到现在;这样一来所有这一切就会变得更有分量,更现实,更令人信服。(同上)

除了历史倒置这种时间关系,巴赫金还谈到了另一个科幻小说中常用的时间主题——世界末日论。他精辟地指出:"这是用另一种方法抽空了未来的内容。未来在这里被想象为一切存在物的终结,生存(包括过去和现在的各种生存形式)的结束。"(同上:343)巴赫金还分析了骑士小说的奇特世界时空体和拉伯雷小说的怪诞时空体,指出这两类小说与希腊和罗马那三类小说时空体之间的传承与发展关系。此外,巴赫金还讨论了田园诗的时空体形式,指出了田园诗里的时间同空间保持着一种特殊关系,即生活及其事件对地点的一种固有的附着性、黏合性,其内容仅严格局限于为数不多的基本生活事实以及人的生活与自然界生活结合所表现出来的统一节奏和共同语言。(同上:425-426)最后,他高度概括了时空体的文学价值:

> 时空体决定着文学作品与实际生活关系方面的艺术统一性。因此,时空体在作品中总是包含着价值的因素,但这个价值因素要想从艺术时空体的整体里分解出来,唯有通过抽象的分析。在艺术和文学之中,界定时空体的一切概念相互间是不可分割的,而且总要带有感情和价值的色彩。抽象思维当然可以把时间和空间分离开来加以思索,可以超脱他们包含的感情

和价值因素。可是活生生的艺术直观（这种直观自然也包含着充实的思想，但这不是抽象的思想），却既不把什么分离开来，也不需要超脱什么。直观对时空体的把握，是把时空体当作一个充实的整体来看。艺术和文学中都渗透着不同程度和不同大小的时空体价值。文学作品的每一主题、每一分解出来的因素，都属于这样一种价值。（巴赫金，1998：444）

巴赫金进一步指出时空体的两大修辞功能：其一是作为小说基本情节的中心，承担着情节组织作用；其二是描绘意义，时空体让时间获得感性的直观性质，是时间在空间的物质体现。小说的一切抽象（哲学思想、因果分析等）因素都可以通过时空体具体化。（同上：452）各种时空体之间存在着辩证关系，它们既相互对立，又相互渗透，互为参照。

4.1.2　时间形态的文化批评

科幻小说的时间概念与经典叙事学讨论的时间概念差别较大，但是后者是科幻小说时间研究的理论基础。经典叙事学关注叙事时间的性质与种类，特别是故事时间与叙事时间的区别以及作者在叙事时间安排上的修辞策略。经典叙事学的叙事时间是一种方法论或策略性研究，其理论框架主要是基于杰拉德·热奈特（Gérard Genette）的《叙事话语》（*Narrative Discourse*，1983）。热奈特主张区分故事的发生时间和叙事时间，这种两分法可以更好地洞察作者选择叙事时间的修辞策略。他提出了叙事时间的三个核心概念：顺序、持续和频率。顺序（order）包含时间错位（anachronies）、时间延伸和范围（reach and extent）、倒叙（analepsis）、预叙（prolepsis）、无时性（achrony）等时间概念；持续（duration）包含各异向性时间顺序（anisochronies）、暂停（pause）、省略（ellipsis）、情景（scene）等时间过程；频率（frequency）包含单一/重复（singulative/iterative）、内向/外向历时（internal/external diachrony）、替换/转换（alternation/transitions）等时间活动。科幻小说时间的文化批评主要讨论该体裁时间概念体现的物理性质和文化属

第 4 章 时间、空间与地理批评

性,是一种定性研究,巴赫金的时空体是该类研究的文化导向。

尽管巴赫金没有直接评论科幻小说,但是他的思想特别是关于时空体的批评方法,已经成为科幻小说时空研究的阐释工具。受到时空体的启发,埃拉娜·戈梅尔(Elana Gomel)[1]提出了"时间形状"(timeshape)的概念,并在此基础上讨论了科幻小说叙事时间的性质与模式。戈梅尔的《后现代科幻小说与时间想象》(*Postmodern Science Fiction and Temporal Imagination*,2010)从经典叙事学的角度讨论了巴赫金的时空体概念,描述了科幻小说叙事时间的逻辑尤其是超越线性方案和机械因果关系的运动等特质和意义。她比巴赫金更强调人物与时空体的关系,认为时间、空间和人物是不可分割的一个整体(Gomel,2010:6),而时空体是融合所有形式成分(时间/情节、空间/场景和人物/行为体)构造和定义叙事文本的方式。她声称自己的研究是关于时间的后现代地理学,并为此生造了时间形状这个词。她发现:"某些文本虽然种类不同,却共享某种东西:时间的图像,它是有形的、物质的,却又自相矛盾、难以捉摸。作为空间中的物体,时间是一个形状。"(同上:Ⅸ)她从不同角度解释了这个概念:"虽然某种东西的含义超越了比喻,但是还不足以形成一个概念,它仅是一个形象、一种思想形式,一段界于公共与私人之间、记忆与历史之间的时间体验,我将此称为时间形状。"(同上:Ⅹ)戈梅尔认为时间形状与詹姆逊的意识形态素(ideologeme)概念相似,或者类似于理查德·道金斯(Richard Dawkins)的"模因"(meme)概念。但是,时间形状具有强烈的叙事维度,而意识形态素和模因却没有。模因、意识形态素和时间形状跨越话语界限,将艺术与政治、科学与人文学科区分开来。如果模因和意识形态素是意义的基因,那么时间形状就是叙事的种子,因为讲故事是一种时间体验。(同上)戈梅尔反对后现代文化中许多互相冲突的时间论,特别是关于时空性和历史性的观点。她指出时间一直是哲学、科学和意识形态激烈争论的话题,但更是多种叙事表现形式的主题。科幻小说叙事的特殊形式抓住了时间文化概念的实质,是赋予"时间旅行"和"时间机器"两种概念的表达方式,

---

[1] 戈梅尔是以色列特拉维夫大学教授,主要研究叙事学理论、后人文主义、科幻小说、狄更斯(Dickens)、维多利亚文化等,发表了多篇科幻小说论文,出版了多部相关专著。

是后现代时间的镜子。可以说，科幻小说是后现代性多种时间形状的量子快照，是后现代的多个过去、现在和未来的历史记录，是后现代时间想象力的关键要素。（Gomel，2010：Ⅺ）

时间形状是对经典叙事学关于故事时间概念的修正。除了热内特，西摩·查特曼（Seymour Chatman）也将叙事时间分为故事时间和话语时间，将前者定义为"事件的时间顺序"，将后者定义为"叙事的伪时间顺序"或情节中故事事件的艺术重排。（Genette，1980：33-85）戈梅尔认为这个阐释存在漏洞，因为无论作者如何熟练地加以掩饰，这一定义都将时间顺序视为任何文本时间的自然属性。但是，这种形式仍然必须与某种东西、某种叙事常态的基线进行比较，如同古典叙事学对话语时间与故事时间的分析。她认为后现代叙事学不加批判地接受古典叙事学的基本概念，将叙事定义为"顺序的叙事"，自动假定故事情节发生序列为时间顺序。但是，这不是定义叙事秩序的唯一方法，更适合的概念是巴赫金的时空体。

戈梅尔强调在科学、意识形态和宗教的影响下，新的时间形态正在形成和重塑，时间观念也在重新调整，以适应不断变化的世界。她认同卢博米尔·多勒泽尔（Lubomir Dolezel）在《异构空间：虚构和可能的世界》（*Heterocosmica: Fictional and Possible Worlds*，1998）里关于叙事的重新定义，认为这是对叙事学的重要贡献。与经典叙事学根据事件的时间顺序和故事来定义叙事不同，多勒泽尔（Dolezel，1998：31）的虚构世界理论坚持认为"如果在可能世界的类型范围进行定义，叙事学的基本概念不是'故事'，而是'叙事世界'"[1]。许多评论家将文本的虚构世界与"现实"进行了比较，并根据它们与假定为常识的现实达成共识的一致性来阐述时空体的类型。然后，根据虚拟世界与现实世界的关系，将其划分为可能、不可能或不太可能等类别。

科幻小说中出现了另外两个时间体：替换历史，有时被称为"乌有史"（uchronia）和"分支时间"（热奈特的"分支变异时间"）的

---

[1] 多勒泽尔认为小说和现实之间的传统区别掩盖了困扰哲学家和文学评论家数世纪的一系列问题。他在这部著述里根据"可能世界"的思想提供了完整的文学小说理论，并将其应用于笛福（Defoe）、狄更斯、陀思妥耶夫斯基、休斯曼、卡夫卡、海明威等作家作品的阐释中。

第 4 章 时间、空间与地理批评

相关故事;而时间的起止也引起了狂热想象。戈梅尔认为这些关于时间旅行的每一个虚构世界的叙事结构都代表了特定的时间形状。时间旅行必然假设时间确定性,过去和将来的存在方式都与现在完全相同,就像三个空间维度都以相同的方式存在一样。时间旅行意味着时间的空间化,即时间和空间成为一个各异向性、单一的凝固时空。替换历史与时间旅行相反,它的前提是历史的无限延展性、未来与过去之间的根本区别以及无限的人类变革的影响。替换历史代替了时间流体的偶然性,在这种偶然性中,单个原因可能会产生多种不可预测的影响。时间旅行和替换历史都没有将时间记载为事件顺序的线性关系。前者是因为时间与空间混合在一起,后者是因为时间的多重性且类似于网络的结构。但是,有一种时间形状完全符合众所周知的时间之箭(arrows of time):末日启示录。

科幻小说中的末日描写不仅是对即时灾难的描述,更是一种复杂的叙事特征,它将时间的停止与千年的到来联系在一起。末日启示录式的小说是通往永恒的单向道路,像时间之箭一样永远把现在抛向过去。它可能是意识形态上最有效、最危险的时间形态,也是最受欢迎的时间形态。尽管启示录可能会被避开或推迟,但它仍然是一种永恒的诱惑,因为在后现代所有的时间形态中,它都将在时间的谋杀仪式之后承诺永恒的乌托邦。戈梅尔研究了威尔斯的《时间机器》、菲利普·迪克的《高堡奇人》、菲利普·罗斯(Philip Roth)的《反美阴谋》(Plot Against America,2004)等一些替换历史小说,将科幻小说的叙事策略与后现代时间想象的多样性重新联系起来。

《时间机器》中漫长的时间跨度及其关于人类退化进程的描述为时间批评提供了丰富的内容。詹姆逊(Jameson,2005:126)也注意到"威尔斯的《时间机器》巨大的时间范围",认为它既是对牛顿时空分裂那种令人震惊和陌生形状的反思,又是艺术上的转变。苏文认为科幻小说诞生于《时间机器》的坩埚中,无论其时间顺序引起多大的争议,其结构都异常合理。戈梅尔将威尔斯作品的主要时态分为三种,认为这部小说通过嵌套式的框架叙事,提供了不同时间形状的叙事样板,展现了被她称为异质本体嵌入(heterogeneous ontological embedding)的叙事结构。这种结构像俄罗斯套娃一样,将几种不同且不可调和的时空体叠加一起，设法结合了体验、刻画和概念化三种不同的时间形式。在这个意义层面，《时间机器》设置了后现代科幻小说时间性的三个主要时空类别：时间旅行、替换历史和启示录。《时间机器》的时空体结构体现了三种主要的后现代时间形态：确定性、偶然性和时间终点，并且隐含了后现代的时间性以及随之而来的后现代性本身，如同 DNA 中隐含了潜在的生物性一样。（Gomel，2010：29）《时间机器》中不同的、互不兼容的时间和空间形成了异构本体嵌入时空体，正是这种异构叙事时间形状或时空体的爆炸式增长赋予了作品艺术和蕴意上的丰富性。

　　《高堡奇人》和《反美阴谋》均改写了第二次世界大战的历史结果。前者设想法西斯赢得了战争，德国和日本成为美国的统治者，美国人过着失去自由的殖民生活，同时一个生活在高城堡中的人在写一部德国和日本战败的故事。这种在虚构中虚构现实的嵌套结构极大地增加了叙事时间的复杂性。《反美阴谋》的故事时间发生在第二次世界大战初期，主人公是历史上的真实人物查尔斯·林德伯格（Charles Lindbergh）。在虚构的故事中，这个首位驾驶飞机不间断飞越大西洋的飞行英雄击败罗斯福成为美国总统，与轴心国谈判签署《谅解备忘录》，把欧洲交给德国以换取北美大陆的和平，视犹太人为二等公民。这两部小说均通过虚构历史质疑了时间的确定性，其中的虚构时空变化不仅是对现实时空体的颠覆，更是创建了一种新的时间逻辑，它使被叙述的与叙述的、故事内与故事外、故事与话语的常规叙事世界彻底崩溃。戈梅尔认为这类替换历史小说表达了叙事文本的一种重要观点，即文本就是世界，这个世界没有暂时性，没有运动，因此也没有主体。如果所有艺术都渴望音乐的境界，那么时空旅行就是渴望静物境界的叙事（同上：56），这种观点正是后现代时间批评的体现。

　　科学研究表明时序的线性规律正受到量子物理学的挑战，这意味着时间同时性存在极大的可能。科幻小说世界中新型的叙事时间形式正是这些新观念的化身。《后现代科幻小说与时间想象》在文化语境中讨论经典科幻小说的时间旅行、替换历史、世界末日等传统主题，多角度地展现了时间的性质及其叙事功能，极大地拓展了叙事时间的研究范围。

4.1.3 时间旅行的可能性

科幻小说时间批评的另一个方向是在物理科学的层面上探究时间旅行的可能性。威尔斯的《时间机器》之后,时间作为物理世界的第四维存在受到关注,时间旅行逐渐成为科幻小说和部分物理学家迷恋的主题。斯蒂芬·霍金(Stephen Hawking)在其科普著作《时间简史》(*A Brief History of Time*,1988)中讨论了时间旅行的可能性及其可能的途径。科幻小说在处理时间旅行的题材时绕不开物理科学知识,如旅行工具、线性时间与时间的多维性(linear time and multi-dimensional time)、时间的方向性、时间之箭、时间膨胀(time dilation)、虫洞(wormhole)、宇宙弦(cosmic string)、切割和扭曲时空(cutting and warping spacetime)、洛伦兹变换(Lorentz transformation)、祖父悖论(Grandfather Paradox)和双生子悖论(Twins Paradox)、过去和现在的无限性等概念。这些概念以及相关的科学猜想赋予科幻小说作者极其丰富的创作灵感,而关于时间旅行的科幻小说也积累了该主题常用的词汇或代码。

网络版《科幻小说百科全书》概括了与时间旅行相关的通用语码。一般情况下,穿越时间的物理旅行要么是通过类似时间机器形式的想象技术,要么是通过多少带有一点"自然"事故的时间穿越(timeslip),或者通过一个固定位置的时间之门(time gate),该门也许是自然形成,也可能是人工建造。根据虚构宇宙的性质和稳定性,轻率地使用时间机器可能会导致时间悖论(time paradox)以及对当前的存在造成某种威胁。这种威胁可能会破坏过去,并以替换历史或平行世界的虚构现实取而代之。在极端情况下,甚至会产生一个平行宇宙(parallel cosmos)。防止这种剧变是科幻小说虚构的时间警察(time police)的主要功能。时间观察器(time viewers)能够让未来窥探过去,反之亦然。一些科幻小说中的现在(present)或未来(future)试图用某种时间无线电(time radio)与过去(past)进行交流。时间反转(time in reverse)的概念在科幻小说中形成了独特的话语领域,偶尔会有人物感知到时间顺序的错乱(time out of sequence)或陷入重复的时间循环(time loops)之中。在相对论的背景下,关于时间的科幻小说常将时间扭曲(time distortion）作为一种情节手段。小说常用时间深渊（time abyss）表示将遥远的过去和遥远的未来、地球濒死时代（dying earth era）或时间的终结（end of time）分隔开的巨大时间鸿沟。（Anon，2021c）目前，这些语码已经成为科幻小说和影视作品中时间主题的核心词汇或情节发生器，其中任何一个概念都可以生成一部鸿篇巨制。

时间旅行实际上是科幻小说"奇异旅行"传统的延续，不过由于时间旅行涉及较多的科学知识，多数作家涉及这类题材的主要目的是尝试哲学、文化历史和物理探究，因而该类小说中的时间概念有别于经典叙事学的相关理论。保罗·纳欣（Paul Nahin）对这个题材进行了深入研究，他的《时间机器：物理、形而上学和科幻小说中的时间旅行》（Time Machines: Time Travel in Physics, Metaphysics, and Science Fiction，2017）和《时间机器的故事：科幻小说时间旅行的冒险与哲学困惑》（Time Machine Tales: The Science Fiction Adventures and Philosophical Puzzles of Time Travel，2016）在哲学和物理学的层面上，系统地讨论了时间旅行的可能性。

《时间机器：物理、形而上学和科幻小说中的时间旅行》自1993年出版以来，分别于1999年和2017年再版。斯普林格出版社在线发布了加州大学伯克利分校的克利福德·斯托尔（Clifford Stoll）对此书第二版的评价：

> 这是一本书的精彩片段……所有这些都点缀着来自科幻电影、小说和漫画的愉快注释。我每翻一页都能找到珍宝。这本书中的研究令人印象深刻。对于专业物理学家来说，《自然》（Nature）的价值在于其广泛的技术附录和脚注，以及详尽的参考文献列表。不过，如果你像我一样，内心是个孩子，那么真正的乐趣就在于那些荒唐的故事和荒谬的猜测。此书探讨了时间旅行的概念，描述了英国文学早先的首次记录和物理学家诸如基普·索恩（Kip Thorne）和伊戈尔·诺维科夫（Igor Novikov）的最新理论。这本书非常值得一读，它涵盖了很多主题，包括小说中的时间旅行史，关于时间、时空和第四维等基本科学概念，爱因斯坦、理查德·费曼、库尔特·哥德尔等人的推测，时间旅行悖论，以及诸如此类的更多内容。（Nahin，1999）

第4章　时间、空间与地理批评

《时间机器：物理、形而上学和科幻小说中的时间旅行》第三版在保留1999年版的大部分内容的基础上，增加了第一版之后10多年中出现的有关物理学家和哲学家关于此领域（主要是时间旅行悖论）最新进展的相关讨论。纳欣（Nahin，2017：XI）本人强调第三版的重点是哲学和科幻小说，而不是像前两版那样以科学论证为重点，使之充斥着代数、积分和微分方程等技术说明。但是，时间机器的故事不可避免地要谈及一些物理学，只不过不会涉及高深的理论，作者仅介绍了部分很容易理解的内容。"为了支持到未来的时间旅行（以及如何制造一个虫洞时间机器到过去旅行），我将向你展示一个从狭义相对论中推导出的著名的时间膨胀公式。这里有一些时空图，一些简单的代数运算，还有一些简单的微积分知识，甚至还多少谈到了度规张量（metric tensor）。"（同上：XII）确实，纳欣在书中尽量避开对时间旅行物理学的学术探讨，他的主要目的是检验科幻小说家（以及许多哲学家）的时间旅行猜想的可行性。他认为就其本质而言，这些观点比那些严肃的理论物理学家要浪漫得多。当然，历史已经证明，理论物理学家的工作成果可能比任何小说家编造的东西更令人吃惊。

保罗·纳欣介绍了库尔特·哥德尔（Kurt Gödel）的数学物理学，论证了时间旅行回到过去的可能性。但是，许多哲学家并不那么肯定，小说中的时间旅行是否在逻辑上、形而上学或物理层面表现出不可能仍然没有定论，如同这个话题中必然出现的那个著名的"祖父悖论"。纳欣在注释中解释了该悖论的可能出处，即1929年12月发行的纸浆杂志《科学奇观故事》（*Science Wonder Stories*）中的社论，这篇《时间旅行的问题》让读者思考以下情形："假设我可以回到过去，或许200年以前吧。我拜访了自己前六代曾祖父的住宅，进入了他那辈子的生活。因此，我可以射杀他，而他还年轻，还没有结婚。由此可见，我本来可以避免自己的出生。"（同上：XXXVI）这个悖论对于读者而言具有极大的挑战性，因为假设某人回到过去，在自己父亲出生前把自己的祖父母杀死。随之而来的必然问题是：祖父母死了，就不会有父亲；没有父亲，自己就不会出生；某人没出生，就不可能回到过去杀死自己的祖父母；若是没有人杀死某人的祖父母，某人就会出生并回到过去杀死自己的祖父母，于是这个假设就成为一个无法解决的悖论。尽管这个悖论让那些对时间旅行着迷的人沮丧，纳欣对此却持乐观态度。对于那些热爱时间旅行这个浪漫幻想的人而言，纳欣提供了大量让他们不至于绝望的科学依据，使他们可以耐心等待科学奇迹的出现。

将科学研究与人文学科研究深度融合的是达米安·布罗德里克（Damien Broderick）的最新著述《时间机器假设：当极端科学遇上科幻小说》(*The Time Machine Hypothesis: Extreme Science Meets Science Fiction*, 2019)。该书罗列了牛顿、爱因斯坦、霍金、费曼以及数位物理学家、天文学家、航空航天学者关于时间的论述，探讨了幻想与真实时间旅行的可行性，大胆猜测了将黑洞作为时间机器旅行通道的可能性。

布罗德里克根据物理学的研究，以空间和时间是可以互换的观点为基石开始了时间旅行可行性的论证。他的出发点是爱因斯坦的广义相对论（General Theory of Relativity）中的时间观点，即一个观察者所看见的两地之间的空间差距的间隔，可以被认为是两个时刻之间的时间间隔。(Broderick, 2019: 15) 他探讨了一些令人震惊的发现，如时间膨胀、黑洞奇点（singularity）、超级空间（superspace）、时间之门、反粒子（antiparticle）、超光速粒子（tachyon）、弦理论（string theory）等，然后预测在遥远的未来，人类如果能够驾驭宇宙这些物质，那么时空旅行可能会变得司空见惯，而科幻小说这个最荒谬的幻想将成为普通的事实。他称赞库布里克（Kubrick）和克拉克（Clarke）合作导演的《2001：太空漫游》和克里斯托弗·诺兰（Christopher Nolan）导演的《星际穿越》(*Interstellar*, 2014)，认为这两部作品充满了对时间旅行的热情和激情，体现了追求卓越科学技术的愿望。

在占用将近四分之一的篇幅介绍近现代物理学与时间旅行相关的研究进展之后，布罗德里克分析了威尔斯的《时间机器》以及默里·莱茵斯特尔（Murray Leinster）、杰克·威廉森（Jack Williamson）、海因莱因、沃格特等人关于时间旅行的小说，讨论了时间旅行者最喜欢的一些问题，阐述了这些故事并没有确定不可能进行时间旅行的原因。为了说明时间旅行在科幻小说中的普遍性，他针对上面讨论过的那些小说和故事进行了统计，发现超过62.3%的作品处理了时间机器或交通工具，超过11%的作品涉及可被命名为超时空运输（Chronoportation，即通过意志而运动）的工具，尝试使用时间查勘器设备的主题也占

11%。此外，7.55%的故事明确处理了"多元世界"的多元宇宙理论；与自然时间门户相关的主题占3.8%；而1.87%涉及某种心理思维旅行。（Broderick，2019：195）布罗德里克还列举了世界各地关于不明飞行物的大量报告或目击者的故事，以此说明时间旅行机器存在的可能性。

在科幻小说中，没有什么主题比时空旅行更能激发人类的想象力。在人类挣脱地心引力、太空航行逐步成为现实之后，脱离时间的束缚、自由地进行时间旅行便成为人类最大的梦想之一，也因此吸引了科学、哲学、文化与文学等领域的持久兴趣。随着物理学家探索时空旅行是否被物理定律所允许，甚至是否掌握了宇宙起源的关键，时空旅行的话题已经从科幻小说进入物理学术刊物。在艾萨克·牛顿的宇宙中，时间旅行是不可思议的。但在爱因斯坦的宇宙中，这已经成为一种真正的可能性。要理解科学家们正在研究的东西，第一步最好是探索科幻小说中的穿越主题，这一领域的许多想法都是由科幻小说率先提出的。爱因斯坦的理论证明了去未来的时间旅行很有可能，部分科学家就此展开了讨论。库尔特·哥德尔、基普·索恩和斯蒂芬·霍金都对穿越到过去是否可能这个问题表现出兴趣。对于科学家而言，这个问题的答案既能让他们增加对宇宙如何运行的新认识，也可能获得宇宙如何开始的一些线索。对于普通人，也许是因为"回到过去"和"看见未来"能够实现个人某些隐秘的强烈愿望。或许，我们渴望回到过去仅是为了满足怀旧或一种赎罪和弥补的心理遗憾，展望未来能够让人忍受现时的煎熬或不那么自负傲慢，甚至可以借助未来的情景调整或纠正现在的状态或者行为。在这一层面上，科幻小说似乎比科学研究更能展示时间旅行的意义。

4.2 空间批评

科幻小说与影视作品为观众提供了无限的想象空间，其中最重要的是可以想象另一种社会形式的世界，一种与现实截然不同的另类空间。自从时间进入科幻小说的叙事范围，现实的三维空间早已拥有了第四维度。爱因斯坦的广义相对论提出了一个四维的宇宙模型，在这个模型中，空间和时间的概念坍塌，形成一个单一的"时空连续体"，这为多维宇宙或多重宇宙的科幻设想提供了更多的灵感。科幻小说不乏对空间的探索，埃德温·阿伯特（Edwin Abbott）在《平面国》（*Flatland*，1884）中想象了一个二维世界，将人类生存空间的局限性和感知进行了戏剧化地表达。平面国的居民都是二维存在，其中一位想象了人类居住的三维世界。这部小说独特的空间叙事给随后的科幻小说带来了很大的启发，既然二维世界的居民可以想象三维世界，三维世界的居民自然也可以想象一个四维世界，一些小说中的宇宙飞船便利用四维超空间逃避光速极限。不过，科幻小说的空间批评仍然采用的是传统的空间批评理论，以空间诗学、文化学甚至建筑规划知识为依据，讨论太空歌剧、乌托邦小说和赛博朋克小说所对应的异域空间、虚构空间和网络虚拟空间的叙事结构及其功能。

4.2.1　空间诗学与空间生产实践

空间批评是近现代文学文化批评中的重要议题。20世纪后期，人文科学和社会科学的空间转向引发了多学科创新研究爆发式的增长。以空间研究为导向的文学研究，无论是在文学地理学、文学制图学、地理哲学、地理诗学、地理批评学，还是在更广泛的空间人文学科，都试图通过各种方式重构或转变当代批评，探索跨学科研究的方法和实践，尝试与建筑、艺术史、地理、历史、哲学、政治、社会理论和城市研究等领域建立有效的联系。空间批评不局限于所谓的"现实世界"空间，还包括文学想象的虚构空间，如那些存在于神话、幻想、科幻小说、电影或电视、音乐、漫画、计算机程序、视频游戏和网络之中的历史和后现代空间。此外，现代技术、运输和通信缩短了距离，人员流动性大幅提高，加快了全球化步伐，增强了位置感和流离失所的心理感觉。因此，空间批评不仅考察了地点本身的文学表现形式，还考察了地点和流离失所体验的文学表现形式，同时探索了生活经验与抽象或不可表述的网络空间的相互关系，为了解科幻小说的空间建构提供了丰富的参照体系。

空间作为建构故事的场景元素，最初仅被当作一种谋篇布局的策略，是故事情节、人物发展的背景。加斯顿·巴什拉（Gaston Bachelard）的《空间诗学》（*The Poetics of Space*，1994）的出版让空间的哲学意义受到关注，他对一些具体的建筑物的诗学解释让这种仅为背景的叙事元素受到重视。哈佛大学的艺术学教授约翰·斯蒂格（John Stilgoe）（1994：Ⅶ）在再版的《空间诗学》的前言中写道："没有其他作者能如此精确、如此巧妙地揭示家庭空间的含义。"的确，巴什拉对人类的居所（房屋、内部空间和室外环境）进行了详尽研究，从中发现了房屋的隐喻意义。巴什拉认为人类居住的空间超越了几何空间，因此他重点探究了人类居所对几何形态的影响以及形态对居民的影响。巴什拉考察了诗歌和民间故事，在现代心理学和现代鸟类学的启迪之下，得出了房子是梦想的巢穴，是想象的庇护所等结论。他坚持人类在房屋里才能做梦、才能想象的观点，揭示了农民小屋和隐士庇护所这种简单空间结构的深层意义。巴什拉认为"读懂了一所房子"或"读懂了一间屋子"的说法是合理的，因为房间和房子都是指导作家和诗人分析亲密关系的心理图表。（同上：38）他不仅阐释了世界上已知空间物体的物理结构，如最古老的房屋，也阐释了最现代的办公大楼、购物中心和公寓建筑群的空间意义，论证了绘画、诗歌、小说、自传等众多艺术空间领域的重要性。巴什拉将场景提升到与人物和情节并排的正确位置，指出空间场景在意义与表征之间的骨架作用。他的研究不仅提供了分析现有空间形式的方法，而且还提供了构想更精细的空间纹理及其相互连接的方法。

关于空间物体哲学或诗学意义的发现是理解科幻小说空间建构的基础。科幻小说描绘了未来空间可能产生的变化，为重新认识空间形态在社会、历史、文化与文学中的意义提供了全新视角。在交通工具速度越来越快、网络链接越来越便捷、智能终端占据日常生活与工作大部分时间的时代里，现实的物理空间与网络的虚拟空间之间的疆界越来越模糊，空间的性质和结构显然需要重新定义与考虑。

科幻小说的叙事空间既有物理科学性，也具有文化隐喻性。巴什拉的《空间诗学》从哲学的高度探讨了诗歌中的空间意象，亨利·列斐伏尔（Henri Lefebvre）的《空间生产》（*The Production of Space*，1991）则从文化批评的角度阐述了空间的文化性和社会性。列斐伏尔（Lefebvre，

1998:26）空间批评理论的基石是"（社会）空间是（社会）产品"[1]，并在此基础上形成了著名的空间三元结构，即人类生存的空间可以被划分为物质空间、精神空间和社会空间。列斐伏尔反对将空间视为社会关系演变的平台的传统观念，强调空间是社会关系的重要组成部分，并随着历史的演变而重新建构和转化。他认为空间产生是目标性很强的社会实践，是社会关系的产物。为了说明这点，他区分了自然物理空间和社会空间，并将空间理解为社会秩序的空间化。列斐伏尔根据马克思主义辩证法建立了一种"时间—空间—社会"的三元辩证法。这种辩证法将"空间"与"社会"的辩证关系纳入其中，揭示了"空间"作为生产关系的现实载体，空间生产与社会形态的演变之间存在着本质的内在联系。据此，列斐伏尔创建了三元组合空间概念——空间实践（spatial practice）、空间的再现（representations of space）、再现的空间（representational spaces），三者分别表示感知、构想和生活的空间。

　　根据列斐伏尔的空间思想，空间实践包含空间的生产和再生产，如城市道路、广场、工作场所、生活场所等具体化，可以被感知、被测量的社会生产经验的空间。空间的再现又称为构想的空间或者在智识群体中的概念化空间。这类空间与生产关系及其施加的"秩序"有关，因此与知识、符号、代码和"前置"（frontal）关系有关，具体呈现为不同学科中的空间概念/观念，并通过构想出相应的空间语言符号系统来干预和控制现实空间的建构。再现的空间具有复杂的象征意义，有时编码，有时不编码，与社会生活隐而不宣的潜在方面以及艺术有关，最终可能被定义为空间代码而不是代表空间的代码。列斐伏尔将空间演化分为六个阶段：第一是绝对空间，该空间主要指基于特定自然位置和自然属性而被人类发现和利用的自然空间。第二是以希腊神庙为代表的神圣空间。第三是以政治国家为代表的历史空间，即由政治力量占据和塑造的空间；在这个空间中，空间的生产者、管理者、组织者归属不同的阶层。第四是以资本主义的政治经济体系为代表的抽象空间，这是列斐伏尔重点探讨的部分。第五和第六是反映当代资本主义众多社会空间的矛盾性和差异性的矛盾空间和差异化空间。列斐伏尔从全球化、城市化和日常

---

[1] 英文原文是: (Social) space is a (social) product。

生活三个维度系统地分析了这些空间生产活动。列斐伏尔关于空间类型和空间发展阶段的划分成为文学空间研究的重要依据，特别是关于空间多重性的阐释为科幻小说的空间批评奠定了良好的理论基础。

4.2.2　科幻小说的空间结构

科幻小说的空间结构大致可以分为两大类：可能/现实空间、不可能/虚构空间和虚拟空间。科幻小说作者热衷于想象在可能的现实空间发生了不可能的事情，但是更着迷于在不可能的虚构空间发生可能的事情，与此类故事对应的叙事场景往往是替换宇宙（alternate cosmos）或多重宇宙（multiverse）和平行世界。多重宇宙的设想为作者提供了辽阔的空间，可以自由地展现其丰富奇特的空间想象力。将叙事场景置于多元宇宙的共同框架中，意味着多重现实之间的交替、接触、互动和旅行的可能性，如郝景芳的《北京折叠》所展示的三重空间及其间发生的穿越故事。同时，科学家也在努力突破空间的三维性，黑洞和量子波动研究的进展不仅论证了时间旅行的可能性，也使空间的多维性有望获得物理实现。网络技术产生的虚拟空间极大地拓展了现实空间范围，让现实与虚构之间的疆界不再确定。网络空间是一种基于信息关系建立的时空体，这种空间关系依托的是物体间的位置、连通性与密度等拓扑（topology）性质，赛博朋克小说的叙事空间一般都具备这些特征。

科幻小说的多重宇宙假设在物理宇宙中存在无数平行世界，这种幻想的依据主要来源于量子力学多世界诠释（many-worlds interpretation）的谜题。弗雷德里克·波尔的《量子猫来了》（*The Coming of the Quantum Cats*，1986）就发生在一个与不同历史相联系的无限系列的平行世界里。进入21世纪，越来越多的科幻作者倾向于通过不同的历史设置来重现更多的行星历史。一些科幻作品严肃地探讨了多重世界存在的哲学意义，如阿尔迪斯的《或然率A的报告》（*Report on Probability A*，1968）、波尔和杰克·威廉姆逊（Jack Williamson）合作的《时光歌者》（*The Singers of Time*，1991）等。但是，较之于时间概念，科幻小说的空间研究起步较晚，其研究范围主要集中在文本空间（textual space）、虚构空间的外推和推想环境（extrapolative and speculative environments）以及虚构世界，其余的空间研究相对不足。

科幻小说的另一个空间概念是超空间（hyperspace），该术语通常指一种高维空间（space of higher dimension）。普通的三维空间在高维空间可以被折叠起来，缩短距离，让两个遥不可及的位置点可以相互接触，宇宙飞船便可以走捷径，从正常空间的一个定位快速到达另一个遥远的位置。这个由约翰·坎贝尔在《太空岛》（*Islands of Space*，1931）中提出的词汇已经成为科幻小说的常用语，除了海因莱因在《星球人琼斯》（*Starman Jones*，1953）中清晰、详细地描述了超空间这个术语，其他作家均直接采用，如阿西莫夫的《基地》（*Foundation*，1942）。在波尔的《地图制作者》（*The Mapmakers*，1955）中，超空间被描绘成一个口袋宇宙，一种与我们自己的宇宙一一对应的可访问地图，而且所有的位置点都按照同样的顺序排列。超空间给詹姆逊带来了较大启发，他在构建后现代主义文化批评体系时，采用这个词汇解释具有后现代特征的空间结构。

科幻小说叙事空间的结构形式、种类及其叙事意义还需要进一步探索。"在所有类型的科幻小说中，对空间的使用和表现，它与这种体裁之间的深层构成性关系仍然有待挖掘。"（詹姆逊，2014：403）源自其后现代立场，詹姆逊将时间和空间问题作为现代主义和后现代主义的区别性特征。针对后现代的文化特点，他提出了一种突出政治艺术、文化认知和教育维度的文化模型，即认知图绘（cognitive mapping）。"我将把这种新的（假设的）文化形式的美学定义为认知图绘美学。"（Jameson，1991：51）他认为这项策略涉及的空间概念适合当前的政治文化模式，特别是其中作为基本组织的空间问题，使之可以在一个更高级、更复杂的层次上对文化表征进行重新分析。詹姆逊声称，如果关注时间是现代主义文化逻辑的主导因素，那么重视空间和空间逻辑则是后现代主义文化的典型表现。根据列斐伏尔的空间生产理论，詹姆逊将空间生产经验与特殊的生产方式联系起来，主张每一种空间形式与其相应的再现领域相对应。如同现实主义、现代主义和后现代主义之间的辩证关系，资本主义生产方式的每一个历史阶段都生产出与其自身的独特性质相适应的文化形式，而每一种文化形式又反过来生产出自身的空间形式或特定的空间再现体制。从现代主义到后现代主义的空间转换出现了

第4章 时间、空间与地理批评

多种表现形式。现代主义对人的内部心理空间给予了较多关注,社会活动的场所并未得到应有的重视,但是二者都被由计算机和通信技术形成的强大抽象空间所覆盖。在网络虚拟空间,真实的空间经验不再与实际场所相对应,这种现象让社会空间和体验呈现出同质化和碎片化的特征,空间失去了整体性。特别是在后现代的都市空间之中,经验的主体常常位于无方位的物理空间,缺乏空间内外差别的陌生感觉,空间定位的丢失势必造成方位的困惑,混乱的环境让事物没有确定的位置,人物再也找不到自己的方向,感知的主体与环境出现了断裂。詹姆逊将处于内外两端的这种后现代空间称为超空间,将其视为新近发生的空间变异(mutation in space)的结果。他对后现代的超空间寄予厚望,认为这种空间:

> 最终能成功地超越人类个体的能力给自己的定位,在感知上组织它的周围环境,在认知上绘出它在一个外部世界图景的位置。它可暗示身体及其建构环境之间令人担忧的分裂之处。这一点之于早期现代主义的困惑如同宇宙飞船与汽车的速度差别,其自身便可以成为符号和类似物,以表示让思想无能为力的那种严重困境。至少在目前这种情况下,虽然能够绘制出更伟大的全球跨国和分散的通信网络,我们会发现自己作为独立的主体却被困在这个网络之中了。(Jameson, 1991: 44)

詹姆逊的超空间是一种仿真或拟象,其最大的特点是虚拟日常生活所处的现实世界,使之"非真实化"。认知图绘有助于个体了解自身在世界全球性系统中的定位,并提供一种崭新的、具有教育作用的"政治文化"。据此,詹姆逊认为后现代空间批评同样需要马克思主义的辩证法,用以揭示被抑制的意识形态,开启空间蕴涵的革命性维度。

詹姆逊的空间批评理论主要体现在其关于科幻小说的研究专著《未来考古学》中,其中两篇论文讨论了科幻小说的空间问题,分析了空间结构及其表征所反映的意识形态。他特别解释了为什么在科幻小说这个体裁中场景描述的重要性大于情节结构和人物塑造,也许是由于空间表现需要更确切的形象、机制和技巧,导致该体裁以一种更普遍的方式超越了对情节结构的兴趣,从而破坏了适合某类情节发展的完整性。詹姆逊分析了冯达·麦金太尔（Vonda McIntyre）的《等待的流亡者》（*The Exile Waiting*，1975）中的空间结构。他指出："麦金太尔将蜂巢群似的房屋聚成一巨块放置在巨大的内部石洞中的个人幻想，可能以一种颠倒的方式恢复了人类实践的某种积极力量。"（詹姆逊，2014：405-406）同时，该小说的两种空间体验（表层空间和地下空间）被表述为飞往地球中心的行程和等候在那里的主人公的体验，二者形成了鲜明的对照。詹姆逊（同上：407-408）假设类似的空间解读没有"自然"回应，如同作者的创作，带有历史和文化的影响。他根据自己的解读，认为正是空间体验赋予麦金太尔的叙事结局不曾拥有的力量和定义。

科幻小说的空间设置被视为该体裁的区别性特征，詹姆逊通过《科幻小说的空间：范·沃格特的叙事》（"The Space of Science Fiction: Narrative in Van Vogt"，2014）一文阐述了这一观点。他明确指出："科幻小说作为一种体裁，其独特性与空间有关，而不是与时间（历史、过去、未来）有关。"（同上：412）同时，他通过分析沃格特作品中的空间、主体和他者之间的关系，阐述了空间对其他物体的依附性。空间本身不是任何东西，而是从它与其他地方、人、物的关系中衍生出来的明显的自然特征。例如，一个独立的国家必定是一系列与世界其他地区的历史和地理联系的总和，而不是一个孤立的、封闭的、固定的地方。詹姆逊发现沃格特的故事空间全部具有特殊的地区意义，与作者同时代的侦探小说和黑色电影中某种威胁性的城市空间的衰退类似；而且，沃格特善于利用空间分离这种科幻小说传统来体现角色的力量。他采用巴什拉在《空间诗学》中应用的微观考察方法，分析了门和住宅的空间意义，从语言学的层面总结了沃格特的空间结构规则。"他的两个不同的空间就像极端不同的和相异的话语中并列的两个句子。神秘的门（它与所有早期的神话故事和魔法文学中的门显然有相似之处）于是就成了这种并列的绝对操作者和这种操作本身的不可思议的符号。"（同上：423）詹姆逊认为沃格特对外星人、怪物等他者的描写有着特殊的改变和创新，如《黑暗毁灭者》（*Black Destroyer*，1939）。该小说设置了一种双重外星情景：地球探险者在一颗行星上发现了来自银河系另一颗行星的外星人。他认为："正是这种表面上看起来毫无理由的细节的出现构成了这种叙事文本的魅力和神秘。"（同上：426）

第 4 章　时间、空间与地理批评

对科幻小说的空间结构及其叙事策略开展系统而具创建性的研究的是埃拉娜·戈梅尔。《后现代科幻小说与时间想象》出版四年之后,戈梅尔发表了《叙事空间和时间:表述文学中不可能的拓扑结构》(*Narrative Space and Time: Representing Impossible Topologies in Literature*,2014)。这两部可以被视为姐妹篇的著述标志着作者关于时空体的研究形成了一个完整的体系。《叙事空间和时间:表述文学中不可能的拓扑结构》主要探讨了时空体中的空间元素,全面分析了叙事学、文化理论、科幻小说和场所研究之间的联系。作为当今文化理论和叙事理论的中心话题,对空间的假设主要指牛顿的绝对空间,黑洞、多维度、量子纠缠、相对论的时空扭曲等被视为不可能的空间。随着科幻小说的兴起和普及,不可能叙事空间的创造性和多样性激增。戈梅尔分析了用于代表此类空间及其文化意义的叙事技术,在每章都将空间的叙事变形与历史的时间问题联系在一起,展示了叙事在表述、想象和理解时空新形式中的认知和感知优势。

戈梅尔不满意列斐伏尔的空间理论在科幻小说领域的阐释力,力图从拓扑学的角度拓展这种以文化哲学为视点的空间理论。她考察了澳大利亚原住民传说中的"梦幻时代"(Dreamtime)[1]和苏美尔人神话般的多层世界,发现古代神话中充斥着不可能的拓扑结构;而当代科幻小说对黑洞和量子悖论的痴迷则显示了违反直觉的空间是现代和后现代叙事的突出特征。她从文学史中找到了充足的证据,表明空间想象力不受牛顿物理学和欧几里得(Euclid)几何学的限制。在爱因斯坦、黎曼(Riemann)[2]或霍金出现之前很久,文学作品所代表的空间如同当代物理学所描述的那样"不可能"。戈梅尔分析了但丁在《神曲》中关于地狱底部的描述,指出其拓扑结构像莫比乌斯带(更准确地说是克莱因瓶)一样扭曲。当维吉尔和但丁到达撒旦坐着的地狱底端并试图越过撒旦的背影往下走时,却发现他们实际上正在向上前进。同样,在《爱

1　梦幻时代是早期人类学家提出的术语,是指由澳大利亚原住民信仰的宗教所产生的世界观。原住民相信世界是在梦幻时代创造出来的,该时期的故事可追溯至 50 000 年前,在澳大利亚的旷野大地上流传至今。

2　黎曼是德国天才数学家、现代解析数论的奠基者、组合拓扑学的开创者、黎曼几何的创立者。他创造了黎曼函数、黎曼积分、黎曼引理、黎曼流形、黎曼映照定理、黎曼–希尔伯特问题、黎曼思路回环矩阵、黎曼曲面等。

丽丝漫游奇境记》(Alice's Adventures in Wonderland, 1865)中,爱丽丝(Alice)的冒险经历使她进入了一个未知的拓扑领域,该领域中的距离和方向性都不符合欧几里得定律。戈梅尔发现,随着现代主义,特别是后现代主义小说的兴起,牛顿的绝对空间已经退居文学边缘,卡夫卡和博尔赫斯迷宫式的微观空间几乎成为后现代主义的空间标志。非牛顿空间定义了后现代空间的想象力,当代科幻小说如果没有黑洞、微观宇宙、量子悖论等理论的支撑,则是不可想象的。在戈梅尔之前,针对不可能空间的叙事技术和文化诗学及其联系的系统研究较少,她的研究填补了这一空白。她将那些不可能的空间叙事定义为文本拓扑学(textual topologies),用以对抗牛顿-欧几里得范式那种均匀、统一的三维空间,并且特别强调那些不可能不能仅被视为地点(place)。(Gomel, 2014b: 2–3)

戈梅尔回顾了巴什拉的《空间诗学》的主要观点,认为他的空间概念解释力已经减弱,因为他的空间仅指人类的居住地——房子、乡村、城市等,而后现代文学或者当代科幻小说的空间概念已经发生了极大改变,根本没有单独的空间和时间,只有统一媒介的宇宙时空(spacetime)。她详细地讨论了以爱因斯坦和量子力学为起点的现代物理学革命,指出该领域的发展不断修改和丰富了人类对物理现实本质的理解。同时,文化文学方面的研究也较大地拓展了传统的空间意识,如吉尔·德勒兹(Gilles Deleuze)的研究成果。德勒兹注意到在由视频技术创建的新型叙事空间,欧几里得几何学并非唯一的空间拓扑原则;而交通技术的迅猛发展则导致了"领土空间的贬值"(Virilio, 2009: 68);同时,基于信息技术的网络空间则破坏了距离,废除了方向性,用语义上的优势代替了地形上的相似性,让时空可以少于或多于三个维度。与詹姆逊一样,戈梅尔认为不可能空间的表征是现代性和后现代性叙事诗学的组成部分,它们在宏观上反映了对文化领域的综合看法以及技术或科学对文学的影响。为了说明这一点,她描述了非现实主义作者用来塑造不可能故事世界的五种独特的本体论策略:分层(layering)、闪现(flickering)、嵌入(embedding)、虫洞化(wormholing)和坍塌(collapsing)。

分层是指位于现实空间之上的奇妙空间,实际上是一种纵向的空间

第 4 章　时间、空间与地理批评

结构。戈梅尔（Gomel，2014b：33）介绍了在牛顿－欧几里得的现实空间与根本不可能的空间之间的过渡技术，即在理想的叙事内部空间的顶部放置了一个奇妙的叙事外空间（extradiegetic）。戈梅尔以狄更斯的《巴纳比·拉奇》（Barnaby Rudge，1841）、《荒凉山庄》（Bleak House，1853）、《双城记》（A Tale of Two Cities，1859）为例，揭示了分层叙事策略的修辞功能，即让文本同时拥有不同的空间层次，其中叙事的内部空间符合现实的欧几里得拓扑结构，叙事的外层空间则表现出了零散的、扭曲的和幻影式的特征。

闪现描述了现实与幻想之间的不确定性。戈梅尔认为闪现这个叙事策略主要是通过操纵视点（point of view），即部署不可靠的叙述者或多个焦点来实现的。这个技巧主要用于奇幻小说，某些叙事将多个不同的认知框架叠加在同一个故事世界里，如约瑟夫·康拉德（Joseph Conrad）的《黑暗之心》（Heart of Darkness，1902）。这些小说常用该技巧处理后殖民问题以及与文明冲突相关的更广泛的主题。戈梅尔重点分析了克里斯托弗·普里斯特（Christopher Priest）的小说《倒立的世界》（The Inverted World，1974），指出其中世界在毁灭的后欧洲世界和一个噩梦般扭曲的双曲面空间之间不停地转换，使之不仅成为拓扑奇幻小说的杰作，更是对权力、后殖民主义、意识形态僵局等认识论的敏锐探索。由此可见，叙事不仅能够代表不可能的拓扑，并且在许多方面都能领先于科学，为想象和表现新的时空形式提供了语义框架。（同上：24）

通过嵌入技巧，真实的故事世界中包含了一个不可能的世界。戈梅尔认为嵌入将单个独立的微型宇宙封装在有叙事内部的时空体中，从而使故事世界得以成倍拓展，成为世界之内的世界。博尔赫斯（Borges）的《阿列夫》（El Aleph，1949）就让普通家庭的一个地下室成为人物之间紧张和冲突的场所。从更广泛的意义上讲，该场所充当了历史张力、意识形态不规则泡沫和意料之外的隔离象征。由于嵌入式空间总是涉及时间流的差异，因此它们成为应对历史发展不平衡的一种方式。戈梅尔分析了多个文本以说明使用嵌入方式解决拒绝遵循预定道路的历史问题。

虫洞化是乌托邦话语的一个显著特征，戈梅尔认为虫洞式的叙事策略主要适用于乌托邦叙事，因为乌托邦时空体中包含社会和拓扑异构空间。她分析了乌托邦与异托邦/异构空间（heterotopia）的相互作用，论证了乌托邦的必然结果是异构空间。戈梅尔认为终极的不可能空间消灭了时间性和空间性，这种空间的物理化身是黑洞，更确切地说，是其中心的奇点。在该空间中，叙事创造了破坏线性时间和同构空间同时性的虚构模拟，距离和差异被消除，过去与现在并存。（Gomel，2014b：37）而坍塌产生的时空体主要通过在一个单一的叙事内部空间叠加出多个空间来刻画过去的存在。在科幻小说的叙事传统中，城市一直是坍塌叙事优先选择的场所，因为大都市是（后）现代空间的中心，是历史的发源地和发散地，多个社交空间在此交织共存。戈梅尔分析了城市科幻小说文本，阐述了尼尔·盖曼（Neil Gaiman）、蒂姆·勒本（Tim Lebbon）、柴纳·米耶维、村上春树（Haruki Murakami）等作家小说中的坍塌叙事策略所产生的城市年代。

　　戈梅尔对科幻小说叙事时空体的研究引起了部分学者的关注，挪威阿格德大学的斯蒂芬·多尔蒂（Stephen Dougherty）[1]认为戈梅尔在叙事空间研究中融合了科学和人文科学的两种文化，说明了二者实际上属于一种复杂的语义生态系统，其中数学公式和叙述模板相互依赖。近年来，跨学科研究迫切希望了解科学和数学如何培育叙事，其中叙事空间与时间在双向研究中最受欢迎，这点在各大学术出版社组织出版的空间研究中得以呈现。

4.2.3　空间研究的新进展

　　科幻小说在空间建构中的特殊意义随着人文和社会科学领域的空间转向而引起了较多关注，在各大出版社的系列丛书计划中占有一席之地。2014—2020年，帕尔格雷夫·麦克米伦公司出版了30余种"地理批评与空间文学研究"系列丛书。该系列丛书着重于空间、位置和文学之间的动态关系。无论是关注文学地理学、制图学、地理诗学，还是更广泛的空间人文科学，地理学批评方法都使读者能够反思虚构宇宙以及

---

[1] 斯蒂芬·多尔蒂的文章发表在《科幻小说研究》网站中的"Bibliographies and Chronologies of Science Fiction"栏目。

第 4 章　时间、空间与地理批评

小说与现实相遇的那些区域空间和位置的表述。该系列丛书包括文学批评、理论、历史专著和论文集，通常是与其他艺术和科学结合在一起的跨学科研究。借助各种批评和理论传统，该系列丛书揭示、分析和探索了空间、地点和制图在文学和现实世界的意义。其中的论文集《通俗小说与空间：体裁场景阅读》（*Popular Fiction and Spatiality: Reading Genre Settings*，2016）讨论了惊悚小说、犯罪小说、奇幻小说和科幻小说的空间建构特征及文学价值。

　　《通俗小说与空间：体裁场景阅读》的编者丽莎·弗莱彻（Lisa Fletcher）在前言中指出体裁小说的功能是为读者提供逃避现实的手段。"体裁小说（尤其是幻想和浪漫小说）有望将读者带离自身平凡的现实，或者允许他们暂时居住在幻想之地。体裁小说中的男女主人公像痴迷的读者一样，通过门户或通道抵达另一个或第二世界。体裁小说作者通常被描述为世界建设专家，因为他们擅长拟定合理的虚构地理和历史。"（Fletcher，2016：3）该论文集的编者采用视野开阔的地理学批评方法，通过对 20 世纪和 21 世纪体裁小说的空间建构进行详尽而引人入胜地分析，阐明了空间与通俗小说之间的关系。她从地缘政治学的角度探讨了约翰·托尔金（John Tolkien）的《指环王》（*The Lord of the Rings*，1954—1962），揭示了米耶维的《珀迪多街车站》（*Perdido Street Station*，2000）、《地疤》（*The Scar*，2002）、《钢铁议会》（*Iron Council*，2004）等作品中的隐喻地理，分析了《饥饿游戏》（*The Hunger Games*，2008）小说和电影中表现的施惠国、全球化、乌托邦等虚构空间类型，将有关文学和地理学的辩论推上新台阶。

　　《小说与理论的后现代时空》（*Postmodern Time and Space in Fiction and Theory*，2020）是"地理批评与空间文学研究"系列丛书中，以马克思主义立场讨论后现代文学（包括科幻小说）的一本专著。诚如该书的作者迈克尔·凯恩（Michael Kane）所言：时间和空间之类的词是抽象概念，看起来似乎毫无意义，只有当人们意识到、并将其看作日常经验的衡量单位，才能发现其中的历史、文化、地理的经验和观念的深刻影响。如果根据马克思主义去了解人类生活的物质条件及其方式的影响，那些较宽泛的概念便不再是无色、空洞的抽象概念了。（Pordzik，2009：5）凯恩重点讨论了笛福、玛丽·雪莱、弗兰兹·卡夫卡、约瑟夫·康拉德、詹姆斯·乔伊斯（James Joyce）、唐·德里罗（Don DeLillo）、米歇尔·维勒贝克（Michel Houellebecq）等作家，分析了他们在现代性探索中发挥的重要作用，描述了这些作家作品中的空间性和后现代特征。

在空间研究的跨学科方面，荷兰的罗迪比·B. V. 出版公司出版了20余种有关"空间实践"的系列丛书，展示了该领域的最新进展。根据丛书编辑罗伯特·伯登（Robert Burden）和斯蒂芬·科尔（Stephan Kohl）的介绍，该系列丛书属于文化研究的地形学转向，其目的是推广空间和地点在文化意义方面研究的最新成果。丛书涉及的空间和地点指具有特定文化意义的象征性景观和城市场所，它们是国家或地区的历史和文化象征，某些场所甚至带有神话色彩。同时，某些景观或场所破坏了当地的历史文化传统，使之成为一种讽刺。该系列丛书提供了学习新文化地理学的经验，同时也尝试收录了在文化史、文学和文化研究以及地理学之间架起互通桥梁的论文。总之，"空间实践"系列丛书旨在通过建构主义方法解决文化和身份问题，从而倡导一种新的跨学科文化历史，这种方法坚持认为文化现实是话语的作用，而且文化客体及其历史和地理也应理解为具有正式和通用的规则、比喻和地形的文本。

"空间实践"系列丛书涉及的主题主要在文学艺术与文化研究领域，从部分图书书名即可窥见一斑，如《未来景观：乌托邦和科幻小说话语里的空间》(Futurescapes: Space in Utopian and Science Fiction Discourses, 2009)、《土地与身份：理论、记忆与实践》(Land & Identity: Theory, Memory, and Practice, 2012)、《过程：景观与文本》(Process: Landscape and Text, 2010)、《科马克·麦卡锡和美国空间写作》(Cormac McCarthy and the Writing of American Spaces, 2013)、《文学和文化空间、地点和身份中的英语地形空间》(English Topographies in Literature and Culture Space, Place, and Identity, 2016)等。其中，拉尔夫·波兹克（Ralph Pordzik）编辑的论文集《未来景观：乌托邦和科幻小说话语里的空间》采用近年来文学和文化研究应用中的一些新型的和修正过的空间分析模型，描绘了乌托邦和科幻小说的话语，阐释了不同的空间隐喻，对地域和特定文化现象均提出了独到见解。

波兹克在《未来景观：乌托邦和科幻小说话语里的空间》的序言中首先描述了空间研究近几十年来取得的进展及其现状，指出空间不仅在

第4章　时间、空间与地理批评

文学解释，而且在世界社会和文化经验的各方面都发挥着重要作用。他认为空间研究加深了对人类社会和文化的了解，大量的书籍和论文不仅证明了空间批判性评估的变化，而且还证明了空间自身本质和经验的变化。在文学和文化分析的层面上，了解空间实践似乎已成为任何试图完全了解文化人工制品生产的迫切前提。波兹克谈到编辑此书的目的是检验近年来空间研究发展和应用的一些理论，回答了诸如空间和空间性的构成及其活动潜力在多大程度上发挥作用、作为文学和文化研究的有效方法或工具已经实现了什么等问题。波兹克解释了论文集考察的重点之所以是乌托邦写作，是因为乌托邦是一种富有想象力地塑造理想社会或生活形式的愿景，是一种"空间实践"，其目的是描绘未来或替代社会和虚构世界，或者发明一个可以构建、维持和传播文化和统一政治思想的个人社区世界。他认为反乌托邦或敌托邦的讽刺或怀疑态度是在挑战甚至是在破坏这些理想空间的合理性和可行性。（Pordzik, 2009: 18）

波兹克比较了传统小说和科幻小说叙事模式的空间结构。传统小说的叙事模式采用因果关系和时间序列组织事件，让读者能够根据自己的生活经验适应故事虚构的历史与空间结构。乌托邦、推想或科幻小说则提供了替代性空间逻辑（碎片化、间断性、歧义性），读者需要建构全新的、陌生的新视野和参照体系，从而形成新的空间概念。乌托邦新空间的特点是在文本、体裁本身之间看似无休止的分化和重新调整中，建立各种话语、叙事和观点之间的叙事结构关系。（同上：19）

《未来景观：乌托邦和科幻小说话语里的空间》的作者们从不同角度探讨了乌托邦文本所体现的历史、文化、地区、身份等方面重叠的空间；探索并定义了在西方文化中，以乌托邦的观点和类型作为交流和同质化媒介、文化和语言专用权的传播途径和各种方式。在历史和社会政治层面，《未来景观：乌托邦和科幻小说话语里的空间》中的部分论文研究了根深蒂固的社会政治与其替代或他者政治可能性之间的空间关系、乌托邦空间的历史性以及因新发现而发生乌托邦话语空间性的改变，或在后殖民和后西方文学的背景下同质文化空间的去分层化等问题。该论文集的最后一个主题是文学乌托邦和反乌托邦中人工语言和身份的建构和文化功能。该论文集建议不要将乌托邦看作关于变化和转型的虚构文本，而是要通过社会形成、空间和主观身份的文化过程来思考。

它的编者提出，乌托邦可以被理解为符号系统，暗示着独特的时空维度。

该论文集收录了《作为文化实践的空间建设：读威廉·吉布森关于后现代空间概念的〈神经漫游者〉》("Space Construction as Cultural Practice: Reading William Gibson's *Neuromancer* with Respect to Postmodern Concepts of Space"，2009）一文。其作者多琳·哈特曼（Doreen Hartmann）分析了赛博朋克小说中虚构空间的特征，认为吉布森在《神经漫游者》中阐述了网络空间的主要模型，从而为电子虚拟空间文化概念的形成、建立和接受做出了贡献。她采用米歇尔·福柯的异构拓扑理论和米歇尔·塞多（Michel Certeau）的空间实践作为模型，分析了吉布森叠加空间概念独特的美学构造，指出该小说的虚拟世界提出了身份、真实性以及所描绘的场所/空间功能等问题。

哈特曼指出当吉布森创作《神经漫游者》时，现实生活中的每一天都在发生根本性的转变。后现代世界媒体的普及改变了人们的感知方式，并导致出现了缺乏约束力的世界观。人类认识到知识和技术创新带来的变化，这一时期出现的众多空间理论便是对这些现象的回应。哈特曼没有利用虚拟空间的最新理论，而是研究后现代空间概念在小说中的适用性。福柯和塞多（Certeau，1984）的空间概念尽管不涉及网络空间问题，但是讨论了城市空间问题，后者也支配着吉布森的虚拟世界。网络虚拟世界的特征是普遍存在的信息泛滥和通信技术、身份和真实性等问题。吉布森的小说不仅提出了两种空间——物理空间和电子数据空间，而且提出了许多叠加的空间概念。这些概念都具有独特的美学成分，可以将物理世界和虚拟空间细分为不同种类的空间，但并非所有空间都可以被明确分配给这两个空间。《神经漫游者》在物质世界的层面上描述了虚构的城市空间（东京、巴马、巴黎、伊斯坦布尔）和外层空间（自由区、维拉·斯特拉莱特别墅、儒勒·凡尔纳街），主角的身体确实处在实体范围内的这些空间中。小说通过叠加体现了上述空间的共存，其方式是通过虚构层的不断交织（类似于戈梅尔提出的闪现策略）来体现，而在内容上则是通过模糊这些层面的边界来体现。（Hartmann，2009：295）多层空间交织的本身构成了一种圆周运动：吉布森基于他的现实环境，首先发展了虚构的城市空间，使之成为所有虚拟空间的基础，再向四周扩散。最后，与这些空间相关的幻觉机制又回到了现实世界。由

第 4 章　时间、空间与地理批评

于圆周没有起点,也没有终点,这种结构解决了有关现实的本质问题。(Hartmann,2009:296)

尽管越来越多的研究者注意到了网络虚拟空间的重要性,但是虚拟地理(virtual geographies)是率先将网络空间纳入后现代范畴的具体研究。网络空间作为科幻小说的一种崭新的空间形式,其核心特征具有赛博朋克对(高级)文化、现代、人体和技术(从电脑到假肢)的解构主义和叛逆态度。赛博朋克小说创造的虚拟景观(virtual landscapes),如吉布森的网络空间、帕特·卡迪根的思维景观(mindscapes)和尼尔·史蒂芬森的元宇宙(metaverse)等,展现了从虚拟现实特有的叙事结构到虚拟崇高的审美意蕴及其作为一种话语模式的后现代潜力。虚拟地理以其跨学科的方法,为那些对大众文化和主流文学之间的互动感兴趣的学者打开了新视角。同时,科幻迷们也将跨越传统的界限,进入后现代建筑、文学等复兴领域以及科学和社会思想的前沿领域。

随着"地理"科学逐渐进入文学研究范围,科幻小说研究开始认真考察作者精心设计的叙事空间。詹姆斯·克奈尔(James Kneale)认为关于空间的思考有益于科幻小说批评,同时认真对待科幻小说可以使我们重新思考经验及其表征,从而有助于对空间进行批判性研究。他批评了一些关于空间的看法,如空间是一种惰性的背景或行动的容器,不过是描绘生命的画布或表现生命的舞台等观点,强调空间不是自然的、抽象的或字面上的存在,而是联系的、有生命的、生动的。(Kneale,2009:423-432)列斐伏尔的空间实践理论说明了尽管社会比较复杂,但是空间和社会相互产生,是彼此的参照物。因此,空间文本不是空间或其他任何东西的模拟表示,不能简单地以真实和虚构区分文学场景。全球化和网络空间产生的空间差异(spatial variation)或区域差异让现实世界的物理空间没有确定的、决定性的性质,而且并不比文本地理空间更有权威或更有意义。科幻小说的空间是多元的、异构的,外星人的形象也为揭示地点的偶然性和多样性提供了一个高效的虚构手段。在一个地方有很多不同的叙述和经历,身份与差异的文化政治成为位置的空间隐喻。不同的宇宙和平行世界赋予看似封闭和终结的空间以生命,正如时间旅行赋予一个地标新的历史和未来。

4.3 地球化叙事

地理是时间和空间的具体表现，科幻小说场景设置的依据是地球地理条件的外推或推想，许多作者也曾运用当前的科学思维来构建虚构的世界。但对于不熟悉的或完全属于推想的环境，则只能假设整个宇宙的物理定律和条件与地球大致相同。想象符合这些法则的新生命和环境的行为有时被称为世界建设，而改造其他星球的地理条件和生态系统以便人类移民，则称之为地球化（terraforming）[1]。地球化意即改造行星地形以适宜人类居住，其动机是他世界殖民（colonization of other worlds），包括殖民其他星球，其目标是复制一个与地球几乎完全相同的世界或者实现某种形式的适应性改造。例如，殖民者可能会通过基因工程的改造使自己适应其他地理条件，就像詹姆斯·布利什的全向性（pantropy）改造系列故事或者弗雷德里克·波尔的《人+》（Man Plus，1976）中的人体电子化（cyborgization），即赛博格化。但是，部分科幻小说作者并不希望通过人类自身的改造以适应其他地理空间，而是将其他空间进行改造以适应人类生存。

4.3.1 地球化的三种模式

地球化一词最早出现在杰克·威廉姆森（Jack Williamson）的短篇小说《轨道碰撞》（Collision Orbit，1942）中，该小说讲述了改造一颗小行星的各种活动。但是，关于地形改造的主题早在奥拉夫·斯塔普尔顿的《最后和第一批人》（Last and First Men，1930）中就已涉及。该故事设想如何改造金星以适宜人类居住，其中的主要行动是电解海洋中的水以产生氧气。随着天文学和航空航天技术的发展，人类对外太空的了解日渐增加，太阳系的其他行星无法维持人类生命这个事实也逐渐被普遍接受。地球化项目在科幻小说中变得司空见惯，尤其是与火星相关的

---

[1]《新牛津英语词典》解释了该词的构成及其与科幻小说的关系。该词由拉丁语"地球"或"土地"的词根"terra"+"形成"（form）的动名词构成，意即将一颗行星转变成与地球足够相似的环境以支持地球生命的行为，并特别指出该词主要用于科幻语篇。（Pearsall，2001: 1914）

第 4 章　时间、空间与地理批评

项目，因为它是太阳系内唯一一颗各方面看起来都最适合地球移民的行星。阿瑟·克拉克的《火星之沙》(*The Sands of Mars*，1951) 和帕特里克·摩尔 (Patrick Moore) 的《火星任务》(*Mission to Mars*，1956) 等都设想了在火星上实施小规模的地球化改造。随后有不少作家设想了一些意想不到的改造计划。其中，罗宾逊的"火星"三部曲在更宏大的规模上将火星及其卫星整体进行彻底改造，使它更适合某些特定的生命形式。《红火星》《绿火星》《蓝红星》分别代表了人类移民对火星进行改造的三个阶段：原始地貌的红色、出现植被的绿色和开始拥有蓝天的蓝色。罗宾逊热衷于地球化计划，他在《2312 年》(*2312*，2012) 中描述了改造金星的两种方式：分解土星那颗被冰雪覆盖的卫星土卫四 (Dione)，用碎片轰击土星，同时建造一个巨大的遮阳板来阻挡太阳辐射，稳步降低太阳的致命温度。此外，海因莱因的《天空中的农夫》(*Farmer in the Sky*，1950)、波尔·安德森的《盖尼米德的雪》(*The Snows of Ganymede*，1955)、格雷戈里·本福德 (Gregory Benford) 的《木星计划》(*Jupiter Project*，1975) 等小说讲述了木星及其卫星的故事。除了太阳系的行星引人遐思之外，月球也是科幻作家施展地球化改造的目标。克拉克、吉恩·沃尔夫 (Gene Wolfe)、斯蒂芬·巴克斯特等作家设想了将月球地球化的各种方案。在人类幻想建立一个银河帝国的宏伟计划中，宇宙的地球化似乎已经成为科幻小说中该类主题的常规设置。

地球化是一个宏大的设想，所遵循的是生态政治和环境主义的基本原则。为了说明地理环境想象涉及的各种问题，《地球化：科幻小说中的生态政治转型与环境主义》(*Terraforming: Ecopolitical Transformations and Environmentalism in Science Fiction*，2016) 重点研究了地形与气候变化和地球工程、全球政治以及科学、哲学与艺术之间的关系。作者克里斯·派克 (Chris Pak)[1] 认为科幻小说中常见的地球化主题建构了想象空间，用以探索社会对生态、环境、地缘政治等问题的关注。地球化的目的是让那些仅能在地球上存活的生物适应太空行星的环境参数，其过程包括改造其他行星的气候、大气、空间拓扑结构、生态等。(Pak，2016：1)

1　克里斯·派克是英国斯旺西大学当代写作和数字文化讲师。他的研究方向包括末世学到当代推测文学、电影和其他媒体，他的核心研究领域是环境人文、人类动物研究、后人文主义、能源人文科学和数字人文科学以及科学技术研究和医学人文科学等领域。

派克追溯了人类改造地球的历史，梳理了与环境相关的科幻文学作品，指出地球化是人类对空间殖民化想象的一部分，是对物理空间新观念的响应，并为科幻小说、科学与环保主义之间的对话提供了清晰的实例。科幻小说中地球化主题与生态学和环境主义、社会政治学、伦理学等学科关系密切，涉及地球化主题的科幻叙事为人类思考地球、太阳系行星、宇宙位置等相关问题提供了富有想象力的空间，体现了人类对这些空间的实际态度。同时，科学家和环境哲学家已将地球化这个概念用作思想实验，用以考虑人类与环境变化之间的关系。

根据科幻小说相关主题的发展脉络，派克总结了地球化的三种改造模式。第一种表示人类对空间的殖民化，即人类按照地球的地貌和条件改造太空行星。第二种指外星人对空间的殖民化和行星改造，将其改造为类似于外星人的家乡世界。第三种模式是对地球自身的景观改造。地球化并不是科幻小说作者的发明创造，科学研究者最先开始类似的设想。天体物理学家马汀·福格（Martyn Fogg）（1995：24）在对行星适应性的科学调查中发现，地球化的技术研究涉及环境、社会、政治、法律和伦理上的复杂性，这些复杂性会影响现实世界对行星适应性的考虑。尽管他承认科幻小说是该主题的根源，并简短地讨论了这类文学作品，但作为一名科学家，福格关注的重点仍然在于地形改造的技术可能性。虽然科幻小说与科学之间的对话是该主题的核心，但它在环境领域和更广泛的流行文化领域也吸引了人们的注意力。

地球化的另一种表现形式是生物改造，即人类为了适应外星环境而进行基因改造。派克采用了詹姆士·布利什创造的全向性改造（pantrope）或改变一切一词来说明这种情况：鉴于人类进化不可能迅速适应其他星球的居住环境，对其他世界的殖民化取决于一系列技术改造。（Blish，2001：8）因此，地球化涉及通过工业方法和一系列生态学上的适应或二者的结合以适应其他空间的生存环境。在科幻小说中，全向性改造已扩展到包括替代基因工程的生物技术，如制造半机械化人等技术。地形改造和全向性改造可以结合起来，罗宾逊广受赞誉的"火星"三部曲就说明了人类经过基因工程改造后便能更好地应对其他星球自然环境的可能性，而火星的改造也需要把火星殖民者转变成火星人。

派克将科幻小说作为思想实验的两个中心参数（空间和时间）与第

三个条件(地理)重叠在一起,极大地丰富了时空体概念,成为时空体研究中的一个特别主题。他借用巴赫金关于叙事文本对话性的观点,说明地球化的主题意味着在对话文本中构造一个全球性的时空体——等待改造的外太空行星,而该对话文本是多种相互作用的声音及其与环境关系的体现。由于全球时空体本身可以被分解为一系列嵌套空间,因而可以展示各种位置的场域和跨越大陆、区域、地方等空间。(Pak, 2016: 10)

派克认为巴赫金的时空体概念可以被看作景观设计(landscaping)的一种形式。景观设计的环境哲学理念强调对物理空间的计划性改造,意味着向大自然投射以人类为中心的文化价值。地球化叙事中的文学空间表征,如科幻小说特定的时空体等都是智力景观(intellectual landscapes)的例子。它们构筑了想象空间,可以探索其内在价值的社会、政治和伦理反思。派克强调地球化叙事是实验性空间,这些空间蕴含了文化与地球自然的政治、伦理和美学地形发展之间的一种辩证关系。(同上: 11)

地球化叙事通过文本内部和文本之间的不同排列建立了可以表达和研究政治文化问题的空间。派克指出地球化叙事的基础是一种改变行星的既定愿望,这种愿望通常以居住的世界为中心,根据地球生态系统最常见的规划蓝图对新行星进行地形改造,其目标是使其他行星适应殖民地居民的生活。为了更符合当代关于地形改造可能性的科学知识,科幻小说中的太空行星所固有的环境和约束条件均可以转换,外星人与原住民之间会达成一定的妥协,这种情况通常以全向性概念进入叙事条件,就像弗兰克·赫伯特的"沙丘"系列(1965—1984)、海因莱因的《月亮是一个严厉的情妇》、勒奎恩的《失去一切的人》以及罗宾逊的"火星"三部曲一样。这些作品中的生态学和政治体制不仅延续了过去有意识的反思传统,还构成了科幻小说在整个地球化传统中的对话基础。

4.3.2 乌托邦小说与环境主义

乌托邦小说具有典型的地理叙事特征。乌托邦这个词汇在字面上与两个词汇相关：一个表示"没有的地方"（outopia）；另一个的意思则是"好地方"（eutopia），二者均指地理空间。派克将乌托邦的田园风光和浪漫风景纳入地球化范围，揭示了地球化允许在涉及政治和生态问题的单一叙事中融合多个且往往相互竞争的主题和立场，从而使其成为科幻小说乌托邦叙事的中心。詹姆逊（Jameson，2000：208-232）也提到了地球化在乌托邦叙事中的重要性：地球化应该是乌托邦构成的高峰时刻。地球化的叙事传统促成了关于社会及其与环境和自然之间理想关系的多重世界观，而环境美化过程充当了社会以及人类与非人类之间关系的界面。地球化叙事结构已融入田园诗、乌托邦式的话语、生态和环境主义以及科幻小说超大文本的元素，形成了这类科幻小说主导性的主题。地球化叙事所体现的世界建设过程则为生态学哲学、社会文化和政治探究提供了一个呈现观点的论坛。

科幻小说话语中出现的地球化思想的发展体现了人们面对气候变化感到焦虑的时期，以及对未来的科学推测和对环境哲学的思考。这种影响在科幻小说、科学和环境哲学之间产生了反馈循环，形成了一种叙事方式，从而就当代环境问题发出了自己的声音。地球化的重点在于创建可以逃避、解决或超越过去失败的新人类历史的问题。由于气候变化引起了越来越多的关注，也许是"火星"三部曲的启发，1990—2000年涌现出许多有关地球化的故事。阿尔迪斯和罗杰·彭罗斯（Roger Penrose）合作的《白色火星》（*White Mars*，1999）与罗宾逊的"火星"三部曲进行了对话。《白色火星》是科幻小说家和科学家之间的合作，凸显了科学在科幻小说中的重要性。尽管该小说在地球化叙事方面的影响相对较小，但是激起了哲学和科学两大领域就环境伦理问题的辩论。

自2000年以来，地球化叙事一直在持续推动人们对地球环境变化的科学理解，并因此确认了地球化和全向性改造之间的关系。深入研究人体适应性和行星殖民化的意义以及与人类–动物研究相关的主题，可以适当地解决现实环境问题。如今，地球化和地球工程学已经获得了更广泛的认识，并且越来越频繁地出现在新闻媒体以及气候变化与环境科学领域。科幻小说的地球化想象和对环境的预测极大地影响了当代对气候变化的想象方式。随着地球工程作为缓解气候变化的方式成为相关领域的争论焦点，科幻小说针对现实世界地球化所设想的一些方式及其实验结果也引起了科学和文化领域对该主题的重视。

4.3.3 城市基础设施的叙事意义

地球化的另一个领域是城市规划。《宜居的基础设施：城市未来还是科幻小说？》(*Inhabitable Infrastructures: Urban Future or Science Fiction*, 2017)讨论了气候变化带来的城市基础设施的改变以及科幻小说中的创意在其中的作用。该书的作者林纯正（C. J. Lim）是伦敦大学巴莱特学院建筑与城市规划教授，他研究的八个案例（伦敦、努克、哥本哈根、马累、高淳、马里博尔、墨尔本和赤道）分别代表了面临气候变化严重程度不同的地区，以便建立使用新形式的假设和策略，提供经济、文化、社会的功能范围和政治因素。他写此书的最终目的是创建创新型的多用途基础设施，整合自我支持系统，以便应对气候变化和人口过剩带来的挑战以及城市所面临的威胁和改造。

林纯正认为多种用途基础设施的想法源于科幻小说和未来学以及相关科学知识中关于当前不断变化的环境对城市的影响，包括假定的情景和过程。例如，城市学家埃比尼泽·霍华德（Ebenezer Howard）受到了贝拉米的乌托邦式小说《往后看：2000—1887》的启发，提出了在同心轴上建设拥有开放空间、公园和径向林荫大道的花园城市的设想。贝拉米的杰作不仅催生了一场群众政治运动，一些社区建设也采纳了他的规划理想。以英国的莱切沃斯（Letchworth）和韦林（Welwyn）两个以霍华德规划建立的花园城市为例，林纯正（Lim，2017：7）说明花园城市和精心地将房屋、农业和工业结合在一起仍然是乌托邦现存的两大公识。事实上，科幻小说中的一些概念逐渐在学术界引起关注。宾夕法尼亚大学在2013年举办了一次大会，探讨了科幻小说文本和电影中的空间（已建和未建）如何帮助建立人类与其他生物之间的关系及其如何共享环境等问题。其基本论点是，对未来的描绘（可能包括但不限于反乌托邦）为我们提供了重塑自我的方式，尤其是重塑了我们对新环境的看法。（同上：20）

科幻小说的作者探索了征服空间新领域的可能性，为文化想象力做出了贡献。例如，威尔斯和凡尔纳作品中的人物可以突破界限，飞向天空，冒险进入海洋，并钻入地球中心。巴拉德则描述了反乌托邦荒凉的黑暗风景以及巨大混凝土中凄凉的残垣断壁。勒奎恩将环保意识与幻想、替代历史和多行星人类文明结合在一起。柴纳·米耶维的作品提供了扭曲的、超现实的虚构世界。吉布森则让人联想到黑色城市和超现实主义的额外维度——网络空间。康妮·威利斯（Connie Willis）的《火警监视》（*Fire Watch*，1983）和《末日书》（*Doomsday Book*，1993）介绍了时间旅行的社会学，《重做》（*Remake*，1996）则描述了数字操纵的行业。克拉克与库布里克合作拍摄了改编自克拉克的短篇小说《前哨》（*The Sentinel*，1951）的电影《2001：太空漫游》，由此启动了通向太空的轨道基础网络设施。（Lim，2017：20）

为了保护现实世界不断增长的人口，人们可以从科幻小说中获得启发。因为科幻小说通常将庇护所整合到基础设施中，尤其是在物资稀缺和人口密集的情况下。根据巴什拉的《空间诗学》的解读方法，林纯正分析了赫胥黎的《美丽新世界》、电影《楚门的世界》（*The Truman Show*，1998）、巴拉德的《高层建筑》（*High-rise*，1975）、弗里兹·朗的《大都市》（*Metropolis*，1927）等作品里大大小小的空间结构，其中特别阐述了《美丽新世界》开篇"蹲着一栋只有34层的深灰色建筑"（Huxley，2007：1）的修辞意象。这句话立竿见影的效果是描绘出一幅凄凉的图像：结构上的"蹲"听起来很尴尬，"灰色"听起来很严肃，而"只有34层"立即让人联想到周围高耸的建筑物。（Lim，2017：21）这些例子论证了有远见的科幻小说家和规划者向大众灌输在未来建构超大型建筑的可能性。如今，这样的例子在现实世界中比比皆是。近年来，探索最先进的人工岛建筑设计的日本清水公司设计开发了圆形岛；德国建筑师沃尔夫·希尔伯茨（Wolf Hilbertz）设计了一个在海上可以自动组装的城市，被称为数字未来城市（Autopia Ampere）。1994年，由著名的意大利建筑设计师伦佐·皮亚诺（Renzo Piano）设计的日本大阪关西国际机场正式通航，意味着世界上第一座完全由填海造陆的人工岛机场成功建成。进入21世纪，纳克海尔公司开发了迪拜棕榈岛项目，该项目的特色是环绕人造陆地的半球形珊瑚礁。（同上：24）

第 4 章　时间、空间与地理批评

除了建筑，林纯正还讨论了城市基础设施中的交通工具。他发现在科幻乌托邦中出现的典型运输图像常常是未来世界的标志，如飞行的汽车、悬空的铁路以及各种流线型和闪闪发光的金属物体。（Lim，2017：31）事实上，科幻小说家比较关注人类旅行的交通工具，乔纳森·斯威夫特在《格列佛游记》中就想象出了可以漂浮运动的岛屿"拉普达"。在道格拉斯·特伦布尔（Douglas Trumbull）的《寂静的奔跑》（*Silent Running*，1972）中，大型太空货船在轨道上运行。在现实生活中，大规模的运输系统对社会产生了巨大影响，大型邮轮、飞机、高速铁路、磁悬浮运输等具有革命性的基础设施的出现，将社会领进了一个强大的新时代"未来"。从定义上讲，关于未来的所有讨论都属于虚构。通过想象，事件和发明都可以预测。当作者的想象世界进入现实领域时，该作品便从科幻小说转变为预言。科幻小说中的许多经典幻想已经成为现实：美国航天局在一个多世纪后的 1969 年就实现了凡尔纳在 1865 年的《从地球到月球》（*From the Earth to the Moon*，1865）中的登月预测，贝拉米在 1888 年的《往后看：2000—1887》中就预测了信用卡和集中式银行业务。21 世纪以来，基因工程、寿命延长、互联网、无线电子产品、视频通话和智能终端设备在人类生活中的普及更是科幻小说中的理想生活图景。

科幻小说始终以"如果……怎么办"为出发点，其核心是推测人类如何适应未来的变化。作为城市建筑与规划的教授，林纯正（同上：29）认为建筑师对建筑和城市规划的社会文化发展负有特殊的责任和使命。他以威尔斯的《现代乌托邦》为例说明了运输、农业和通信基础设施方面的进步将如何平衡世界上的不平等状况，提出了基础设施的实际建设应该在全球范围内得到教育、法律和平等方面的支持。科幻小说充满了空间提示性概念和力度，在引起政治评论时，也激发了科学家和学者的想象力。科幻小说持续更新的批判能力不断向世界展示新事物，促使人们更好地认识社会、城市和基础设施之间的不协调性。（同上：55）

科幻小说特殊的修辞目的让时间、空间、地理在叙事中的作用比在普通小说中更强大，科幻小说作者往往会占用更多篇幅描述故事发生的场景。这个策略往往弱化了人物刻画和情节发展，导致科幻小说缺乏象征意义的刻板印象。实际上,场景就是科幻小说最厚重的象征体系。可以说,每一部科幻小说在长篇累牍地描述时间、地点以及物理世界的时候,叙事涉及的所有事物几乎都是前景,其修辞目的是创造与场景相关的疏离感。在科幻小说建构的陌生世界中,很难坚持使用某种抽象的符号和图标,因为在读者开始定位自己感知的新世界之前,无法识别任何新东西。然而,经过长时间地沉浸在一个陌生的世界之后,某些符号特定的运作规则便建立起来。同时,一些可识别的、常用的文化图像经过修辞变形之后同样可以产生有效的惊奇功能,从而成为一种疏离的形式。通过主题和风格上的疏离,挑战性最强的科幻小说剥夺了读者的日常生活场景,促使他们更新自己的认知参照体系,从不同角度重新思考问题。

第5章
叙事修辞美学批评

讨论小说谋篇布局及其效果的方法是修辞批评，这是一种兼容意识形态与形式批评的综合方法。该批评模式历史悠久，曾几经衰落与复兴，在吸收了现代哲学、语言学和历史文化研究的某些范畴和方法之后，形成了具有强劲阐释力的现代叙事修辞批评。叙事修辞批评受语言学和传播学的影响，将文学活动视为一种言语交流行为，此行为过程涉及三个核心要素：说话者（addresser）、信息（message）和受话者（addressee）。小说作为一种言语行为，其交流模式为信息发出者（addresser）通过文本（text）向信息接收者（addressee）传递某种信息。根据古典修辞学理论[1]，叙事[2]修辞批评在语言学解释的基础上增加了场合（situation）和目的（purpose）两个要素。这两个要素在作品中体现为叙事场景和修辞动机，二者恰好构成科幻小说的区别性特征。叙事场景是科幻小说获得疏离和陌生化效果的重要途径，作者常常不遗余力地描述一个虚构的太空行星世界、一个替代世界的社会形态或者一个网络空间的众生百态，以期让读者在体验惊奇的同时，认可故事情节与发展的可能性，达到虽奇幻却也合理的修辞效果。近年来，科幻小说的叙事修辞艺术再次引起研究者的注意，不仅陆续出版了新的研究专著，部分学者在修订旧著时也增加了修辞批评的内容。在这方面做出了突出贡献的学者主要是达科·苏文、塞缪尔·德拉尼，他们分别论证了科幻小说获得新奇性的

---

1 亚里士多德在《修辞学》中将修辞学定义为说话者在不同场合面对不同的受众得体地讲述。
2 詹姆斯·费伦（James Phelan）（1996：4）将叙事定义为"由一个特别的说者（particular teller）向某个特别的听者（particular audience）在某种特定的场合（particular situation）为了某种目的（particular purpose）讲述一个特定的故事（particular story）"。

修辞策略和隐喻性语言特征。伊斯特万·西塞基-罗尼则全面探讨了科幻小说的美学要素，建构了较完整的科幻小说美学批评体系。

5.1 叙事修辞批评

修辞策略的差异始于不同的创作动机。普通小说的创作意图是记录与表达，其目的在于真实地反映人类的现实生活及其经验，逼真性和可信度是这类作品希望达到的修辞效果。科幻小说的创作目的主要是探索与推想，尝试人类的幻想可以企及的高度和广度，或者根据当前知识体系推想一个远比现实世界更好或更糟的世界。尽管逼真性和可信度仍然是这类小说希望获得的修辞效果，但是其主要的美学追求是新奇性以及自然可能性和科学合理性。苏文将科幻小说的这种修辞特征概括为认知陌生化和新奇性，在其著名的《科幻小说变形记》中通过一些优秀的科幻小说对此进行了论证，开创了科幻小说修辞策略研究的先河，认知陌生化、新奇性等概念几乎成为科幻小说修辞批评的核心原则。苏文所建构的批评体系影响深远，"为科幻小说研究成熟、确立并获得实质性的全面进步做出了巨大贡献"（斯科尔斯、詹姆逊、艾文斯，2011：261-262）。

5.1.1 认知陌生化与新奇性

科幻小说的修辞策略及其效果是苏文研究的出发点，他发现科幻小说之所以不同于普通小说，是因为它采用了认知陌生化和新奇性这两种不同寻常的修辞策略。这类虚构故事往往由一个地点以及/或者"戏剧化"人物等支配性文学手段所决定，其本质是一种展开的"矛盾修辞"（developed oxymoron）、一种现实的非现实性、拥有人性化的非人类，是根植于这个世界的"另外的世界"（苏文，2011a：12）。这种文学类型的必要且充分条件是陌生化与认知的存在及其相互作用，主要设计形式是一种富于想象力的框架结构，该框架可能根据作者的经验环境而发生改变。（Suvin，1979：8）苏文定义的最大特色是避开了科幻小说是什么的确切答案。他将这类小说置于哲学本体论的探讨体系，讨论其产

第 5 章　叙事修辞美学批评

生与传播的影响因素，如作者的创作意图、叙事修辞策略及其可能产生的阅读效果等。他的认知陌生化概念来自贝托尔特·布莱希特（Bertolt Brecht）的疏离效果（verfremdungseffekt），即陌生化的表征既要让其主体可以理解，但同时又使它显得不熟悉。苏文认为这个概念同样适用于科幻小说的叙事策略，因为这类小说的修辞目标就是让不可思议的事情看起来似乎可信和熟悉。科幻小说创建了与现实截然不同的想象世界，而理解那个虚构世界的基础是科学观察、理论化和经验性的实验，这些方法会让读者的感知经历从陌生化到新奇性的认知过程。尽管认知陌生化的要求对作者、研究者或读者均有挑战性，但是它的引入在科幻小说的叙事修辞策略研究方面起到了重要的推动作用。

科幻小说的文本世界与现实世界之间的距离往往通过认知进程中的陡然断裂产生，虚构世界对现实公理的违背显得反常陌生，起初甚至令人费解，却由此产生了苏文批评的另一个核心概念：新奇性。如果认知陌生化是叙事技巧产生的一种修辞效果[1]，那么新奇性或者新意、创新（novelty/innovation）（Suvin, 1979：63）则是科幻小说的立足之本。科幻小说中的时间旅行、来自太空的入侵、突变、灾难、激进的科学和概念（如性别）上的突破、超能（Psi Powers）、超智人工智能（hyperintelligent AI）、奇点以及许多其他更特殊的虚构装置和人工制品，如宇宙飞船、时间机器或超光速的通信设施等所产生的新意，其目的是突出读者所居住的世界与科幻小说文本所虚构的世界之间的差异，并由此产生陌生化效果。苏文特别解释了新奇性可能是具体的物质设备，也可能是概念（如与现实不一样的意识观念等），如勒奎恩《黑暗的左手》中可以随意转换的性别以及随之而来的两性之间的奇特关系。某些科幻小说，如奥拉夫·斯塔普尔顿（Olaf Stapledon）的《最后和最初的人类》（*Last and First Men*, 1930）和《造星者》（*Star Makers*, 1937）在追溯地球乃至整个宇宙生命的未来历史过程中展示了宏大的宇宙图景，而整个叙事的意图又似乎仅是为了展示一系列认知冲击和新奇性，小说的其他要素，如人物、情节、冲突等都被弱化了。由此可见，新奇性对于科幻小说是至高无上的，是该文类的决定性因素，是支配性的叙事逻辑。

---

[1] 苏文在 1988 年出版的《科幻小说的定位与预设》中确切地将陌生化性（estrangement）作为一种技巧。

苏文系统地阐述了新奇性与认知的关系，他将认知创新的新奇性描述为一种整体现象或者偏离作者或隐含读者常规的现实关系。他确定新奇性是科幻小说叙事逻辑必须具备的特征，在叙述中处于支配地位，而且是导致叙述整体变化或者至少是至关重要变化的动因。新奇性涉及的范围很广，与其相应的概念是未知和他者。这些概念所产生的修辞效果是科幻小说与读者之间的对抗性张力，能让隐含读者对自身的经验规范产生陌生化的感觉。因此，新奇性是一种中介性范畴，其解释力度源自其罕见的桥梁作用，因为它能在文学与超文学领域之间、虚构与经验领域之间、形式与思想观念领域之间建立联系。新奇性具有两重性，它一方面很难被准确定义，因其唯一性由不可预见的情景性（situationality）和过程性（processuality）所决定；另一方面，新奇性很可能是一个单独的"发明"（小装置、技术、现象、关系等），也可能是设想的一个宏大背景（时空中心位置）、行为者（主要人物或其他人物）。（苏文，2011a：71）他在解释新奇性的认知机制时说明了新奇性与陌生化的关系：

> 科幻小说不是——根据定义不可能是——正统的寓言，其各种成分与作者现实中的成分需要一一对应；其特殊的存在形态是一种反馈式的钟摆式运动，即从作者和隐含读者的现实规范摆动到经过叙述具体化了的新奇性，以便理解"情节—事件"，然后又从那些新颖之处返回作者的现实，以便通过获得的新视角对其进行重新观察。这种摆动，即什克罗夫斯基和布莱希特所言的陌生化，无疑是每一种诗意的、戏剧性的、科学的——简言之——语义新奇的结果。（同上：79）[1]

由此可见，新奇性的产生来源于作者、隐含读者与现实世界和想象世界之间的认知差异。鉴于这种摆动介于作者的"零度世界"和新现实之间，那么有必要产生一种现实置换方式的叙述。苏文提供了两种现实置换的叙事策略：航行前往一个新地标（new locus）或者将作者的环境转换成新地标的催化剂。这两种情形在威尔斯的《时间机器》和《隐身人》中都可以找到。前一种方式适合突然引入新现实，后一种方式适合逐渐进入新现实。但是，毫无疑问，有可能出现两种方式混杂或者扭

---

[1] 此处根据原文改变了个别词汇的译文。

曲的情况。苏文将插叙技巧视为第三种现实置换方式。当科幻小说在叙述过程中运用插叙时，现实置换可以是回顾，也可以明显地完全消失。这种情况更容易发生在时空置换的场景之中，主人公可以直接成为另一个时空的本地人。这种置换的形式往往不易察觉。在论述新奇性的修辞功能时，苏文认为该概念阐明了合理现实置换的历史变迁。他分析了自然主义科幻小说的异域空间航行需要通过一些中介手段，如同威尔斯的《登月第一批人》中的"瓶中书稿"，才能引发现实世界的作者和读者意识到环境的变化。采用这种叙述技巧的主要动机来自作者对故事可信度的顾虑，因为叙述往往受到实证主义准则的限制。

苏文分析了新奇性与科学的依托关系，强调科学是科幻小说的原动力和推动力，是该文类的总范围（encompassing horizon），指出科幻小说的充分条件就是能够让读者不由自主地步入富有科学条理的认知方式，从而生成新奇性效果。（苏文，2011a：72）苏文以自己的认知体验类比大众读者，对新奇性的写作原则提出要求："新意至少要建立在相当新奇、想象性的认知基础之上，超越作者经验现实中已知的或梦想的一切可能性。"（同上：73）他区分了"真正的可能性"和"理想的可能性"，要求科幻小说的命题必须符合后者。为了更好地说明这个概念，苏文阐述了新奇性对于科幻小说的必要性和修辞意义、新奇性的叙事效果（narrative consequence）、与历史的关系等。

苏文指出新奇性的一个修辞意义是构建了小说的时空体。在文学艺术中表示时空关系的基本连结体中，时间特征在空间呈现出来，空间则因时间而获得意义并由时间丈量，二者都融入了一个特定的情节结构。而科幻小说的新奇性既可以是一个新地点，又可以是一个拥有改变旧地点力量的新人物，或者是二者兼而有之。（Suvin，1979：78-79）勒奎恩的《失去一切的人》中的主人公谢维克就属于这种情况，他在不同星球的居住经历及其认知感受成为这部小说新奇性的主要来源。

苏文认为关于科幻小说新奇性的研究不够充分。"新意作为一种创造性的，尤其是作为一种审美范畴，还没有通过探讨诸如创新、惊奇、重塑或陌生化等方面对其进行充分或集中阐释，尽管这些方面或因素是重要的、不可或缺的。"（苏文，2011a：88）为此，苏文提出了一些可以进一步研究的问题：为何以及如何才能在新（newness）出现之时，就能立刻将其识别出来？新奇性隐含了怎样的理解方式、视野范围以及兴趣？怎样才能获得这些东西？他提出了一些获得新奇性的具体建议：

> 将科幻小说理解为一种象征系统——以新奇性为中心内容，它在故事的叙述现实之内，及其与读者的期待之间的互动中具有认知效应——可能产生的最重要的结果是：新奇性必须用具体的，即使是想象的语言，也即通过特定的时间、地点、行为者以及每个故事的宇宙和社会的整体性来做出令人信服的解释。（苏文，2011a：89）

总之，关于新奇性在认识论、意识形态和叙事方面的所有意义及其相关性表明，科幻小说实际上是通过一种迂回的特殊方式反映作者的集体语境。在某种程度上，新奇性是对一切事物现存概念和价值观的挑战，甚至包括当前来之不易的科学知识和活动、个人和社会意识的本质和价值。当某部科幻小说的新奇性可以让读者获得对现实世界的新理解，即标志着某些概念获得突破（conceptual breakthrough），人类认知的疆界得到拓展，如同哥白尼对托勒密天体结构的突破。而在现代科幻小说寻求知识的所有形式中，无论是从质量上，还是从数量上来看，最重要的均是概念和意识上的突破。所有最激动人心的科学革命都是以打破一种范式、取代另一种范式的形式进行的。通常，旧范式在被新范式接管之前，需要经历许多令人费解的小异常来缓慢地侵蚀、逐步瓦解。科幻小说最常见的主题是反映世界感知的更替，有时是从科学的角度，有时是从社会的角度，大多数科幻小说都涉及某种概念上的突破。这种突破正是新奇性的显著标志，在这个意义上，苏文关于新奇性的分析是对科幻小说核心本质的探讨。

5.1.2 形式、内容与互文性

文学的形式与内容批评常常各自为政，其观点和立场往往针锋相对，但是一部公认的优秀作品往往是形式和内容的完美结合。达科·苏文主张将科幻小说的形式研究与社会学批评进行整合，以便更全面地洞悉这种文学体裁的艺术价值。尽管苏文以意识形态批评见长，但是也许是受到了形式主义批评理论的影响,他的研究中不乏采用形式分析模式论证自己观点的例子,特别是《科幻小说变形记》中的《〈时间机器〉与乌托邦:科幻小说的结构模式》("The Time Machine Versus Utopia as Structural Models for SF",1979)一文,该文对叙事结构的分析堪称小说结构研究的典范。

苏文在这篇文章中采用图表的方式,比较了《时间机器》的叙事结构与达尔文进化论关于生物进化的顺序结构,确定了二者之间的联系与对应关系。《时间机器》里的时间旅行者推断"埃洛伊人"经历的退化顺序涵盖了人类社会的几个阶段,包括共产主义的无产阶级社会、退化的无产阶级社会、退化的阶级社会、退化彻底颠倒的阶级社会四个阶段。苏文认为这个顺序包含了社会政治科幻小说的全部逻辑。他颇有创建地分析了这部小说各章节的序列层次及其分布,发现其叙事节奏与演化顺序及其时间有较高的相似性。小说由一个框架和三种变化无常的幻境式演化的未来构成,即埃洛伊人、螃蟹世界和日食现象,苏文分析了这三个主题的章节和页码分布,发现埃洛伊人的相关内容为一个层次,占107页;螃蟹世界这个层次仅有4页;而日食这个层次仅有3页。他认为小说自身结构层次及其篇幅呈指数式衰退的节奏类似于整个人类社会退化过程,这种类比结构值得深入研究。这种展望与压缩的手段对于产生、形成具体逻辑系列或生物学系列具有很强的修辞作用,因为这种渐进式的退化必然会导致时间旅行者的最终消失。威尔斯小说结构的原理展示了从科学认知进入审美认知的变异,而《时间机器》的结构揭示了科幻小说叙事的美学模式。"叙述的认知核心,或者主题,只有在顺应了讲述故事的速度节奏、顺序、象征性系统等重要因素时,才能成为一种叙述结构原则。"(苏文,2011a:260)

苏文的叙事修辞学批评方法在其《科幻小说的定位与预设》一书中展现得更加充分,其中科幻小说的叙事逻辑、形式批评与社会批评以及隐喻语言等叙事修辞方面的重要议题均一一涉及。原著第5章"叙述逻辑、意识形态宰制与科幻小说的优劣等级:一项假设"[1]依托叙事学的研

---

1 此处指原著的章节编号,分别对应该中译本第2卷的第3、第4章和第4卷的第1章。该书中文译本《科幻小说面面观》依据1986年的版本,章节编制方式与原著有所不同,原著除前言和结语外共3部分,全书章节整体排序,共13章。译文分为4卷,每卷章节单独排序,共26章。

究范式，论证了科幻小说意识形态的异化或胜利必须通过文本的叙述逻辑加以验证。（苏文，2011b: 16）他解释了文学预设的作用："一句言语或陈述的预设和一个文本的预设——以及各种严格意义上的语言学要素——是言语、陈述和文本连贯性的一个必要条件。"（同上: 184）预设各要素之间的关系是言语或陈述内外及文本与语境之间最为紧密的中介。他以"法国国王是一个秃头"为例说明了文本预设是错综复杂、互相牵连的语篇世界（universe of discourse），包含了人类学、政治学、生理学等方面的预设。预设最一般的形式体现了逼真性和可信度原则等意识形态公理。这两个原则指语境的文化不变量或意识形态的常规立场（commonplace），其语境为文本作者及其受众所共有，是理解文本的必要条件。预设即意识形态的指定物，是语境的关键要素，文本因此而具有互文性（intertextuality），其思想或主题与其他话语性的文本存在一定的共享性。"因此，这种互文性的语境或互文本不仅是建立文本理想读者的期待视域的一个重要手段，还是建立可信性法则或逼真性常规的一种不受一般法规制约的方法。"（同上: 185）苏文（同上: 187）特别指出互文性在叙事结构中的重要作用：

> 因此，互文本性并不单单是不同文本间的一种交叉和相互影响，它首先是一种从文本内部对文本意义和价值进行决定性细察（scrutiny）的方法。文本的意义和价值作为感觉结构在一个无孔不入、纷繁复杂、变动不居的社会话语域及其种种意识形态张力中与其他感觉结构进行差异对话。在这样一场对话中，关系最为紧密、意义最为重大、享有特权的中介行为，对于小说而言，是小说的形式、常规和文类。这些中介行为似乎距离小说实际的生产过程和接受过程最近。

苏文注重作者的预设、文本与读者的认知之间的关系，赞同威尔斯在《关于未来小说》（"Fiction About the Future"，1980）中倡导的相关原则，即在阐述新奇性之隐含意义的过程中要注意逻辑上的严谨性和一致性。他通过一个扇形图说明科幻故事将形式与价值标准融为一体的美学意义，即体现了预设、读者、文本之间的关系以及叙述策略可能达到的修辞效果。他根据这个扇形图得出的结论是："在最优秀的科幻小说中,喻体(小说虚构世界中的各种关系)与本体(经验世界中的各种关系)的相互作用赋予了读者一种寓言性的自由:在概念体系的形成之前和形成的同时,正是在阅读行为中,这种自由得到了排演、描绘和刻写。"(苏文,2011b: 190)此外,苏文将非理想的科幻小说分为陈腐型(the banal)、混乱型(the incoherent)、教条型(the dogmatic)和无效型(the invalidated)四类,并逐一分析了每类作品的文本特征。原著第 6 章"作为史诗叙述的科幻小说:'形式分析'与'社会分析'的融合"这个题目显示了作者对形式研究的关注,以及针对长期以来似乎水火不容的两种研究方法提出了融合的意图。他深信在科幻小说研究中,只有二者的融合才可以得出全面的看法,他自己也力图做到这一点。采用语言学的句法学和语用学的研究范式,对应传统文学批评研究中的两分法"形式法"和"社会学法",苏文描述了科幻小说的文本特征,再次强调了在科幻小说内容和形式分析的过程中逼真性和可信度原则的重要性。

在《作为隐喻、寓言与时空体的科幻小说》("SF as Metaphor, Parable and Chronotope", 2011)一文中,苏文对隐喻的性质与分类进行了充分讨论,提出了成熟隐喻的三个基本条件:一是一致性和相合性,阐释合理可取的内涵必须在文化——意识形态上有着共同的基础;二是复杂性或丰富性,即充分利用一切可使用的内涵;三是包含或体现了一种新意。苏文将上述条件简化为三个原则:一致性、丰富性和新奇性。通过阿伯特的短篇小说《平面国》,他阐述了"延伸喻""模式"等概念,及其在隐喻系列中获得实现的隐喻版散文体文本之间的同义关系。通过对"可能世界"的预设分析,找出了这个短语的两个外延:所有生物共居的时空"世界",以及在社会受众的意识形态中占据主导逼真性的基本文化不变量(科学、哲学)的"可能世界",再次重申了语境之于逼真性的重要作用。他建议借助寓言来讨论隐喻与故事之间的虚构形式,因为他发现"寓言是对科幻小说(抑或所有类型小说)进行叙事分析的核心所在"(同上: 518)。

> 在优秀的科幻小说作品中,科幻小说就像寓言和隐喻一样,通过陌生化设置一组貌似毫不相干的具体而可能的情景,间接性地处理社会受众所关心的某一重大问题。作为喻体的可能世界(内涵)或情节(外延)创造出了作为本体的新意。外

层空间或未来时间中的关系、奇异而陌生的新的时空体,始终指称的是作者当下现实中的人类关系。(苏文,2011b:527)

由此可见,虽然达科·苏文是公认的马克思主义批评家,但是他的批评方法仍然是以现代结构主义和符号学理论为基础的修辞批评。通过《科幻小说变形记》《科幻小说的定位与预设》《空洞定义:关于乌托邦、科幻小说和政治认识论的论文集》等作品,苏文对科幻小说的内容与形式进行了全面而系统地研究,展示了将内容与形式研究融为一体的成功范例,并在诗学、美学理论的基础上,建立了一套系统的批评理论,极大地推动了科幻小说研究的学术化进程。

5.2　词汇隐喻与阅读协议

美国非裔科幻小说家和文学评论家塞缪尔·德拉尼采用语言学理论对科幻小说进行了系统研究。德拉尼的《珠宝链接的下颌:关于科幻小说语言的注释》《美洲海岸:关于科幻小说的冥想》(*The American Shore: Meditations on a Tale of Science Fiction*,2014)、《右舷葡萄酒:关于科幻小说语言的更多注释》(*Starboard Wine: More Notes on the Language of Science Fiction*,2012)和《无声访谈:语言、种族、性别、科幻小说和一些漫画》(*Silent Interviews: On Language, Race, Sex, Science Fiction, and Some Comics*,1994)等著述为科幻小说语言风格研究开辟了新天地。他的研究方法主要是运用结构主义和一定程度上的后现代主义理论,关注科幻小说的语言问题,从词汇、语法规则和修辞等方面探讨科幻小说与普通小说的差异,强调科幻小说与读者的特殊关系,提出阅读约定和阅读协议等评价范式。

不管是作为科幻小说家,还是批评家,德拉尼都是个引发争议的人物,他的部分观点不被认可,甚至饱受诟病。但是,诚如马修·切尼(Matthew Cheney)在他的几部批评著述前言中所言,自1977年《珠宝链接的下颌:关于科幻小说语言的注释》问世以来,没有人在谈论科幻小说的性质和文学诉求的时候能够无视德拉尼的想法。德拉尼之前的科幻小说批评主要是体裁界定描述和分类,着重于编写内容和主题分析,而他与众不同的方法使该领域焕发了生机,使之成为语言、结构主义和后结构主义研究的主要对象。他专注于文本,认为科幻小说的特别之处并不是它所呈现的机械工具和域外景观,也不是该文类对技术或进步的特别想法,而是它的语言和读者用来解释该语言的假设和技巧以及作家对这些假设和技术的了解程度对他们编写故事的方式所产生的影响。切尼(Cheney,2009:XIII–XIX)认为德拉尼这本著述的巨大贡献在于它提供了科幻小说参与后现代批判思潮的早期实例。

5.2.1　词汇与虚拟语气的叙事功能

词汇是意义的最小单位,词汇的排列组合具有较强的语法规则和意义要求,德拉尼发现科幻小说在词汇层面的异常组合形成该文类与众不同的特色。《珠宝链接的下颌:关于科幻小说语言的注释》里的论文研究了科幻小说单词组合陈述的方式和隐含意义、语言的影响、差异和德里达的差异概念的阅读方式等议题,分析了科幻小说与其他小说在语言组织方面的差异,讨论了科幻小说涉及的许多其他次要元素,如意象、定义、历史、责任等。该书最大的特点不仅是将语言分析技术用于科幻小说文本,而且运用了异常广泛的美学和政治工具,展示了将政治分析方法与结构主义/后结构主义等方法综合应用的成果。这种坚持语言和表征的选择是伦理选择的立场,既确保了美学理论的阐释力,又避免了唯美主义去政治化倾向。

《珠宝链接的下颌:关于科幻小说语言的注释》里的名篇《大约5 750个单词》("About 5,750 Words")集中体现了德拉尼的批评思想,肯定了科幻小说的语言艺术,否定了至少两个假设:某些批评方法仅有益于高级艺术;最好的科幻小说运作方式总体上与最好的小说相同。德拉尼分析了词汇和语气在构建科幻小说风格中的意义,说明了风格和内容的关系,区分了意义、信息、内容等关键概念,强调了文本信息特别是词汇在构建科幻小说语言风格中的作用。

> 叙述中的单词会产生声音腔调、句法期望、对其他单词的记忆和画面。但是,它们不是固定的时间顺序关系,而是处于

众多相互交织的关系之中。当我们的视线从一个词转移到另一个词时,这个过程不是渐进,而是纠正和修订。每个新词都修改了我们之前的复杂画面。每个新词都会对刚才所见的复杂画面予以修正。每个单词意义的周边都有余地,留待纠正我们所理解对象的意象(旧语法称之为"修饰")。(Delany,2009:4)

德拉尼认为故事就是读者的词汇阅读过程,是"读者的眼睛从第一个字移到第二个字,第二个字再到第三个字,以此类推,直到故事的结尾"(同上)。因此,故事是一组组的单词更替设置,如同情节梗概、详细叙述或分析。他通过海因莱因的"门膨胀了"(The door dilated)分析了科幻小说词汇组合的特征。这个著名的科幻微观现象看似毫无意义或者在现实生活中不可能出现,但在海因莱因的《地平线之外》(Beyond This Horizon,1942)中却是人物进入未来世界的标志。这个故事开篇就是一个普通的文职人员来到办公室,按下安全号码,接着就出现了"门膨胀了"的情景。在苏文看来,门是现实世界的熟悉概念,"膨胀的门"却是违反自然现象的陌生化因素。德拉尼认为这句话以其简洁异常的词汇组合呈现了故事世界中的某项技术,是虚构的现实。如果类似的句子出现在普通小说文本中则会被视为隐喻。

作为场景转换设置的这种非自然词汇组合在科幻小说中屡见不鲜,《沙丘》《美丽新世界》《一九八四》《黑暗的左手》等作品大量采用类似策略表达不同于现实的意识形态。为了体现完全陌生的社会政治和生态环境,有的作品甚至不惜虚构一门语言,如《权力的游戏》(Game of Thrones,2011)中的自然主义人工语言(naturalistic conlang)瓦雷利亚语(High Valyrian)、"星际迷航"系列中的克林贡语(Klingons)等。德拉尼本人在其小说《通天塔-17》(Babel-17,1966)中就创造了同名外星语言,作品的女主角在学习一门新语言的同时,重构了人物的感知和意识。这部小说的大部分内容都是关于如何驾驭语言,德拉尼相信我们对现实的感知部分是由我们的语言形成的。他对思想和语言模式方面的思考使这部小说比其之前的作品更具有张力和更丰富的想象力。这些作品从侧面反映了西方科幻作者将语言视为意识形态表征的倾向以及他们对语言与思维关系的探索。

第 5 章　叙事修辞美学批评

德拉尼（Delany，2009：10）还阐述了语气特别是虚拟语气在科幻小说中的修辞意义："虚拟性是贯穿声音图像[1]和声音图像之间思路意义层面的张力。"科幻小说建构的世界或讲述的故事均存在一定的虚拟性。尽管可以利用词汇定义各种虚拟语气的程度，但它们不是对某些小说模式的定义，只是或多或少地描述了不同叙事模式的功能。德拉尼特别强调虚拟语气的层次可以确切地规定词汇搭配的自由权，并据此区分了科幻小说和奇幻小说的区别。科幻小说讲述的是尚未发生的事件与可能发生的虚构事件（幻想、宇宙飞船等），奇幻小说的故事是关于不可能发生的奇妙事件（奇幻、女巫的扫帚等）。未发生的事件包括可能发生的事件，是技术和社会学预测的故事。不会发生的事件包括尚未发生的事件，是科学幻想故事。他认为当代英语时态系统的表达力存在缺陷："如果英语的时态系统更详细一些，就会更容易看到未发生的事件，包括过去和将来的事件。"（同上：11-12）过去从未发生的事件构成了科幻小说关于平行世界的故事，其杰出的例子是迪克的《高堡奇人》。

虚拟语气在特殊的层面可以扩展词汇意义搭配的选择自由，却限制了在阅读校正过程之间的移动方式。（同上：11）德拉尼通过"红太阳高，蓝太阳低"这个单词组合的认知过程，论证了虚拟性在普通小说和科幻小说中的功能性区别。科幻小说的虚拟语气表示，读者在阅读过程中可以按照自己了解的宇宙物理知识进行认知校正。这类小说所具备的特殊言语自由以及允许采用整个宇宙范围的物理解释的纠正过程，可以产生影像中最猛烈的飞跃。因为它不仅使我们远离世界，而且还指明了我们如何到达那里。对于推想性小说，德拉尼主张在严肃讨论时，首先必须摆脱那些分散注意力的科幻内容和概念，仔细审查摆在面前的是哪种语言猛兽（word-beast）。如果读者希望完全理解已经形成书面文字的内容，必须探讨推想性小说发生的虚拟性程度和该层面图像的特殊强度和范围。（同上：15）

通过同期几个重要科幻作家作品研读，德拉尼表达了自己对科幻小说的看法。对于乔安娜·鲁斯早期小说的讨论，他提出了反对透明写作的观点，指出了"作家用透明且没有装饰的语言写出生动而准确场景与

---

[1] 声音图像是德拉尼借用的索绪尔对词汇的解释。

画家描绘生动而准确的场景时的观念一致。颜料透明且没有颜色，涂料不会进入我们和图片之间的视线范围"（Delany，2009：60-61）。他的讨论从风格模式转向了禁忌语和主题、亵渎神灵和禁忌等观念。《阅读〈失去一切的人〉》一文展现了德拉尼关于科幻小说语言的许多重要观点（特别是对词汇的关注），并在其中添加了有关政治、性别和性取向的看法，这些观点生动地展现了美学分析背后的伦理学。德拉尼认为自己在《失去一切的人》中看到了技能和成就以及更多的潜在意义。勒奎恩的写作方式让他联想到文学与科幻小说之间的差异，科幻小说的特别之处来源于该文类与指称世界的不同关系。

德拉尼分析方法的优势之一是它不是线性的，而是递归的。他先提出一个断言，为其提供证据，然后做出另一个断言，提供更多证据，之后将第二个断言与第一个断言联系起来，周而复始。他反对科幻小说的历史研究方法，认为"固定在历史方法上的科幻小说学术批评，浪费了大量时间试图以乌托邦/反乌托邦的方式来处理现代科幻小说作品，这些作品的价值恰恰在于它们是对这种单向思维的反应。如果根据其内容中包含的关于这个世界的所有神话般的看法去考察现代作品，那将会更加富有成果"（同上：27）。这种思想在《右舷葡萄酒：关于科幻小说语言的更多注释》中更加明确。他在其中的《斯特金》（"Sturgeon"，2012）一文中逐一驳斥了将传统文学的价值观带入科幻小说批评的方法。（Delany，2012：72-74）马修·切尼认为该书呈现了德拉尼思想的扩展过程，而且在很多方面都达到了顶峰。切尼认为该书的副标题改为"关于科幻小说批评理论和实践的注释"更准确，因为与之前的任何著作相比，这部论文集似乎在呼吁科幻小说批评应该摆脱某些实践，追求更高的修辞学和史学复杂性，并考虑比俄国形式主义者或新批评理论更多的文学理论。（Cheney，2012：XXI）

5.2.2 差异叙事与阅读协议

德拉尼的《右舷葡萄酒：关于科幻小说语言的更多注释》仍然以科幻小说的词汇研究为基础，但是旨在"沿着通往科幻小说世界的众多高速路中留下一道车辙印"(Cheney,2012：XXI)。这条道将德拉尼引向差异性研究，而词汇所具有的各种潜在语义可以被看作差异性的标记。科幻小说中的差异性无处不在，其主题所表述的意识形态具有明显的差异性。德拉尼以阿西莫夫的"机器人三守则"所体现的奴役观念引申到美国理想的"好黑人"标准以及海因莱因的《星河舰队》中"战争让年轻人成熟"的主题所美化的军事生活，说明科幻小说这类常见主题所表示的区别与现实生活相关。文本差异则是将科幻小说与其他文本区别开来的特征：不同的表示形式和参照系、不同的阅读策略（协议、代码）、不同的历史。因此，对科幻小说展开的任何有意义的讨论都将是对差异的讨论。德拉尼的差异观念不是创建文本的层次结构——差异并不意味着优越或自卑——而是探索和描述各种文本所具有的特殊品质以及最容易阅读这些文本的方式。在这种观念下，科幻小说成为一种不同的阅读方式、一种不同的思维方式。《明天的必要性》["The Necessity of Tomorrow(s)",2012]一文表明，德拉尼有关差异性的观点远远超出了科幻小说的界限，对于其他文学类型或其他学科研究都有一定的指导意义。

德拉尼的差异观来自德里达，《右舷葡萄酒：关于科幻小说语言的更多注释》的所有文本分析都沿着差异这一主线展开。科幻小说的参照系、构思和撰写文本的技巧与其他文本有所不同。读者根据这些策略和阅读此类文本的阅读习惯尽可能地理解文本意义。尽管这些差异不能决定质量，但是那些最出色的科幻小说均因为其差异性而吸引了大量的批判性研究，没有差异性，这种批评根本不可能着手。马修·切尼认为这是德拉尼的伟大成就之一，因为正是这种观点让他将卢卡契（Luacs）的"小说是体现艺术家的道德立场，即美学问题唯一的艺术形式"（同上：XXII）观点与科幻小说的特殊美学联系在一起，因为二者均需要仔细阅读和伦理分析。

德拉尼在该论文集的第三篇文章《研究科幻小说的一些冒昧的方法》中讨论了科幻小说构想过程中的差异性。在灵感产生的层面，科幻小说与戏剧、历史小说或一首诗的构想过程有所不同。科幻小说与普通小说在语言修辞方面也存在差异。他坚持认为科幻小说与未来无关，它将未来作为叙事惯例，以呈现当下的重大扭曲。

科幻小说是关于当前世界的，即由作家和读者共享的特定（given）世界，但这不是特定世界的隐喻。转喻能涵盖一切，但是也不能完全解释特定世界与被科幻小说扭曲的特定世界之间的关系。科幻小说与特定事物之间存在紧张、对话、对抗式的关系，但是目前很少有批判性词汇能够表达科幻小说的竞争差异关系，这种关系表现在人物塑造、维持、期望、利用、颠覆，甚至偶尔或暂时是一种大肆毁坏等方面。（Delany，2012：26-27）

通过仔细阅读，读者会发现科幻小说文本意义的构成方式与普通文本完全不同。实际上，任何修辞格在科幻小说文本中的运作方式都异于相同或相似的普通文本中的运作方式，包括目录、夸张、历史参照系、对美丽或滑稽人物的描述、心理推测，甚至各种句子和短语的字面意义等。这就要求科幻小说的阅读方式区别于普通小说，普通小说家讲述的故事可以生动唤起读者对特定世界的联想，因为这些小说是高度惯例化文本，其预期修辞效果是对现实世界模仿的逼真度。科幻小说作者创造的世界却以更自由的方式让故事人物与特定世界融为一体，或者与之形成鲜明对照或对抗。因此，读者必须为自己阅读的每个科幻故事创建一个按照新法则运作的新世界。科幻作家用来布置、勾画和着色的替换世界以及指导世界和故事之间游戏的言语结构，构成了科幻小说和普通文本之间的主要区别，使之生成不同的修辞格，并因此改变阅读方式。（同上：29）

通过一些实例，德拉尼阐述了读者的阅读理解过程，说明读者的阅读方式对于科幻小说意义的挖掘与发现非常重要。而阅读约定（reading conventions）是构成德拉尼阐释体系的重要支撑，因为它表示了面向对象的文本与文本读者之间的差异转移以及读者身份和阅读材料类型与阅读策略之间的关系。阅读协议（reading protocol）的基本思想已被许多科幻小说评论家和支持者广泛接受，这个术语隐含了一种叙事修辞关系，即作者的叙事意图、文本呈现的含义与读者理解的内容之间不对等形成的差异。对此，修辞叙事学的相关理论已经进行了充分阐释。对于德拉尼而言，正是科幻小说的语言、概念和接受方式等因素影响了修辞策略的各方面，将科幻小说与其他写作类型区分开来。在《右舷葡萄酒：

第 5 章　叙事修辞美学批评

关于科幻小说语言的更多注释》中的《对历史模型的反思》一文中，德拉尼发现了一些至少在文字之外发挥作用的差异：作家、编辑和科幻迷之间的关系，爱好者杂志和年度最佳选集，在特定时代、特定文化和经济环境中出版的迫切需求等。与其他类型小说相比，科幻小说受这些文本外因素的影响要大得多。

德拉尼特别推崇海因莱因、西奥多·斯特金、鲁斯、托马斯·迪什（Thomas Disch）等科幻小说家。这几个作家来自不同的时代：海因莱因和斯特金最早在 20 世纪 40 年代就树立了声誉，到 20 世纪 50 年代已在科幻小说领域成为公认的大师。迪什和鲁斯是德拉尼的同代人，20 世纪 60 年代才开始赢得声誉。这几位作家的共同特点是其作品构成了科幻小说语言的特殊性，为德拉尼验证自己的思想提供了丰富的论证材料。

《右舷葡萄酒：关于科幻小说语言的更多注释》深入讨论的第一位作家是海因莱因，德拉尼（Delany，2012：16）认为"从很多方面看，海因莱因展现了科幻小说的极限视野"。德拉尼感兴趣的是海因莱因的语言呈现出了一种可能性，后者的《地平线之外》就为德拉尼提供了他多次提到的句子"门膨胀了"，以此论证了科幻小说与其他文本在语言层面上的区别。如果读者适应这种阅读方式，那么这句话就意味着整个技术的代名词。但是，德拉尼考虑的不仅仅是技术，还有这个句子呈现的修辞方法。海因莱因的文字具有差异性，因为它们是科幻小说。德拉尼认为斯特金的科幻小说是迄今为止美国最重要的科幻小说。对德拉尼而言，斯特金的作品是"坦荡而宽广的"，其特征是机智、文体优雅和视野准确。此外，视觉的准确性、胸怀宽广和扩张性是使斯特金描述的运动（一种富有同情心的视觉智能运动）超越海因莱因眼界的原因，而这种成就不可避免地具有不可替代的美学和伦理意义。（同上：9）

鲁斯和迪什的作品同样是德拉尼的研究重点，他对两位作者的分析运用了当代结构主义和后结构主义理论。他认为鲁斯虽然得到了科幻小说读者的重视，却在部分评论家那里遭遇了低估和误解，而造成这种误解的原因是评论家不仅不熟悉科幻小说，而且缺乏描述和分析鲁斯小说的批评工具。实际上，鲁斯的小说可以被视为科幻小说的典范，是大多数科幻小说批评者研究的对象，因为它体现了大多数科幻小说所缺乏的伦理和美学方面的优点。鲁斯的科幻小说具有相互批评的特征，如对恐同症的分析等。具有这种特征的小说既颠覆了当前的通用模式，又提供了替代选择。因此，了解鲁斯的作品需要一个新的批评模型。

德拉尼不止一次强调科幻小说差异性的重要性，因为批评是一个过程，批评者必须首先确定所讨论的文本构成上的差异，然后再着眼于伦理/美学品质和含义。他在关于迪什的两篇文章《迪什I》("Disch, I"，2012) 和《迪什II》("Disch, II"，2012) 中再次强调了在《珠宝链接的下颌：关于科幻小说语言的注释》中阐明的观点：科幻小说不仅与自然小说有所区别，且与奇幻小说也有所不同。尽管在这两篇文章中德拉尼的参照系和术语发生了重大变化，但基本思想保持不变：科幻小说属于与其他小说完全不同功能的类型，其区别之一是读者理解故事中世界与故事外世界之间关系的方式。这两篇文章还用了一定的篇幅来分析阅读习惯，但是对于主题/客体优先级、历史以及文化批判的不同文本类型中的可能性的探讨给予了更多的空间。阅读约定的讨论对于理解这些想法是必要的，但这只是理解科幻小说及其研究的引擎。

最后，在《创作与科幻小说》("Dichtung und Science Fiction"，2012) 一文中，德拉尼重申了科幻小说不再是主题的集合，而是修辞手段的整合的观点。他主张将科幻小说视为主语和宾语之间的张力，它首先教会读者敏感，然后才是阅读期待。这种期待随着不同的科幻小说文本而产生不同的阅读方式。他希望自己能回答有关单词与世界、字符与概念、虚拟世界和特定世界之间的一系列问题。任何特定的科幻小说文本都可以以无数种方式挫败或满足这些期望，从而产生令人兴奋的科幻小说。(Delany, 2012: 172) 他在文集的第三封信中比较了诗歌、戏剧与科幻小说阅读协议的区别，强调其修辞性，说明科幻故事的大部分意义可以在角色操纵的世界通过替代运作体现出来。因此，修辞手法应该得到重视，通过修辞手法来暗示现实世界与故事世界之间的差异。(同上：207) 他主张科幻小说作者用大胆、强烈和明显的修辞笔触建立阅读协议。此外，只有在新体裁开发之初，其修辞差异显著而强烈之时，才能建立新的阅读协议。(同上：208) 只有当读者采用某种方式使文本变得易于理解并且这种阅读响应在大多数读者的阅读过程中自动地变为语言的学习方式之后，读者对那些在修辞层面更接近文本的文本才能感到满意。如果没有明确的使用协议，科幻小说就可能与另一类小说混为一谈。

第 5 章　叙事修辞美学批评

德拉尼对科幻小说的修辞批评贯穿于他的几部著作，为了防止其他学者的误读，他重申自己仅是描述了许多具有科幻小说特征的修辞格，并尽可能精确地说明该领域的阅读协议对每一种修辞格的反应。他觉得自己试着展示了故事在指称和被指之间的意义表述中，以及这种表述如何抵制某种封闭式的结尾的修辞策略。正是通过这些修辞格，科幻小说家建构了替代世界的愿景，在该替代世界中，发生了科幻故事，并据此发生。(Delany，2012：211)这就是科幻小说的话语逻辑。

5.3　叙事轨迹

以"惊奇性"或"新意"为美学标准的科幻小说常常呈现出荒诞的情节或事件。为了让这些情节或事件具有一定的合理性和真实感，作者会刻意按照历史、社会和文化的某些行为和活动的运行规律组成故事发展脉络，让一切看似荒谬的现象有迹可循，这就是叙事轨迹（narrative trajectory）。一般情况下，叙事轨迹至少包含创作思路、情节结构和叙事修辞策略三方面的线索。对于同样的主题，作者可以就相关事件进行不同的排列组合，形成类似于思维导图（mind map）的叙事轨迹，布赖恩·阿特伯雷（Brian Attebery）的抛物线（parabolas）便是其中的一种。

5.3.1　**情节公式**

古典戏剧或叙事的情节公式基本上由三个关键节点构成，事件兴起、高潮和结局，矛盾冲突是推动情节发展的主要动力，因果关系是矛盾形成的内在逻辑。结构主义批评也力求寻找叙事的基本规律，弗拉基米尔·普洛普（Vladimir Propp）在《民间故事形态学》（*Morphology of the Folktale*，1928）中试图建立一种叙事语法，他从 100 篇童话中提取了 31 个功能，总结了民间故事的叙事规则和叙事公式。普洛普认为俄国所有的民间故事都不过是这些公式的不同表现形式，如同一个数学公式可以进行不同形式的演算。因此，依照这些叙事公式，作者可以创造出新的民间故事。虽然普洛普的研究仅针对民间故事，但是对结构主义批评影响很大，许多叙事学研究者也从中得到启迪。

尽管科幻小说的情节组织主要是基于新奇性的原则，但是不同的主题仍然拥有各自约定俗成的情节模式，如乌托邦小说延续了奇异旅行见闻的叙事传统，机器人小说中的机器人总希望拥有人类的情感与权利等情节元素。由于早期的科幻小说与西部小说、神秘小说和言情小说一起捆绑推销，为了迎合观众的期望值，方便大众市场的运作，约翰·卡维尔迪（John Cawelti）认为科幻小说和西方某些小说传统一样，以各种方式运用悬疑、冒险、浪漫等经典故事模式。同时，为了达到科普教育的目的，廉价杂志上的科幻故事经常出现中断行动描述，进行一种被称为信息倾销（infodump）式的科普说明，以便补充理解故事的必要知识。部分科幻作家注意到了这种注重知识介绍、忽略故事情节的问题，海因莱因率先在自己的作品中避免了这种累赘解释的现象。他在对话中插入新术语，不让物理场景描写承担文化背景的双重任务，并赋予行动价值观和关系等内涵，极大地提高了科幻小说的文学质量。加里·沃尔夫（Gary Wolfe）发现科幻小说和许多通俗文学形式一样，拥有一系列象征着该体裁的主要关注点和反复出现的形象图标（icons）。其情节设置也往往围绕一个清晰的图标展开，其中最常见的是智能机器、宇宙飞船、外星人或异类和未来城市。这些形象组成科幻小说的基本符号，形成了将读者与未知分隔开来的隔膜，而科幻小说的所有尝试均试图穿透这层膜。（Wolfe，2011：83）

布赖恩·阿特伯雷接受了沃尔夫的观点，并在后者的基础上提出了故事在科幻小说叙事规律中的作用。他认为科幻小说中的图像（images）不断重复，进而被称为图标，而图标必须融入故事才能成为表象力强的形象，否则它们仅是形象。（Attebery & Hollinger，2013：9）。他认为科幻小说创作的基本单位不是个体的文本，而是共同的理念或者叙事结构，这种结构类似于抛物线的走向规律。科幻小说家不是用单一的总体神话或情节公式，而是从他所称的抛物线轨迹中汲取东西，发挥抛物线规律和寓言的双重含义，在那些受欢迎的故事类型中复制背景、人物、情节等细节。（同上：Ⅸ）然而，与侦探故事或民间故事的情节公式有所不同，科幻小说的情节不能决定故事的结局。这种倚重场景的故事可能从相同的地方开始，但随后它们会走向各自主题关注的地方，形成不同的故事情节和结局。如果一个公式是一个封闭的圆，那么科幻小说的场景就是一个开放的叙事曲线，一个朝向未知的摆动，即抛物线的运动公式。

5.3.2 叙事抛物线

叙事轨迹的抛物线形式是阿特伯雷在《科幻小说：寓言和抛物线》（"Science Fiction, Parables, and Parabolas"，2005）一文中着力建构的一个叙事模型。受到几何学"抛物线"形状和弧线走向等属性的启迪，阿特伯雷发现小说的情节发展存在一定的叙事轨迹，或者所有事件都能够通过一条弧线串接起来。他用这个原理阐释了科幻小说各要素之间的内在协作性质，并通过抛物线的图形或隐喻建立了一个用于理解科幻小说叙事结构的模型。该模型描述了一种基于共享主题的叙事轨迹，将一部小说的叙事轨迹与较大系统中的文本连接起来，形成超级文本（megatext）[1]，以便发现某种情节或人物发展的规律。阿特伯雷认为抛物线这种叙事轨迹在科幻小说中的作用比主题更具体，比动机更复杂。它是背景、人物和行为的有意义的组合，可以被无休止地重新定义，类似于爵士音乐的即兴创作。（Attebery & Hollinger，2013：Ⅶ）类似的即兴创作让科幻小说不断扩大共享图像、情景、情节、人物和场景，获得跨媒体多元性主题开发的文本特权。

阿特伯雷和维罗妮卡·霍林格主编的《科幻小说的抛物线》（*Parabolas of Science Fiction*，2013）呈现了科幻小说类似于抛物线叙事轨迹的相关研究。该论文集分为四个部分，从"抛物线导论""政治和权力的预言""救赎的预言"和"抛物线的未来"四个方面，分别根据具体的作品，如《星际舰队》《弗兰肯斯坦》《黑客帝国》以及凯瑟琳·麦克莱恩的短篇小说讨论了欧美、拉丁美洲等地科幻小说的叙事轨迹。事实上，叙事抛物线模型的提出有其学科发展的必然性。约翰·里德（John Rieder）（2017：16）在其获奖论文《论是否定义科幻小说：流派理论、科幻小说和历史》（"On Defining SF, or Not: Genre Theory,

---

[1] 超级文本是推想小说研究中的一个术语，用来描述科幻小说或幻想叙事中复杂的虚构背景、比喻、图像和惯例。

SF, and History",2010)[1]中提供了科幻小说研究在历史性转折中必然出现的五个命题:

(1)科幻小说具有历史性和可变性。
(2)科幻小说没有本质,没有统一的特征,也没有起点。
(3)科幻小说不是一组文本,而是一种使用文本以及在它们之间绘制关系的方式。
(4)科幻小说的身份是在历史和可变类型领域中的不同表达位置。
(5)科幻小说的身份归因于文本构成对文本分发和接受的积极干预。

因此,科幻小说抛物线叙事模型的提出是对一种体裁如何适应时间变化的探索,因为它既呼应了传统形式,又响应了不断变化的历史条件。它详细探讨了如何在一种特别有用和流行的叙事类型中进行这种转变以及为什么发生这种转变,并将这种转变置于塑造所有通用项目不可避免的历史环境之中。(Attebery & Hollinger,2013：XV)抛物线叙事模型借鉴了约翰·卡维尔迪关于流行公式(popular formulas)的概念、德拉尼关于科幻小说阅读协议的描述、加里·沃尔夫关于科幻小说图标的研究、乔安娜·鲁斯关于科幻小说虚拟性(subjunctivity)的思想和菲利普·哈蒙(Philippe Hamon)的超级文本理论。阿特伯雷则认为与抛物线最接近的对等词可能是巴赫金的时空体概念,但是抛物线是一种更富有想象力的时空。在抛物线的时空里,某些类型的角色可以发挥更大的作用,某些情节最有可能出现。将叙事轨迹视为抛物线,可以让读者同时从文字描述和隐喻的角度观看故事,而这种双目视觉(binocular vision)通常可以传递出令人惊奇的文本深度。(同上：IX)

抛物线不仅是一个数学概念,而且是比喻的词根。科幻小说开放式的叙事曲线及其表达意义的载体都与抛物线类似。它通过体裁熟悉的故事形式,邀请读者寻找故事世界之外的含义。就像有些图像比其他图像更容易发展成图标一样,有些故事形式更适合比喻。作家和评论家经常

---

[1] 2011年,该论文获得科幻研究协会(Science Fiction Research Association)颁发的最佳批评论文先锋奖(Pioneer Award for Best Critical Essay)。

第 5 章 叙事修辞美学批评

将科幻小说的叙事抛物线视为比喻,如探索旅程、作为世界缩影的运输工具、太空殖民地对现实世界的投射、上帝般造物的工程师等。正如沃尔夫所言,这种比喻可以是隐喻,但也可能涉及悖论、反讽、转喻或暗示等修辞手段。它可以指向过去、现在或未来,有时也可能三者同时出现。(Attebery & Hollinger,2013:15)

阿特伯雷指出抛物线与叙述公式的不同之处在于它不是读者期望重复的、有规律的结构、功能和分布,而是在科幻小说超级文本中隐含了一系列开放性的潜在线索,在叙事中确立了完善的发展路径,让读者或观众充分了解文本中的许多变体,从而暂停怀疑作者所描绘的未来和另类现实。科幻小说通过抛物线的叙事轨迹将读者从已知带向未知。通常,已知元素包括位置、初始情况、一组字符和问题。已知元素一旦确定,每个作家都可以自由决定故事的结局和含义。例如,《弗兰肯斯坦》开创的实验失误的故事通常涉及一个实验室、一个雄心勃勃的科学家、一个警告和反对该科学家的人、成为受害者的旁观者以及一个强大的新设备或生物。这个故事或多或少会产生与研究人员的道德责任相关的不可预测的问题。但是,每一个拿起抛物线的作家都可以朝着意想不到的方向前进,引入新的复杂问题,并以滑稽、可悲或讽刺的方式结束故事。该类故事揭示的教训可以从"人类不应该知道的一些事情"到"最好不要失败"以及赛博朋克的"我们已经知道了我们本来不应该知道的事情"(同上:Ⅷ),而每个故事都将为虚拟世界增添新的叙事轨迹。

阿特伯雷总结了抛物线叙事的四个特点。首先,科幻小说的叙述抛物线是一种合作行为,就像其他流行类别的公式和口头童话形式,它需要不断补充和修正。例如,每次使用太空星舰场景时,都会对早期的形象进行重构和注释。其次,随着抛物线的发展,作者可以卸载一些文本负担。抛物线让作者能够删减大量的阐述内容,专注于描述与他们选择的主题相关的图像和行动。此外,它还通过提供科学和通用的超文本链接达到丰富文本的目的。读者给故事带来的信息量越大,它就会显得越复杂、越微妙。再次,抛物线提供了一个没有必然结论的起点。它设定了场景,提供了一系列的人物和事件,作者可以拥有一定的创作自由。就像星际飞船本身,故事可以到达它所暗示的目的地或冒险进入未知。如果它到达了一个新的行星,角色可以决定留在轨道上或将他们的飞船转向一个新的方向，而读者也可以自由发挥想象去理解故事。最后，任何在一般规则下运行的故事都将被视为某种寓言。卡维尔迪（Cawelti, 1976：33）也持有同样的观点，认为所有的传统叙事形式除了具有基本的叙事结构外，还具有集体仪式、游戏和梦想的维度，因此需要在象征和文字层面进行解读。在这一点上，科幻小说叙事抛物线结构的运作方式与其他类型的小说基本相同。

科幻小说的不寻常之处在于它的改变能力或创造性颠覆，即使是最公式化的浪漫小说或侦探小说也不例外。创新是语言游戏的一部分，读者渴望新的想法及其思考方式，要求故事结构本身不断变化。目前，关于科幻小说叙事抛物线的研究重点主要包括元叙事、体裁历史、超文本、对话性、读者接受、图标/图形/隐喻和文化历史等，研究对象不仅是科幻小说，还包括科幻小说之外的小说、电影、电视和动漫等文本或超文本媒介。实际上，影响叙事抛物线走向的因素较多，与主题相关的文化、社会、历史语境等均可导致抛物线方向的变化。但是，类似的研究比较欠缺，《科幻小说：寓言和抛物线》可以说是填补了当代科幻小说学术界以及相应体裁研究的空白。

5.4 科幻之美

在《科幻小说美学七要素》之前，科幻小说研究主要集中在意识形态和叙事修辞策略领域，关于科幻小说的美学评论仅散见于一些专著或论文中的零星片语。因此，这部堪与威廉·燕卜生（William Empson）的诗学经典《含混的七种类型》（Seven Types of Ambiguity, 1930）媲美的美学批评专著具有开拓性的意义。尽管西塞基–罗尼（Csicsery-Ronay, 2008：Ⅸ）在前言中谦逊地声称，自己没有胆量进行系统性或完整性研究，仅提出了一些与科幻小说历史和哲学有关的想法，挑选出了对研究这一独特体裁有用的概念，其目的不过是"渴望在文学和艺术的历史连续体中为科幻小说建立一席之地"。事实上，作者对科幻小说的超级文本进行了结构解剖，从其图像词库中提取了隐喻和模型，将其归纳为七种美学特征：虚构新语（fictive neology）、虚构新知（fictive novums）、未来历史（future history）、假想科学（imaginary science）、科幻崇高（the science fictional sublime）、科幻怪诞（the science fictional grotesque）和技术史诗（the technologiade）。（Csicsery-Ronay, 2008: 5）作者逐一阐述了这七个美学特征的内涵及其表现形式，在此基础上构建了科幻小说的美学批评体系。

5.4.1 新语与新知

科幻小说最大的魅力在于新奇性，西塞基－罗尼首先论述了构成科幻小说新奇性的语言材料和新思想，这便是"虚构新语"和"虚构新知"。虚构新语指科幻小说中出现的新造词汇或旧词新义[1]，是词汇在社会交际实践中产生的变异组合。科幻小说是新奇文化符号的主要来源，其中隐含着技术改造的象征模型，这些新语是科幻虚构世界的逻辑线索和吸引读者/观众的诱因。（同上）西塞基－罗尼阐述了虚构新语的特征、种类及其形成的语言学基础。他系统分析了《沙丘》《黑暗的左手》和"星际迷航"（"Star Trek", 1966—1969）系列的语言特征，认为虚构新语包括现实世界的新语、社会生活中虚构的新语、虚构新词素与新词（imaginary neosemes and neologisms）、没有新词的新语（neology without neologisms）、生造新语（new neology）、突变外推法（mutant extrapolation）、讲陌生语言的能力（xenoglossia）、异族的语言特征等内容。

虚构新语词组本身存在悖论，因为它们是在现实基础之上的虚构。在日常语言中，虚构新语常表示某种新现象、新发现、新发明或想象的事物等。西塞基－罗尼认为在所有现存语言中，新语的产生，即生词的产生过程都至关重要。语法具有较强的稳定性，不容易产生变化，因此语言往往通过新词或旧词的新用法来适应社会、文化和科技发展的变化。西塞基－罗尼列举了最容易产生新词的三个话语领域：科学技术专家、政府机构和市场语言以及俚语（同上: 15），分别对应科学技术、

---

[1] 西塞基－罗尼没有明确定义这些术语，但是提供了很详细的解释。该定义是笔者综合原文的阐释内容和相关词典释义的综合描述。

社会实践和亚文化现象。科学技术新词的产生过程最谨慎严密,需要经过研究者或发明者、相应的组织机构认定,以便所有科学语言的合格用户都能迅速理解;某些新词语只能命名一类参照物,以便精确表示某事物,避免歧义。新词语的第二个主要领域是社会实践、商品交易、社会习俗和社会科学研究等过程产生的新语可能是外来词,也可能是其他实践的转置或隐喻术语。心理学家、社会学家、经济学家和人类学家往往拒绝接受自然科学术语的单义性,主张使用具体、熟悉和可以重复使用的术语,因为这些用语主要根据上下文产生意义。新词产生的第三个领域是亚文化,通过隐喻转移、隐喻、组合和类似策略,赋予一些普通词语新的意义,如某些小众群体使用的特定戏谑语、俚语和与众不同的代名词等。

西塞基-罗尼描述了科幻小说虚构新词的性质和语言学特征,指出新词的语义转换主要发生在罗曼·雅各布森(Roman Jakobson)(1987:62-94)的横向组合/转喻(syntagmatic/metonymic)话语轴上,标志着历史时间变化对相对不变的语言成分的影响。从某种意义上说,语义转换证明了语言的连续性和稳定性,即使它们的社会环境发生了变化,其物质元素也随着时间的推移保持稳定。科幻小说新形成的单词出现在隐喻/范式轴上。它们不是从熟悉的语言强制性结构中提取的,而是从声音和含义的同义词库中提取的,这些词库通常会提供多余的,有时是偶然的含义。与新名词相比,激进的新词给人以距离和异样的感觉,但是读者不参与语言创新。在实践中,科幻小说作者会同时利用这两种策略。创作风格与作者如何将想象新语的两个方面结合在一起有很大关系。大多数科幻小说都是诗意的内涵和成熟的技巧相结合,这些技巧将旧词变成新词。(Csicsery-Ronay,2008:20)

在大多数科幻小说中,语义转移比较微妙且没有显著标记,往往需要读者自己补充缺失的链接。擅长科幻小说词汇分析的塞缪尔·德拉尼提出,恰好是需要读者从特定的语义中推断出某部科幻小说的特殊语境的这种挑战,才能将这种体裁与他所指的普通小说区别开来。科幻小说的作者希望通过陌生迹象的潜在动机和理由来构建世界。读者通过识别、引用已知经验来理解日常生活中的现实故事。相比之下,科幻小说的读者积极地提供了虚构指涉的新对象,正是这些新对象赋予了科幻小说新概念合理的内涵。在大多数情况下，外推科幻小说保持接近伪现实似然性的标准，通常谨慎地引入新名词，以保持熟悉的话语感。而赛博朋克小说及其后继者的语言则通过一系列动态的全球变革，反映了技术科学在后现代日常生活中的渗透。

西塞基-罗尼发现许多太空歌剧隐藏了新语的生成模型。他分析了《沙丘》的词汇构成，指出作者赫伯特虚构了居住在干旱的沙漠星球阿拉克斯（Arrakis）上自然现象的名称和在这颗星球上的原住民弗雷曼人（Freman）的词汇，希望读者能识别它们不是英语单词。这种新语的修辞效果是读者找不到一个可以依托的背景文化或可以理解的参照物，从而产生新知。像赫伯特一样，勒奎恩在《黑暗的左手》中也使用了自己发明的新词，如雌雄同体的盖特尼人（Gethenian）有自己的人称和事物名称，这种语言与任何地球语言都不相似。《星际迷航》中生造的克林贡语具有完整的语言体系和传播机制。（Csicsery-Ronay, 2008: 43）这些新造语言体现了虚构新语的两种情况：部分虚构和整体虚构。

虚构新知指科幻小说虚构的科学合理的知识体系或创新事物。西塞基-罗尼提出这个概念的目的是希望科幻小说学术研究能够摆脱对达科·苏文新奇性的过分依赖。"如果科幻小说的语言强调新语，其新奇性则强调新标志（neo-logos）。"（同上: 57）新奇性会带来新概念，新视角会产生陌生化效果。新奇性是指一种历史上前所未有的、不可预测的新事物，它介入了社会生活的常规过程并改变了历史轨迹。而新事物通常是一种合理且可解释的物质现象，是一项发明或发现的结果，其意外出现会引起对现实感知的大规模改变。西塞基-罗尼将虚构新知称为一种装置，这种装置会让处于已知现实世界中的读者，在阅读过程中想象发生巨大的变化，从而产生一种拥有自由可能性的戏谑性迷惑。小说中的新知总是基于已知的概念，读者需要依靠熟悉的认知结构来补充和理解他们不了解的知识。（同上: 59）虚构新知通常出现在两种科幻故事中：一种是引入未知现象；另一种是通过演化变异或从熟悉的世界脱颖而出的新事物。它们分别对应科学认知的两个载体：发现和发明。虚构发现是对人类知识的重新定位，是对人类社会固有现实的回应，发明是人类对自然的积极干预。西塞基-罗尼通过《索拉里斯星》和迪克的多部作品分析了两种新知模型：单一型和多重型。

波兰作家斯坦尼斯拉夫·莱姆的《索拉里斯星》是科幻小说新知扩展的代表之一。故事讲述了新发现的一颗行星可以调节其围绕的双星轨道,以充分养育生命,这一虚构事实似乎改变了我们对宇宙客观条件的理解,因而是对读者经验不可忽视的补充。对于人类而言,索拉里斯星没有任何战略或经济利益,是一个难以管理的殖民地。它自身似乎无法或不愿意扩展到超出其大气之外的程度,因此不会对人类造成物理威胁。它只是在那儿,异常冷静地反驳了地球科学史上关于宇宙的一切。它纯粹存在的事实让读者真正了解的一切成为历史,因为它提出了一种可能性,那就是读者想象不到的另一种生命的组织原理。它可能体现了独特的自体进化,独立于生命的所有其他因素,其生态进化相互作用的场景比陆地生命的规模大了几个数量级。《索拉里斯星》的存在驳斥了天文学的"伽莫夫-沙普利假说"(Gamow-Shapley hypothesis),即生命不可能在围绕双星运行的行星上发展。(Csicsery-Ronay, 2008: 67)这不仅是对人类心理学基础的质疑,对于其他学科的许多假设和定论也都是冲击。它消除了人类中心主义,却没有提供任何弥补损失的手段,以此迫使人类应对自身的局限性。

也许菲利普·迪克是创造新知最多的科幻小说作家。在迪克的作品中,人物和场景均是现实世界的映射,作品人物承担了主观世界的负担,虚拟的时空残缺破损,虚拟的崩溃与现实的崩溃并行交错,如《帕尔默·埃尔德里奇的三个烙印》(The Three Stigmata of Palmer Eldritch, 1964)的主人公对现实的自我渗透。西塞基-罗尼认为迪克最受欢迎的作品《仿生人可以梦见电子羊吗?》及其电影版本《银翼杀手》是新事物产生的机制,小说中的每一个角色都是新物体,人工复制的人类可以像自然生物一样通过机械盒子分享集体共同遭受的苦难和同情的神秘经验。小说和电影多个空间的叠加呈现出各种各样的新事物,每个事物都有自己空间的梦幻时光。这种扩散式的新知分布成为近代科幻小说兴盛的典范,多个新名词构成的新知体系成为小说的核心装置(同上:71),其他类似的作品有勒奎恩的《黑暗的左手》、史蒂芬森的《钻石年代》、保罗·麦考利(Paul McAuley)的仙境(Fairyland, 1995)等。这些作品均虚构了一个完全不同于读者现实世界的知识架构和价值体系,让读者在对比之中发挥新知的新奇性效果。

5.4.2 虚构与猜想

科幻小说展现了人类作为万物之灵最独特的一面：幻想的广度与高度，无论是不着边际的狂想，还是科学严谨的猜想，均是科幻小说灵魂的栖息之处。西塞基-罗尼将科幻小说的美学特征归纳为未来历史和空想科学。

科幻小说是以特别的方式反思历史的艺术手段，它通过未来设想、回望过去或让假想替换一段真实的历史，质疑历史的必然性。未来历史指科幻小说虚构的一段叙事时间，故事发生的时间可以是未来、过去，甚至是替换历史。尽管科幻小说不一定需要设置在将来，但该类型的本质是面向未来。替换历史、平行宇宙或发现一段可以改变未来和人类历史意义的隐秘过去，都是与现实时代背景相关的未来猜想。因此，科幻小说叙事需要依赖现实主义的技巧，不厌其烦地描述环境细节，通过精确的细节和历史的因果关系来创造令人信服的未来生活画面，增加读者或观众对目标世界的熟知感。与预言不同，科幻小说以过去时进行叙述。他们不是假装预测未来，而是在解释未来。（Csicsery-Ronay，2008：76）科幻小说通常用两种相互关联的历史叙事来构造这些生动的目标世界：人类的宏大历史以及反映宏大历史关键时刻的主人公的个人历史。科幻小说缺乏历史的重要性，其代表的未来不承担任何义务。正如约翰·克鲁特（Clute，1995：19）所言：科幻小说是"自由历史"，所代表的未来是从文献和小说中借来的，读者没有办法将其与现实经验进行对比。它提供的是一个自由的、具有想象力的游戏空间，其自由历史清楚地代表了虚拟模型，这些模型在现实的社会生活中具有决定性的作用。在虚构历史的情况下，人类和自然事件的因果链条都消除了事实和经验的决定性，就像该类小说钟爱的飞行岛和空间站一样，科幻小说也将历史悬浮在地球轨道上。（Csicsery-Ronay，2008：84）

西塞基-罗尼采用海登·怀特（Hayden White）的理论阐述科幻小说关于未来历史叙事的三种模型。怀特观察了19世纪欧洲历史学家的古典文学模式或神话式（mythoi）的叙事方式，认为这些叙事方法引发了元历史分析（metahistorical analysis）。科幻小说的未来历史从无到有的文学情节结构适应以元历史为原材料的现代历史学研究。据此，科幻小说关于未来历史的叙事主要有三种模式：一是乌托邦社会革命（人类集体有意识的活动造成的根本变化）；二是演化（适应无人类意识的情况下发生改变世界的突变）；三是分散（dispersion），即虚拟未来不受控制的随机分布，没有集中统一的发展脉络。

科幻小说首先发展的是乌托邦/革命模型。这种范式的主要叙述是关于文明对自然的控制，一旦人们驯服或疏远了自然事物，就在社区内部进行争夺。对于乌托邦主义者和革命者而言，第二自然的建构既是技术，又是艺术。该模型最典型的当代例子可能是罗宾逊的"火星"三部曲。罗宾逊设想的火星没有怪物和地下原住民，仅是一个没有意识、意图或可能直接改变人类原材料的自然力量。对于某些探险家来说，火星是一块空白的板块，上面刻着地球的欲望，代表着从红色火星到蓝色星球的太空改造（areoforming）的星球计划。对于其他人而言，这是一个自治的世界，拥有令人尊敬的主权。罗宾逊采用了许多乌托邦式/革命性科幻小说传统叙事技巧，有意识地指向传统，建立距离并在最大限度上减少非人类转化活动引起的变化。

科幻小说中的乌托邦/革命历史的主要替代方法是进化范式，进化模型的一大优势是其崇高的规模，它的故事具有史诗般性质，其新知是主人公的进化。这种进化有着丰富的形式，包括自然和人类历史上的变异、适应和选择，从生命之源到最远的情感转变。在所有这些方面，科幻小说的历史与科学文化本身的历史相似。在20世纪，生物学逐渐取代物理学成为主导科学，其范式也逐渐扩展到以前的自治领域。帮助人类实现最大舒适度、安全性和效率的机器的出现已被视为自身的历史力量，不仅推动了奇特的发明家和探索者，而且将整个物种推向了人类先前隐藏的新区域：人体和智力极限。（Csicsery-Ronay，2008：93）同时，科幻小说已成为多数历史悠久的技术进化神话的资料库。

未来历史的分散模型正在逐渐拥有与已建立的革命和进化模型的平等地位。在这种范式中，历史事件不是在统一而连贯的事件领域中传播，它不是事件的整体，取而代之的是在时间上展开了分支或分散的各种历史形态。历史不是将特定的当前与一个未来世界紧密联系的因果关系过程，而是分散为不同选择的各种路径：平行世界，无限内在世界的分裂，或由于灾难性破裂而与当前分离的未来。这些可能纯粹是基于物理学

第 5 章　叙事修辞美学批评

或信息学的虚构，如威廉·吉布森的《过载的蒙娜丽莎》。但是，即使科幻小说在故事中采用最正式的科学概念，也不能免除道德上的某种问题，因此另类未来只能建立在从认识论、本体论和社会意识形态价值隐喻归因的世界模型之上。

科幻小说的未来历史还包括时间旅行故事和另类的现实/替代历史。相对论的时空理论和量子物理学的发展为时空旅行和另类世界的科幻小说奠定了基础。西塞基-罗尼将蒸汽朋克（steampunk）归入未来历史这一领域。他认为这个次类别是科幻小说植入虚构过去的隐形术语，在其中可以想象没有发生的技术发明和发现。该类型的绝大多数文本都放置在 19 世纪，当时科学技术的新发展激发了换代式的工业革命。如果赛博朋克探讨了高科技充斥的当代社会生活与科幻小说想象力之间的关系，蒸汽朋克则处理了这一流派的起源：文学形式和技术学科的交叉并置。蒸汽朋克原则上将每种类型的科幻小说结合在一起：时间旅行故事、替代历史、革命和进化的未来史以及奇异航行，所有这些都源于高度现代化的过去。尽管许多蒸汽朋克作品都充斥着精确的历史细节，但它们所使用的历史模型并不是古典历史的模型，而是通过流派的眼光看见的历史。科幻小说作者敏锐地意识到，信息的数字化使区分原始来源及其变更后的复制越来越困难。因此，蒸汽朋克的灵感来自原型对起源的矛盾心理。它回到过去的历史，期待发现自己的决定条件、其中的男女创始英雄，及其种子和以新生形式出现的可能性——不仅是文学生活，而且是技术想象力本身。但是，由于科幻小说是幻想，所以它也希望通过自己满意的形象来重新构想这一切，因为它具有实现这一目标的文化力量和理念。它以典型的科幻风格，希望通过殖民并将其吸入现在的幻想来恢复其历史——想象的历史。（Csicsery-Ronay，2008：108）

西塞基-罗尼通过吉布森和斯特林合作的小说《差分机》阐释了蒸汽朋克小说的历史意识和美学特征，以此说明当代科幻小说、史学和批判理论对历史意识问题探索的广泛性，以至探索已经成为被观察事物的一部分。他特别强调：

> 如果历史记忆是由有权力之人选择和归档的文件产品；如果这种记忆不仅包括过去社会的意识和公认的思想，还包括间接地保留在艺术和人工制品中无意识的欲望和恐惧；而且，如

果只能通过当前最强大的功能来解释过去，那么我们需要想象过去，了解为什么选择并留存了某些东西。是什么激发和塑造了前几代人对历史和过去的"理性"认识？历史不再是描述事件和经验的问题，而是关联文本的问题。（Csicsery-Ronay, 2008: 109–110）

正是因为有了替换历史，科幻小说开始关注其自身的文本性。在《差分机》中，吉布森和斯特林运用了集成的概念，研究了因果关系的构造性，将重点放在了迭代技术上面。这种安排可以让他们的叙述性故事以及文字和技术创新的故事自由发挥因果关系。西塞基－罗尼发现科幻小说未来历史的三个主要范式——革命、演化和分散很少以单纯的形式出现。在大多数科幻小说中，范式以不同形式合并和融合。革命和进化模型结合了有关进化过程中的技术政治干预的故事：崛起战争、新人进化、优生史诗等涉及有意识地进行的革命性行为。（同上：110）

除了虚构历史，科幻小说最伟大的创造是科学猜想或空想科学。多数科幻小说故事的出发点都是"如果……会发生什么？""如果"在多数情况下指实现了某项技术的幻想。因此，空想科学是科幻小说虚构的科学或者对当前科学发展的预测，是此类故事的基本背景。科幻小说是在故事和社会生活隐喻中引入技术科学思想和事件的主要艺术手段。但是，由于科学话语在本质上属于纯理性主义、理念中心主义的宇宙，与社会神话和替代理性的传播文化之间存在较大差距，科幻小说文本与已知的科学思想会发生有趣的偏离。科幻小说里的科学内容，尽管通常是基于当时已经得到证实的科学知识，但是为了达到惊奇的修辞效果，都需要经过改造。因此，科幻小说虚构科学的主要方式是提取当代人类生活中反复出现的科学知识，将现实的科学变成隐喻或者假想科学。

科幻小说是自由的科学幻想，科学是科幻小说创作的理据，科幻小说作者对可能带来革命性变化的各种新学科[1]都充满了幻想，并尽可能地将科学知识戏剧化。但是，即使是在最具有硬科技内容的科幻小说中，许多铁定的科学事实在小说的框架内仅仅是原材料，科学仅是一种象征

---

1 西塞基－罗尼戏谑地将学科拼写为 quantum-info-nano-bio-cyberastro-psycho-xeno-socio-physical，意为"量子－信息－纳米－生物－网络天文－心理－异种－社会－物理的"。

力量，其诗意的幻象掩盖它的空想本质。虽然大部分科幻小说作者都严格遵守科学原理，尽量使用科学技术的语言和历史事实，保持现实科学世界观的连贯性和对应性，但是科幻小说始终享有违反现实科学的自由，可以选择性地拓展某些科学技术，对其加以讽刺和问题化。如果现实科学通过增强人们对物质的掌控力拓展人们的自由度，那么部分科幻小说则将这种自由和力量都当作游戏主题。实际上，科幻小说作者往往倾向于破坏已知的、合理的或新近才普及的科学思想的普适性，将它们推测性地扩展到未知领域，使之超越现实环境，以便展示其奇妙的维度。大多数科幻小说作者并不打算尊重科学真理，反而戏谑它，使其成为隐喻的来源，并通过现实表述将这种隐喻合理化，使之成为社会准神话叙事传统中的一部分。（Csicsery-Ronay，2008：111-112）

西塞基-罗尼阐述了科幻小说中的虚构科学性质与读者期望值的关系。大部分科幻小说都面向更广泛的普通读者，而大多数读者，甚至是受过高等教育的非科学家，都缺乏相应的科学知识来验证有关弦理论和脑化学的陈述。但是，作为虚构作品，人们期望它具有推测性，科学也可以在某种程度上被适当地歪曲滥用。由于科学解释是科幻小说的惯例手法，它们与叙事中的其他任何内容一样受到读者的重视。同时，阅读科幻小说需要的科学信息可以通过多种形式展现，如展览、信息转储、对话辩论等。

根据科学与科幻小说叙事之间的重叠领域，西塞基-罗尼讨论了思想实验的性质和种类，解答了科幻小说如何处理其原材料、如何将科学思想传达给公众等问题。他高度概括了空想科学于科幻小说的重要性以及二者之间的互补关系，特别强调了空想科学的戏谑性质。科幻小说作者设计了虚构的、荒谬的迷你神话，这些神话的依据是对技术科学想象戏谑性的模仿。科幻小说的一个独特魅力是它以形象化的叙事方式传播了有关技术和科学的抽象信息。一般情况下，任何文化所接受的科学概念都可以成为科幻小说的前文本结构，而科幻小说的主要吸引力是它通过科学思想使高度浪漫和奇幻的故事合理化。科幻小说不一定通过识别事物的真实状态来帮助读者变得更加理性或超越意识形态，它融入了科学唯物主义的世界观，并以准神话叙事作为补充，从而使模型与实地文化相关。总之，科幻小说在思想实验、虚构测试的建构中与真实的科学思维重叠，其中严谨的逻辑和叙事场景相互补充。

科幻小说作为思想实验是对空想模型的概念性阐述，其目的是提高故事情节发展的合理性。一些最著名的科学思想实验（如爱因斯坦的两列火车、薛定谔的猫、麦克斯韦的排序恶魔、伽利略的炮弹、图灵测试、塞尔的中国房间）都使用了熟悉的普通意象，进而以最有效的方式让非专业人士了解科学推想。这些情况都提供了一个场景，让想象中的目标人物进入物理过程，就像虚拟的戏剧或冒险一样，将抽象过程转换为游戏，将确定性系统转换为体验场景。这样的思想实验在物理科学中具有特殊的普适作用，因为它们能够让普通人了解科学家的创造活动，让这些看上去与正常的社会经验差别不大的活动产生某种审美或荒诞的愉悦。（Csicsery-Ronay，2008：123）

西塞基-罗尼还讨论了文学恶作剧和反事实科学。文学恶作剧是用具有说服力的语言讲述一个荒诞的故事，使其听起来完全像一个真实的故事，他认为《格列佛游记》《乌托邦》和《鲁滨逊·克鲁索》都属于这类小说。这些小说对待科学的戏谑态度对科幻小说产生了影响，以致科幻小说的科学性必须与已知的科学相违背，才能称其为科幻小说。（同上：128）

> 在虚构科学中，用幻想的方式引入不合逻辑、不可信甚至不可能的元素是必不可少的。与实际的思想实验一样，科幻小说作者也会寻找科学上的极限案例作为情节原型。某些现象在中观宇宙（mesocosm）中根本不可能出现，如超光速旅行、时间机器、下载人类意识、智能人工智能（sapient artificial intelligence）、纳米粒子的稀缺毁灭仙尘（scarcity-annihilating fairy dust of nanocules），但是在科幻小说中已经成为惯例。这些神奇的技术创新似乎调和了理性物质限制的现实原则与实现了物质的充裕和智力超群的愿望，同时也产生了让人感兴趣且令人信服的新难题和困境。通过提出超科技、未来主义的解决方案来解决我们现在面临的问题，消除了读者的已知世界和虚构未来的虚拟世界之间的边界。在任何时候，一个现实的当代问题可能会被时间旅行或虚拟现实转换成一个想象的问题，而

一个科学——形而上学的谜题，可能反过来成为日常生活中常见的测验。(Csicsery-Ronay，2008：129)

科幻小说中对科学的大多数延展都是极不可能的，这种不可能正是科幻小说空想科学的基础。但是，科学技术史却不乏改变了历史进程、令人惊讶的发现和发明，如黑洞、脉冲星、宇宙大爆炸等异常现象，假想粒子、超导体、嗜热生物体等不可预测、违反直觉的发现，以及电/磁、信息/能源、生物化学/人种学等合并创新的现象。许多技术科学在被接受之前似乎是不可思议的，但是在转变为事实之后，很快便成为了普通常识。

对科学家而言，科幻小说蕴含的智慧具有强大吸引力，因为小说虚构的那些科学似乎是个黑匣子。如果科幻小说在叙事中输入的是真实的科学问题，其另一端输出的可能是该问题切实可行的解决方案。越来越多的科学项目受到科幻小说情节的启发，原子核能的研发与应用就是一个显著的例子。西塞基-罗尼以史蒂芬森的《雪崩》和《钻石年代》、电影《星际迷航》为例论证了科幻小说对某些职业（软件业、程序员）和学科（物理学）所产生的认知效应，说明了空想科学已经成为超现实的社会想象力的具体体现。

5.4.3 崇高与怪诞

崇高与怪诞是文学艺术表现形式中最常见的一组矛盾修辞，也是文学批评最经典的议题之一。18 世纪的批评家约翰·丹尼斯（John Dennis）关于崇高的观点与科幻小说的审美倾向最为接近，他认为崇高的功能不仅仅是说服受众，崇高的体验还使读者或观众陶醉和飘飘然，在他们心中激起一种夹杂着震惊和惊奇的赞赏；崇高赋予语篇一种高贵的活力，一种不可战胜的力量，能让读者的心灵遭受一种令人愉悦的洗劫。(Bloom，2010：2)

科幻崇高是指科幻小说激发的崇高体验。西塞基-罗尼认为在所有现代派小说中，科幻小说最能唤起人们的崇高体验。而且，科幻小说的主题必然涉及康德（Kant）有关崇高的经典要素：时间和空间在数学上的无穷感以及动态升华压倒性的物理力量。此外，它还唤起了大卫·奈（David Nye）命名的美国技术升华的历史突变：对自然力量的获取和控制感代表了美国民众对19世纪重大工程项目的回应。总体上，崇高感是第二次世界大战后科幻小说的最大特征，它反映了技术科学的升华，以及在面对一些超出人类极限的技术项目时产生的敬畏和恐惧。

西塞基－罗尼在认知美学的层面讨论了惊奇感、崇高与怪诞等关键词，论述了科幻小说作者获得崇高或怪诞的修辞策略、读者的期望值和预期效果。他认为自己的研究动力正是来自科幻小说这种强烈的情感吸引力。科幻小说家都有丰富充实的专业知识或生活工作背景，他们以此进行各种形式和风格的创作，通过强力扩展日常意识的基础而获得奇观感，使其洞察的物理宇宙远远超出任何人的想象范围。科幻小说的读者希望从平凡世界到想象世界和观念转化中获得超强的体验，而这些观念和体验超出了人们熟悉的习惯和正常感知范围，产生以前无法目睹甚至无法想象的认知效应。这种从平凡中解放出来的感觉在艺术上形成了两种相关的感觉和表达方式：崇高和怪诞。

崇高是对复杂想象力的扩张、反作用和自我意识调动的回应，以便应对突然面对的宏大而无法理解的现象。当看似熟悉并受到控制的物体正在经历令人惊讶的变化，并融合了现实世界上其他地方未观察到的不同元素时，受众意识会有一种超出其承受能力的冲击。此时，崇高意识的反作用和恢复能力可以应对压倒一切并占据主导地位的事物。随着崇高的升华，意识试图向内扩展以突破想象力的局限性。怪诞则是意识产生的一种排斥，因为怪诞的现象干扰了理性、自然和理想的秩序感。在这两种情况下，感知者都会因为感知习惯而突然中断认知。怪诞和崇高一开始就与科幻小说息息相关，因为它们的产生基础是科学与艺术共有的思想理念：对世界物质的敏锐反应，检验解释世界的传统范畴以及表达意识无法言说的发现欲望。

怪诞和崇高在很多时候没有严格的区别，二者之间是一种动态和辩证的关系。一个人认为很怪诞的现象，在另一个人眼里或许是崇高体现。鸭嘴兽看起来是丑八怪，但其形象却是演化原则的崇高展现。对那些拒绝接受不确定性的不可约性（irreducibility of indeterminacy）的人而言，量子物理学很怪诞，但是对那些接受其理论的人来说就是崇高。

（Csicsery-Ronay，2008：146-147）两种模式都涉及以独特的修辞和诗意效果表现出来的情感。这种效果在电影和图形艺术中尤为重要，因为在视觉艺术中，视觉景象有望传达大多数信息。因此，西塞基-罗尼在这些章节中更多地讨论了影视科幻，因为这种媒体更直观地展现了科幻的崇高与怪诞。

西塞基-罗尼采用埃德蒙·柏克（Edmund Burke）和康德的崇高理论阐释科幻崇高这一概念。康德相信在崇高的境界中，个体对象会遇到自然现象，其强度和力量如此之大，以至它们似乎压倒了人类控制可感知世界的能力。起初，意识的反应是恐惧和敬畏，这是面对人类建构之外的宇宙规模时自我意识的急剧削弱。对于康德而言，有两种截然不同的崇高响应：数学响应和动力学响应。前者涉及无穷大的体验，即无限级数在概念空间中的延伸，而经验序列则延伸至未来的时间。数学上的崇高源自一种位移感，这是由于想象力不足以应对主体感知到的自然现象的大小，从而不能就眼前的情景进行美学估算所引发的体验。（Kant，1987：4）相比之下，动力学崇高是对强大现象纯粹物理存在的反应，是对宏伟的地质构造、瀑布、暴风雨等超人类力量的反应，也就是自然界中那些使自我在世界上变得渺小的情景。在这两种情况下，感知思维都被迫后退。但是，在这种退步中，它意识到它本身有能力去构想超意识，即人类意识与大自然共有的潜在理性的但不可理解的事物秩序。除非通过间接手段和象征、科学和艺术的表现工具，否则该顺序既不能传达，也不能表达。但是，代表自己的能力本身就是一种强大的力量，可以保护我们的心灵免受外部力量的摧残，避免被其歼灭。（Csicsery-Ronay，2008：148-149）

康德的同代人柏克的崇高概念则帮助西塞基-罗尼将崇高与科幻小说联系起来。柏克认为崇高精神与在安全位置有意识地感知到的危险有关。这是恐怖电影所证明的熟悉感觉：躲在虚拟护盾后面享受恐惧感。《对我们崇高与美丽观念起源的哲学研究》（*A Philosophical Enquiry into the Origin of Our Ideas of the Sublime and Beautiful*，1958）中的观点让其成为科幻小说哥特式风格的阐释方法："自然界中伟大与崇高所引起的激情，当这些原因发挥最大作用时，便成为惊奇（astonishment）。惊讶是灵魂的状态，当灵魂处于这种状态时，所有动作都随着恐怖被暂停。

在这种情况下，思维是如此完全地与它的对象匹配，以至它不能从任何其他对象那里获得娱乐，或由于某种原因而对使用它的对象产生兴趣。"（Burke, 1958: 57）这些对象使人着迷，通常体现出强大的力量，可以排除其他任何思想，因此有可能将它们置于历史或比较环境中。这些对象必然晦涩难懂，因为"一旦知道危险的程度，大部分的忧虑就消失了"（同上: 58）。一旦通过理性关系（因果、类比、范畴）理解了对象/现象，就可以用康德的方式来梳理理性。柏克显然比康德更强调崇高是一种效果，正是恐惧的战栗和歼灭的可能性使庞大的力量变得有趣起来。对于柏克而言，崇高的精神是自我感觉和理性、歼灭的感觉遭遇个人存在风险的美学模拟。在这种感觉中，社会习俗和个人应对机制的干扰得以消除。柏克认为最好的、崇高的形式不是康德式进入先验的自我，而是在濒临失去自我之后生命的奔走。

在柏克看来，自然与人为艺术所带来的崇高之间并没有本质的区别。艺术上的崇高创造了一个替代品，它是自然遭遇私人经验的模拟体验，可以确保安全性，经验也是一样。艺术家能够唤起这种体验提醒人们潜在的敬畏之情。在建筑师和城市规划师中，这种艺术几乎扩展到了自然创造的规模。对于康德而言，崇高是沉思的反应。因此，他关于崇高的观点偏向于数学。激烈的心理活动可能会在科学、艺术和哲学中表达自己，但是通过崇高的审美可以获得一定的平衡或停滞，即思维与超理性创造现象之间的平衡。

西塞基-罗尼认为《弗兰肯斯坦》显然破坏了康德和柏克的崇高精神，即作者决定使她的怪物变得丑陋：体现并展示出身体上令人震惊的、"不自然的"部分组合和令人恶心的变态，反映出人类品质中难以控制的、不自然的精神组合。这个怪物也许是身体漂亮的拜伦式超人，但这不是玛丽·雪莱的计划。读者无法确定维克多的哪种罪恶更严重：创造一种他不会养育的人类，或者创造一个丑陋且不确定的人。这本小说提出了甚至柏克都没有提出的问题：人类科学艺术对象的本体地位是什么？当科学文明的第二人性既是依赖型（dependent）创造，又是自主创造，同时又由其发明者形成并赋予其新力量时，道德责任在哪里呢？玛丽让创造者和怪兽自焚这种经典方式逃脱了诘问。但是，问题仍然存在：如果这个怪物不仅充满希望，而且也有希望的理由呢？如果人类自己的创造能够体现无限性,并且可能压倒人类的自我,那么科学的崇高将在哪里?

西塞基-罗尼通过一些经典的科幻小说透彻地分析了崇高和怪诞的辩证关系。他认为自从《弗兰肯斯坦》问世以来,科幻小说经常思考这些问题的答案,但由于二者之间的关系像悲剧和喜剧一样严格,它包含了一种通过崇高和怪诞的辩证法来体现的问题。这种辩证法并非始于《弗兰肯斯坦》。从卢西安的《真实历史》到莫尔的《乌托邦》,再到斯威夫特的《格列佛游记》和伏尔泰的《外星巨人》,所有原始科幻作品都在崇高的概念和怪诞的身体之间来回穿梭,彼此开脱。在《弗兰肯斯坦》中,这种碰撞与共谋被视为双重约束:因为该生物怪诞的畸形,其崇高无法体现出来;而怪诞的魅力却因其蕴含崇高的意义而得以升华。在成熟的科幻小说中,这种双重束缚发展成为一种成熟的戏谑策略,将技术科学想象为崇高和怪诞并存。

科幻小说不会将恐怖和狂喜变成崇高的事物。它把崇高本身塑造成戏谑的形式。(Csicsery-Ronay,2008:155)西塞基-罗尼讨论了电影《2001:太空漫游》的崇高性。他认为这部作品是认知陌生化的完美范例,以至人们不清楚认知的真正含义是什么。导演库布里克在这部电影中排除了乐器以外的任何力量,进步不是道德或文化进步的问题,而是技术力量扩展的能力。猿人将手中的骨头扔向太空那个著名的画面绕开了人类所有的精神修养以及人类对生物圈的一切暴力。该故事绝非数学意义上的崇高,人类历史被简化为技术概念的发展步骤:从自然、人工到最终宇宙人工授精后的神秘阶段。库布里克忠实于自己的美学抱负,让电影的每个元素都屈从于其表面主题而产生崇高的美学效果。在设计方面,影片中间较长的部分显示了人类技术文明的模仿设计,如几何的表达和模仿。地球和月球之间的空间充满了飞船,这些飞船模仿了与华尔兹舞蹈同步的单细胞运动形式,即圆圈在圆圈内不断运动象征着原始单调、重复的基础活动。西塞基-罗尼在这部分描述了大量的细节,以说明该电影是传统的崇高品质与极致品质的完美融合。(同上:167)

如果《2001:太空漫游》是数学/沉思科幻崇高的完美表达,《黑客帝国》在动态方面完全可以与之媲美。《黑客帝国》的世界早已忘记了大自然曾经是什么,剩下的只是工业耕种的人体"铜顶"

（coppertops），机器从中收获能量。这部电影将注意力集中在动态手段上，着重表现人类化身从机器障碍中恢复力量的行为动作。从沉思的崇高地位来看，这部电影对速度和位置的惊人操控不是解决方案，而是分散注意力，因为它无法解决应该解决的哲学难题：技术力量是什么？所有类似的作品似乎都在唤起一种神秘和未经编纂的"超感性"力量。西塞基-罗尼认为詹姆斯·蒂普里（James Tiptree）的《在世界的城墙之上》（Up the Walls of the World，1978）则刻意综合了崇高的概念化、物理和道德方面的特质，并试图在其地位不确定的情况下确定科幻崇高的可能性。（Csicsery-Ronay，2008：181）

科幻怪诞指科幻小说描写的与现实极不协调、极其荒诞的技术或事件。技术科学怪诞是技术崇高的倒置。怪诞则是科幻小说最强大的吸引力之一，它代表了本质上截然不同的本体论分类的崩溃，如可怕的外星人、间质生物（interstitial beings）、异常物理现象等。技术崇高让受众对人类技术创造或揭示的现象产生敬畏和恐惧，而怪诞的事物则具有内爆性的迷恋和恐惧。技术科学是物质合理分类的捍卫者，怪诞攻击了使其可能成为现实的合理性。它越来越多地从实际科学创新中汲取基于理性的非理性，这些创新结合了以前被认为具有自然区别的现象（如基因工程、分子计算和人工生命）和不断弱化以至威胁到个体身份范畴的边界。

科幻小说的大多数作品都是在宇宙的物质秩序和可能性的崇高知识体系下发展起来的。科学的理智秩序是调节事物的系统，当某种事物不能按照科学合理主张/预测的方式行事时，在秩序世界的概念与具体经验证据之间就会产生冲突。当令人迷惑的异常使人类生活和常规制度陷入困扰时，新知就变成了怪诞。西塞基-罗尼引用了巴赫金关于怪诞的解释。巴赫金在《拉伯雷和他的世界》（1968）中展示了欧洲文化中历史悠久的怪诞色彩。但是，怪诞的意象和语言动力不仅在于其自身的娱乐价值，更是将崇高带入俗世，使其成为物质，从而将注意力重新吸引到身体上。怪诞将崇高的精神困在身体之中，其中一个目的是颠覆它；另一个目的是将思想层面的矛盾表现为身体层面的变形。怪诞是对崇高宗教面具宇宙恐怖（cosmic terror）的挑战。西塞基-罗尼认为巴赫金的怪诞观念是大众集体意识与精英文化之间宗教意识形态斗争的审美论战，怪诞即是在有形的存在中享受乐趣。丰富而质朴的欢乐使生活过程紧密地相互融合，拒绝了精英们的分裂抽象和清教主义思想。一旦科学唯物主义确立了世界和人类生存的根本是物理的，宗教崇高的精神恐怖就被推翻了。(Csicsery-Ronay，2008：183)对于西塞基-罗尼而言，比巴赫金的观点更有用的是，怪诞不仅涉及人类肉体自由和快乐的相互交流过程以及消除身体之间的边界，而且还涉及在同一身体中检测不同物理过程的冲击，从而破坏了事物的稳定感、完整感，并揭示了直接逃避理性、人为控制的、未曾怀疑过的维度。(同上：185)

在"过量的有机物"一节，西塞基-罗尼指出科幻小说的观众期望看到令人不安的异常，做到这一点需要满足两个要求：它们表现为对人类角色的直接挑战、威胁、困惑或奇观；它们被视为对人类普遍理解的现实概念的挑战。在崇高模式下，这些异常是一种威胁，让人类感到微不足道和无能为力，无法应对显而易见的超自然秩序和力量。这种异常会让读者或观众面对物质最终的灭绝遭遇时产生一种敬畏之情，并意识到个体和全人类的思想不过是局部的、有限的和偶然的存在。在崇高的境界中，自我担心会在庞大、有序的生产中迷失，并进入自我陶醉的状态。相比之下，在怪诞的场景中，受众对自己的思想无法跟上物质变化的速度而感到恐惧。

西塞基-罗尼区分了数学怪诞、艺术怪诞和科学怪诞。其中，最抽象的是数学怪诞，其产生条件是当理想的纯粹数学思维模式与艰苦的准物理劳动紧密相关时，就会出现形式上不体面的矛盾。例如，典雅和简洁是数学的价值体现，因此任何需要大量工作才能得出简单结论的证明都可以被视为怪诞。在艺术中，任何与传统惯例不相称的叙事或表达方式，都会与其表达主题的熟悉性和表演的奇异性之间产生怪诞的不一致。怪诞是一种特殊的叙事技巧，如采用一种与其主题不相称的语调来讲述一个故事，果戈理的《鼻子》就是通过严肃的语气讲述了一个荒诞离奇的事件。

科学怪诞通常指一种具体化的、物理上的异常，是目前公认的普遍理性系统无法解释的存在或对一个事件的认识。这种异常能够将读者或观众的注意力吸引到明显违反常识、理性或逻辑的存在。违反物质守恒定律、无矛盾或无因果链的现象必须在科学系统中加以理解和解释，或者必须改变系统本身以适应能确切解释它的新原理。有时，这种异常会导致范式转换，有时也会导致规范化。科幻小说将科学怪诞的异常视为其虚构科学的基础和新知的来源。

西塞基－罗尼探讨了由间质生物引起的怪诞。这种生物通常指包含两个不同的有时甚至相互矛盾的生存条件的有机物。怪异生物的基本特征是它们至少包含两个身体，一个新的身体可能正在由一个旧的身体蜕变。一个生物可能以两种有形的形式结合、混合或被困住，一个身体的外表可能掩盖了一个完全不同的内在。科学唯物主义通过扩大在创作中被认为是正常事物的范围来约束这种神话般的想象。当发现异常现象时，如蜥蜴、鸭嘴兽、病毒、脉冲星等，它们便成为解释自然界合理创造规则的对象。通过提供对以前被认为是异质的、神圣的、不可思议的禁忌现象的理性解释，科学地拓展了自己的管辖权。总之，就政治意识、宇宙法律和鸿蒙秩序而言，怪诞现象的核心是对自然平衡感的严重破坏。赛博格、间质生物、"异形"系列电影、《索拉里斯星》等形象和作品均通过怪诞的美学模型建构了作品的新知体系。

5.4.4 技术史诗

技术史诗是关于斗争的史诗，这个斗争总是围绕宇宙向技术体制的转变而进行。技术史诗包含两种辩证联系的形式：宏大的太空歌剧（expansive space opera）和技术加强型的鲁滨逊系列故事（intensive techno-Robinsonade）。太空歌剧在保留了传统冒险故事诸多设置的基础上，发明了一些新的范畴和方式来处理宇宙冒险，如自由时间、自由空间等。这些范畴受到了科学推测手段的影响，让浪漫的情境变成了虚构的情境。至于技术鲁滨逊式的故事，西塞基－罗尼认为是在现代冒险叙事模型的基础上发展起来的。现代冒险叙事包括殖民冒险故事、哥特式和乌托邦，科幻小说自身的历史和发展与这些类型的发展息息相关。（Csicsery-Ronay，2008：217）

西塞基－罗尼归纳了技术史诗的类型和核心要素：太空歌剧、现代历险记、能人（the handy man）、丰产的躯体（the fertile corpse）、心甘情愿的奴隶（the willing slave）、暗影魔法师／隐藏的技能（the shadow mage）、工具文本（the tool text）、家中的妻子（the wife at home）、颠倒的哥特式历险（inverted adventure: the gothic）、例外的乌托邦历险（the excepted adventure: utopia）、太空时代的历险（adventure of the space age）等。这些故事形式自出现以来就受到了社会因素的影响，每种故事形式都围绕着科幻小说文化的新生任务展开，如社会应用、合法化以及对科学技术的批判。这些结构转变为混合的、组合的科幻小说冒险，是科幻小说在促使社会更现代化的过程中发挥作用的结果。（Csicsery-Ronay，2008：218）

西塞基－罗尼重点分析了太空歌剧的史诗性质。作为科幻小说叙事的典型，太空歌剧讲述了在广阔而充满异国情调的外太空发生的壮观浪漫史，其中的超级主人公遭遇了各种各样的外来物种、行星文化、未来派技术（尤其是武器、飞船和空间站）以及高级物理现象。太空歌剧的基本要素是宇宙空间、物质宇宙本身、一种假定的以科学知识为基础的环境、可以容纳各种形成对比的虚构异国世界。这种类型的小说在每个时代都延续了冒险小说的实践，其自然环境具备当代最高水平和最全面的参照系。外层空间使作家能够构建具有现代浪漫主义特征和多元化的虚构宇宙，使之成为包含所有特定时空的时空体，科幻小说可以在其中不受限制地展开各种情节。太空歌剧包含了科幻小说的七种美学要素，虚构的宇宙是舞台和背景，所有美学要素尽可能展示其最高级形式。那里会发生超出已知宇宙的大规模发明和发现，深渊褶皱的物质化障碍是令人惊讶的新知，历史进化和最深远的分散发展成为可能，而空想科学、科幻崇高和科幻怪诞可以不受地面社会和当代物质宇宙中可能性的限制。（同上）

西塞基－罗尼最后阐述了七种美学要素的关系。他认为在科幻小说的一般话语领域中，每个要素都包含其他所有要素。新迹象表明新知，新知改变了历史的方向，并导致了新的科学。新发现和发明激发了崇高和怪诞的反应。所有这些动态在虚构的寓言中融合在一起。这些特征的顺序和层次结构可以按任何顺序展开集合。新技术科学可能会发明需要新名称的新事物，并引发新的历史条件。新事物和随之而来的知识转变需新的观念和世界假设；这些感觉可能是崇高的或怪诞的，或者相反。科幻小说许多最令人难忘的作品都以平衡的方式展现了这些特质。但是,并非所有的科幻小说都以相同的程度体现了它们,而且这些美学要素在科幻小说中的互补比在电影或其他视觉形式中的相互补充更为普遍。的确,崇高和怪诞的视觉表现形式以及新知物体的表现力是如此之大,以至可以轻易地掩盖那些需要知识反思的事物,如虚构历史、虚构科学等。有些作品会避开虚构新语、历史和科学,但强调虚构、怪诞和崇高的精神。他指出在罗宾逊的作品中,虚构的历史和科学起着核心作用,而新语和技术科学的崇高与怪诞则起着次要作用。将科幻小说融入美学研究的范围是科幻小说的文化任务之一,同时也是它的主要乐趣。

总之,《科幻小说美学七要素》是一部不可多得的关于科幻小说形式与内容结合研究的杰作,是就某类文学体裁进行系统批评的典范。这种批评审视了广泛的后现代批评理论与科幻小说的融合,全书充满了深刻的见解和引人注目的分析性阅读。卢克赫斯特认为这部著述中至少有三章是可以用于教学的佳作,值得所有学生和科幻小说评论家研究领悟。(Luckhurst,2008)

任何文学体裁都蕴含了某种特定的思维模式、叙事惯例和风格特征。尽管同一体裁的不同作品在主题元素、表现形式和叙事修辞策略等方面均存在差异,读者在阅读时仍然将具有类似特征的作品归为一类,作家在创作同类体裁时也会不约而同地遵守这些规则。科幻小说作者正是通过特定的修辞、情节设置和词汇创造形成了独特的风格,在情节、人物塑造和心理刻画方面形成了某些共享的叙事策略。整体而言,科幻小说具有强大的思辨性质,它通过特定的修辞策略制造疏离和陌生化,形成文本内在张力,给予读者在现实世界不可能获得的惊奇体验。达科·苏文抓住了科幻小说的认知陌生化和新奇性两大修辞特征,阐述了该类小说特定的思维模式及其创作遵循的基本规则。

事实上,科幻小说是现代技术社会与文化符号的一种代码,它的解码在很大程度上依赖于对超级文本的访问以及与读者之间建立的阅读协议。特殊的词汇组合是科幻小说语言风格的重要标志,其中一些新词,如机器人或赛博空间(cyberspace),已经正式成为英语词汇。此外,作为自由的表达空间,科幻小说启发了多样性的风格,形成了一个不断扩大新知、推想和反事实融为一体的超级文本话语世界。因此,科幻小说阅读与我们惯用的阅读模式相抵触,它带来了更大的认知挑战。塞缪尔·德拉尼意识到了这一点,并提出了针对科幻小说的阅读模式。

科幻小说作为思想的载体表明媒介不如信息重要,无论它是混合了流行冒险故事、文学乌托邦、天真的惊奇感和推想散文的形式,还是思想实验报告,其内容永远比形式重要。因此,在20世纪70年代,人们认为应该用不同于传统文学的标准来评判科幻小说。但是,随着科幻小说叙事艺术的提高,这种观点的影响逐渐减弱,专门针对科幻小说的批评方法也适用于普通小说。阿特伯雷的叙事抛物线不仅可以用于科幻小说研究,也适用于考察普通小说的叙事轨迹。

但是,科幻小说的文学分析仍然倾向于主题和结构方面的论证,在心理现实或隐喻方面的批评方面仍然不足。在这种情况下,西塞基-罗尼对科幻小说全面的美学审视极大地提高了该体裁研究的理论水平。他的研究没有拘泥于内容或形式,而是努力发现二者的辩证关系。在他看来,尽管科幻小说可以采用任何故事形式,但某些文学故事结构特别受该类型的青睐:太空歌剧、现代冒险故事、哥特式和乌托邦。这些故事形式揭示了彼此之间深厚的亲缘关系,每一种都体现了人类在控制自然过程中的某些历史和哲学态度。每种故事都有其独特的谱系,并且各自衍生了丰富的讽刺性倒置和形式变形。他们为科幻小说提供了既定的叙事形式,以阐明技术与社会生活之间的戏剧性关系,而科幻小说则让这些共享的要素汇聚一堂,成为全球科学技术共同体合理化的体现。

第 6 章
结　　语

　　自 20 世纪 20 年代以来，现代科幻小说在短短的百年历史中历经数次变形。从黄金时代的兴起到充满反思的新浪潮、游离于虚实之间的赛博朋克、21 世纪的新太空歌剧和新奇幻等，各种流派关注的重点和风格无一不是随着人类社会的发展而有所转变。21 世纪以来，科幻元素在音乐、电影甚至普通小说中都产生了显著的影响。已经有迹象表明科幻小说的创作与研究接近新一波浪潮的边缘，尽管还无法准确判断新的转变将采取何种形式，但是可以肯定与新技术突破和新经济形式相关。这是因为科幻小说主题变化多与近现代历史大事件相关：工业革命、现代化（福特生产方式）、两次世界大战、"冷战"、多元格局、反恐、反技术垄断、多元化与排他性等。事实上，从远古时期的神话传说至现代科幻小说的兴起，科幻小说与其他文学体裁一样，不过是展现幻想、批判社会弊端、寄托希望的一种艺术手段。现代科学技术的发展极大地增强了实现幻想的能力，让人类生活进入历史上的梦幻时代。这种曾经的边缘文学或者仅在廉价杂志上刊登的消遣读物越来越散发出理性、崇高的人文主义关怀，传递了后现代技术社会紧张而焦虑的生活状态及其希望。

6.1　发展趋势

　　21 世纪以来，在影视媒体的推动下，科幻小说创作与研究继续保持了 20 世纪后半叶的发展势头。一些传统的批评方式继续在该领域发挥重要的阐释作用，马克思主义、女性主义者以及女同性恋者、男同性恋者、双性恋者、跨性别者和酷儿在该领域的研究势头没有丝毫减弱的迹象。达科·苏文、弗雷德里克·詹姆逊等人建立起来的批评范式和理论框架得到了不同程度的补充和扩展，科幻小说研究日渐成熟。同时，多部百科全书的出版、接受过正规文学批评教育的大学老师陆续加入该体裁研究领域、相关课程的开设和大学教材的出版等让该体裁的学术研究和教学更加系统、规范。在 2019 年出版的《剑桥科幻小说史》中，约翰·里德（John Rieder）的《科幻理论：2000 年以来的科幻小说研究》描述了科幻小说的研究现状。他统计了《科幻小说研究》期刊网站上公布的 2000 年至 2002 年出版的科幻小说批评与学术参考书目，共 56 部；从 2010 年到 2012 年，这个数字翻了一番，达到 112 部。（Rieder, 2019：741）根据 2020 年 10 月底的数据，2013—2019 年出版的专著将近 300 部，平均每年 50 部左右；其中，2020 年由于数据更新存在一定的滞后，截至 2021 年 4 月仅收录了 20 部。这个数据表示 2010 年以来，科幻小说的相关学术研究正在稳步发展，仅从网站收录的书目标题来看，涉及的领域非常广泛，显示该领域的研究方向与范围正在逐步扩大，跨学科研究已成为一种必然趋势。

6.1.1 跨学科与多元化

根据里德观察，21 世纪的科幻小说研究有两个方向至关重要：首先是以历史为导向的关于该体裁的理论表达和传播影响已经稳步取代了旧有的形式主义研究方法；其次是科幻研究参与了一些范畴诸如"人""理性"和"西方"的持续解构和去中心化讨论，并将科幻小说研究与后人文主义、全球化批评、人类 – 动物研究、批判种族研究、后殖民主义、本土研究、生态人文科学等领域联系起来。（同上：742）20 世纪的最后 10 年见证了体裁理论的范式转变，但这种转变对科幻研究产生了静默且滞后的影响。尽管遭到了部分研究者的反对，但是柴纳·米耶维很有影响的认知意识形态和达科·苏文的认知陌生化范式继续充当批评框架。

第 6 章　结语

自 2000 年以来，科幻小说作家及其作品仍然是研究的重点之一。里德发现其中最受关注的作家包括迪克、凡尔纳、勒奎恩、威尔斯、巴拉德、巴特勒、德拉尼、吉布森、史蒂芬森等。这些作家作品的文本价值和风格特征具有一定的共性，因此被视为科幻小说的代表。另外一个值得注意的趋势是科幻研究已从文学科目迅速扩展到更为广泛的符号学实践，如 2009 年劳特里奇出版社的《科幻小说指南》不仅包括电影、电视和漫画的单独章节，还包括"科幻旅游"和有关数字游戏的内容。罗伯·拉瑟姆（Rob Latham）（2014）编辑的《牛津科幻小说手册》（*The Oxford Handbook of Science Fiction*，2014）将叙事小说以外的科幻文化实践推向了现实世界的具体事物，如动画、音乐、行为艺术、建筑、主题公园、广告设计以及"不明飞行物、科学论及其他科幻小说宗教"等。

近 10 年来，科幻小说的后人文主义研究似乎进入了高潮，从每年出版物的增加可以预测该研究方法还会继续发展。同时，与之相关的科学史学开始成为研究对象，它从根本上修改了关于科学方法从奉献到追求纯知识或追求知识的观点。最能体现对西方科学实践的持续批判是 21 世纪出现的"人类世"概念，该概念以气候变化和物种灭绝的形式表示人类活动（尤其是西方工业资本主义）对地球产生的具有划时代意义的地质影响，体现了拟人主义（anthropomorphism）的去中心化。这种去中心化将人类的环境改造提升到了前所未有的高度。这些新概念极大地影响了科幻小说研究，越来越多的学者开始采用后人文主义观点回顾一些经典作品。

另外一种不可忽视的比较研究是探寻科学事实、科学推想与科幻小说之间的联系。科幻小说或科学推测小说与科学之间究竟是谁启发了谁，也许没有定论或者实证，但是应该承认二者互相推动、相辅相成的关系。约翰·沃勒（John Waller）（2002）探讨了近现代科学技术的重大发现与科幻小说虚构科学技术之间的联系。史蒂文·科特勒（Steven Kotler）在《明日世界：我们从科幻小说到科学事实的旅程》（*Tomorrowland: Our Journey from Science Fiction to Science Fact*，2015）中介绍了部分科幻小说中描述或预测的技术。这些技术有的已经实现，有的正在研究测试中，如生物人、技术-生理进化论、人工视力、云霄飞车、与蚊虫抗争、星际探索、迷幻复兴（the psychedelic renaissance）、克隆、黑客、生育技术等。布赖恩·克雷格（Brian Clegg）在《百亿的明天：科幻技术如何成为现实》(*Ten Billion Tomorrows: How Science Fiction Technology Became Reality*, 2015) 中指出，科幻小说并不总是能够成功地预测未来，但是可以从鼓励积极发现和对潜在灾难发出警告的角度出发，启发那些实现了未来的人。他解释了科幻小说引起某些人反感的原因：科幻小说对流行文化和日常生活的影响要比普通文学大得多。普通小说家通常对科幻小说表现出不屑一顾可能是出于嫉妒，因为他们精心制作的作品只得到了较少读者的认可。许多科学家和工程师都承认他们在青少年时期是科幻小说的爱好者，这在一定程度上激发了他们投身于某些职业的念头，而这又源于那些优秀的科幻小说所带来的惊奇感。（Clegg，2015：9）

科幻小说研究中一个值得注意的现象是科学家撰写的科幻小说和评论。在《巫师、外星人和星际飞船：幻想和科幻小说中的物理和数学》(*Wizards, Aliens, and Starships: Physics and Math in Fantasy and Science Fiction*, 2014) 中，作为物理学家的查尔斯·阿德勒（Charles Adler）讨论了硬科幻小说的科学知识，特别是物理学和数学。多数科幻小说研究专著都属于文学批评，但是这本书致力于科学评论，作者坚持科幻故事写作应该使用科学。《后人类的生物政治：琼·斯隆切夫斯基的科幻小说》(*Posthuman Biopolitics: The Science Fiction of Joan Slonczewski*, 2020) 收录了多位评论家对生物学家斯隆切夫斯基[1]创作的硬科幻小说富于创造性和批判性的研究论文。斯隆切夫斯基的科幻小说具有很强的生物学影响力，她在自己的作品中体现了作为科学家的视野及其工作的广度和深度。论文集的作者分别讨论了她的《入海之门》《儿童之星》《大脑瘟疫》[2]等作品中的人物、情节和故事世界所构想的关键主题，探讨了这些

---

1 琼·斯隆切夫斯基是美国俄亥俄州冈贝尔肯永（Kenyon）学院的生物学教授。她的小说《通往海洋的门》于1987年获得约翰·坎贝尔纪念小说奖最佳科幻小说奖。2012年，斯隆切夫斯基凭借其最新小说《最高境界》获得了第二届坎贝尔奖。她在大学讲解科幻小说中微生物学、病毒学和生物学课程，是《微生物学：一门不断发展的科学》的合著者，该书是面向本科科学专业的核心微生物学教科书，目前为第四版。

2 这几部小说均出版了中文译本。

第 6 章 结语

作品涉及的与科学实践相关的女性主义、抵抗统治、和平主义与军国主义、将人权扩大到非人类和后人类行为者、生物政治学和后人类伦理学，以及跨行星的共生和交流等问题。科幻和奇幻小说领域的知名学者布鲁斯·克拉克（Bruce Clarke）、克里斯·派克、谢里尔·温特等一致认为斯隆切夫斯基的叙述是对文化生态的精妙想象，其作品可以弥合根本差异并缓解暴力循环，指出对斯隆切夫斯基的科幻小说的反思性道德实践是应对 21 世纪 20 年代挑战的需求。

其他重要的批评领域，如女性主义、种族和性别研究、跨媒体（电影电视）研究也相继取得了丰富的成果。科幻小说不乏优秀的女性作家和经典作品，《女性主义科幻小说和女性主义认识论：四种模式》（Feminist Science Fiction and Feminist Epistemology: Four Modes，2016）讨论了科幻小说的情节、结构元素、科学元素和语言四个方面。视角比较新颖的是克里斯汀·李维斯（Kristen Lillvis）的《后人类的黑色度与黑人女性的想象力》（Posthuman Blackness and the Black Female Imagination，2017）。该书结合社会理论和身份政治研究范式，研讨了托尼·莫里森（Toni Morrison）作品中的时间限制、雪莉·威廉姆斯（Sherley Williams）在《德萨·罗丝》（Dessa Rose，2009）中体现的后人类孤独、一批艺术家和音乐家作品中的非洲未来主义美学以及巴特勒科幻小说中的后人类多重意识，试图将后人文主义对个人及社会的存在和身体的影响进行理论化。李维斯发现，当通过一种理论来查看黑人历史和黑人主体时，后人类的黑色度就描述了一种时间和主观上的自由度，承认了历史上黑人主体的重要性，而不是为黑人身份提供纯粹的历史渊源。她对当代黑人女性历史叙事的后人文主义解读表明，个人作用和集体权威不是根据历史的特殊性，而是根据时空限制发展的。（Lillvis，2017：4）李维斯阐述了后人类理论与规范的黑人文学之间的相关性，以此检验历史小说在摆脱过去的痛苦时如何参与黑人历史和未来的交易。传统的新奴隶叙事具有前瞻性的人物特征，使他们能够了解不断发展的当前和过去的情况。李维斯还通过跨学科研究，分析了黑人人文主义者和非裔未来主义者著作中的后人类理论发展与当代黑人音乐、电影和科幻小说在边际空间、场所和身体方面的表现。最后，李维斯指出不管哪种类型，黑人女性的历史叙述都包含超出其写作时间段的人物。后人类文化中存在的边界跨越使得黑人主题能够与流散历史和未来建立联系。这些艺术家、作家、音乐家和电影制片人在讲述自己的故事时，运用自己的人物（尤其是女性人物）表明了是未来的内在潜力激发了黑人的威严和抵抗力。通过思想、材料和生命的组合，这些历史小说不仅描绘出过去存在的黑色主体，还表现出了对即将到来的主体的关注和创造的潜力。（Lillvis，2017: 9–10）

6.1.2 科幻影视研究

随着媒体技术的发展，科幻电影电视的文化影响力不容小觑，许多科幻小说研究者常用科幻电影作为例证。同时，专注于影视科幻作品的研究正在兴起，如研究科幻电影导演的《梦想帝国：史蒂文·斯皮尔伯格的科幻和奇幻电影》（Empire of Dreams: The Science Fiction and Fantasy Films of Steven Spielberg，2007），从影迷文化、叙事学等角度研究科幻电视连续剧的《科幻电视剧读者基础》（The Essential Science Fiction Television Reader，2008），在哲学层面上研究著名科幻电影的《宇宙尽头的哲学家》（The Philosopher at the End of the Universe，2003）和《科幻电影哲学》（The Philosophy of Science Fiction Film，2008）。《机器人生态与科幻电影》（Robot Ecology and the Science Fiction Film，2016）从生态学角度考察了科幻小说最重要的模因，即机器人的模因，及其在科幻电影中的重要性和科幻小说的想象力。该书描述了机器人模因在生态学方法中的三个关键特征：模因的持久性或耐久性（longevity and perseverance）、在各种文本中的保真度或相似度以及其功能性或激发其他发展的能力。这三个类别与更大的机器人生态相关联：人物在不同电影类型/不同媒体和流行文化的不同领域的功能。这种方法指出了机器人在媒体中的持久性所产生的一个关键问题：在后现代背景下，由各种遗传、环境和文化力量构成的人类在某种程度上越来越被视为一种技术幻想，是技术世界整体的另一部分。这是电影的核心问题，同时也是电影、科幻小说及其机器人后代对现代观众如此重要和令人着迷的一个原因。《幻想与现实之间的科幻电影》（Science Fiction Between Fantasy and Reality，2007）是一本关于科幻小

第 6 章 结语

说与电影理论及其制作技术、表演艺术的综合研究。该书重点讨论了体裁的定义、种族、性别等内容，比较新颖的是其中包括作家阿尔迪斯和吉布森、知名导演保罗·韦尔霍文（Paul Verhoeven）和演员的访谈。《液体金属：科幻电影读者》（Liquid Mental: The Science Fiction Film Reader，2005）论文集的编者声称，本书收录的论文无论是质量，还是重要性都可以代表过去 30 年左右的最佳研究成果。尽管关于美国电影、电视的评论仍然占主导地位，但是关于欧洲和亚洲的科幻小说研究也包括在内。全书分为 8 个主题，每个部分包含 3-4 篇关键文章，共 30 篇文章。每篇文章观点不尽相同，有时甚至是以相互矛盾的方式探讨该部分的主题。每部分的文章都按照知识介绍、文本研究和语境案例探讨等结构组织内容。其他值得关注的书是《美国科幻电影和电视》（American Science Fiction Film and Television，2008）、《从〈异形〉到〈黑客帝国〉：阅读科幻电影》（From Alien to The Matrix: Reading Science Fiction Film，2005）、《带有性别色彩的科幻电影：来自周边的入侵者》（Gendering Science Fiction Films: Invaders from the Suburbs，2013）等。

科幻电影的美学和哲学关注通常高度契合，因为二者都关注科学技术与人类生活之间的关系。《麦克卢汉的星系：基于马歇尔·麦克卢汉思想的科幻电影美学》（McLuhan's Galaxies: Science Fiction Film Aesthetics in Light of Marshall McLuhan's Thought，2019）将科幻电影经典作为案例验证了马歇尔·麦克卢汉（Marshall McLuhan）的观点。该书的作者阿图尔·斯库尔斯（Artur Skewers）认为《异形》《银翼杀手》《终结者》《星球大战》《黑客帝国》《阿凡达》（Avatar）等电影定义了科幻电影的美学效果和维度，这种效果将在其他无数作品中重复或回响。斯库尔斯用麦克卢汉的理论解释如此多的科幻作品具有共同主题的原因。麦克卢汉的观点之一是电子媒体对人类的观念和思维过程产生了深远的影响，科幻电影、电视的经典范例说明了这一点。也许正是因为新媒体和电子环境影响了公众的无意识和有意识的感知，科幻电影、电视才在 20 世纪取得巨大成功，并逐渐进入主流文化。根据斯库尔斯的分析，《星球大战》中的力量概念预见了电子技术的影响，是将人类与无形但又被赋予力量的实物联系在一起的新力量，暗示人类已经陷入了模拟现实和真理之中，而失去生活的目标就成了《黑客帝国》的主题。在乔治·卢卡斯

（George Lucas）、詹姆斯·卡梅隆或雷德利·斯科特这样的电影大师的手中，电影介质形式的技术实验传达了很多信息，科幻电影这种类型无疑是思想实验的安全平台。一般而言，科幻小说经常涉及破坏、启示、未来危机等主题，这是因为技术影响。当技术被新技术取代时，总是会引起危机，并带来许多在初始阶段难以察觉的后果。因此，尽管核武器的震慑力量更容易被感知，但互联网和智能电话对人类的影响与原子弹一样大。作者认为麦克卢汉的媒介理论观点，即试图根据过去、现在和预期的技术发展为当前发生的事件提供指导（并可能对未来发出警告），与科幻小说的核心内容一脉相承。

21世纪以来，越来越多的哲学家开始将哲学探究方法应用于电影、电视和其他流行文化领域。《宇宙尽头的哲学家》的作者马克·罗兰兹（Mark Rowlands）解释了为什么选择科幻小说或者为什么是科幻电影来处理哲学话题。他给出的第一个理由是这类体裁比较容易理解，大多数伟大的科幻故事都围绕着与某种本质上与我们无关的事物的相遇：外星人、机器人、机械人、怪物。这些异类就像人类的一面镜子，让我们进一步看清和理解自己，这正是科学与技术的思想基础，即我们通过反思表面上与我们完全不同的事物来了解自己。作为科幻小说的忠实爱好者，罗兰兹阅读科幻小说是想更加了解作品传递的想法，进而发现科幻小说可能比其自身所意识到的更接近于哲学。如果从思想和观念表达来看，科幻电影提供的内容至少与科幻小说的一样好，甚至更好。科幻电影将抽象的哲学问题在电影院所提供的各种视觉场景中具体化，这无疑是学习哲学的最佳方法。实际上，影视科幻为观众提供了2 000多年哲学思想的外部体现。（Rowlands，2003：7）

史蒂文·桑德斯（Steven Sanders）主编的《科幻电影哲学》（*The Philosophy of Science Fiction Film*，2008）收集了12位作者关于科幻电影哲学研究的论文，这些作者真挚地热爱科幻电影，具备专业知识，可以客观地描述、解释、分析和评估故事情节、冲突以及哲学主题。他们希望用自己的研究发现，促进人们对哲学和科幻小说在主题上相互依赖关系的理解。因为科幻小说为哲学思考提供了材料，包括时间旅行逻辑的可能性和悖论、个人身份的概念，揭开了成为人类、意识和人工智能的本质，与外星人相遇的道德含义以及科学技术带来的未来变化等。许多科幻电影都强调了机械配件小发明和特效，导致忽略了概念的复杂性，但是该文集讨论的电影能够让观众思考某些观念，并为历史、政治、文学和文化评论以及哲学分析提供机会。

现代影视媒体技术让科幻电影将观众带入由超前的科学技术改变的世界，展示了具有时空旅行和外星探访的可能性。科幻电影中经典的故事情节、冲突和主题通过直观媒介，启发观众思考有关个人身份、道德能力、人为意识和其他经验类别的问题，在某种程度上实现了凡尔纳、约翰·坎贝尔等科幻小说先驱所倡导的教育和启迪功能。

6.2 西方中国科幻小说研究

21世纪，中国科幻小说的兴起已成为全球科幻小说新一波浪潮的一部分。随着中国经济的崛起以及越来越多的中文科幻作品英译本的出现，中国科幻小说在西方学者和普通读者中越来越广为人知。2015年，刘慈欣的《三体》获得了雨果奖的最佳长篇科幻小说奖项；2016年郝景芳的《北京折叠》获得了雨果奖的最佳中篇小说奖项。2016年的《科幻之书》(*The Big Book of Science Fiction*)收录了刘慈欣、韩松等国内作家的作品，这说明中国科幻作者已经位于世界优秀科幻作家之列。

6.2.1 中国科幻小说史研究

2019年出版的《剑桥科幻小说史》收录了《21世纪中国科幻小说的兴起：反威权主义与自由梦想》("Twenty-first Century Chinese Science Fiction on the Rise: Anti-Authoritarianism and Dreams of Freedom")一文。作者在文中简述了中国科幻小说发展史，考察了陈冠中的《盛世》和刘慈欣的《三体》，认为这两部小说代表了当代中国科幻小说的两个分支：关注社会问题的软科幻小说和关注技术的硬科幻小说。该文讨论了这两部小说的反乌托邦性质，揭示了想象的乌托邦、叙事范式和意识形态之间的各种相互作用。作者分析了两部小说的叙事策略，如双重话语、开放式结局、新颖的人物塑造和情节结构等，说明这些叙事形式上的变化是叙事范式与两部小说所描绘的乌托邦社会所体现的社会政治理想之间相互作用的结果。

该文简要描述了中国科幻小说在 20 世纪经历的四个繁荣时期。民国时期见证了中国科幻小说作为一种新的文学体裁的出现。20 世纪初，西方科幻小说开始被引入中国，促进了科幻小说作为一种移植的中国文学体裁的形成。中华人民共和国成立后的 1950—1960 年，中国科幻小说创作进入第一个繁荣阶段。在苏联科幻小说的巨大影响下，此阶段的中国科幻小说叙事充满了对即将来临的共产主义乌托邦的乐观情绪。中国科幻小说的第二次繁荣出现在 20 世纪 80 年代，改革开放后，国家对科学技术的重视激发了科幻小说的创作热情。这时，更多的西方科幻小说黄金时代的作品被引入中国，如克拉克和阿西莫夫的作品。同时，凡尔纳的西方古典科幻作品也被转载，出现了一些专为普及科学和技术而设计的科幻杂志。1990 年起，中国的科幻小说进入了多元化的新阶段，叙事技巧和主题不断扩展。西方近代科幻小说、新浪潮运动和赛博朋克作家被介绍到中国，对中国科幻小说作家产生了巨大影响。

此外，日本学者武田雅哉（Takeda Masaya）和林久之著的《中国科学幻想文学史》（上下）比较客观全面地介绍了中国科幻小说的发展历程。其中，武田雅哉撰写的上卷回顾了以《山海经》为代表的中国数千年以来的神话、传奇、戏剧，阐释了其中科幻思想的萌芽，分析了传统文学作品中零星的科幻小说要素，并重点梳理了清末科幻作品的引进、民国时期国外科幻作品的译介和本土作家的创作情况。林久之撰写的下卷介绍了 1949 年以来科学文艺作为文学类别的确立过程，比较中肯地指出了一些作家作品的欠缺与不足，展望了中国科幻文学的发展前景。值得一提的是，该书对作品的介绍和评论如同讲故事，语言通俗易懂、生动幽默，展现了作者对中国科幻小说的了解与热爱。

6.2.2 "三体"研究及其他

《科幻小说研究》2019 年 3 月发行的第 46 卷将第一部分命名为"刘慈欣专题"，发表了国内外学者的 3 篇研究论文，分别论述了刘慈欣作

第 6 章 结语

品的文学意义、"三体"三部曲以及科幻小说在当代中国的地位、刘慈欣作品与阿瑟·克拉克作品之间的关系。(Dougherty, 2019)其中, 纳撒尼尔·艾萨克森(Li & Isaacson, 2019)认为刘慈欣的作品体现了对人类命运的深切关注和希望, 代表了一种真正的普适人文主义。他们认为仅靠民族寓言(national allegory)的概念不足以理解刘慈欣作品及其作为作家和哲学家的重要意义。只有从整体上研究他的小说和其他作品, 并将其置于 20 世纪初中国科幻小说的诞生及其在社会主义时期的历史背景下, 当代中国文学研究才能充分理解刘慈欣科幻小说的精神风貌。格温纳尔·加夫里克(Gwennaël Gaffric)研究了"三体"三部曲在国内外的出版和传播情况, 详细阐述了该系列作品引起评论、学术研究乃至政治热情的原因。他在《刘慈欣的"三体"三部曲与当代中国科幻小说的现状》一文中宣称刘慈欣的硬科幻小说标志着中国科幻小说在中国和世界其他地区的重要崛起, 同时也让作者在读者、评论家和支持者的眼中成为中国软实力的标志性人物, 表示中国科幻小说进入了一个新时代, 呼吁向国际社会推广"中国梦"。(Gaffric, 2019)

20 世纪 50 年代以来, 西方科幻小说研究的热度不减, 仅 2000 年以来出版的研究专著和论文集已达数百种。科幻小说研究大量吸收了科学、文化、政治、哲学、历史甚至自然科学等学科的研究方法, 呈现出强劲的跨学科势头。也许, 阅读方式和出版物媒介的改变会影响科幻小说的发展与演变。但是, 不管通过什么媒介, 故事发展的方向总是人类从未访问过的新领域, 那些时而恢宏壮阔的太空叙事、时而精辟敏锐的人性探讨带给观众的不仅是令人不安、令人兴奋的新奇感, 更多的是对人类命运高瞻远瞩的思考与警示。其他形式的文学作品很难做到在保持娱乐性的同时, 充满远见和超凡的瞬间。在某种程度上, 科幻小说不仅帮助定义和再创了文学史, 而且超越了虚构领域, 影响了广大受众对文化、科学和技术的看法, 展现了另类世界和历史的可能性。事实上, 当代许多普通的应用技术, 如电动汽车、太空旅行、卫星通信和手机等创意首先是通过科幻小说才进入了公众的意识。科幻小说在提供愉悦、娱乐、新颖性和奇妙性的同时, 能够让读者在没有偏见的情况下幻想着拥有一个更美好的世界。

参考文献

艾萨克·阿西莫夫. 2012. 阿西莫夫论科幻小说. 涂明求，胡俊，姜男，译. 合肥：安徽文艺出版社.
爱德华·詹姆斯 & 法拉·门德尔松. 2018. 剑桥科幻文学史. 穆从军，译. 天津：百花文艺出版社.
巴赫金. 1998. 巴赫金全集. 3卷. 白春仁，晓河，译. 石家庄：河北教育出版社.
布赖恩·阿尔迪斯. 2011. 亿万年大狂欢：西方科幻小说史. 舒伟，孙法理，孙丹丁，译. 合肥：安徽文艺出版社.
达科·苏文. 2011a. 科幻小说变形记. 丁素萍，李靖民，靖滢，译. 合肥：安徽文艺出版社.
达科·苏文. 2011b. 科幻小说面面观. 郝琳，李庆涛，程佳，译. 合肥：安徽文艺出版社.
弗雷德里克·詹姆逊. 2014. 未来考古学. 吴静，译. 南京：南京译林出版社.
杰拉德·普林斯. 2011. 叙述学词典. 乔国强，李孝弟，译. 上海：上海译文出版社.
罗伯特·斯科尔斯，弗雷德里克·詹姆逊 & 阿瑟·艾文斯. 2011. 科幻文学的批评与建构. 王逢振，苏湛，李广益，译. 合肥：安徽文艺出版社.
玛丽·雪莱. 2016. 弗兰肯斯坦. 孙法理，译. 南京：译林出版社.
虞建华. 2009. 杰克·伦敦研究. 上海：上海外语教育出版社.
虞建华. 2020.《时间机器》：文类杂糅的叙事艺术. 英语研究，（1）：41–50.
Abrams, M. H. & Harpham, G. G. 2010. *A glossary of literary terms*. Beijing: Foreign Language Teaching and Research Press.
Adler, C. L. 2014. *Wizards, aliens, and starships: Physics and math in fantasy and science fiction*. Princeton: Princeton University Press.
Aldiss, B. 2000. Speaking science fiction: Introduction. In A. Sawyer & D. Seed (Eds.), *Speaking science fiction: Dialogues and interpretations*. Liverpool: Liverpool University Press, 1–4.
Aldiss, B. & Wingrove, D. 1986. *Trillion year spree: The history of science fiction*. London: Gollancz.
Alkon, P. K. 1987. *Origins of futuristic fiction*. Athens: University of Georgia Press.
Ammassa, D. 2005. *Encyclopedia of science fiction*. New York: Facts on File.
Anon. 2006. *Britannica concise encyclopedia*. London: Encyclopedia Britannica.

Anon. 2010. *Britannica student encyclopedia* (Vol. 12). London: Encyclopedia Britannica.

Anon. 2015. Genre SF. 04–02. From SFE The Encyclopedia of Science Fiction website.

Anon. 2018. Freedman, Carl. 08–31. From SFE The Encyclopedia of Science Fiction website.

Anon. 2020. Definitions of SF. 06–15. From SFE The Encyclopedia of Science Fiction website.

Anon. 2021a. Heinlein, Robert A. 05–21. From SFE The Encyclopedia of Science Fiction website.

Anon. 2021b. New Wave. 07–05. From SFE The Encyclopedia of Science Fiction website.

Anon. 2021c. Time Travel. 09–13. From SFE The Encyclopedia of Science Fiction website.

Attebery, B. & Hollinger, V. (Eds.) 2013. *Parabolas of science fiction*. Middletown: Wesleyan University Press.

Bachelard, G. 1994. *The poetics of space*. Boston: Beacon Press.

Beckert, J. 2016. *Imagined futures: Fictional expectations and capitalist dynamics*. Cambridge: Harvard University Press.

Blish, J. 2001. *The seedling stars*. London: Gollancz.

Bloom, H. 2009. *Bloom's literary themes: The grotesque*. New York: Infobase.

Bloom, H. 2010. *Bloom's literary themes: The sublime*. New York: Infobase.

Bould, M. 2003. Film and television. In E. James & F. Mendlesohn (Eds.), *The Cambridge companion to science fiction*. Cambridge: Cambridge University Press, 79–95.

Bould, M. 2009. Introudction: Rough guide to a lonely plant, from Nemo to Neo. In M. Bould & C. Miéville (Eds.), *Red planets: Marxism and science fiction*. Middletown: Wesleyan University Press, 1–26.

Bould, M., Butler, A., Roberts, A. & Vint, S. 2009. *The Routledge companion to science fiction*. New York: Routledge.

Bould, M. & Miéville, C. 2009. *Red planets: Marxism and science fiction*. Middletown: Wesleyan University Press.

Braidotti, R. 2013. *The posthuman*. Cambridge: Polity Press.

Braidotti, R. 2019. *Posthuman knowledge*. Cambridge: Polity Press.

Braidotti, R. & Maria, H. 2018. *Posthuman glossary*. London & New York: Bloomsbury Academic.

Broderick, D. 2005. *Reading by starlight: Postmodern science fiction*. London & New York: Routledge.

Broderick, D. 2019. *The time machine hypothesis. Extreme science meets science fiction*. Gewerbestrasse: Springer Nature.

Broderick, D. & Filippo, P. D. 2012. *Science fiction: The 101 best novels 1985–2010*. New York: Nonstop Press.

Brosnan, M. J. 1998. *Technophobia: The psychological impact of information technology*. London & New York: Routledge.

Bruner, J. 1986. *Actual minds, possible worlds*. Cambridge: Harvard University Press.

Bruner, J. 1991. The narrative construction of reality. *Critical Inquiry*, *18*(1): 1–21.

Bukatman, S. 1993. *Terminal identity: The virtual subject in postmodern science fiction*. Durham: Duke University Press.

Burke, E.1958. *A philosophical enquiry into the origin of our ideas of the sublime and the beautiful*. London: Routledge & Kegan Paul.

Burling, W. J. 2009. Marxism. In M. Bould, A. Butler, A. Roberts & S. Vint (Eds.), *The Routledge companion to science fiction*. New York: Routledge, 236–245.

Butler, O. 1997a. *Adulthood rites*. New York: Warner Books.

Butler, O. 1997b. *Dawn*. New York: Warner Books.

Cadora, K. 2010. Feminist cyberpunk. In G. J. Murphy & S. Vint (Eds.), *Beyond cyberpunk: New critical perspectives*. New York: Routledge.

Calvin, R. (Ed.) 2016. *Feminist science fiction and feminist epistemology: Four modes*. New York: Palgrave Macmillan.

Canavan, G. & Link, E. C. (Eds.) 2019. *The Cambridge history of science fiction*. Cambridge: Cambridge University Press.

Canavan, G. & Robinson, K. S. (Eds.) 2014. *Green planets: Ecology and science fiction*. Middletown: Wesleyan University Press.

Carvalko, J. R. Jr. 2020. *Conserving humanity at the dawn of posthuman technology*. New York: Palgrave Macmillan.

Cavallaro, D. 2000. *Cyberpunk and cyberculture: Science fiction and the work of William Gibson*. London & New Brunswick: The Athlone Press.

Cawelti, J. 1976. *Adventure, mystery, and romance: Formula stories as art and popular culture*. Chicago: University of Chicago Press.

Cheney, M. 2009. Ethical aesthetics: An introduction to *The jewel-hinged jaw*. In S. Delany (Ed.), *The jewel-hinged jaw: Notes on the language of science fiction*. Middletown: Wesleyan University Press, XV–XXX.

Cheney, M. 2012. Science fiction and difference: An introduction to *Starboard wine*. In S. Delany (Ed.), *Starboard wine: More notes on the language of science fiction*. Middletown: Wesleyan University Press, XXI–XXXV.

Clarke, B. (Ed.) 2020. *Posthuman biopolitics: The science fiction of Joan Slonczewski*. New York: Palgrave Macmillan.

Clarke, B. & Rossini, M. (Eds.) 2017. *The Cambridge companion to literature and the posthuman*. Cambridge: Cambridge University Press.

Clegg, B. 2015. *Ten billion tomorrows: How science fiction technology became reality*. New York: St. Martin's Press,.

Clute, J. 1995. *Look at the evidence: Essays & reviews*. Liverpool: Liverpool University Press.

Clute, J., Nicholls, P., Stableford, B. & Grant, J. (Eds.) 1993. *Encyclopedia of science fiction*. London: Orbit.

Cornea, C. 2007. *Science fiction between fantasy and reality*. Edinburgh: Edinburgh University Press.

Crutzen, P. J. & Stoermer, E. F. 2000. The anthropocene. *Global change news letter*, (41): 17–18.

Csicsery-Ronay, I. Jr. 2008. *The seven beauties of science fiction*. Middletown: Wesleyan University Press.

Davies, W. (Ed.) 2018a. *Economic science fictions*. London: Goldsmiths Press.

Davies, W. (Ed.) 2018b. Introduction to economic science fictions. In W. Davies (Ed.), *Economic science fictions*. London: Goldsmiths Press, 12–26.

De Certeau, M. 1980/1984. *The practice of everyday life*. Steven F. Rendall (Trans.). Berkeley & London: University of California Press.

Delany, S. 1994. *Silent interviews on language, race, sex, science fiction, and some comics: A collection of written interviews*. Hanover & London: Wesleyan University Press.

Delany, S. 2009. *The jewel-hinged jaw: Notes on the language of science fiction*. Middletown: Wesleyan University Press.

Delany, S. 2012. *Starboard wine: More notes on the language of science fiction*. Middletown: Wesleyan University Press.

Dinello, D. 2005. *Technophobia! Science fiction visions of posthuman technology*. Austin: University of Texas Press.

Dolezel, L. 1998. *Heterocosmica: Fictional and possible worlds*. Baltimore: Johns Hopkins University Press.

Dougherty, S. 2019. Liu Cixin, Arthur C. Clarke, and "repositioning". *Science Fiction Studies*, (46): 39–62.

Evans, A. B. 1988. *Jules Verne rediscovered: Didacticism and the scientific novel*. Westport: Greenwood.

Fitting, P. (Ed.) 2004. *Subterranean worlds: A critical anthology*. Middletown: Wesleyan University Press.

Fletcher, L. (Ed.) 2016. *Popular fiction and spatiality*. New York: Palgrave Macmillan.

Fogg, M. J. 1995. *Terraforming: Engineering planetary environments*. Warrendale: Society of Automotive Engineers.

Freedman, C. 2000. *Critical theory and science fiction*. Middletown: Wesleyan University Press.

Gaffric, G. 2019. Liu Cixin's *Three-body* trilogy and the status of science fiction in contemporary China. *Science Fiction Studies*, (46): 21–38.

Genette, G. 1980. *Narrative discourse*. New York: Cornell University Press.

George, A. S. 2013. *Gendering science fiction films: Invaders from the suburbs*. New York: Palgrave Macmillan.

Geraghty, L. 2009. *American science fiction film and television*. New York: Berg.

Gernsback, H. 2017. Editorial: A new sort of magazine. In R. Letham (Ed.), *Science fiction criticism*. London: Bloomsbury Academic, 13–14.

Gibson, R. 2020. *Desire in the age of robots and AI: An investigation in science fiction and fact*. New York: Palgrave Macmillan.

Gomel, E. 2010. *Postmodern science fiction and temporal imagination*. London: Continuum.

Gomel, E. 2014a. *Narrative space and time: Representing impossible topologies in literature*. New York & London: Routledge.

Gomel, E. 2014b. *Science fiction, alien encounters, and the ethics of posthumanism: Beyond the golden rule*. New York: Palgrave Macmillan.

Gordon, A. 2008. *Empire of dreams: The science fiction and fantasy films of Steven Spielberg*. Forbes Boulevard: Rowman & Littlefield.

Guesse, C. 2020. On the possibility of a posthuman/ist literature(s). In S. Karkulehto, A. Koistinen & E. Varis (Eds.), *Reconfiguring human, nonhuman and posthuman in literature and culture*. New York: Routledge, 23–40.

Gunn, J. 2002. *The road to science fiction: (Volume 1) From Gilgamesh to Wells*. Lanham: Scarecrow Press.

Gunn, J. 2004. *Speculations on speculation: Theories of science fiction*. Lanham: Scarecrow Press.

Haney, W. S. 2006. *Cybercultures, cyborgs and science fiction: Consciousness and the posthuman*. New York: Rodopi.

Haraway, D. 1985. Manifesto for cyborgs: Science, technology, and socialist-feminism in the late twentieth century. *Socialist Review*, (80): 65–108.

Haraway, D. 1991. *Simians, cyborgs, and women: The reinvention of nature*. New York: Routledge.

Haraway, D. 2003. *The Haraway reader*. New York: Routledge.

Hartmann, D. 2009. Space construction as cultural practice: Reading William Gibson's *Neuromancer* with respect to postmodern concepts of space. In R. Pordzik (Ed.), *Futurescapes: Space in utopian and science fiction discourses*. Amsterdam & New York: Rodopi, 275–299.

Hauskeller, M. 2014. *Sex and the posthuman condition*. New York: Palgrave Macmillan.

Hayles, N. K. 1999. *How we became posthuman: Virtual bodies in cybernetics, literature and informatics*. Chicago: University of Chicago Press.

Hollinger, V. 2005. Science fiction and postmodernism. In D. Seed (Ed.), *A companion to science fiction*. London: Blackwell, 232–247.

Hurley, J. & Jemisin, N. K. 2018. An apocalypse is a relative thing: An interview with N. K. Jemisin. *Project MUSE, ASAP/Journal*, 3(3): 467–477.

Huxley, A. 2007. *Brave new world*. New York: Penguin Random House.

Jakobson, R. (Ed.) 1987. Linguistics and poetics. In K. Pomorska & S. Rudy (Eds.), *Language in literature*. Cambridge: Belknap Press, 62–94.

Jameson, F. 1981. *The political unconscious; narrative as a socially symbolic act*. London: Routledge.

Jameson, F. 1982. Progress versus utopia; or, can we imagine the future?. *Science Fiction Studies*, 9(2): 147–158.

Jameson, F. 1991. *Postmodernism, or the cultural logic of late capitalism*. Durham: Duke University Press.

Jameson, F. 2000. If I find one good city I will spare the man: Realism and utopia in Kim Stanley Robinson's *Mars* trilogy. In P. Parrinder (Ed.), *Learning from other worlds: Estrangement, cognition and the politics of science fiction and utopia*. Liverpool: Liverpool University Press, 208–232.

Jameson, F. 2005. *Archaeologies of the future: The desire called utopia and other science fictions*. London: Verso Books.

Jameson, F. 2016. *An American utopia: Dual power and the universal army*. London: Verso.

Jones, G. 1999. *Deconstructing the starships: Science, fiction and reality*. Liverpool: Liverpool University Press.

Jones, G. 2003. The icons of science fiction. In E. James & F. Mendlesohn (Eds.), *The Cambridge companion to science fiction*. Cambridge: Cambridge University Press, 163–173.

Kane, M. 2020. *Postmodern time and space in fiction and theory*. New York: Palgrave Macmillan.

Kant, I. 1987. *Critique of judgment*. Werner S. Pluhar (Trans.). Indianapolis: Hackett.

Kaveney, R. 2005. *From* Alien *to* The matrix*: Reading science fiction film*. London: I. B. Tauris & Co Ltd.

Keunen, B. 2011. *Time and imagination: Chronotopes in Western culture*. Evanston: Northwestern University Press.

Kincaid, P. 2011. Through time and space: A brief history of science fiction. In P. Wright & A. Sawyer (Eds.), *Teaching science fiction*. New York: Palgrave Macmillan, 21–37.

Kneale, J. 2009. Space. In M. Bould, A. Butler, A. Roberts & S. Vint (Eds.), *The Routledge companion to science fiction*. New York: Routledge, 423–432.

Kotler, S. 2015. *Tomorrowland: Our journey from science fiction to science fact*. New York: Amazon.

Langer, J. 2011. *Postcolonialism and science fiction*. New York: Palgrave Macmillan,

Latham, R. 2005. The new wave. In D. Seed (Ed.), *A companion to science fiction*. London: Blackwell, 202–216.

Latham, R. (Ed.) 2014. *The Oxford handbook of science fiction*. Oxford: Oxford University Press.

Lefebvre, H. 1998. *The production of space*. Donald Nicholson-Smith(Trans.). Cambridge: Blackwell.

Le Guin, U. K. 1989. *The language of the night: Essays on fantasy and science fiction*. London: Women's Press.

Li, Guangyi & Isaacson, N. 2019. China turns outward: On the literary significance of Liu Cixin's science fiction. *Science Fiction Studies*, (46): 1–20.

Li, Hua. 2019. Twenty-first century Chinese science fiction on the rise: Anti-authoritarianism and dreams of freedom. In G. Canavan & E. C. Link (Eds.),

The Cambridge history of science fiction. Cambridge: Cambridge University Press, 647–663.

Lillvis, K. 2017. *Posthuman blackness and the black female imagination*. Athens: University of Georgia Press, 647–663.

Lim, C. J. 2017. *Inhabitable infrastructures: Urban future or science fiction*. New York: Routledge.

Luckhurst, R. 2005. *Science fiction*. Cambridge: Polity Press.

Luckhurst, R. 2008. The productive convergence of SF criticism and critical theory. 07–22. From Depauw website.

Madeline, A. & Rogan, D. 2009. Utopian studies. In M. Bould, A. Butler, A. Roberts & S. Vint (Eds.), *The Routledge companion to science fiction*. New York: Routledge, 308–316.

Mann, G. 2001. *The Mammoth encyclopedia of science fiction*. London: Constable & Robinson.

María, F. S. M. 2020. Ethics in the Anthropocene: Traumatic exhaustion and posthuman regeneration in N. K. Jemisin's *Broken earth trilogy*. *English Studies*, (4): 471–486.

McHale, B. 1992. *Constructing postmodernism*. New York: Routledge.

Melzer, P. 2006. *Alien constructions: Science fiction and feminist thought*. Austin: University of Texas press.

Merrick, H. 2009. Fiction 1964–1979. In M. Bould, M. B. Andrew, S. Vint & A. Roberts (Eds.), *The Routledge companion to science fiction*. London: Routledge, 102–111.

Micali, S. 2019. *Towards a posthuman imagination in literature and media monsters, mutants, aliens, artificial beings*. Oxford: Peter Lang.

Michaud, T. 2017. *Innovation, between science and science fiction*. London: John Wiley & Sons.

Miéville, C. 2009. Cognition as ideology. In C. Miéville & M. Bould (Eds.), *Red planets: Marxism and science fiction*. Middletown: Wesleyan University Press, 231–248.

Milner, A. 2012. *Locating science fiction*. Liverpool: Liverpool University Press.

Moorcock, M. & Jones, L. (Eds.) 1997. *The new nature of the catastrophe*. London: Orion.

Moylan, T. 2000. *Scraps of the untainted sky: Science fiction, utopia, dystopia*. Boulder: Westview Press.

Moylan, T. 2014. *Demand the impossible: Science fiction and the utopian imagination*. London: Peter Lang.

Moylan, T. & Baccolini, R. (Eds.) 2003. *Dark horizons: Science fiction and the dystopian imagination*. London: Routledge.

Murphy, G. J. 2009. Dystopia. In M. Bould, A. Butler, A. Roberts & S. Vint (Eds.), *The Routledge companion to science fiction*. New York: Routledge, 473–477.

Murphy, G. J. & Vint, S. (Eds.) 2010. *Beyond cyberpunk: New critical perspectives*. New York: Routledge.

Murphey, K. 2018. Science fiction/fantasy takes on slavery: N. K. Jemisin and Tomi Adeyemi. *Pennsylvania Literary Journal*, 10(3): 106–115.

Nahin, P. J. 1999. *Time machines: Time travel in physics, metaphysics, and science fiction*. New York: Springer.

Nahin, P. J. 2017. *Time machine tales: The science fiction adventures and philosophical puzzles of time travel*. Gewerbestrasse: Springer Nature.

Nayar, P. K. 2014. *Posthumanism*. Cambridge: Polity Press.

Otto, E. C. 2012. *Green speculations: Science fiction and transformative environmentalism*. Columbus: Ohio State University Press.

Pak, C. 2016. *Terraforming: Ecopolitical transformations and environmentalism in science fiction*. Liverpool: Liverpool University Press.

Parrinder, P. 1980. *Science fiction: Its criticism and teaching*. London & New York: Methuen.

Parrinder, P. 1995. *Shadows of the future: H. G. Wells, science fiction and prophecy*. Liverpool: Liverpool University Press.

Parrinder, P. 2000. Revisiting Suvin's poetics of science fiction. In P. Parrinder (Ed.), *Learning from other worlds: Estrangement, cognition and the politics of science fiction and utopia*. Liverpool: Liverpool University Press, 6–50.

Pearsall, J. 2001. *The new Oxford dictionary of English*. Shanghai: Shanghai Foreign Languages Education Press.

Pepperell, R. 2003. *The post-human condition*. Bristol: Intellect Books.

Phelan, J, 1996. *Narrative as rhetoric*. Columbus: Ohio State University Press.

Philmus, R. 1970. *Into the unknown: The evolution of science fiction from Francis Godwin to H. G. Wells*. Berkeley: University of California Press.

Poe, E. A. 1984. *Poetry and tales*. New York: Library of America.

Pordzik, R. (Ed.) 2009. *Futurescapes: Space in utopian and science fiction discourses*. Amsterdam & New York: Rodopi.

Raber, K. 2020. Perspectives on the non-human in literature and culture. In S. Karkulehto, A. Koistinen & E. Varis (Eds.), *Reconfiguring human, nonhuman and posthuman in literature and culture*. New York: Routledge, II.

Redmond, S. 2007. *Liquid mental: The science fiction film reader*. New York: Wallflower Press.

Richard, G. 2002. *Time travel in Einstein's universe: The physical possibilities of travel through time*. New York: Mariner Book.

Rieder, J. 2008. *Colonialism and the emergence of science fiction*. Middletown: Wesleyan University Press.

Rieder, J. 2010. On defining SF, or not genre theory, SF, and history. *Science Fiction Studies*, 37(2): 191–209.

Rieder, J. 2017. *Science fiction and the mass cultural genre system*. Middletown: Wesleyan University Press.

Rieder, J. 2019. Theorizing SF: Science fiction studies since 2000. In G. Canavan & E. C. Link (Eds.), *The Cambridge history of science fiction*. Cambridge: Cambridge University Press, 741–755.

Roberts, A. 2016. *The history of science fiction*. London: Macmillan.

Rowlands, M. 2003. *The philosopher at the end of the universe*. London: Ebury Press.

Sanders, S. M. (Ed.) 2008. *The philosophy of science fiction film*. Lexington: The University Press of Kentucky.

Sargent, L. T. 1994. The three faces of utopianism revisited. *Utopian Studies*, 5(1): 1–37.

Sargent, L. T. 2010. *Utopianism: A very short introduction*. Oxford: Oxford University Press.

Sawyer, A. & Seed, D. (Eds.) 2000. *Speaking science fiction: Dialogues and interpretations*. Liverpool: Liverpool University Press.

Schmeink, L. 2016. *Biopunk dystopias genetic engineering, society, and science fiction*. Liverpool: Liverpool University Press.

Schneider, S. 2009. *Science fiction and philosophy: From time travel to superintelligence*. London: Wiley-Blackwell.

Scholes, R. & Rabkin, E. 1977. *Science fiction: History—science—vision*. Oxford: Oxford University Press.

Seed, D. (Ed.) 2005. *A companion to science fiction*. London: Wiley-Blackwell.

Shelley, M. 1992. *Frankenstein, or the modern prometheus*. Harmondsworth: Penguin.

Shor, F. 1996. Power, gender, and ideological discourse in *Iron heel*. In L. Cassuto & J. C. Reesman (Eds.), *Rereading Jack London*. Stanford: Stanford University Press, 82.

Sims, C. A. 2013. *Tech anxiety: Artificial intelligence and ontological awakening in four science fiction novels*. Jefferson: McFarland & Company.

Sinclair, J. 2000. *Collins cobuild English dictionary*. Shanghai: Shanghai Foreign Languages Education Press.

Skweres, A. 2019. *McLuhan's galaxies: Science fiction film aesthetics in light of Marshall McLuhan's thought*. Gewerbestrasse: Springer Nature.

Stableford, B. 1985. *Scientific romance in Britain, 1890–1950*. New York: St. Martin's.

Stableford, B. 2006. *Science fiction and science fact: An encyclopedia*. London: Routledge.

Stableford, B. 2007. *Heterocosms: Science fiction in context and practice*. Rockville: Borgo Press.

Sterling, B. 1988. *Mirrorshades: The cyberpunk anthology*. New York: Ace Books.

Stilgoe, J. R. 1994. Foreword to the 1994 edition. In G. Bachelard (Ed.), *The poetics of space*. Boston: Beacon Press, VII–X.

Stover, L. 2008. *Science fiction from Wells to Heinlein*. Jefferson: McFarland and Co.

Stratmann, H. G. 2016. *Using medicine in science fiction: The SF writer's guide to human biology*. Gewerbestrasse: Springer Nature.

Suvin, D. 1979. *Metamorphoses of science fiction: On the poetics and history of a literary genre*. New Haven: Yale University Press.

Suvin, D. 1988. *Positions and suppositions in science fiction*. London: Macmillan.

Suvin, D. 2000. Afterword: With sober, estranged eyes. In P. Parrinder (Ed.), *Learning from other worlds: Estrangement, cognition and the politics of science fiction and utopia*. Liverpool: Liverpool University Press, 233–271.

Suvin, D. 2010. *Defined by a hollow: Essays on utopia, science fiction and political epistemology*. Oxford: Peter Lang.

Swift, J. 2005. *Gulliver's Travels*. Qxford: Oxford University Press.

Telotte, J. P. (Ed.) 2008. *The essential science fiction television reader*. Lexington: The University Press of Kentucky.

Telotte, J. P. 2016. *Robot ecology and the science fiction film*. New York: Routledge.

Vandermeer, A. & Jeff. (Eds.) 2016. *The big book of science fiction*. New York: Vintage Crime & Black Lizard, Vintage Books.

Verne, J. 1978. The bizarre genius of Edgar Poe. I. O. Evans (Trans.). In P. Haining (Ed.), *The Jules Verne companion*. London: Pictorial, 26–30.

Virilio, P. 2009. The aesthetics of disappearance. Paul Beitchman (Trans.). Los Angeles: Semiotext(e).

Vu, R. 2019. Science fiction before science fiction: Ancient, medieval, and early modern SF. In G. Canavan & E. C. Link (Eds.), *The Cambridge history of science fiction*. Cambridge: Cambridge University Press, 13–34.

Waller, J. 2002. *Fabulous science fact and fiction in* The history of scientific discovery. Oxford: Oxford University Press.

Warrick, P. S. 1982. *The cybernetic imagination in science fiction*. Cambridge: The MIT Press.

Wayne, M. & Leslie, E. 2009. Series preface. In C. Miéville & M. Bould (Eds.), *Red planets: Marxism and science fiction*. Middletown: Wesleyan University Press, IX–X.

Wegner, P. E. 2002. *Imaginary communities: Utopia, the nation, and the spatial histories of modernity*. Berkeley & Los Angeles: University of California Press.

Wegner, P. E. 2010. Preface: Emerging from the flood in which we are sinking: Or, reading with Darko Suvin (again). In D. Suvin (Ed.), *Defined by a hollow: Essays on utopia, science fiction and political epistemology*. Oxford: Peter Lang, XV–XXXIII.

Wells, H. G. 2017. Preface to *The scientific romances*. In R. Latham (Ed.), *Science fiction criticism*. London & New York: Bloomsbury Academic, 14–15.

Westfahl, G. 1996. *Cosmic engineers: A study of hard science fiction*. Santa Barbara: Greenwood Press.

Westfahl, G. 1998. *The mechanics of wonder: The creation of the idea of science fiction*. Liverpool: Liverpool University Press.

Westfahl, G. 2000. *Space and beyond: The frontier theme in science fiction*. Santa Barbara: Greenwood Press.

Westfahl, G. & Slusser, G. (Eds.) 2002. *Science fiction, canonization, marginalization and the academy*. Santa Barbara: Greenwood Press.

Westfahl, G. & Slusser, G. (Eds.) 2009. *Science fiction and the two cultures: Essays on bridging the gap between the sciences and the humanities*. Jefferson: McFarland and Co.

Westfahl, G., Slusser, G. & Leiby, D. (Eds.) 2002. *Worlds enough and time: Explorations of time in science fiction and fantasy*. Westport: Greenwood Press.

Williams, R. 1956. Science fiction. *The Highway*, (48): 41–45.

Wolfe, C. 2010. *What is posthumanism?*. Minneapolis: University of Minnesota Press.

Wolfe, G. 2011. *Evaporating genres: Essays on fantastic genres*. Middletown: Wesleyan University Press,

Yoke, C. B. & Robinson, C. L. 2007. *The cultural influences of William Gibson, the "father" of cyberpunk science fiction*. Ceredigion: Edwin Mellen Press.

术 语 表

变种人	mutant
表征，表述	representation
超空间	hyperspace
超人类主义	transhumanism
超时空运输	chronoportation
重置人类	reconfiguring human
敌托邦，歹托邦	dystopian
地球化，地形塑造	terraform
地外生物学，太空生物学	exobiology
反乌托邦	anti-utopia
仿生人	androids
讽刺乌托邦	ironical utopia
复制人	replicant
概念突破	conceptual breakthrough
后人类	posthuman
后人文主义	posthumanism
黄金时代	golden times
机构式科幻小说	institutional science fiction
机器人	robot
机器人三守则	Three Laws of Robotics
技术焦虑	technology anxiety
技术恐惧	technophobia
技术史诗	technologiade
技术乌托邦	technoutopia
技术小说	technology fiction
景观设计	landscaping
科幻崇高	science fictional sublime
科幻怪谈	science fictional grotesque
科幻惊悚片	technothriller
科幻小说原型化	science fiction prototyping
科学浪漫故事	science romance

空间的再现	representation of space
空间实践	spatial practice
空想科学，假想科学，虚构科学	imaginary science
控制学，控制论	cybernetics
类人动物	humanoids
迷失的世界	lost world
末日启示录；末世小说	apocalypse
欧米伽点，原点	Omega Point
平行世界	parallel world
奇点	singularity
奇异旅行	voyages extraordinaires
情节公式	plot formula
全向性改造	pantrope
人工智能	artificial intelligence
人类世	anthropocene
认知陌生化，认知疏离	cognitive estrangement
软科幻小说	soft science fiction
赛博格，电子人，机械人	cyborg
赛博朋克	cyberpunk
熵	entropy
生态乌托邦	eco-utopia
生态灾难	ecocatastrophe
生物电子学（人）	bionics
生物朋克	biopunk
湿件（生物装备）	wetware
时间悖论	time paradox
时间旅行	time travel
时间形状	timeshape
时空体	chronotope
世纪末	Fin de Siècle
双生子困境	Twins Paradox
思想实验	thought experiment
太空歌剧	space opera
替换历史，另类历史，或然历史	alternative history
推想小说	speculative fiction
外熵主义，负熵主义，反熵主义	extropianism
外推法	extrapolation

伪科学	false science
未来景观	futurescapes
未来历史	future history
未来研究	future studies
未来主义	futurism
乌托邦小说	utopian
物质生态批评	material eco-criticism
新地标	new locus
新浪潮	New Wave
新意，新知，新奇	novum
虚构新语	fictive neology
虚构新知	fictive novums
虚拟现实	virtual reality
叙事轨迹	narrative trajectory
叙事抛物线	narrative parabolas
液态现代性	liquid modernity
异构宇宙	heterocosm
异托邦；异质空间	heterotopia
异形，异类；外星人	alien
硬件（机械）	hardware
硬科幻小说	hard science fiction
优生学	eugenics
阅读协议	reading convention
阅读约定	reading protocol
灾变说，劫数难逃论	catastrophism
再现的空间	representational spaces
蒸汽朋克	steampunk
祖父悖论	Grandfather Paradox

后 记

本书的成稿异常艰辛，回顾前程却倍感幸运与快乐。从一个科幻迷转换成为一个研究者需要强大的外力因素。如果这本书能够为科幻研究者、读者或观众提供些许参考，完全得益于那些促成其成型面世的推动力量。

首先，感谢我的恩师虞建华教授，在我斗胆请战的时候，让我承接了这个任务。这种信任是我完成本书的全部动力与精神支柱。此外，老师在 2020 年《英语研究》第 11 辑上发表的论文《〈时间机器〉：文类杂糅的叙事艺术》中的新颖视角和精辟见解，不仅助我顺利地完成了"时间、空间与地理批评"一章的编写，更让我对科幻小说的实质意义、叙事功能有了清晰的认识。

在此特别感谢那些负责审读写作提纲以及书稿的专家们，他们中肯的意见和建议让本书的结构更加合理，整体质量也得到了很大的提高。

有必要对国内外与科幻小说相关的学术网站和电子期刊表示由衷的谢意，其中特别鸣谢《科幻小说百科全书》和学术期刊《科幻小说研究》的网络版，两个网站提供的权威信息和历史资料是本书写作过程不时查阅的重要资源。此外，特别感谢国内外可以免费下载电子图书的各大网站，正是这些便利的资源让我获得了本项研究的基础资料。

感谢清华大学出版社的郝建华社长，没有她的理解与敦促，本书不可能这么快成稿。

最后，我必须感谢我的家人，他们每一位都从各方面给予我理解和支持，为我提供了强大的精神力量和生活保障，让我可以安心地去寻找那个幻想世界的意义。